我们还要互股两本
互业指体

欣梦享
ENJOY LIVING

能饮一杯无

浮生梦

Neng Yin YiBei Wu
FuSheng Meng

妄鸦

著

孔學堂書局

图书在版编目（CIP）数据

能饮一杯无：浮生梦 / 妄鸦著 . — 贵阳：孔学堂
书局，2023.2
ISBN 978-7-80770-395-2

Ⅰ. ①能… Ⅱ. ①妄… Ⅲ. ①长篇小说－中国－当代
Ⅳ. ① I247.5

中国版本图书馆 CIP 数据核字 (2022) 第 222968 号

能饮一杯无：浮生梦　　妄鸦　著
NENG YIN YIBEI WU：FUSHENG MENG

责任编辑：胡　馨
责任印制：张　莹　刘思妤

出　　品：贵州日报当代融媒体集团
出版发行：孔学堂书局
地　　址：贵阳市乌当区大坡路 26 号
　　　　　贵阳市花溪区孔学堂中华文化国际研修园 1 号楼
印　　刷：三河市兴博印务有限公司
开　　本：710 毫米 ×970 毫米　1/16
字　　数：322 千字
印　　张：18　彩插 0.5
版　　次：2023 年 2 月第 1 版
印　　次：2023 年 2 月第 1 次
书　　号：ISBN 978-7-80770-395-2
定　　价：49.80 元

目录

伍章 · **重来** ◎ 138

肆章 · **推翻** ◎ 111

叁章 · **拜访** ◎ 081

贰章 · **进宫** ◎ 039

壹章 · **归来** ◎ 001

壹拾章·玄梦 ◎ 257

玖章·期待 ◎ 232

捌章·机会 ◎ 207

柒章·诀别 ◎ 187

陆章·回溯 ◎ 161

壹章·归来

一

霜序，秋风送爽，盛夏的炎热已逐渐退却，风里裹挟着丝丝凉意。时下正是郊游踏秋、赏叶登高的好时候。

马车颠簸，车内之人闭目凝神，感受着舆轮在凹凸不平的路上滚过，吱呀作响。

"前方就是大渊的京城了。"穿着月白长衫的礼家学士顾子元勒住缰绳，调转马头，出言笑道。

不远处，矗立着一座巍峨的城墙，城墙上身穿铁甲的卫戍军正在巡逻。高处飘扬着以冥色为底的大渊龙旗。

"这就是大渊的都城！好生壮观！"

紧随其后的年轻的礼家学子立刻褪去风尘仆仆的倦色，你一言我一语地讨论起来。

"难怪当年阿国进攻数日都未能攻破大渊，反被大渊铁骑攻入国都，如今一看，大渊城壕果真固若金汤。"

"如此大国，的确和之前游学的小国不同，实在叫人心生向往。"

大荒之上多国林立，百家争鸣，传说数不胜数。恰逢乱世烽火连天，时势造人。诸侯争霸，多国求贤若渴。前有白衣拜相佩六国相印，后有农夫掌军大胜而归。这是一个英雄辈出，国与国博弈，侠客风流的时代。

大渊的国力强盛，同卫国并为豪强。

卫国如今霸业不再，已呈日薄西山之状。反观大渊，变法强国，如新星般冉冉升起。如此大好的前景自然吸引着天下英才。

前来大渊游学的礼家子弟正是如此，虽然对大渊当今朝堂理念不大认同，但也期望将自家思想和治国理念传入大渊，游学就是他们宣扬理念的重要手段。

礼家子弟们在城门口下了马，牵着缰绳，排队等候入城。

守在城门的卫戍军看了他们的通牒，诧异地问："礼家？"

最前方领队的顾子元连忙拱手："正是。"

众人皆知，大渊的治国方略以刑家为主，但朝堂上各家百花齐放，玄门、五行家、乱家和军家皆在大渊有一席之地，唯独礼家不大受欢迎。

这倒也不能怪大渊，事实上，在整个大荒里，只有恪守前朝礼节的小国十分追捧礼学，大国虽多，却没有一个国家真正使用礼学治国。

如今恰逢战乱，各国都在追求变法强兵、开疆拓土，礼家思想强调仁与礼，容易推行，却极难实践。

顾子元自然是极其清楚这一点的，面对卫戍军的疑问也不由得露出苦笑。

他们礼家多年来都在各个小国里游学传授，鲜少踏入大渊这等强国的地界。一是不喜大渊国君的残暴作风；二是大渊极力推行与礼学完全相悖的刑家理念。刑家与礼家的观念对立已久，进入对方占优势的地界，岂不是自找没趣？

但今时不同往日，大渊的强盛世人有目共睹。礼家想要立足，终归离不开大国的支持和认可。

卫戍兵看了一眼他的身后，问："马车上坐的是哪位？"

顾子元连忙施礼答道："回军爷，车上是我礼家首领的贵客。他双目有疾，您看……"

"少废话！"卫戍兵直接打断他的话，"想入京，就得接受检查。把你们车上的人叫下来，行李全部打开！否则，休怪我等不客气！"他一声大喝之下，周围守城的卫兵纷纷握紧长矛，面露厉色。

正跟在背后一同排队等候入城的百姓纷纷瑟缩着后退，脸上流露出惧怕的神色。

扎着发髻的小女孩紧紧地拽着大人的衣摆，哇的一声大哭起来："阿娘，他们是不是要把我们抓起来砍头杀掉？"

"别乱说！"身穿布衣的长辈连忙捂住她的嘴，生怕惹祸上身。

大渊有百万军队，军力强悍，被称为虎狼之师，在列国之内声名显赫。再者，大渊国内施行严苛的法度，随便拎出一个刑罚都叫人闻风丧胆。而其他国家的百姓自由散漫惯了，很难接受这么严厉的约束，更怕因为犯错而被惩罚，越发将大渊军人视作洪水猛兽。

就在城门口的卫兵严阵以待之时，马车内传来男子的声音："军爷切莫兴师动众，草民下来便是。"

只见，一只骨节分明的手挑开车帘。马车里的人身穿一身雪白色长襦，内衬是松绿色的，衣襟、袖口缀着翠色鎏金，面容温润如玉，腰间系剑，头顶并未戴冠，而是学着诸国武士那样利索地扎了个马尾，任凭长长的墨发缀在身后，英姿飒爽。无人不称赞一句"渊渟岳峙，怀瑾握瑜"，叫人有如沐春风之感。

然而，这样清隽矜贵的人，眼睛却是蒙上一条白绫，生生失了神采。

被动静吸引过来的围观者皆是摇头扼腕，心生怜惜。

"携带兵器者，到另一旁去登记。"

见马车里的人真是个瞎子，还是个容颜俊美、气质出众的瞎子，模样看起来似乎是世家子弟。卫戍兵也没了为难的意思，挥了挥手让他去登记。

"洛兄，请随我来。"

顾子元立刻上前一步。他转身嘱咐身后的礼家子弟在此稍作等候，便带着"顾洛"向旁边走去。

如今，文武分途尚未开始，时人大多文武双全，如砚家巨子、魏国凤月君，皆是鼎鼎有名的剑术高手。故上至君主下至文士、武夫皆有佩剑的习惯。

礼家也不例外，门内文武双修的学子不少，只不过顾子元身为礼家学士，文采斐然，在武道一途却天赋平平，便没有在此多花心思。

登记兵器的地方有专门的测量台，不仅要测量剑长，还要将剑身的显著特征记录下来，归到武库令档案内，以绝后患。

"顾洛"随手解下腰上的佩剑，递给卫戍兵。

佩剑的剑鞘平平无奇，通体银白，看不出什么门道。只有剑柄上悬着一块乌黑色的古玉，其上镌刻着繁复神秘的夔纹。

卫戍兵随手抽出佩剑。

长剑出鞘，便是一道寒光闪过，刃如秋霜，锋芒逼人，握在手中都能感受到它的森森寒气。

"好剑！"一旁负责登记的画师看了，差点没把砚台打翻，双眼放光，"这位先生，可否让在下凑近一观？"

好鞍配好马，好剑也得配好主人。如此寒光奕奕的宝剑，一看就是名家所铸，说它的主人只是个寂寂无闻的习武之辈，谁信？

不过可惜了，主人竟然是个瞎子，身上还带着散不去的药味。

"当然可以。""顾洛"含笑点头。

画师喜不自胜，连忙双手接过。他本就是爱剑之人，小心翼翼地将剑拿在手里仔细端详。

"好，好，好！剑长三尺八，斩金截玉，削铁如泥，的确是把好剑！"

画师一连说了三个好，一边试剑，一边用眼角的余光瞥见剑上的纹路，心里疑窦丛生。他反手抓住剑柄，俯视剑身时，犹如登高之人垂眸凝望深渊，卧龙盘于山底，叫人望而生畏，心生胆寒。

普通的宝剑有形而无意，这把剑却是连简单的出鞘都能感受到凛冽的剑意，此剑显然极为不凡。他先前恐怕还低估了，这等宝剑，应当名列兵器谱才对！或者，它本来就在兵器谱上。

画师越看这把剑越觉得眼熟，越看越觉得心惊。他的心里飞快地掠过一个剑谱上能对得上号的记录，只是这个想法太过荒谬，不敢妄下定论。他的面色凝重，问道："先生，冒昧一问，这把宝剑可有名字？"

"顾洛"摇摇头："不记得了。"

"不记得了？"

站在一旁陪同的顾子元帮忙解释道："洛兄是我家领袖的贵客，一年前恰好晕倒在礼家寒庐附近，当时他身受重伤，危及性命，好在有医家医圣鼎力相救，这才堪堪从鬼门关上拉了回来。不成想洛兄休养半年醒来后，却如同大梦一场，失去了记忆。"

顾子元不通武艺，看画师爱不释手地把玩佩剑，并不动测绘工具，还以为画师见猎心喜，只想赶快打消对方的念头，强调道："这把宝剑在洛兄重伤时也不曾放手，显然是失忆前的随身佩剑。"他委婉地说，"君子不夺人所好，先生若是检查完了，也应趁早物归原主。"

画师沉默不语，转身和卫戍兵低声说了一句，这才回过头来："抱歉，这把剑暂时还不能还给你们。请两位稍等片刻，此事事关重大，在下已经派人请大统领前来定夺。"

这下，轮到顾子元吃惊不已。大统领掌管京师卫戍，兼管近十万大渊卫戍军。

如若画师想要这把剑，便把大渊大统领请来，难不成想在光天化日之下强抢？这太荒谬了！

"洛兄，要不然还是算了。"亏得顾子元是一代大儒，涵养极佳。但听画师这么说，也不免当场变了脸色，想就此拉着宗洛拂袖而去。

"呵，都说大渊律法严苛，如今一看，也不过如此。光天化日之下竟然强抢宝剑。顾兄说得不错，这大渊，我们不来也罢！"

"顾洛"不置可否，正欲离开，忽而听到不远处传来一道浑厚的男声。

"诸君何事聚集于此？"

不知何时，身形高大、身披铠甲的大统领段君昊手提铁锤，皱着眉大跨步而来，眼神从背对着他的二人身上略过，并没有过多在意。

画师忙恭敬地答道："禀大统领，属下方才正在登记武器，忽然发现一把宝剑。"

段君昊挑了下眉，说："拿过来看看。"

顾子元为人正直，以为这个画师是找大统领来里应外合，侵吞他人的宝剑。正想横眉怒斥，却见段君昊在看到剑的刹那，猛地睁大眼睛，不敢置信地惊呼："七星龙渊？"

剑名一出，众人皆惊，四下一片哗然。

七星龙渊，天下十大名剑之一，由铸剑大师欧冶子和干将合铸。剑身以寒山玄铁为底，加入天外陨铁，威名赫赫。

天下学武之人，没有不知道七星龙渊的。

然而，比起这把宝剑本身，更出名的却是它的主人。

众所周知，七星龙渊是大渊三皇子的随身佩剑。

而大渊三皇子，早在一年前，为守国门，战死沙场，尸骨无存。

……

当今渊帝并未立后，也未曾立储，膝下所出，不分嫡庶，一视同仁。

大渊一共九位皇子，大皇子早年跟着渊帝征战，不幸战死沙场；二皇子刚出生没多久就夭折；七皇子儿时不慎落水溺死；三皇子去年也步了大皇子的后尘……

三皇子为人稳重，幼年曾在卫国为质，幸而师从鬼宿子，习得一身高绝剑术。

被接回大渊后亲自掌兵作战，手下率领的玄骑军更是将骑兵的机动性玩出了花儿来，以少胜多、绝境翻盘的例子数不胜数，为大渊扫清其余三国立下汗马功劳，深得百姓爱戴，是储君呼声最高的人选。

虽然三皇子多年在外征战四方，年关都不见得回朝一次，但身为大统领，段君昊自然是见过的。印象最深的那次是三皇子大败鲁国，收编军队，带着一纸降书，快马加鞭回朝之时。

捷报传来的当天，十里长街围得水泄不通。三皇子鲜衣怒马，意气风发，一日看尽长安花，人生得意莫过于此。

那日，段君昊跟随其他官宦子弟站在楼阁之上，极目远眺。却见三皇子翻身下马，立于街道的中央，朝着四方拱手作揖，面露歉意。远远地，还能听到那清朗如击石般的声音。

"诸位将家里的壮丁交予大渊，希望我等平安归来，自然也是希望家人周全无事。奈何在下实力不济，虽大胜而归，手下依旧折损上千兄弟……他们皆是我大渊子民，是养活全家的希望。着实惭愧，深表歉意。"

很难形容段君昊听到这番话的心情。当时看见这幕，上至官员，下至百姓，无一不是面露惊愕，平心而论，与鲁国这一战，已经不能更精彩了。

三皇子带领玄骑军趁着夜色绕到敌后，迅如闪电般地撕裂了敌方的补给线，一剑千骑胜过百万师，更是不费一兵一卒，连下三城逼得对方开城门投降。

可以说，这些年来，拿下鲁国是大渊打过的损耗最小的长线战役了。

然而，就是这样，三皇子还是觉得自己做得不够好。

大渊就算风气再开放，内部等级依旧森严不可跨越。

王侯将相体恤百姓的有，忧国忧民心系苍生的也有，但真正在百姓面前勇于承认自己错误的，少之又少。能当街坦承自己过失的，翻遍大荒可能就只有三皇子一人。

后来，段君昊又听说，三皇子年年都会从自己的私库中，拿出库银给牺牲的士兵家属发些补贴。

同为将领，段君昊当然清楚对方如同护崽一般护着跟随自己的士兵意味着什么。难怪玄骑军名震大荒，誓死相随，他心服口服。

对外，三皇子征战四野，锐不可当。对内，他仁民爱物，爱民如子。前些年北方天灾，也是他主动请缨带兵赈灾。

就连大荒的文人墨客，也一改对大渊皇室的抹黑和厌恶，大肆赞扬渊朝三皇子"文韬武略，清风朗月，君子之风"。

变故发生在一年前的函谷关一战。

趁着大渊出兵他国之际，多国忽然合纵连横，向大渊发起攻击，闪电般突袭而来，浩浩荡荡的，竟然整合了五十万大军。

大渊驻扎在函谷关的常驻军队仅有五万。若是函谷关失守，关后便是大渊的京城。

京城被十万卫戍军包围，不可说是全数调动，就算尽数调动，十五万对五十万，想必也困难至极。

就在这危急的时刻，得到消息的三皇子率领三千玄骑军而来，犹如战神降临。他将玄骑军分三队，分别从敌军最薄弱的地方冲入敌营，打了敌人一个措手不及。又派门下招揽的门客和谋士，以游说加招揽的方式，破除列国的纵横捭阖之策。

段君昊那会儿还没坐上大统领的位置，之所以对此印象深刻，是因为上一任大统领正是他爹。当时，他爹率部分卫戍军出关抵抗，差点就死在战场，幸而三皇子神兵天降，从这个角度讲，三皇子于他们家也有大恩。

谁都没想到，五十万大军竟然被这三千人打得分崩离析，仓皇逃窜。

可是玄骑军也为此付出了惨痛的代价，在支援久久未到的情况下几乎全军覆没，就连三皇子也下落不明。

等大军退去后，渊帝令大军清扫战场，仔细比对每一具厂体。但别说是三皇子的踪迹，就连衣物也没能找到一片。

悲痛之下，渊帝下旨追封三皇子为皇太子，于太庙设立牌位，立衣冠冢厚葬入皇陵。

民间同样哀恸至极，去庙宇祭奠的百姓持续数月，香火不断。因知晓三皇子喜爱兰花，于是，每户人家都种植兰花，上巳节时摆到街道上，花盆绵延数十里，香味经久不散。

其后，越来越多的人想起，函谷关一战之前，太卜曾预言"九星连珠之相"。

那一夜，犹如黄粱浮生，大梦一场。

在梦里，黑云压城，泱泱之上雷龙翻涌。身穿白衣的将领从遥远的地方策马赶来，周围尽是一片狼烟烽火，沉沙折戟。鲜血染红素白的衣袍环视四顾，身后所有的玄骑军都已经倒下，踉跄着跌落马背。

四面楚歌中，三皇子颓然倒地，忽然仰天长啸，他决绝地拿起七星龙渊，横在自己的脖颈上。霎时间，倾盆大雨轰然落下，他墨发尽散，深阖双眸，姿容如雪。

大渊黎民皆为三皇子魂颠梦倒，可他孤身拿着七星龙渊，守着国门，于梦中自刎于函谷关外，皇城脚下。

梦醒时分，已然分不清庄周梦蝶抑或蝶梦庄周。

等到三皇子薨于函谷关的消息传来，才有百姓陆陆续续地提起此事，都说是上苍有感，仙人托梦。传说下凡历劫的神仙，护佑完苍生，自然就该回去了……

自此，三皇子的佩剑七星龙渊也随着主人的死亡下落不明。

现在，它却重新出现在了大渊的京城，出现在……一个眼盲的剑客的手里。

段君昊正想上前质问这把宝剑的来历，抬头却看清那位白衣公子的脸，腿一软，差点就跪了下去。这张清俊绝伦的脸，高雅出尘的气质，就算眼睛上再多蒙几层布，段君昊都不可能忘。他满头大汗，猛然抱拳跪地，声音颤抖着：

"末将参见三皇子殿下！"

二

城门口一片死寂。

先是因为段君昊喊出"七星龙渊"震得众人失语，现在看到大统领竟然双膝跪下，对着这位白衣公子行此大礼，所有围观的军士、百姓都愣在当场。

就连刚刚拽着阿娘衣服哭的小女孩也止住了哭声，探出头来，好奇地张望着。

跟在段君昊身后的副统领被大统领这突如其来的下跪吓了一跳，差点也跟着跪了下去。思索之后觉得不妥，便提醒道："大统领，三皇子薨于函谷关。陛下早已下旨追封，葬入皇陵，牌位奉进太庙，到如今，已一年有余了。"

是啊！三皇子早就战死了。

主将坐镇中军，这是打仗的传统。中军前后传达消息快，只要军旗不倒，士气就还在。

大渊有些将军却别出一格，向来喜欢带领着左右亲兵冲在阵前。就连如今的渊帝，当初还是皇子时，同样热衷于披甲上阵，亲自带兵作战，在七国闯下过赫赫威名。

三皇子本来就以骁勇善战闻名，又是带兵突袭，自然不可能坐镇后方，袖手旁观。

函谷关一战之后，渊帝命十万大军清扫战场，活要见人死要见尸。

十万人将函谷关掘地三尺，却没能找到三皇子的一点踪迹。

丞相裴谦雪上书直谏，言明合纵攻打大渊的四国，皆同大渊有仇怨。

三皇子在大渊的地位不言而喻。他是板上钉钉的未来皇储，若是被俘虏，活着的人质自然比死去的尸体更值钱、更具有价值。但时隔半月有余，其他四国没有一个放出风声，那三皇子活着的可能性也可想而知。至此，才彻底为三皇子"已死"盖棺论定。

"大统领，此话慎言啊！"

不仅是副统领，画师的手也是一抖，墨汁泼了一地。

众所周知，当今圣上是位暴君，一位可以用雕心雁爪、封豕长蛇来形容的暴君。再加上渊帝生性多疑，只要一点蛛丝马迹，轻则施以酷刑，重则赐死，株连九族更是常有的事。无凭无据，妄议皇族，这可是要上刑的大罪。

站在一旁的顾子元被这番变故惊得愣在当场，迟疑着道："这……大统领许是认错人了吧？"

礼家虽可以被称之为显学，是两大家之一，但这些年基本都在伯国、芰国这种小国里转悠，倒也听闻过三皇子的贤名。在顾子元这等肩不能挑、手不能提的文弱书生心中，大渊所有的将军都应该是那位大渊被誉为"杀神"的武宁将军北宁王的模样，端的是青面獠牙、凶神恶煞。

然而，这位礼家首领的挚友"顾洛"，为人霁月光风，练就一手好剑术。虽因重伤失忆，但从未有过迷茫或烦忧，反倒开朗乐观、端庄稳重。兼之每天天不亮就起来练剑，旁人找他指点剑术有问必答。在礼家的寒庐休养了一年，此次来大渊，毫不夸张地说，竟然引得寒庐半数礼家子弟为他送行，规模堪比首领，可见其高风亮节。

顾子元很难把他和大渊朝的三皇子联系起来。

至于佩剑，天下名剑从来都是辗转流落，这不足为奇。同样名列兵器谱天下十剑之一的湛卢剑曾珍藏于越国皇宫，越国国破后被当时身为皇子的渊帝取走。

湛卢剑可以，七星龙渊自然也可以。

顾子元觉得，仅凭一把剑就认定身份，过于草率。

"是啊，应当是认错人了，您先起来吧。"副统领也跟着说。

在众人的联合反驳下，段君昊也有些不确定了。他抬眸看去，只见白衣公子依旧风轻云淡地站在城门面前，侧脸清癯，湛然若神，翩然似羽化登仙。越是如此，越衬得那条白绫扎眼。

这分明是三皇子无疑，段君昊不禁腹诽。除了他，天下还有谁能够有如此龙章风姿？可若真是三皇子，那为何三皇子一年多都不曾回归大渊，甚至音讯全无？再者，又为何在归来时，会以这样一副眼盲的形象出现？

段君昊越想心越惊，又不能坐视不管。归根结底，还是三皇子于卫戍军有大恩。段君昊虽然是个游手好闲的官宦子弟，要不是他爹差点战死于函谷关一役，他也不会接任这大统领之位，但再游手好闲，面对疑似的救命恩人，也得慎重以待。

"这位公子，冒昧一问，您能否将您眼上的白绫暂且取下？"即使心底认定十有八九，但没能看到那双眼睛，段君昊终究不死心，却也不敢妄下定论。

自始至终未曾开口的"顾洛"一顿，旋即露出带着歉意的笑容，道："几日前，医圣曾为在下看诊，临走时千叮咛万嘱咐，说这条白绫万万不可摘下，至少也得等到他老人家下次换药时才能摘下。"这便是拒绝的意思了，偏偏还是个让人挑不出毛病的理由。

场面一时陷入僵局。

见"顾洛"拒绝，顾子元也跟着开口道："大统领也莫要为难洛兄了，他本来就受过重伤，落下失忆的病根。即便对洛兄的身份有所怀疑，也应当请宗正前来定夺，而非堵在城门口争辩。如今天色已晚，我等还得入城休整。若登记完成，还恳请诸位官爷速速放行。"

姓顾名洛，单名和三皇子一样。一年前他受过伤，还失了忆！那这一切就说得通了，不仅说得通，还能完美地契合。

段君昊一咬牙，正想让手下人去请宗正前来定夺，却见皇城内风沙扬起，一阵马蹄声由远及近地传来。

"圣旨到——"

内侍端坐于马上，展开圣旨，高声宣读："受命于天，既寿永昌，昭曰：宣卫戍军统领将士，即刻大开城门，恭迎北宁王回京，钦此！"

众人哗然。

武宁将军北宁王，大渊唯一的藩王。

如今战火连天，就是因为前朝诸侯作乱所致。大渊数代帝王兢兢业业共同努力打下来的江山，要是再重复前朝的老路，祖宗们非得气得从皇陵里坐起来不可。正因为如此，为了避免重蹈覆辙，大渊朝所有皇子，即使是当时最年长、功绩最显赫的三皇子宗洛，都没被加封亲王。

而渊帝的兄弟姐妹，要么死在战场上，要么被他杀光，没一个活着看到他登基，自然也无从说起。

到头来，渊朝唯一的亲王竟然只有北宁王一个，还是异姓。

北宁王虽然年纪轻轻，但已经有了"杀神"的名号，带兵镇北，短短半年就收回了先帝时期被北蛮国占领的土地，燕然勒石，封狼居胥，凶名赫赫。

因为战功显赫，渊帝龙颜大悦，一挥手，直接加官晋爵，硬生生地跳过侯位，直接封王。

现在，这位外出征战半年有余的北宁王终于班师回朝了。

后方低头行礼的卫戍兵窃窃私语："应当是对南梁的战事有了新进展！"

北宁王平定北疆后，便被调去统领天机军团，主对外扩张。年前出兵南梁，算算日子，也该是回来的时候了。

"臣领旨！"

圣旨一到，段君昊也没工夫纠结真假三皇子的事了，连忙组织卫戍军一起清场。

"快快快，都到一边去，待会儿再登记。"

检查入城的桌案被搬开，排队入城的百姓纷纷自觉地站到一旁。

顾子元见状，也趁乱拉着"顾洛"一起把七星龙渊拿了回来，重新回到礼家子弟的队列中。

如今，天色昏暗，天边烧成潋滟的红霞。

驻守在皇城外围的卫戍军燃起火把，终于看到地平线与天际交界的地方竖起一串快速移动的人影。

再仔细看，那串人影的上方扬着威风凛凛的黑红色战旗。

大渊以冥色为尊。这种颜色放在过去，会被其他六国嘲笑，但如今若在剩余的三个国家边境上一竖，烽火台绝对点得一个比一个快。

"是北宁王的战旗！快，打开城门！"

军侯一声令下，半掩的、沉重的城门顿时朝着两边拉开，轰隆隆的声音在主干道上传出去老远，穿堂风将地面上厚厚的、金黄色的落叶掀起来，打着旋儿飘落。

卫戍军手里抓着兵器，一溜儿整齐地小跑，将兵器猛地放下，笔直地站在道路两侧。

"让让，快让让，开城门了！"

正是百姓饭后消遣的时候，见状纷纷避让，迅速为卫戍军们清出一条道来。不少人听到消息，饭也不吃了，呼朋唤友地出门围观，将长街两侧堵得水泄不通。

"卫戍军清路，看来是有军队要回朝了。"他们讨论道。

"回朝？是哪支军队？"

在大渊，从武之人的梦想就是被选入渊军。曾经三皇子的亲兵玄骑军，北宁王的天机军，镇守边关的定北军，抑或是守卫皇城的卫戍军，新建不久的巍山军，都是大荒出了名的勇武之师。

"似乎……是北宁王的天机军！"

话音刚落，围观的百姓不约而同地收了声，规规矩矩地站好，一个个噤若寒蝉。

这位的凶名，说一句能止小儿夜啼绝不为过。

北宁王当年大败北蛮国，一路高歌猛进，深入漠北腹地，杀得北蛮国片甲不留，手段之狠辣，闻所未闻。经过这一役之后，北蛮国竟被吓破了胆，这几年边境安宁得连偷鸡摸狗的小事都没发生过。"北宁王虞北洲"这几个字更是和索命恶鬼画上等号，可谓是风声鹤唳。

大渊人崇敬他，同时也畏惧他，当得上一句又敬又怕。

火烧一样的云丛外，天机军旗展翅飘扬。

"吁——"一队畴骑快马加鞭而来，在靠近城门的时候勒紧马缰降低速度。

"肃静！"

士兵的长戟在地面砸响，屯卫兵中尉上前一步，双手抱拳："恭迎北宁王殿下回朝！"

"恭迎王爷回朝！"

霎时间，高呼声连成一片，回荡在半个皇城内。

一队整齐肃穆的军队正在接近。放眼望去，士兵们皆是身披寒甲，面容严肃，脊背挺直。

偌大的一支队伍，竟然安静到只剩马蹄扬沙的声音。

为首的那人白裘披风，鲜衣怒马，长长的墨发披散着，逶迤着落在白裘红衣上。那红衣比晚霞更烈，眼底眉梢都是肆意张扬的潇洒，硬生生地把这艳丽至极的颜色压成了陪衬。

在场的人都沉默了。谁能想到，凶名赫赫的北宁王竟然生得如此好看。

"顾洛"站在原地没有作声。虽然他现在被白绫蒙着双眼，但也能猜出是何等景象，不外乎是万人迷主角惊艳全场的固有套路。他不着痕迹地往顾子元身后站了站，心里暗叹一句倒霉。装瞎装失忆，化名"顾洛"，祭出宝剑，特地选择大渊城门为始……这都是他的计划中的一环。

机关算尽，千挑万选选了这一天跟随合作的礼家入京。选中了效忠渊帝、出身将门却在朝中没有站队、根基尚浅的大统领段君昊。

如果顺利的话，段君昊应该已经派人禀报宗正府。接下来，就是顺理成章地将"三皇子死里逃生却眼盲、失忆"的事推到台面上。

谁能想到，偏偏就遇上了北宁王虞北洲。

这算什么？命与仇谋？

宗洛安慰自己。

城门口这么多人，穿白袍的不在少数，多是平民百姓。只要虞北洲不往这边仔细看，他死遁又回京的事儿就还能按照原计划推行。虽然出现了点变故，但也不至于偏差太多。

等到马蹄声接近城门口，他听到虞北洲用懒散的口气问道："本王的猎鹰远远地便在天上看到你们聚集在一起，连城门也差点没来得及开，是发生了何事？"

宗洛在心里叹了口气，他怎么忘了，虞北洲有只长相奇丑、浑身漆黑的猎鹰，比大渊军中用来传信的飞鸽好使得多，在天上截过几次他们玄骑军的密信。

最要命的是，这只丑鹰还通人性、会发暗号，堪称"第三只眼"。

这么一想，宗洛又怀念起自己的千里神驹"照夜白"了。照夜白通体雪白，不带一丝杂色，日行千里不在话下，最重要的是忠心耿耿、乖巧无比。

当年装死的时候，宗洛解下照夜白的马鞍，看着它一边流泪一边跟在身后。最后进入伯国地界时，他才不得已狠下心来在它的屁股上拍了一下，硬生生地赶回大渊。

也不知道这一年多来，玄骑军有没有好好照顾它。

段君昊抱拳道："回禀王爷，卑职的下属在例行检查武器时发现了一把宝剑，故此过来一看。"

"哦?"虞北洲挑了挑眉,语气听不出喜怒,"是何宝剑?"

"是……七星龙渊。"待说完后,段君昊才猛然想起一事。

众所周知,三皇子早年拜师鬼宿子,是鬼宿子的得意门生之一。鬼宿子是大荒最负盛名的大宗师,兵法武略集大成者,传说其拥有通天彻地的大智慧。大荒中所有惊才绝艳的人物,几乎都出自他老人家的门下。奈何鬼宿子的行踪成谜,真实身份成谜,就连性别、年龄也皆是谜,即使天下人人皆向往,但拜师收徒依旧全靠缘分。

巧的是,北宁王同样出自鬼宿子门下。他们俩似乎是鬼宿子这一代唯二的亲传弟子,不仅帅出同门,北宁王还是三皇子的师弟。师门传承向来重要,鬼宿子一脉都是闭关十年才得以出师。换句话说,相处十年的师兄弟,总该能认出对方吧?

"是一位礼家弟子。"段君昊支支吾吾地说,"卑职斗胆,有一猜测……不知当说不当说。"

他深知虞北洲的脾气阴晴不定,也不敢卖关子,连忙开口:"卑职以为,佩戴七星龙渊的那位……可能正是三皇子本人。"

四周更是陷入一片死寂。

北宁王意味不明地轻笑一声。过了片刻,盘旋在空中的苍鹰高声长鸣,收起大翅,稳稳地停在虞北洲伸出的手臂上。

早年间,虞北洲还没闯出头的时候,多得是人笑它丑。虞北洲倒也护着它,时至今日,那些人坟头的草都有两米高了。如今,他封王拜相,顶着全大荒都闻风丧胆的名头,那些人不敢凑到他的面前,就纷纷曲折迂回地去讨好它,出去溜一圈都能叼块生肉回来。

"丑死了,这么多年都没学到你主人的半点神韵。"虞北洲懒洋洋地在苍鹰背后一拍,反手把它扔回空中,"当初怎么就抓了你这么一只蠢鸟,快滚。"

后者不满地叫了一声,回头啄了虞北洲一口,拍着翅膀飞回空中。突然,它像看到什么似的,猛地发出高声嘶鸣。

听见丑鹰破空鸣叫,宗洛心道不好,一只手稳稳地扣在袖口,寒芒蓄势待发。

另一边,久久没能得到答复,保持抱拳姿势的大统领的额头冒出大滴大滴的冷汗。

段君昊终于想起自己忘了什么。他忘了，全朝堂皆知，三皇子和北宁王的关系不好。是那种碰到一起下一刻就能打起来，朝堂战野各种针锋相对，说他们之间有血海深仇都有人信的那种不好。

段君昊现在当着北宁王的面，说三皇子可能捡回一条性命，死里逃生，岂不是哪壶不开提哪壶？

就在段君昊六神无主、心跳如鼓的关头，扔完鹰的虞北洲忽然拍了拍手，语气散漫、随意地问："人在哪儿？带本王去看看。"

三

听到马蹄声朝他逼近，宗洛的心情竟然是诡异的平静。祸兮福之所倚，福兮祸之所伏。是福不是祸，是祸逃不过。

——只要虞北洲来了，那准没好事。

至于原因，他不想说，因为说了也没人信，连他自己都觉得仿佛是做梦一般不可思议。

他是这个世界的外来者。他虽然也叫宗洛，却是生活在 21 世纪的现代人，是一名再普通不过的新晋研究生导师，每天兢兢业业地搞研究，兼之带学生。

某一天，在看完学生不知所云的论文后，宗洛瘫在椅子上，照例打开手机，准备找几本网络小说消遣一下。然后，他就点进了一本叫作《能饮一杯无》的小说页面。

文案写得还挺有意思，高度概括了小说的主要内容，讲的是一个心狠手辣的万人迷团宠主角，从一个卫国世家公子崛起，在七国间翻手为云覆手为雨，权势滔天，最后谋权篡位，成功一统中原的故事。

宗洛看了眼评论，发现作者还在连载，才写了四十章，剧情刚刚推进到主角封王，还看不出结局如何。主角是个多智近妖的"美强惨"人设，能在乱世谋权篡位，"强"自然不必多言，"惨"据说是从小身患恶疾，每到月圆之夜就控制不住自残。虽然正文连载不算多，但评论区的读者已经自发地续写，形成一片热火朝天的景象。

看完最后一条评论，就算只有四十章正文，宗洛也产生了兴趣。

但由于第二天得早起继续写申请经费的材料，今晚必须早睡。他点进去只看了三章就把手机放下，准备去卫生间洗漱，结果不小心摔了一跤，当场摔晕。

等再次醒来后，他看着自己身着古装，而且还是孩童模样。经过好几天的细心观察和心理建设，他终于接受自己竟然成了《能饮一杯无》中的人物这个事实，而且还是其中一个主角宗洛。

大渊是《能饮一杯无》里最后成功统一中原的国家，也是主角实现野心，谋权篡位的温床。

宗洛是大渊的三皇子。他出生的时候，当今渊帝还只是个皇子，大渊的实力也远远没有之后的强盛，当时最强大的国家是刚刚施行变法的卫国。

于是，在卫国大军压境的逼迫下，还不满一岁的三皇子被迫离开皇城，去卫国为质。

从小在别国以质子的身份长大，可想而知，宗洛的日子过得该有多么艰难。

好在日子虽然苦，卫国却有一个和皇室结为姻亲的世家愿意私底下接济他，向大渊投诚，不至于让他这个大渊朝的三皇子饿死他乡。

感激之余，三皇子结识了这个世家的嫡出公子——虞北洲。

头顶主角光环的虞北洲自然同样出身高贵，若论起血缘关系，他还和卫国皇太子是表兄弟。如此显赫的出身，他却丝毫不介意三皇子的质子身份。于是，二人一见投缘，成了无话不谈的好朋友。

不仅如此，《能饮一杯无》里还写到，虞北洲和三皇子某次一起外出，同时被外出云游的鬼谷主人鬼宿子看中，意欲收二人为弟子。

虞北洲欣然应允，三皇子却因为种种原因没能应下。于是，二人只好就此分别，约定十年后再相会。

十年后，虞北洲出师，踏上了搅乱七国风云的道路。他的第一战就是利用自己的童年玩伴的质子身份成功地挑起卫国和大渊的矛盾，亲手毒死三皇子，嫁祸他人，轻轻松松地四两拨千斤，将偌大一个虞氏世家覆灭，亲手灭了生养他的宗亲氏族，最后全身而退。在别人的眼里，反而还像他遭了无妄之灾似的。

可怜原文里的三皇子心心念念地记挂着儿时的伙伴，大渊朝几次派人接他，他都没有回去，只想着等虞北洲出师，见自己唯一的好朋友最后一面。

也的确是最后一面，毕竟见面后就被毒死了。

直到死，三皇子都不知道，其实虞北洲从没把他当过朋友，顶多算是一块好用的垫脚石，还是用完就扔第一章都没能挨过去便含恨九泉的垫脚石。

看文的时候，宗洛不觉得这有什么不对，甚至还感叹了一下这个主角果真如作者说的那样心狠手辣，有魅力！

现在轮到他成为这个炮灰，他恨不得连夜买火车站票逃离这个地方。

虽然没看几章，但托评论区的福，宗洛十分清楚《能饮一杯无》中虞北洲的真实性格，字里行间都透露出"这厮不是什么好东西"的意味。

书中，虞北洲善于玩弄权术，算计人心。野心勃勃兼心狠手辣，为达到目的不择手段，做事全凭喜好，整个人就是一个无药可医的疯子，疯到极点。

偏偏就是这么一个人，书里还有那么多人前赴后继，对他誓死效忠，助他谋权篡位，改朝换代……

宗洛意外地来到这个世界时，刚刚七岁，已经和虞北洲碰上面了。两个人的关系不错，经常有事没事一起出门游玩。

宗洛恨不得当晚就同虞北洲划清界限。于是，接下来的一个月里，只要虞北洲来找他，他都让随从推托，假意抱恙在床。

好不容易数着日子挨到生辰时，宗洛偷偷带着包袱出门，根据书里所写的位置，提前到达鬼宿子出现的地方。

果不其然，宗洛在那里遇到了鬼宿子本人，并且对方也如同书里描写的那样，想要收他为徒。

"鄙人鬼宿子，昨日夜观天象，算到西边有喜，果不其然。"中年道士抛出三枚铜钱，垂眸一看，面露喜色，"我观你根骨奇佳，是个练武奇才。命络不凡，日后定非池中之物。你可愿拜我为师，潜心苦修十年？"

世人皆知，鬼宿子常年云游四海，行踪不定，就连太卜都卜不出他的所在之处，说是被天机遮掩，不可泄露。

宗洛记得，书里的三皇子之所以拒绝拜师，是因为不想让远在大渊的父兄担心。现在，他就是三皇子，命都要没了，谁还会在乎这个？

宗洛当即跪在地上磕头行拜师大礼，头也不回地跟鬼宿子离开了卫国这个是非之地。

鬼宿子本身是个全才，他座下的弟子也一样，既能吟诗作赋，也能上阵杀敌，谈笑风生间操纵天下棋局，行踪遍布七国。

再加上宗洛骨骼清奇，天资聪颖，一点即通，让鬼宿子起了爱才之心，倾囊相授。

正巧宗洛也很感兴趣，更别说《能饮一杯无》里还有微玄幻的设定，也有轻功内力，一剑虽然没法开山劈河，但是劈开一堵墙是没问题的。好好学，说不定能给三皇子换个命运。

就在宗洛安心学艺，以为自己逃脱了必死的结局时，却没料到，第二年，鬼宿子忽然带着一个身穿红衣的少年来到他的面前。

"这是你的师弟，也是为师的关门弟子，名唤虞北洲。"说着，鬼宿子朝红衣少年招招手，"来，叫师兄。"

"瑾瑜！你没事真是太好了！"少年从鬼宿子的背后探出头来，对他露出一个甜美的笑容，"我到处找你，一直找不到你，想不到你竟然在这里！"

宗洛冷着张脸。

按理说，表字应该在加冠时才取。但三皇子幼年时背井离乡，成为质子，如果运气不好，冠礼都得在卫国举行，于是，离开大洲时就顺带把字给取了。

三皇子从前钦慕虞北洲，自然把自己的表字告之。

鬼宿子负手道："礼不可废，就算以前相识，入我门后依旧得守规矩。"

"哦……那好吧。"小虞北洲只好乖乖地行礼，"见过师兄。"

宗洛记得书里写到，前期为了收敛羽翼，虞北洲便将自己伪装成一副无害的模样，也正是依靠这种伪装，骗过了三皇子，让后者为他掏心掏肺。

但不管怎么说，被叫作师兄，宗洛心里还是一阵暗爽。

接下来，整个鬼谷其乐融融。

虞北洲虽然生性残忍，但毕竟羽翼未丰，就如同书里写的那样，幼年时以伪装居多。偏偏他这个人八面玲珑，嘴甜会说话，讨好别人从来无往不利。再加上还有主角光环和人格魅力，短时间内，整个鬼谷上下都被这位人美嘴甜的小师弟俘获，除了宗洛。

宗洛不仅不买他的账，还对他冷淡至极。刚开始，虞北洲还会装无辜，天天来个偶遇，逮着他问为什么当初不告而别？为什么忽然变得如此冷淡？是他做了什么让瑾瑜不高兴的事情吗？

被问得烦了，宗洛撂下一句："只有友人才可互称表字。你我尚未及冠，又是师兄弟，今时不同往日，称呼也当变一变了。"然后，他就欣赏到了虞北洲那张完美无缺的脸扭曲变形的全过程。

虞北洲到底还是年轻，道行尚浅，斗不过"外来"的宗洛。

自从那次不欢而散后，宗洛连着很长一段时间没有见过虞北洲。后者也意识到对方恐怕已经知道些什么，便暗中出手试探。然而，几次暗中下绊子都被宗洛冷着一张脸，提着剑精准地找上门来。

二人在谷中赤手空拳地打了一场后，虞北洲终于卸下了伪装，梁子也就此结下。表面上兄友弟恭，背地里互下黑手。当然，宗洛始终稳占上风。

虞北洲再怎么是个天才，也还是小屁孩一个，以后再厉害那也是以后。当初，宗洛可是堂堂的研究生导师，铁面威严，叫人今晚交论文，学生绝对不敢拖到第二天。就这么一个熊孩子，宗洛还能摁不住他？

至于结仇，结下就结下了，总比被弄死强。要是让他委曲求全地去抱虞北洲的大腿，那还不如结仇呢？毕竟，《能饮一杯无》里三皇子最后的结局摆着那儿，还指望宗洛能给他什么好脸色看？

十年苦修出师后，宗洛直接回了大渊，正式做回他的三皇子。

后来，听闻虞北洲用手段解决了卫国虞氏之后，他放弃了自己周游列国的计划，转头投入大渊军营，开始一步一步地挣军功，短短一年就爬到了校尉。

恰逢大荒战火连天，民不聊生。宗洛为学有所用，不欲闭门造车，便向渊帝要了兵权，开始了戎马生涯，期望早日顺应主线完成中原大一统。

于是，原本应该没有多少交集的二人再次相遇，博弈的场地从鬼谷转换到了战场。虽然不至于自相残杀，但背地里的暗暗较劲从来没少过。一个先攻下一城，另一个直接打入对方国都。一个大败北蛮国，另一个献上他国降书。

一年到头两人都不见得能见到一次，却铆足了劲儿地给对方使绊子。

这种局势一直持续到函谷关一战之后。

函谷关一战，三千精兵对五十万大军，堪称以少胜多、绝境翻盘的教科书式案例，直接把宗洛送上大荒声望的顶峰。

恰逢年关将至，渊帝昭告国内，准备将拖了两年的祈福大典择在一年后举行。

广义上来说，祈福大典确定举行，就是确立储君之日。

祈福大典是大渊最为重要的祭祀节日，每一位君主在位时只会举行一次。在大典上，通过启礼、沃盥、迎神、敬香、三献礼、祭拜、颂祭、礼成这些环节完成祈福流程，也要进行卦算，推算出有福之人，故此日也会确定储君的人选。

大渊争夺储君的也就那几位皇子。

秉持既来之则安之的原则，宗洛身上没有寻常王公贵族自恃身份的傲气，反倒格外体恤百姓。乱世中，如此高洁的品性自然叫人高山仰止，再加上宗洛战功赫赫，在百姓中拥有很高的威望，更难能可贵的是，还有令人信服的战功。其他皇子要么年纪小，而年纪相仿的又没有这等实力，硬生生地被衬托得黯淡无光。

而他又是现今皇子中年龄最大的，想来储君之位，除了宗洛，应当不作他想。

但宗洛性格稳重，没什么野心，对于储君之位也只是抱着随缘的态度。原本他就很不幸，父母早逝，格外渴求亲情。穿书成为三皇子后，因生母早逝，便更加对几位皇弟照拂有加，对父皇渊帝则是孺慕敬重。

然而，大典过后，卜卦卜出了国运的太卜却对卜卦内容讳莫如深。

翌日，宗洛的兵权突然被收回，不仅被软禁在皇城中，连带着立储一事也遥遥无期。

事态这样的发展对宗洛来说无异于是晴天霹雳。冲动之下，他在宫中公然顶撞、质问渊帝，只为求得一个说法。

等来的却是渊帝闭门不见和一道将他发配到边疆、归期不定的圣旨。不仅如此，就连他的挚友，丞相裴谦雪也对此缄口不言。

宗洛终于心灰意冷，最后叩首辞别，头也不回地离开了皇城，从此驻于边关。

两年后，渊帝突发疾病，皇城生变。一时间暗潮汹涌，几位皇子夺储之事直接被搬到明面上，五皇子更是带头想要逼宫。

等急报传到边疆，已过数日。宗洛留在京城的探子飞鸽传信于他，事情已经发展到虞北洲混入局势，成为四皇子的最大倚仗。

谁都清楚，虞北洲代表的是京城最大的势力，其背后不仅有丞相一脉，就连宗洛调离京城后残留的三皇子党也被他拉拢，多的是人倾慕他、追随他，权势如日中天。可以说，得到了虞北洲的支持，就是板上钉钉的下一任皇帝。

看到这封密信，宗洛简直都要气笑了。他和对方敌对多年，又知道书中的大体走向，怎么可能不清楚虞北洲的为人？狼子野心，不屈居于人下的虞北洲，会帮四皇子作嫁衣？把四皇子推上龙椅？

真是笑话。逼宫造反后，捅四皇子一刀还差不多。

北境北蛮国虎视眈眈，宗洛又没有另一半调兵的虎符。退一万步说，即便他可以押上自己的威望强行调动军队，总不能弃边疆百姓的性命于不顾。

所以，得到消息后，宗洛只能带着自己的三千亲兵快马加鞭地杀回去，不料在中途遭到截杀。

一路上长途跋涉，在最疲惫的时候突然被人夜袭，这支由宗洛亲手栽培出来的精锐部队遭遇有史以来最严重的折损。等到皇城将近时，不仅玄骑军十不存一，他也已经有三日没有收到探子的任何消息。

究竟是虞北洲谋反成功，改朝换代？还是渊帝的病情好转，重振朝纲？都没个定论。

最后，宗洛历尽千辛万苦，到达皇城脚下。

黑云压城，冷风呼啸。

深棕色的城门紧闭，充斥着丝毫不为大渊朝三皇子开放的冷酷。他又等了一日，才从薛御史递来的密信里知晓，渊帝已从昏迷中苏醒，虽然病情依旧不甚乐观，但整个皇城已经风声鹤唳，开始秋后算账。

傍晚，内侍匆匆赶来，在城楼上捧着圣旨诵读。

"受命于天，既寿永昌……其罪一，驻守边关，不能进前，守边无功，是为不勇；其罪二，身为臣子，妄议朝政，多次纳谏驳回后屡教不改，是为不义；其罪三，以不得罢归为太子，日夜怨怼，是为不孝；其罪四，携带私兵，无诏回朝，意欲谋反，是为不忠。"

说罢，圣旨裹挟着一把长剑从城墙上扔了下来。

宗洛的瞳孔骤缩。他记得这把剑，那是渊帝珍藏的名剑湛卢，平时束之高阁，连看一眼都难。

如果说之前只是怀疑渊帝想要重振朝纲，如今看来湛卢和圣旨明显出于渊帝之手，苍劲有力的字迹一出现，所有的怀疑都变成了现实。

内侍的声音还在继续。

"今上特此赐剑以自裁，即刻实行！"

好一个不忠不义，不勇不孝。

湛卢也被称为仁道之剑，是铸剑大师欧冶子毕生铸剑的巅峰。渊帝把它赐给宗洛自裁，着实讽刺。七国皆知，渊朝三皇子以君子仁道为立身之本。如今这道亲笔圣旨，则是将宗洛的骄傲狠狠地踩在脚下，为天下人所耻笑。

宗洛的喉头涌起一抹腥甜，眼角干涩。他不知道自己做错了什么，可他又能怎么办？要兵没兵，要权没权，早已被逼入穷途末路。就连最后一点体面，他爹也不愿意为他保留。

宗洛弯腰捡起地上的湛卢，在雨里放声大笑。

"生亦何欢，死亦何惧！"

还真当他没死过？这辈子，到此为止，不活也罢。死了或许就能回到现实世界，依然当他的研究生导师，这场离奇经历就此告终。

宗洛抬手把剑往自己的脖子上一抹，没想到，再次浑身冷汗地醒来，映入眼帘的，却是军营的帐顶。脖颈依旧完好，往事历历在目，犹如黄粱一梦。他再三询问副将穆元龙，这才终于确认。自己又回到了三年前，回到了函谷关之战的关键时刻。

宗洛忽然想起，之前，确实有这么一天。太卜预言过，这一日有九星连珠的异象，再加上军中不少上兵也都说起过，那夜因为天地异象，大梦一场，不少人都梦见了他在皇城下自刎的景象。

只有宗洛清楚，他是真的死过一回。

至于为什么死亡后也没有回到现实世界，反而回到了三年之前？宗洛暗自揣测，难道是因为自己得过且过，没有完成原书中三皇子的任务吗？还是有什么深意？

无论如何，在这个时间点，宗洛还是兵权在握的大渊朝三皇子，是争夺储君位置的头号种子选手，意气风发的征元大将军。没有回京被软禁，没有太卜批命，更没有遭到渊帝的厌弃。

换而言之，他有机会完全改变自己的命运，重新为未来布局筹划。毕竟……直到现在，他都没有弄明白，到底是因为什么原因，让他会遭到渊帝莫名的厌弃，以至于走到赐剑自裁的地步。

是虞北洲在背后挑拨离间吗？是那些他曾经真心相待的皇弟，在背后却暗下黑手吗？抑或是书里那些围在主角身旁的男配……可是还能是谁呢？难道让自己再次回到三年前，是在给自己一次寻找真相的机会？

激动过后，宗洛冷静下来。他吩咐下属拿来沙盘和木版舆图，盯着上面大渊朝和大荒其他几个大国的局势，反复推算了一宿。

按照自刎前的故事线，宗洛带领玄骑军班师回朝途中竟意外地碰到多国合纵，在函谷关成功地以三千玄骑军击退五十万军队，逆风翻盘，传奇至极。

函谷关一仗打得格外漂亮，足以载入史册。然而，声望过高、功高盖主、拥兵自重，对于君王来说永远是致命的。

更何况，渊帝是个不折不扣的暴君。他在位期间大权独揽，推行严苛的律法，施行暴政，达成以皇权为中心的高度集权模式，在朝堂上说一不二。

虽说残暴不仁，但非要论功过，宗洛觉得渊帝肯定是功大于过的。即位后，大渊肉眼可见地变得强盛就是最好的证明。

宗洛从来就没猜对过渊帝究竟在想些什么，情感上也是敬畏居多，难谈亲情。帝王心术这一块属实被他拿捏明白了。

用了一整晚时间，宗洛仔细思考自己从声望鼎盛走向死亡的过程，终于想明白了渊帝忽然翻脸的缘由。归根结底，还是他对亲情过于渴求，反倒当局者迷了，忽略了君臣有别，帝王无情这么一个简单的道理。

再者，夺储大势在，就算宗洛没有多余的想法，其他几位皇子总不可能也没有想法。他既然身在这个位置，有这样的威望，挡了别人的路，也就怪不得别人暗中下手，欲除之而后快。

自己身在帝王家，又在鬼谷学艺十年，竟然没反应过来，简直白活了这么多年，真是好笑。

想了一晚之后，宗洛决定彻底推翻重来，行一步险棋——他决定假死。

多国合纵攻打大渊，国家生死存亡之际，宗洛不可能袖手旁观，坐视不管。但是，他最多只能带三千轻骑兵赶回去。如果管了，又是以少胜多，漂亮翻盘，重复当初的故事。

权衡利弊之后，宗洛只能带兵支援，最后假装战死沙场。只有这样，才能脱离前次的故事线，避免后续一系列事情的发生。

于是，宗洛故意支开副将穆元龙，诱敌深入，再金蝉脱壳，最后伪装身份进入伯国。伯国虽然是个小国，在多国争霸中不比砂砾大多少，却是礼家的驻地。

几乎没有人知道，礼家的首领是鬼宿子的师兄，宗洛的师伯。正是借着这层关系，宗洛得以顺利完成自己的计划。

但话又说回来，他躲得了一时，躲不了一世。假死只是权宜之计，做不了长远打算。他的立身之本就在大渊，又能走到哪里去呢？所以，宗洛才跟着顾子元回来。

回来之前，为了避免继续被渊帝猜疑，他给自己准备了失忆和眼盲两个借口。失忆只是个幌子，用来遮一遮，眼盲才是重中之重。

原本回来后，宗洛想尽快恢复自己的身份，再另作谋划。但此时，计划被虞北洲的突然出现而打断，他突然改变主意了。

与其回来就恢复身份，倒还不如暂避风头。再者，他想要查清楚自己当初为何会稀里糊涂地被赐死，隔岸观火总比亲自上阵更为稳妥。因为一旦恢复身份，他势必会如同自刎前一般，再次搅进夺储之争的浑水里。

四

之前，宗洛不在意那个位置。但现在，他倒是难得被激起了斗志，想要争上一争。

接下来更需徐徐图之，切不可操之过急。至于恢复身份，他这么一个大活人在皇城里，总有一天会被发现，就看导火索是谁了。

要是放在往常，恰好在同一个日子相遇，宗洛还真不信是巧合。

要不是自己假死的计划天衣无缝，他甚至已经开始在脑海里思考，是不是自己一年前的假死计划出了纰漏，让虞北洲提前得到消息，风尘仆仆地赶回来找他的麻烦了。以这位仇敌的性子，宗洛相信他还真做得出来。

正是清楚地知道不可能有人知晓自己这个心血来潮却天衣无缝的计划，所以，宗洛才不自觉地感慨，世间当真有如此巧合，真是应了那句"不是冤家不聚头"。

就在宗洛思考之时，马蹄声也停了下来。

红衣青年单手支头，歪着头俯视下来。视线在扫过宗洛眼上的寸许白绫时，狭长凌厉的凤眼微不可查地眯起，一副盛气凌人的样子。

还不等大统领出言介绍佩着七星龙渊的是群儒里的哪位，虞北洲倒先懒洋洋地开口了。

"哦？你就是大统领口中死而复生的三皇子？"

段君昊默默地闭上了嘴。

感受到那束饶有兴致的目光在他身上打量了一圈，宗洛控制住自己的表情，不卑不亢地拱手行礼："草民见过王爷，王爷所言，草民万不可当。"

宗洛敢肯定，虞北洲这厮肯定认出自己了。世间最了解彼此的永远是对手。宗洛和虞北洲敌对多年，早就知根知底。毫不夸张地说，就算虞北洲化成灰，宗洛也能认出来。反之亦然。

再者，时隔一年回朝，宗洛根本就没有要遮掩身份的意思，甚至不曾在脸上做半点伪装。至于伪装失忆和假装失明，那都是他为自己埋下的伏笔，巴不得段君昊赶紧把"疑似三皇子死而复生且失忆、眼盲"的消息汇报上去。

就这么简单地在眼睛上缠了块布，虞北洲认不出来才怪呢。

见北宁王没什么表示，段君昊的掌心满是冷汗，忙不迭地开口介绍："这位公子便是七星龙渊之主，礼家的贵客。年前受过重伤，不仅眼盲，还落得失忆的毛病，王爷，您看……"

虞北洲忽然勾起嘴角，大笑出声，惊起停在城墙上的一群乌鸦。末了，他才止住笑，神情带着微不可查的愉悦："是有点像。"

段君昊顿时松了一口气。同时，那些疑问又重新冒了头。如果真是三皇子，那为何又会……

段君昊正在疑惑，眼角的余光却扫到北宁王猛然跃起，以极快的速度从马上飞下，掠出一道猩红残影，劲风直指那位眼缠白绫的矜贵青年。他的掌风森冷，内里裹挟着毫不掩饰地杀意，是再明显不过的杀招。

与此同时，天上的苍鹰也高鸣一声，俯冲而来。

"洛兄！"惊愕之余，话还未说完，顾子元就被宗洛一把推开。

宗洛迅速侧身，长靴踩着夕阳投射在枫叶上的光，灵巧地避过这道森冷的掌风，旋即回身格挡，隔空对掌，反应迅疾如雷。

虽然"目不能视"，但仅靠听声辨位，宗洛也勉强能判断出虞北洲的位置。更何况，早在鬼谷学武时，就曾有过点穴制造眼盲跳桩刺物的训练。

眨眼间，一白一红两道身影就在城门前赤手空拳地过了好几招。寻常人根本看不清他们的动作，守在门口的卫戍军更是不敢上前阻拦。

最先出鞘的是七星龙渊。到底还是视力受限，对方又步步紧逼，杀招频出，没有半点留手的意思。宗洛不得已退后半步，长剑寒光乍破，弹出一半。

宝剑尚未出鞘，剑意先至。苍鹰高鸣一声，被剑气扫回空中。

红衣将军亦弹出佩剑"太阿"，悄无声息地逼近，正好抵在宗洛将出未出的剑鞘之上。

太阿和通体银白的七星龙渊不同，这把重剑的剑身呈现出一抹邪异的红色，仿佛是久久不散的血色。传说中，当初太阿开炉曾以活人祭剑，是大荒数得上名的邪剑，常人拿在手中，只觉得阴寒至极，难以驾驭。

靠得近了，殷红和银白的剑身抵在一处，两个人仿佛呼吸交缠。虞北洲凑了过去，用只有他们二人才能听得见的声音低声轻笑："你终于回来了呢，师兄。"

这只不按常理出牌的疯狗！宗洛面沉如水，在心底咒骂。

七星龙渊以一个刁钻的角度往侧边滑去，斜斜地刺到虞北洲身前，抵向他左肩的白裳。当剑柄一滞，察觉到再往前探遇到阻碍时，宗洛在心里叹了口气。

两把剑的剑鞘同时抵在对方的左肩。这场比试，只能算是平手。

还没等围观者反应过来，这突如其来的比试便已结束。

仅是如此，也足够让所有人感到惊愕了。

谁不知道北宁王出自鬼谷门下？

方才，那股横扫的罡风就足以让人感到战栗，竟然能和身经百战、凶名在外的北宁王打个平手，还是在眼盲的情况下。想来，这位名叫"顾洛"的礼家弟子的剑术不同凡响。

抵在宗洛左肩的剑鞘开始危险地下移。从青年瘦弱的肩线，滑到心口的位置，玩味地压了一下，又在对方发怒之前慢吞吞地挪到弧线漂亮的下颌。

对此，宗洛的反应就是直接把剑鞘压到虞北洲的喉间，动作没有半点犹豫。

虽然他们都没有真正拔出剑，但剑鞘互相指着对方命脉，稍有异动就是伤敌一千、自损八百的下场。

感受到七星龙渊上传来的杀意，那双黑玉般深邃的瞳孔一下子亮了起来，像是找回心仪玩具的小孩，仿佛被人用剑指着喉头的不是自己似的。

即使看不见，宗洛也能感受到对方炽热的视线，像伺机匍匐在黑暗处的冷血动物。热度节节攀升，隔着层布依旧让人感觉毛骨悚然，格外不适。

宗洛心想，还是距离当初阅读《能饮一杯无》的时间太长了，竟忘记了虞北洲其实是有受虐倾向的变态。见到血就兴奋，疼痛和杀气对他而言，反倒会觉得痛快。他犹豫片刻，率先收回佩剑，重新挂回腰间，淡淡地开口："草民不知王爷为何突然出手，故出手抵挡，无意冒犯。"

虞北洲唇角的笑容越发扩大，假惺惺地说："哪里，本王不过是许久未见这把七星龙渊，一时见猎心喜，故此一试。先生可千万莫要放在心上。"他本就生得好看，面如皎月，唇若点朱。一身张扬肆意的红衣越发衬得眉眼翡丽，眼尾潋红，仿佛是从棺材里爬出来勾人魂魄的精怪。如今说出这番假模假样的话时，虞北洲狭长的凤眸微微弯起，一副懒散含笑的模样，没个正形，只让人觉得像个未长大的少年在胡闹，活脱脱地就是一张万人迷的妖孽脸。

宗洛收了剑，虞北洲却没有收。嘴上说着一时兴起，反倒就着太阿剑的角度搁在对方的下颌，轻轻一挑，迫使宗洛抬起头来。

白衣公子的脸色沉静，薄唇紧抿，蒙着眼的白绫更衬得他弱不胜衣。

虞北洲盯着他瞧了一会儿，鸦羽般的睫毛眨了两下，心思捉摸不定。

瞥见一旁的段君昊脸上隐隐泛着担忧的神色，虞北洲忽然漫不经心地开口："你不是怀疑这位是三殿下吗？还不过来瞧瞧。"

原来方才突然出手，只是为了试试这位究竟是不是三皇子？

段君昊汗如雨下。他是接替他爹临时上任的卫戍军统领，虽说先前指挥过几场小型的战役，但和虞北洲这类主掌一方军团、开疆拓土的大将相比还差得很远，站在一起，气势上就被压了一头。再者，三皇子是什么身份？认对了还好，若是认错了，那就是落得一个妄议皇族的下场。

"这……卑职愚钝，看不出来。"看虞北洲云淡风轻的模样，段君昊只敢一边垂首，一边在心里默默地加深北宁王性格残暴乖张的印象。

"蠢。"虞北洲懒洋洋地吐出一个字，又道，"罢了，毕竟你们又不是本王，哪里有本王更清楚本王好师兄的模样呢？"他特意在"好"这个字上加重了读音，语气似乎不怀好意。

段君昊看着仍然站在原地，被虞北洲用太阿剑挑起下巴的白衣公子，一时间有些愣住了，问："那这位……"

要真是失忆的三皇子，北宁王这种举动无异于是犯上。当然，也没人敢说他什么。若不是三皇子，北宁王又和他打得有来有往，看起来还一副格外欣赏的模样，当真是把人弄糊涂了。

"是挺像的。"虞北洲笑道，"本王常年领兵在外，已经许久未见过师兄了。想当年，三殿下在函谷关一役尸骨无存，连最后一面都没能见到，着实可惜。如今再看，恍惚间竟然有些记不大清了。看到这把七星龙渊，未免有些睹物思人了。"

罾夷为跖，指鹿为马，一派胡言！隔着一层布，宗洛都觉得自己的气血突突上涌，太阳穴直跳。

仇敌的脸，虞北洲能不记得？

再说了，这厮还如此亲密，一口一个师兄。宗洛可不记得自己什么时候同虞北洲熟识到可以互称师兄弟的程度。

果不其然，虞北洲这根搅屎棍一出来，准没好事。这还只是谋划的第一步，刚刚开始施行，就出了岔子。

原本，宗洛想在城门口接近这位刚走马上任、经验尚浅的大统领段君昊，顺势将自己存疑的身份报上去。接下来，也算是走到明面，顺理成章开始布置。谁承想，横空杀出来一个虞北洲？

偏偏他还当面说出这番话，日后想要回归，恐怕得另行谋划了。

正因为宗洛曾经是位研究生导师，平时被手下带的学生气了太多回，无论遇到什么事情，都能拿着泡了枸杞的保温杯安安稳稳地喝上一口再说。穿书成为三皇子之后，平素处事也不骄不躁，朝中老臣都得夸他一声邈处欲视，宠辱不惊。

只有在虞北洲的面前，他很难维持住自己稳重的形象。面对虞北洲的挑衅和敌对，总能轻易燃起心中的怒火。

大统领讪讪地说："原来如此，是卑职唐突了。想来三皇子天人之姿，岂是我等可以随意揣度的对象？"

既然北宁王都只说了"像"，那估计这位是三皇子的可能性就不大了。转念一想，的确也是，只要那条白绫没有摘下，谁也不敢妄下定论。

段君昊心里那点疑虑彻底消退，略带歉意地冲着宗洛拱了拱手："实在是我太过毛躁，思虑不周，一时想岔，唐突公子了。"

宗洛心里恼火，面上却波澜不惊，虚虚还礼道："大统领统御卫戍军，日理万机，在下自然不会介意。"

看他们文绉绉地周旋，虞北洲颇感无趣地收了剑，翻身上马。他居高临下地扫过宗洛那双骨节分明的手，忽然像是又想起了什么，自顾自地笑了起来。

宗洛听着虞北洲莫名其妙的笑声，觉得这个人要是放在现代，指定得进精神病院去确诊一番。

方才虞北洲见到他的时候，也是一个人站在原地笑了几分钟，笑完后一出手就是杀招，招招致命，顺带坏了他的事。

笑着笑着，虞北洲却说："说来也巧，本王最近得了几本礼道典籍，似乎是闻子所著。师兄故去，本王悲痛万分，挂念非常。观这位先生面善，既然是跟随礼家进京，想必是位礼家大儒，日后也会在我大渊住上一段时日。若是闲暇时先生得了空，不妨来北宁王府为本王参讲一二。"说着，他解下腰间的玉佩，随手一抛，却是暗地里用了巧劲。

宗洛抬手，准确无误地抓住了玉佩，虎口震得发麻，对对方这种幼稚的小把戏颇感无语。

"先生要来，直接在王府门口出示玉佩便是，本王届时……"虞北洲压低声音，意味深长地道，"必定扫榻相迎。"

说完，虞北洲吹了一声口哨，也没多给其余无关人等一个眼神，马蹄便在大道上溅起飞尘，扬长而去。在他身后，黑漆漆的猎鹰张开了翅膀。

等这支军队消失在城门口后，顾子元才回过神来，又思考了一下虞北洲说的关于闻子典籍的话，神情激动地喊道："洛兄！"

闻子是礼家先师，已经仙逝数百年。由于早年间闻子喜欢周游列国，游学布道，曾在诸国留下不少典籍，就连礼家也未能收录完全。

奈何列国收藏闻子典籍的多是王公贵族，寻常身份难有机会参阅。

顾子元早就听闻，北宁王攻打各国都城时，非但没有破坏这些古籍，还命将士一车一车地将木牍运往大渊都城。行的虽是强盗之举，但好在没让典籍就此遗失，也算万幸。

顾子元感叹道："没想到北宁王竟然并非民间传说得那样青面獠牙，反倒如此俊美年轻。"

如今，北宁王留下随身玉佩，此举背后的深意叫人产生无限遐想。不仅是对洛兄的招揽，也是对即将进入大渊而且毫无根基的礼家的赏识。再联想到北宁王在京中举足轻重的地位，简直一反礼家在大国中不受待见的局面，说是一步登天也不为过，虞北洲一下就获得了顾子元好感。

顾子元还在那里受宠若惊地说："虽说一言不合就出手，着实暴戾恣睢。但也算因祸得福……洛兄，你觉得呢？"

宗洛没有吭声。他已经习惯了众人对虞北洲的优待，就算曾经有什么不好的印象，多见几次后都会扭转过来，然后就莫名其妙地倾慕虞北洲。毕竟主角光环和魅力不是瞎说的。

也就是像顾子元这种对武艺一窍不通的儒生，才看不出方才虞北洲表面上说的是切磋，实则招招朝着他的死穴猛攻。若他稍有疏忽，恐怕早就血溅当场，不死也得丢掉半条性命。

"走吧！莫再耽搁了。早些进城，等到了驻地，还要验明身份，再花时间整理。"

宗洛拂了拂袖，恢复了往常的平静，朝着段君昊点头后，重新登上了马车。

两年未见，虞北洲这颠倒黑白的本事可是长进了不少。

这仇，宗洛算是记下了。他既然大致知道这本书的情节发展，手里握着虞北洲的秘密，什么时候报仇都能占据主动。

按理来说，普通人骤然醒来后发现穿进书里，最佳的保命方法当然是抱紧书中对手的大腿。

但宗洛偏不。他的脾气犟起来，绝对不可能低头，让他去抱虞北洲的大腿，那还不如杀了他算了。他日要是有时间再见，解了这用来伪装眼盲的白绫，得把虞北洲这厮打得满地找牙方能解恨。

<h1 style="text-align:center">五</h1>

朱雀大道即将走到尽头。

宫门越来越近，宫门通体朱红，色彩鲜艳而不失庄重，同一旁的宫墙形成鲜明的对比。

更高一点的地方，晚霞拖着火红，夕阳挂在枯枝上。

虞北洲下了马，随手将马缰扔给早就守候在一旁的侍卫，背着双手，漫不经心地跟随着打着灯笼的内侍入宫。

大渊如今在位的帝王雄才大略，有席卷天下、包举宇内、扫六合荡八荒之心，同时，也有一个大权独揽、残暴不仁的暴君名声。

早些年还是大国争霸，小国林立，现如今周边三个接壤的大国尽数被大渊扫清，只剩下另外三个苟延残喘，而其余小国林林总总加起来都不成气候，不足为惧。再加上渊帝正值壮年，展望天下也未尝不可。

这一回，虞北洲又是大败南梁而归。算起来，眼下只有卫国和豫国尚未纳入大渊的版图，这千古未能有人完成的一统伟业近在眼前了。

很快，虞北洲就到达殿前。

内侍通报后，便垂首站在门口，不敢越雷池一步。

虞北洲抬脚踏入大殿。

高台龙椅，渊帝正端坐其上，头戴十二冕旒冠，身着玄色龙袍，不怒自威。十二束垂旒，将九五之尊深邃黝黑的瞳孔遮掩，越发增加了那种居高临下的凌厉感。

偌大的一个宫殿安静得可怕。前前后后的宦官、内侍跪了一地，连一句"陛下息怒"都不敢劝谏，一片死寂。

这种时候，也就只有极得渊帝赏识、宠信的虞北洲能依旧站着了。

虞北洲略略一扫，眼尖地瞥到地上散落的案牍，心里清楚，肯定又是哪个奏折惹渊帝生怒了。

俗话说得好，伴君如伴虎。特别是在渊帝这种平素冷酷，喜怒不形于色，话也不多的帝王面前，更得小心翼翼、如履薄冰。

虞北洲却不怕，径直拱手行礼，道："末将参见陛下。"

看到虞北洲进来，渊帝的面色才有些好转："虞卿。"

在渊帝面前，一向没个正形的虞北洲也被迫站直身体，言简意赅地道："启禀陛下，南梁已经写下降书，这两日就会送达皇城。"

渊帝大笑："好！不愧是虞卿！"

片刻间，原先肃杀凝重的气氛轰然消散，跪在地上的郎中令终于悄悄地松了口气。他深知渊帝的性情喜怒不定，生怕天子一怒，自己的项上人头就此不保。

好在北宁王来了。

朝中谁人不知，陛下对年轻的北宁王青睐有加。

末了，帝王继续追问："不知虞卿是如何破了南梁呼延氏的城门的？"

其实，这些已经在战报上写过了，但渊帝关心军事，自然要一一细问。

"末将围城数日，趁着南梁都城将兵力集中在北门之时，率领精兵绕到南门，同时进攻，南门兵力空虚，我等长驱直入，将王宫包围，最后成功拿下。擒贼先擒王，如今南梁已是强弩之末，只待陛下下令，天机精兵随时可挟梁王大开城门，迎接我大渊铁骑。"

虽然只有寥寥数语，但曾经同样热衷带兵打仗的渊帝自然是清楚其中的凶险的。别的不说，光是带着数百精兵冲破城门，直取要害，如同打蛇七寸般不要命的打法就足够激进，稍有不慎就会落得被南梁禁卫军包围的下场。

大渊律法严苛，若是有所差错，就得以军法处置。

可虞北洲不仅冲了，这一仗还打得这么漂亮。

南梁呼延氏这般屈辱地被数百精兵生擒，想必不日消息便会传遍各国，成为百家文人、列国百姓席间的笑话。谁让当初多国合纵，带兵攻打大渊时，南梁是跳得最欢的那个。

渊帝透过冕旒打量着这位意气风发的年轻将军，黑眸中的欣赏愈甚。

虞北洲在大渊之外的名声不好，大都跟他狠辣的手段有关。当初，攻下几个北蛮国的大部落后，数万北蛮国人要么被他活埋，要么被斩首、被溺死……除了妇孺，一个不留。

然而，渊帝本身就是个暴君，不管是带兵还是治国时都一样。再加上，近些年大渊扩张迅速，也跟他选贤举能、善用敢用有关。所以，对于虞北洲的手段，渊帝不仅不厌恶，反倒十分欣赏。

大渊举国之力供给几十万大军的粮草，若是分给北蛮国的俘虏，自己士兵的口粮便会不够；若是轻易放走，只要不死，北蛮国随时可以重整旗鼓，卷土重来。届时耗费人力物力，牺牲的还是大渊军士。再者，战场的局势从来都是瞬息万变的，决不能心慈手软导致变故丛生。

数百年前，吴王夫差一时心软放过越王勾践。哪想勾践卧薪尝胆，十九年后终于带兵灭吴。斩草不除根，必定后患无穷。

除去南梁，就只剩豫国和卫国了。大渊数代帝王一统中原的夙愿即将达成，饶是冷酷如渊帝也不免心潮澎湃。

这么想着，渊帝罕见地露出些许笑意，赞道："得虞卿，是大渊之幸。明日早朝，寡人重重有赏！"

"末将不敢当。"虞北洲同样笑道，亦是神采飞扬。

看虞北洲心情这么好，渊帝多问了一句："寡人观虞卿今日进殿时心情不错，可是有什么喜事？"

红衣将军眯着凤眼，道："不算喜事，不过方才见到一位故人罢了。"

渊帝本来就是客套，听虞北洲这么说，自然不会追问，点了点头："既然只剩卫、豫两国，巍山军又还未归来，接下来直到年关都无战事，虞卿可要好生休养，为攻打豫国做准备。"

"谢陛下关心。若是无事，末将便就此告退。"

另一头，宗洛和顾子元带着礼家弟子，也顺利抵达礼家的驻地。

说是驻地，实则就是几个不大不小的院子。

大渊求贤若渴，特地在皇城内划出一片区域，供学子们入住。

礼家分到的这一块驻地，隔壁就住着医家和砚家的学子。

这段时间，进驻大渊的学派明显增多，为的都是即将在大渊京城召开的"百家宴"。

百家宴是各个学派进行学术和思想交流的大宴，每三年举行一次。宴会持续数月，主要考校武、猎、书、礼、乐、辩六项，每项选出一位魁首。

除此之外，还有百家辩论、各家论道、腊日节祭祀、冬月对酒等一系列活动，一直持续到来年年节前后，这场大宴才算彻底结束。

上流官职几乎被卿大夫垄断，平民布衣若想出头，加入学派就成了不二之选。

而百家宴，这个聚焦天下人目光的宴会，正是一步登天的最好时机，寒门学子自然不会错过。各个学派的学子为了入仕，竞争激烈。

宗洛刚放好行李，顾子元便来敲他的门。他听到动静，问道："子元，可是有事？"

"洛兄，不是什么大事，就是方才经过街角的一家书肆，看到他们家在售卖一些好看的名笺。不仅有描金云龙五色蜡笺，连澄心堂的纸都有售卖，还有上好的帛书。"

宗洛立刻就明白了顾子元的来意。

百家宴不仅是游学交流的场合，也是各家学子结交友人的大好时机。名笺就相当于现代的名片，不仅可以投递给各家达官贵人，还可以结交平辈。在这种情况下，名笺所用的纸张或锦帛就格外重要，甚至可以起到体现品位的作用。

他们入京的时间本来就晚了，后天就是百家宴召开的日子，如果今天不抓紧时间去买材料誊抄书写的话，恐怕明天一天很难来得及。

"好，子元请稍等。"

宗洛清楚顾子元隐藏的好意。他虽然跟随礼家入京，表面上只是挂着礼家贵客的头衔，其实还是被归到了礼家弟子的文牒里。

在别人看来，他双目有疾，若想谋得好去处，得加倍努力。再者，盲人写字总要难很多。如果今天早些去了，晚上就可以开始赶工准备，不至于后天拿不出名笺来。

秋天的夜晚凉意渐起。宗洛加了一件外衫，打开房门，说："天色不早了，我们快去吧。"

平日里，他和顾子元也算有些交情，自然承了这份心意。

于是，二人并肩同行，从驻地中走出。

门口不知何时趴了一只呼呼大睡的狸花猫。宗洛听到动静，停顿了一下，轻轻抬脚从旁边跨过。

看到此景的顾子元在心里感慨，洛兄武艺高强，听声辨位的本领竟也登峰造极，若不是眼缚白绫，实在看不出是一位盲者。

还记得宗洛被首领带回礼家的寒庐时，对诸位弟子说他身受重伤，需要静养，谁也不能踏进他休养的院子半步。这一养，就是很长时间，数月之后宗洛才被允许出门活动。

翩翩君子自然更容易博得他人好感，更何况，宗洛的人品实在没有可指摘之处，礼家上下都对他称赞有加。

和宗洛相处的时候，顾子元很容易感受到对方身上与生俱来的端庄和老成，明明看起来年龄也不大，却总给人一种近似于师长般的稳重感觉。他原本以为，宗洛会一直留在寒庐，没想到竟然会同首领请辞，跟着他一起来赴大渊参加百日宴。

这年头，不愿偏安一隅的，皆是胸有抱负之人。洛兄果然心怀天下，身残志坚！

这更加让顾子元打心底里敬佩。

"说起来……来到大渊后，洛兄有何打算？"

宗洛没有直接回答，反倒是将问题抛了回去，问："子元如此问我，可是想好了去处？"

"这倒没有。"顾子元尴尬地摸了摸鼻子，"只希望百家宴时能好好发挥，若是能谋得贵人赏识，顺利成为门客，将我礼学发扬光大自然极好。若不行，那只怪我才疏学浅，等回庐重修，三年后再来也不迟。"

顾子元是孤儿，儿时被首领捡回寒庐，从小在礼家的寒庐内长大。既然洛兄在失忆后冠了礼家的"顾"姓，自然而然地就是一家人了。他觉得，虽然洛兄身体有疾，但剑术十分厉害。原先，他还不知道厉害的程度，今日看到对方和北宁王都能打成平手后，这才有了些真实感。

"说起来，洛兄同那位大渊朝的三皇子也颇有缘分。我竟没注意到，你们连单字都相同，又是一年前重伤……若不是洛兄失忆了，指不定会有什么渊源呢。"顾子元打趣着，丝毫没有生疑，"对了，洛兄既然得了北宁王的青睐，不如择日去王府拜访？"

别的不说，以北宁王在大渊的地位，若是真能接受他的招揽，往后洛兄就是扶摇直上，平步青云。要是能谋得一官半职，顾子元也算是放心了。

宗洛唇角的微笑有些僵硬："还是不了。"良久，他又补上一句，"另眼相看不假，但良禽择木而栖，良臣择主而事。北宁王性格暴戾恣睢，实在不是好相处之人。"

"说得也是。"想起北宁王在城门口那纵情肆意的模样，顾子元也觉得心有余悸，"原先还以为传言有假，如今看来，那些传闻……应当不虚。"

宗洛稍感意外。他还以为，只要见过虞北洲本人的人都会被他的主角光环所影响，没想到顾子元竟然还能保持理智。

就在宗洛沉默下来的时候，顾子元又补上一句："虽说如此，北宁王礼贤下士也是真的，不然也不会给洛兄玉佩了。"

宗洛听完，觉得自己总算是知道为什么师叔要让顾子元带领学子来大渊了。

虽说顾子元才思敏捷、文采斐然、礼学功底深厚，堪称一代大儒。但到底还是资历尚浅、闭门造车、缺乏经验。虞北洲用几本闻子的典籍就能把他收买，这也太好骗了。

两个人你一言我一语，结伴行至街角的书肆。

这两天，在这里排队买名笺和纸笔的书生不少。现已到傍晚，马上就要收摊了，还陆陆续续的有马车驶来。

"啊，人可真多！"顾子元看到摆放的名笺，眼睛都亮了，"这带梅花纹的名帖可真好看，买些回去还能熏香，再夹些干花，当真是雅致至极。"

"既然人多，那我便不上前了，还得劳烦子元为我选上几样。"宗洛现在是个"盲人"，只能请顾子元代劳。

"那是自然，这种小事，洛兄就放心交给我吧！"顾子元自然不会推脱。

把宗洛带到店门旁的僻静处，二人约定好时间，顾子元便迫不及待地进了店里。

宗洛一个人站在屋檐下，倒也不觉得无聊，反倒开始注意听着周围的声音。

眼盲本来就是装的，只要扯下白绫便能视物。但偶尔封闭自己的视觉，倒也别有一番趣味，甚至因此觉得听觉敏锐不少。

如今站在这里，屏气凝神，就能听到不远处的书肆里书生的低声交谈，马车前行的声音，车奴挥鞭的响动，远处秋蝉鸣声阵阵，天边闷雷滚滚。

"要下雨了……"宗洛叹了口气，稍稍往后退了两步，将自己的身子完全缩到屋檐的掩盖下。

阔别大渊一年有余，总觉得上一次站在皇城里，似乎是很遥远的事了。

自从不小心碰到这本名为《能饮一杯无》的书后，里里外外加在一起，这已经是他的第三段人生历程了。

哪有人能活这么多次？仅仅是听着皇城里的雨声，也觉得如同黄粱一梦，恍若隔世。

很快，滴滴答答的雨就落了下来，继而像是有人从天上往下倒了水，转瞬就变成倾盆大雨。

又约莫过了小半炷香的时间，远远地听到雨中传来嘈杂的声音。

"是玄骑军！"

"玄骑军回城了！"

如同呼应般，一队整齐肃穆的黑色骑兵如幽灵般掠过，在皇城的道路上疾驰，所到之处飞珠溅玉。

骑兵们身披玄甲，头戴头盔，脚裹长靴，脊背挺直，端坐于黑骑之上。侧耳细听，竟是连马蹄声都恰好连成一串，丝毫不见杂乱，训练有素得令人咋舌。

宗洛猛地抬起头，遥遥朝着路口"望"去。即使他现在什么都看不见，却也能想象出百姓口中"玄骑军"的英姿。这是他花了数年时间，呕心沥血培养出来的亲兵。曾陪着他出生入死、征战四野，看过楼台日落，也观过沙海月圆，更蹚过刀山血海。甚至他于城门前自裁，玄骑军也无一位独活。

在寒庐时，虽说是假死，但首领师叔也拜托了砚家定时给他带来大渊的情报。所以，宗洛知道，在他身死函谷关之后，接任玄骑军大将军的正是他曾经的副将——穆元龙。

如今听这串节奏几乎一致的马蹄声，宗洛的内心多了些欣慰。这一年多来，尽管主将有变，也未能好好出征打上一仗，但至少玄骑军的训练并没有落下。

同一时间里，玄骑军为首的将领遥遥回望，忽然勒住马缰，直直地在雨里停了下来。

"穆将军，怎么了？"第二排的队长见他停下，颇为惊讶。

穆元龙定定地看向方才惊鸿一瞥的位置，隔着厚厚的雨帘，那里只浮着一抹缥缈澄澈的白色身影。

"我刚才……"他喃喃自语着，"好像看见三殿下了。"

穆元龙的话让所有玄骑军都沉默下来了。

一时间，天地之间仿佛只剩下这瓢泼大雨的声音，风裹挟着雨水，洒落在地面，扫过落叶。

他们矗立在这滂沱大雨中，冰冷的雨水从头盔流到下颌，再顺着胸甲落下去，将黑色的玄铁冲刷得干净发亮，闪烁着熠熠寒光。

"穆将军，三殿下他……他已经……"队长一连开口几次，声音干涩，喉咙仿佛被什么东西堵着，后半句怎么都说不出口。

"是啊……"穆元龙苦笑两声，"是我魔怔了。"要是三殿下还在，他们怎么会连一个南梁都拿不下？他的手里牵着缰绳，不死心地又往那边看了一眼。

被雨帘遮掩的屋檐下，白色的身影已消失不见，如同镜中花水中月，一场无边秋月的幻梦。正如那场大梦，三皇子独自诱敌深入，最后毅然将剑横在自己脖颈上……

穆元龙回过头，低喝一声，双脚用力夹了一下马肚。

伴着马蹄踏雨声，这队训练有素的轻骑重新消失在朱雀大道的尽头。

不远处，隔着书肆门栏看他们离去的宗洛悄悄将白绫拉了上来，重新遮住自己的眼睛，一言不发地站了回去。

现在还不是时候，至少要等到被虞北洲破坏的第一步计划完成之后……他才能顺理成章地重新出现在玄骑军面前，不然渊帝会生疑。

回去的路上，顾子元一直絮絮叨叨地和他说话，语气中都带着愉悦。

"刚才我买了好几种名笺，有梅花纹的，还有桃花纸，狭帘罗纹纸上方还撒了好看的金粉，洛兄想要哪一种？"

宗洛被他吵得头疼，无所谓地说："普通一点的就挺好。"

"我懂。"顾子元立刻露出会意的笑容，"我选的都是偏素雅的颜色，熏香还是从寒庐带来的。等洛兄写完后再拿给我熏一下就好。"

宗洛接过一沓名笺，道过谢后，回头就随手搁在屋内的书桌上。

灯光朦胧地照到桌上，将光亮氤氲成了一团，落下深深浅浅的阴影。

窗台外，雨还在下，滴滴答答的，打在窗棂上。

火苗摇曳了许久，终于在入夜不久后熄灭。

贰章 · 进宫

六

或许是下了场大雨的原因，两日后，天气晴好，朝霞万里。

东方才刚显出朦胧的亮光，驻地这边就开始热闹起来。

宗洛听到动静，起床换好衣服，束好发后往窗外望了一眼，正好看到外边的小厮站在马厩栏外，百无聊赖地给马喂着马草，俨然是一副等候多时的模样。

顾子元还没来，宗洛干脆放下窗扣，把七星龙渊上面的黑色夔纹古玉卸下，系到自己的腰间。

今天是百家宴的开宴，昨夜宫中就来了圣旨，特地将开宴的地点改在宫内。既然要进宫，自然不能携带武器。

百家宴每三年举办一次，每次开宴都会吸引天下人的目光。若是能在六艺比试中夺得魁首，不亚于"十年寒窗无人问，一举成名天下知"的状元。日后不管去大荒哪个国家拜官，都能享受极高的待遇。

大渊作为大国，求贤若渴，对他国来大渊效力的才子更是以礼相待，予以客卿之尊。对此次百家宴予以高度重视，特意更改举办地点倒也无可厚非。

"洛兄！今日有好好换药吗？"

宗洛刚将白绫缠好，顾子元就来敲门了。他今天缠的白绫浸过药水，能影影绰绰地看见些事物的轮廓。

"当然。"宗洛随口答道，"医圣前辈嘱托的大事，我怎么敢忘？"

二人边说边走到院子门口，外边排队出驻地的马车一辆接着一辆，嘈杂的声音混在一起，好不热闹。

"洛兄昨日未出门，怕是有所不知，今年来参加百家宴的学子可谓是藏龙卧虎啊。" 昨天在外边打探了一天消息的顾子元如数家珍地介绍道，"当今大渊丞相便是刑家高徒，今天他的徒弟也来了。更别说玄门和五行家，就连合纵连横也派了位嫡传弟子前来。不少赌庄开盘下注，六艺魁首的热门人选竟然到现在还没个定数，如此盛况，数十年都未曾有过。"

听顾子元提到大渊丞相裴谦雪，宗洛沉默半晌，道："麒麟也需择主。大渊如今锐不可当，自然是人才济济。"

顾子元见他十分淡定，不免好奇："洛兄不心急？玄门无为剑法，五行家傀术，砚家非攻刀法……皆是声名在外，威力无穷。武艺魁首花落谁家，就连茶馆的说书人也难以预料。"

宗洛微微一笑，掀开车帘登上马车："急什么？武艺是最后一日比试的内容。子元，你既然要参加书艺，才应该多多担心啊。"

顾子元立刻不说话了，神色紧张，手都有些僵硬。为了应对接下来的书艺比试，便先在脑海中演练起书画来。

不多时，马车就在宫门口停下。接下来的路程，需学子们步行。

宫门前的禁卫军一个接一个地盘查，确定身上没有携带武器后才准许放行。

宗洛不想引起不必要的关注，特地换了件普通的白衣。不过，这么做也没有起什么作用，一路上，还是因为脸上的白绫收获了不少学子打量的目光。

等到盘查结束，才有侍卫看着他的背影，窃窃私语。

"方才那位公子似乎有些眼熟。"

"那位眼缠白绫的瞽者？确实有些眼熟，一位温文尔雅的公子，怎么会得如此恶疾？"

"我倒是知道为何眼熟……"其中一名侍卫支支吾吾地说，"你们还记得去年太卜大人卜出九星连珠的那日吗？那位白衣公子的脸，分明就和三皇子是一个模子刻出来的……"

此话一出，他们不约而同地想起各自做的那个梦。

侍卫长大惊失色，呵斥道："妄议皇族乃是重罪，再者，三殿下为国为民，怎可随意编排，此话慎言！"

这话一出，所有人都闭上嘴，再不敢多言。

三皇子常年在外领兵，绝大多数宫内的侍卫都不曾见过本尊，只是从去年那场梦中窥得些神韵。

仅有身在大渊的百姓梦到三皇子自刎，而来自其他列国的学子都只是有所耳闻，即使注意到了，也不清楚这些侍卫噤若寒蝉的真正缘由。

礼家和砚家并称为当世两大学派，彼此水火不容。

礼家和刑家之间的关系也差到极点。礼家一直没能进入大渊，便是因为当今大渊的丞相是刑家高徒，早些年还未官拜丞相时曾写过一篇洋洋洒洒的檄文，将礼家的主流思想批得一文不值。

一路上，也就只有幺门学子心大，四处同人打着招呼。虽然礼家和玄门的关系也很一般，但伸手不打笑脸人，大多数礼家学子都会卖个面子。

行至章宫前的露天广场，领路的内侍停下脚步，恭恭敬敬地立于一旁。

许久，高处殿上遥遥传来"圣上驾到"的声音。

只见渊帝身着玄色龙袍，自殿内踱步而出，冕旒垂下，面容冷峻，不怒自威。被帝王直视的学子都不免双腿发颤。

"参见陛下。"众学子纷纷行礼。

他们都是第一次见到这位声名远扬的渊帝，不免有些好奇，个个不着痕迹地偷偷打量。

在这些人里，只有宗洛一个人站在背后，低垂着头，试图降低自己的存在感。

在穿书后的第一场人生里，他莫名其妙地被发配边疆两年，又死于一纸勒令自裁的圣旨。

宗洛以为，即使时隔一年，再见到渊帝，他的心中应该是带着恨的。可真正站在这里，看到渊帝，他却惊讶地发觉，此刻的心情竟然如此平静。或许，是他终于明白了，他从来都是不被关注的那一个。

三皇子不满一岁就被送到卫国为质，十七岁回大渊，算起来，中间有十几年时间未曾与至亲相处，其他皇子也从未见过他这位名义上的兄长，与其相处时，也是客气居多，颇显疏远，更别说渊帝。

再后来，他常年在外征战，与至亲相处的时间就更少了，甚至连着好几年的年节都没有回宫。

而渊帝看似委以重任，但不管宗洛打仗赢得如何漂亮，事情做得多么完美，也从未从他的口中听到过一句褒奖。

宗洛尽心尽力做到最好，孺慕父皇，友爱皇弟，却比不上年纪最小的九皇子在渊帝面前一句轻飘飘的撒娇。

渊帝最宠爱九皇子，这是人人皆知的事实，是要星星不会给月亮的宠爱。其他皇子在成长期也或多或少地得了渊帝的荫庇，而宗洛，在偌大的皇宫里，不管再怎么想融进去，也从来都像个置身事外的无关人。

亏得宗洛以前还是教书育人的研究生导师，竟然没有看透，反倒陷了进去，真真是白活了两世。他自嘲地想，其实根本没必要低着头躲。若是能看到他现在这副样子，渊帝也总该能放心了。无论储位之争有多激烈，一个残疾者也不能继承大统，不会构成威胁。

不知道过了多久，远处又传来起驾的声音，宗洛这才松了口气。

虽说渊帝是个世人皆知的暴君，但处理起政务来的确果敢坚决，虽年近五旬却依旧能每日批阅上百奏折。现能抽出时间见一面众学子，已经是莫大的恩赐，至于下一次面圣……应当要等到闭宴之际，为六艺魁首授予文书之时。

宦官朝众人行礼："请诸位随我来，接下来几日的论道将在兰亭水榭举行。"

按照规矩，宴会前五日是由各家自由论道。宴中不需要请帖，上至世家将相，下至平民百姓，只要能通过问答，皆可入宴参会，这通常也是最热闹的几天。

顾子元始终站在宗洛的身旁，主要是为了照顾他，一干礼家学子都自觉地跟在后面。二人刚走进位于章宫旁侧不远的兰亭水榭，就听见前方的小厮呼喊："快让开，莫要冲撞了贵人！"

顾子元连忙拉着宗洛往后退，没想到他已经挪开。看到宗洛无事，才垂下手惊讶地道："竟然是大渊皇子们的车驾。"

宗洛没作声。

既然世家贵族能来，皇亲国戚们自然也不会错过。更何况，除了太过单纯的顾子元之外，众人皆知，如今大渊的皇子夺储之争已经到了白热化的阶段。

多年来，渊帝并未立储。

表面上最受宠的九皇子，年龄距离弱冠尚远，生母又早早薨逝，在朝中并无根基。除非渊帝铁了心要废长立幼，不然，他成为储君的可能性极低。

八皇子则有些先天痴傻，不计入考量范围。

算下来，只有四皇子、五皇子和六皇子紧紧地盯着皇储之位。

五皇子是个习武的绣花枕头，全靠母族撑着，几次上战场都成事不足败事有余，虽然掌握了定北军的兵权，但不足为惧。

六皇子同样是外戚显贵，乃权贵世家，老树盘虬般扎根，朝中支持率居高不下，实力深厚。

四皇子的生母出身低贱，实力看起来比不上另外两个人，为人很是低调，实则却是韬光养晦，心思深沉。他表面上一副只爱美人的纨绔子弟模样，却没事就去挑拨离间老五、老六，乘他们相互拱火之机，积攒实力。

如果没有虞北洲横插一脚，恐怕皇位最后还得落到四皇子的手中。估计四皇子自己也没想到，他现在的举动无异于养虎为患，后患无穷。

很快，在内侍带领礼家弟子到放置好的蒲团旁边后，各家学子也一同起身向三位皇子行礼。看这阵势，有意争夺储君之位的三位皇子都来了。

六皇子宗永柳最先踱步而来，扬声笑道："各位才子来我大渊，实乃大渊之幸。这几日论道，大家务必畅所欲言。我大渊正是求贤若渴之际，只要是有才之士，皆来者不拒，还望诸位莫要拘谨。"

宗洛思索片刻，同顾子元低声说了一句，让书童同内侍递了个话，借口整理衣冠，从后面悄然绕了出去。

上一场人生的这个时候，宗洛已经在前往边疆的路上了，大多京城的消息都是通过密信得知。

"这位公子，偏殿就在前边，您随便选一个进去就行。干净的衣服和需要的东西都放在桌案上了，您自取便可。"

宗洛低声道了谢，顺手将一串钱放到内侍的手里，说道："多谢。我不希望换衣服的时候被人打扰。"

内侍得了好处，忙点头哈腰地说："明白，明白。要是待会儿有人来，小的就把他们带到其他空着的偏殿里，绝对不会让人来打扰公子。"

合上门后，宗洛从门缝里确定内侍已经离开，这才行至殿后，推开后门，故意留出半掩的痕迹。

兰亭水榭靠近宫门，是平日里皇族召开夏宴的地点。风格一反大渊宫内的肃穆，而是亭台楼阁，雕梁画栋，还特地挖了条十八弯的水渠，用来行酒对诗，曲觞流水，典雅至极。

这里也算是皇家的别庄，靠近内宫之处，平日由宫中禁军一同把守，闲人不得入内。

宗洛捡了块石头，瞄准树枝上的麻雀，稍稍用了点劲道。等到侍卫听到动静，上去查看的当口，他骤然而起，足尖轻点，轻轻提气，身子如同飞燕一般离地，飞入砖红色的宫墙内。

宫内十分冷清。

鲜少有人知道，水榭后园有道门，穿过去再拐个弯便是冷宫。

这里多年未曾修缮，圆木和房梁上结满了一层又一层的蜘蛛网，墙体脱落变色，放眼望去是灰蒙蒙的一片，连行走的侍卫都没有一个，肥硕的老鼠倒是不少。

宗洛在这片寂静的宫殿群落内行走，熟练地左拐右拐，到达一座稍显破旧的院落前，上前叩门。

"笃笃笃——"

许久，他都没有听见院落里有动静。

宗洛还以为在自己不在的这段时间里，他要找的人早已从冷宫里搬了出去。

忽然，吱呀一声，门开了。

一个瘦弱的少年站在门后，睁着一双乌溜溜的眼睛，也不说话，只是怯生生地看着。

隔着白绫，宗洛露出一个安抚的笑容："小八，是我，三哥哥回来了。"

少年不敢置信，再三打量，直到看到宗洛腰间的夔纹古玉后，才得以确定。忽然，他哇的一声哭了出来，飞奔过去抱住宗洛，边抽噎边说："三哥哥……真的是你吗？宫里的人都说你在战场上死了……"

"没事了，没事了，三哥哥怎么会死呢？你看，我这不是好好的吗？"宗洛拍了拍他的肩膀，"别站在门口，进去再说。"

"好！"少年连忙把门重新关好。再转回头，脸上已不见一点痴傻之色。

如果说宗洛是这个皇宫里的局外人，那八皇子宗瑞辰就是皇宫里的透明人。

宗瑞辰的母族荣家早年间曾经参与过谋逆大事，待事情平息之后，渊帝便放手处置荣家，丝毫没有手软，直接下旨诛九族，满门抄斩。主谋更是被施以车裂之刑，血腥味三天三夜都未能在午门消散。连带着宗瑞辰的母妃也被打入冷宫，赐了毒酒。

偏偏那会荣妃正怀有身孕，听到荣家参与谋反而且失败的消息之后，这个可怜的女人急得两眼发黑，意外早产。弥留之际，她不得已将刚刚出生的孩子托付给宫里陪伴已久的嬷嬷。

身上流着罪臣的血，虽然身为皇嗣免于一死，但宗瑞辰在宫中过得自然不好。再加上，嬷嬷从小教导他莫要惹是生非，所以，在外人面前他一直十分拘谨，时间一长，就落得一个痴傻的名头。

所幸渊帝并不关注他，只当他是个透明人。宫里的下人又惯于见风使舵，久而久之，这偌大的冷宫竟然连贴身服侍的人都没有，只是偶尔有人过来送点东西，甚至还比不上隔壁软禁在质子宫里的质子，着实叫人唏嘘。

大渊皇室宗亲这么多人，只有宗瑞辰，宗洛最放心不下。其他几位皇子或许有假，但他真心把宗瑞辰当作亲弟弟看待，宗瑞辰也是真心仰慕这位兄长。

当初，从卫国回宫时，宗洛尚未加冠，朝中毫无根基，是宗瑞辰陪伴着他度过那段岁月。

可惜的是，穿书后的第一场人生里他被发配边疆，自身难保。后来，听说宗瑞辰为了维护他，卷入了三位皇子的夺储之争，成了一颗棋子，被活生生地打死在宫宴上。

远在边疆的宗洛收到密信，看到这条消息时，差点没呕出一口血。

宗瑞辰根本不如外人所说那般痴傻，相反，他不仅天资聪慧，根骨也很不错。宗洛还记得当初他承诺过，等宗瑞辰弱冠后，就带他一起去战场上开疆拓土，教他武功，做侠客一般的男子汉。

可转眼间，物是人非，竟然连最后一面都没能见到。给宗瑞辰收尸的，还是宗洛留在京中的旧部，只敢偷偷行事。

这一世，宗洛回到大渊，想做的第一件事，就是把宗瑞辰从宫里接出来。

"事情大概就是如此。"宗洛简单地把这一年多来的经历说了一遍，隐去了假死的缘由和目的，只说当初身受重伤被礼家救下，如今眼疾未愈，但有医圣出手医治，想来治愈有望。

宗洛言语中把自己战场重伤的缘由归于另外三位皇子，为自己如今为何要大费周章地伪装失忆找到完美的托词。

并非是他不想如实相告，而是所图甚多。若是没有做好万全的准备，没有积攒足够的力量，宗洛都不准备向任何人透露。

宗瑞辰的年纪还小，听到三哥哥被暗算、受了伤，哪里还顾得上其他，对宗洛所言的"伪装失忆钓大鱼"的计划信以为真。他那巴掌大小的瘦弱的脸上满是泪痕，连忙点头道："三哥哥没事就好！"

在宗瑞辰的心里，渊帝和冷血修罗一般无二。现在，知晓三哥哥竟然瞒过了残暴的父皇，本来就对宗洛十分崇拜和敬仰的宗瑞辰，此时更是对其佩服得五体投地了。

宗洛揉了揉他的头，叮嘱道："总而言之，这件事情还需要瑞辰帮我保密，必要时刻或许还得帮我掩饰一二。"

"放心吧。"宗瑞辰拍着胸脯保证，"三哥哥放心，这点小事，我绝对能办好。"

"那……"宗洛刚开口要说些什么，不料，殿外忽然传来一阵剧烈的踢门声。

七

门外，几位内侍带着十几个侍卫，周围还围着不少穿得花花绿绿的丫鬟、奴婢，一大群人浩浩荡荡地站在冷宫的门口，中间簇拥着一位锦衣华服、神态嚣张的少年皇子。

在这群人的身后，还跟着一位约莫十七八岁，相貌漂亮的紫衣青年，只带了孤零零的一个随从，看起来显得格外寒酸。

"咚！咚！咚！"侍卫先是领命上去敲门，不料怎么都敲不开，就改成了踢。

虽说是冷宫，但到底大渊宫内建筑样式肃穆端庄，柱子一律采用高大的圆木，只要从背后扣紧门板，就很难从外面推开，即使用脚踢也无济于事。

"好啊！这个傻子，竟然都敢不开门了！"看到这一幕的九皇子宗弘玖发怒了，"给本皇子把门砸开！"

"诺！"侍卫哪敢不从，立刻去拿木桩。

他们这些在宫里混的心里最是门儿清。宫里最不能惹的人有两位，一位是当今圣上，另一位就是混世小魔王九皇子。

渊帝没有立后，后宫嫔妃也不多，生了皇子、公主才会给个位份。再加上，多年来他的雷霆手段不减，后宫嫔妃一个个乖得跟鹌鹑一样，无人胆敢造次。

九皇子是年龄最小的皇子，虽然生母薨逝得早，但最受渊帝的宠爱。

早年渊帝还未彻底执掌大渊，政务繁忙，忙得是脚不沾地，夜晚就睡在章宫屏风后的榻上，一年到头根本去不了几次后宫。

再后来，除掉了旧臣、权臣，国力日益强盛，渊帝的身体又没有早些年驰骋战场的硬朗。皇子们一个个及冠，出宫建府居住，渊帝晚年生活略显寂寞。这晚来的幼子，自然集万千宠爱于一身，旁人根本羡慕不来。

以上种种，是九皇子在宫中横行的原因。

九皇子刚满十岁，在渊帝御前乖得不行，在其他人面前就立刻换了一副嘴脸，走到哪里，哪里就鸡飞狗跳。前些天，少傅还到渊帝面前状告九皇子目无师长，每次上课迟到也就算了，还公然扯着卫国质子出去打鸟玩。

渊帝让九皇子到少傅面前告罪，转头却禁了卫国质子的足，削减其用度，本该施了始作俑者的惩罚全部落到后者身上。

"九皇子竟如此受宠？"听宗瑞辰这么说，宗洛也不免感到诧异。他在京城待的时间不多，虽然知道九皇子受宠，但也不记得宠到哪种程度。要知道，换个人在渊帝面前这样，哪怕是身为皇子，也得掉一层皮。

"确实如此，特别是这一年，父皇简直把九皇子捧到天上去了。"宗瑞辰叹了口气，"或许……父皇是觉得，三哥战死沙场，心中悲痛，故而越发宠爱九皇子吧？"

"或许吧。"听宗瑞辰这么说，宗洛不露声色，心里却觉得极为讽刺。如果没有上一场人生的发配边疆和赐剑自裁，他肯定也会不自量力得像宗瑞辰这么想。

眼看殿门即将要被撞开，宗洛低声和宗瑞辰说了几句，转身轻巧地翻上房梁。再回头时，只见那几名侍卫已经把冷宫的殿门撞开了。

九皇子宗弘玖站在门口，看着残破的冷宫，满脸嫌弃地道："把他抓出来！"

立刻有侍卫领命上前。

这些侍卫练的是蛮功，手上的力气大得惊人。宗瑞辰不能反抗，只能装作痴痴傻傻地站着，任由侍卫过来架住他的双手，将他从屋内拖了出去。

出了殿门，宗瑞辰就看到宗弘玖背后站着的卫国质子叶凌寒，心里顿时明白，这是九皇子又想拿他们两个人寻欢作乐了。

宗弘玖行事骄横霸道，宫中没有人"有资格"成为他的玩伴。尚书房里那些朝臣的子女对他更是恭敬有加，避之不及，他也越发觉得那些人无趣得很。

为了找乐子，他有事没事就会欺负一下卫国质子叶凌寒和痴傻的八皇子宗瑞辰。

宗瑞辰好歹是名皇子，就算不被关注也不能做得太过。但卫国质子就惨了，最过分的时候，宗弘玖甚至故意折辱叶凌寒，在他的脖子上套上项圈，把他当狗骑。

"你这个傻子，竟然还敢不开门？"

宗弘玖不悦地抓起一旁丫鬟手里捧着的鞭子，让侍卫控制住宗瑞辰，不由分说地便朝着宗瑞辰的身上招呼过去。

这是他方才在马术课上得到的小马鞭，看起来比普通马鞭威力轻些，实则是西域胡人特制的，尾端带了倒刺，抽起马来格外利索。

这一鞭要是打在人的身上，定然是皮开肉绽。

内侍和侍卫、丫鬟见状习以为常，竟没有一人上前阻拦。

若是换成其他皇子，宗弘玖或许不敢造次，但面对宗瑞辰，他毫无顾忌。

多年来，渊帝对宗瑞辰不闻不问，连宫中的年宴，宗瑞辰都不曾出席，足以表明圣上漠视的态度。

也是，列国里手足相残的事情还少见吗？就连渊帝当初杀起兄弟手足来也是毫不手软，区区一个皇子，更何况，还是一个身上流着罪臣之血的皇子。

再说了，就算见了血，那也可以说是这个傻子自己弄的。谁会关心一个住在冷宫里的傻子呢？

就在宗弘玖露出歹毒的笑容，仿佛已经预见宗瑞辰身上皮开肉绽、血肉模糊的惨状时，手里刚刚挥出去的马鞭却忽然被一股力量抓住了。

他愣了一下，转头一看，这才发现不远处站了一个侧对着他的白衣青年，鞭子尾端正被白衣青年稳稳地攥在手中。宗弘玖面色陡然变得阴沉，下意识拉扯，鞭子却纹丝不动，不禁勃然大怒。

"你是何人，竟然敢阻拦本皇子？来人！给我把他拿下！"

侍卫们领命冲上去阻拦，却见那位白衣公子轻轻松松地将马鞭从九皇子的手中抽了出来，扯得宗弘玖一个趔趄。

下一秒钟，马鞭在白衣公子的掌心里绕了个圆，汇成一道道残影。几名侍卫还没反应过来，就被这样凌厉的力道抽得倒退几步，衣襟寸寸裂开。

这还不是最骇人的。最骇人的是白衣公子回头后露出的半截面容。

一瞬间，所有的内侍和侍卫仿佛都被定在当场，面露愕然，膝盖发软，几个胆小的直接被吓得跪了下来。

宗弘玖刚刚站稳，见这群下人如此不中用，暴跳如雷，骂道："你们这群废物，不是让你们抓住这个贱民吗？待抓到他，本皇子定要把这贱民扒皮抽……"

正大声呵斥着，九皇子终于看清楚了对方的脸。

白衣公子长身玉立，墨发高束，犹如林间明月，翡丽无暇。

这般姿态，除了战死沙场的三皇子，还能有谁？

宗弘玖张大了嘴，眼睛瞪圆，后退两步，一屁股跌坐在地上，瞳孔里流露出不加掩饰的恐惧："你……你……鬼啊！"

宗弘玖亲眼看着三皇兄的牌位奉入太庙，衣冠冢葬入皇陵。

别的不说，今年春社的时候，他可是规规矩矩地在太庙磕过头的。

跪了一地的内侍战战兢兢的，没人敢抬头去看。

宗弘玖背后，始终沉默着的叶凌寒看到这幕情景，无动于衷的面容也露出惊愕之色。惊愕过后，心情更是复杂。

宗洛当年结束质子生涯回国后，曾经如日中天的卫国也逐渐走上了衰落。反之，大渊变法后则是一日比一日强盛。

为了避其锋芒，卫国只好将太子叶凌寒送到大渊为质。事实上，叶凌寒只是卫国权力斗争的牺牲品。他的母后出身卫国虞家，也就是虞北洲的家族。因母族势力强大，他三岁便被封为太子，本是板上钉钉的下一任卫国国君。

然而，虞北洲从鬼谷出师后，转头就把虞家给灭了。他做得很聪明，没有留下任何把柄，世人皆以为虞家是被仇家设计了才会落得如此下场，真正的幕后黑手反倒摘了个干干净净。

虞家灭亡后，叶凌寒失去了最大的倚仗。适逢大渊出兵，于是，卫国那些心怀叵测、其他皇子阵营的朝臣联合上书，建议把身为太子的叶凌寒送到大渊为质。

在大渊这些年，卫国都没有要接回叶凌寒的打算。一是不敢与如今的大渊相抗衡；二是代表着叶凌寒早就远离卫国的权力中心，成了一颗弃子。最近，也有消息传来，卫国要重立太子了。

好端端地，从太子沦为屈辱的阶下囚，任凭是谁，都无法平静地接受其中的落差。

叶凌寒恨卫国朝臣的尔虞我诈，恨大渊的虎狼之师，更恨大渊胁迫他的表兄虞北洲做事。他虽然身处敌营，但像条暂且潜伏的毒蛇，默默地积攒着毒液，等着一击制敌时猛然而起，发动致命的攻击。

在大渊遇到的人里，叶凌寒最恨的就是三皇子和九皇子。

若不是大渊三皇子多年在卫国为质的先例，卫国也不会将太子叶凌寒送到大渊为质。再加上，虞家的覆灭一看就是有人设计，论及罪魁祸首，难免和当时尚在卫国的宗洛脱不了干系。在这种情况下，叶凌寒很难给宗洛什么好脸色看。

去年三皇子战死沙场后，叶凌寒在宫中被宗弘玖当成狗一样屈辱地对待，内侍捏着嗓子嘲笑他没了三皇子的庇护后，便如同丧家之犬，他这才恍然惊觉——原来这位自己仇恨的人，竟然一直默默地在背后照拂他。

当初，宗洛看叶凌寒可怜，再加上自己也有同样为质的经历，虽然表面不说，但私底下吩咐了宫中内侍多加照拂。

等三皇子战死的消息传来，卫国质子失去了庇护，那些见风使舵的宫人们便翻脸不认人，恨不得把叶凌寒踩在脚下。

再次相见，叶凌寒对宗洛的感情显得极为复杂。

一方面，他内心恨意难平；另一方面，宗洛是他从小到大，唯一一个默默地对他好，却又不索取任何回报的人。就连他的表兄虞北洲，眼下在大渊常年领兵作战，偶然遇见，却也为了避嫌毫无交流，私下照拂更是从未有之。

最重要的是，叶凌寒一直以为，宗洛"文韬武略，清风朗月，君子之风"都是为了夺嫡装出来的。没想到他竟然在函谷关战死，也是真的兼爱众生……

然而，宗洛没有看他一眼。

或者说，如今眼缚白绫的宗洛谁也没看，而是弯腰扶起坐在地上傻笑的宗瑞辰，一同离去。周围的人战战兢兢地跪了一地，竟然无人敢上前阻拦。

"等等……九殿下！"跪在地上的内侍斗着胆子抬头一看，猛然察觉不对，连声提醒九皇子。

宗弘玖被吓得够呛，已是惊魂未定，哪敢去看？过了好一会儿才敢抬头，那袭白衣早已消失得无影无踪，只记得方才的惊鸿一瞥。

宗弘玖的神色惊慌，不敢置信地说："小福子，你说，该不会真的是鬼吧……"

"九殿下，您吉人天相，怎么可能招惹鬼怪？"内侍也擦了把冷汗，"方才奴才也是吓住了，如今细想却是不对……您想啊，三殿下如果没死，怎么可能不回宫呢？"

小福子压低声音，继续说："再说了，若真是三殿下，为何要把眼睛蒙上？这布一蒙，是人是鬼谁知道？乌鸡都能说成是凤凰，还不知道是谁呢……"

宗弘玖天不怕地不怕，从小到大没见过三皇子几面，要不是去年的国葬太过隆重浩大，他甚至都不记得自己还有这么一位皇兄。

而且，宗弘玖从未听父皇提起三皇兄。其他皇兄或多或少会提及几句，只有三皇子，渊帝几乎不会公开谈论。他之前听下人们嘴碎，说盛大的国葬未必是渊帝有多宠爱三皇子，只不过三皇子是为国捐躯，肯定得拿个态度出来。

也对，哪位皇帝会把自己最看重、最宠爱的皇子放到战场上去？这不是断送国家命脉吗？

听内侍这么一提醒，宗弘玖也回过神来。

刚才那个白衣青年虽然面容、气质酷似大渊故去的三皇子，但双眼蒙着白绫，是不是同一个人可不好说。

如果三皇子还活着，根本不可能等到现在才出现。

这么一想，宗弘玖也硬气起来，勃然大怒，道："好啊！竟然敢坏了本皇子的好事，敢情还是个冒牌货？"他在地上跺了跺脚，死活咽不下这口气，便怒气冲冲地带领着下人朝着章宫的方向冲去。看那阵势，应当是打算去找正在章宫处理政务的渊帝告状。

被遗忘的卫国质子叶凌寒站在原地，他的随从看着宗弘玖大摇大摆地离开，顿时松了口气。要不是今天这件事赶得巧，他家主人指不定要被宗弘玖怎么折腾呢。

只要九皇子来，叶凌寒就逃不掉一顿皮肉之苦，偶尔九皇子心情好了不打他，也得想尽办法折辱一番。

然而，对于曾经心高气傲的卫国太子来说，折辱远远比皮肉之苦更难挨。

叶凌寒没有吭声。

宗弘玖对内侍的说法信以为真，可他却清楚得很。观人，并非仅仅只看外表或气质。那如同出鞘宝剑，又不乏如沐春风的剑意，天下有且只有一人能有。

可是他为何会眼缠白绫？

卫国质子站在原地，神色复杂地瞥了一眼面前陈旧的宫殿，一言不发地离去……

宗瑞辰观看完全程，不由得暗自惊叹：三哥哥，真的和你说得一样！

就在宗弘玖刚刚来砸门的时候，宗洛就想好应对之策，这也是他布局被打乱后的第一步。

没了段君昊，反倒是九皇子送上门，他的作用比大统领要大得多，实在妙极。

宗洛完全可以利用九皇子，将自己存在的消息透漏到渊帝那里。

渊帝生性多疑，若是宗洛直接出现，他肯定会怀疑。

反倒是这样，以一个出其不意，或是别人口中"冒牌货"的身份出现，才能增加宗洛一年前在战场上侥幸活下来而且意外失忆、失明的可信度。

宗洛不咸不淡地收回目光，冷不丁地叮嘱宗瑞辰："对了，从今往后，离叶凌寒远一点。"随后，他补上一句，"叶凌寒此人，城府极深，做事不择手段，不宜深交。"

闻言，宗瑞辰的眼睛里浮现出疑惑。他和叶凌寒的关系很是一般，只不过在宗弘玖手下一同被欺负，长年累月下来，所以产生了一些情谊，称得上是朋友。

例如，叶凌寒心里清楚，宗瑞辰不如同表面上这般痴傻。

反过来，宗瑞辰也知道，其实叶凌寒这些年从未放弃回卫国的念头，私底下巴结过不少大渊官员和世家权贵，其中甚至不乏使用过一些上不得台面的手段。

他们互相知道对方的底细，知道在这吃人的宫中苟活不易，于是，彼此保持了沉默，井水不犯河水，偶尔也会互相帮衬一把。不过，到底不是多么深厚的交情，像今天这种自身难保的情况，定然是沉默不言。

不过疑惑归疑惑，对于兄长的话，宗瑞辰自然是万分相信的，直接点头应道："好，我知道了。以后我不会和他再往来了。"

"小八真乖。"宗洛笑着揉了揉宗瑞辰的头，望向叶凌寒离去的方向目光悠长。

叶凌寒是虞北洲的表弟，精神状态和性格都是一脉相承。只不过，虞北洲有月圆之夜控制不住会自残的隐疾，叶凌寒则是持续性地对自己进行心理自虐。

读者评价说他的手段极为歹毒，但是内心始终保持着对光明的向往。可能是从小到大的经历太过悲惨，导致他对着一切美好的人和事有着近乎偏执的追求。

在书里，叶凌寒将虞北洲视为他的拯救者，即便在彻底失去希望黑化后，依然对虞北洲奉若神明，追随他一起夺取大渊基业。几乎所有争权时肮脏下作的事情都是他一人所为，且甘之如饴。

当然，虞北洲对他更多的是利用，并无感激。

叶凌寒或许知道，或许不知道，就算知道了也不在意，反而还会因为自己对虞北洲有用而欣喜若狂。

一个愿打一个愿挨。这二位的关系吸引了很多读者讨论。

宗瑞辰不知道，宗洛却清楚得很。

导致小八惨死于宫宴之上的罪魁祸首，正是这位背后告密的卫国质子。

八

宗弘玖一路气势汹汹地冲到了章宫。在宫中忙碌的内侍看到他后纷纷避让，唯恐触了这位小殿下的霉头。先前有内侍冒犯到了这位混世魔王，直接没入罪籍，发配辛者库。这还算轻的，严重的都是拖出去乱棍打死，草草地扔到乱葬岗里。

守在门口的内侍见他来，连忙上前迎接："九殿下，您有何吩咐？"他一边问，心里一边暗自叫苦。渊帝一向不喜在处理政务时被打扰。但九皇子确实受宠，若是他开口，内侍也不敢不进去禀报。

"何事？"听到响动后，从殿侧忽然走出一位须发皆白的内侍。

宗弘玖见到他，嚣张跋扈的模样丝毫没有收敛，反倒迫不及待地道："元嘉，本皇子有要事要找父皇商议，你赶紧进去通报。"

老内侍没说什么，倒是一旁的小宦官瞪大眼睛。

元嘉是渊帝幼时就在身前侍奉的宦官，跟随着渊帝一起经历了上一代风起云涌的变动，曾亲眼看着渊帝带领军队于章宫外发起政变。

在上一代皇子全部惨死，渊帝继位后，元嘉的身份也自然变得尊贵起来。

难能可贵的是，元嘉并不因此而自傲自满，反倒越发行事低调，算是渊帝眼前说得上话的心腹。

说句难听的，朝中的高官大臣，甚至连那位素来清高自持的年轻丞相见了元嘉，都得礼让三分，称一声公公。只有九皇子，上来就直呼名姓，颐指气使，当真称得上"受宠"二字。

"喂，你听见没有，还不快去？"宗弘玖命令过后，见他依旧没动，顿时怒火中烧，"怎么？是本皇子指使不动你了？"

"哪能呢？"元公公低眉顺眼，笑容慈祥，"方才丞相大人进去了，正同陛下商谈要事。陛下吩咐了不准进去传令，虽说未曾特地吩咐不准殿下打扰，但到底国事为重，咱家以为……"

宗弘玖现在正在气头上，哪里听得进去。他冷冷地说："既然元公公不愿通报，那本皇子就只好自己进去走一趟了。你们这群下人不会胆大到妄想拦住本殿下的去路吧？"

"九殿下言重了，咱家自然不敢。"元嘉似乎对他的嚣张跋扈毫不意外，侧过身，露出背后章宫的殿门。

事实上，刚说完这句话，头脑发热的宗弘玖也回过神来，自觉硬闯不是好的选择。

尽管渊帝一向对他有求必应，但见识过父皇大权在握，生杀予夺的魄力，宗弘玖打心底里畏惧他。

但话已经说出去了，若是不进去，未免太过丢脸。

"没关系，父皇最疼我了。"他喃喃道，"如今只是和丞相商谈国事而已，都没吩咐关殿门，打扰一下又有何妨？"

做了一番心理建设，宗弘玖装模作样地整理了一下衣服，径直跨了进去。

章宫内的装饰极为冷硬，就连熏香点的都是冷香，不太好闻，但胜在提神醒脑，明目静心。

忽而，一阵穿堂风吹过，将殿内前堂用来遮挡的厚重帷幕吹起一些，露出后面影影绰绰的人影。

宗弘玖走进来的时候，正好听到几句断断续续的交谈。

"祈福大典推后已久。如今大渊军备强大，数年连下几国，一统中原在即，正是士气高涨之时。来年春社节若是能与大典一同举办，想必能更稳固民心，吸引他国贤才，为攻打豫国和卫国做准备。"

"此言有理。"渊帝颔首，语气平静，"然，我大渊早有传统，得在祈福大典上宣布储君的人选。"

"这正是臣今日前来劝谏的缘故。"清冷的声音自帷幔后响起，"陛下，国不可一日无君，也不可日久无储。即便前朝礼崩乐坏，立储一事也依旧是民心所向，众望所归，还望陛下三思。"

宗弘玖一惊，下意识地停下脚步。

储君？丞相竟然在和父皇商讨立储一事？

虽说他平日里不学无术，但涉及此等大事，宗弘玖心里也不免活泛几分。

既是龙子，谁敢说对那把龙椅没有任何渴求？只是他的年纪尚小，母妃去得也早。宗弘玖心里也清楚，尽管他得到了父皇的宠爱，但少了母妃这边的助力，根本就无法扶持自己的势力。

再者，他的几位皇兄实力雄厚，不论按年纪，还是按实力，都轮不到九皇子。除非渊帝是昏了头了，执意废长立幼，否则，都没宗弘玖的份儿。显然，尽管渊帝是暴君，他也绝不会在国家大事上犯糊涂，不然也不可能在大渊推行变法，使之日渐强盛。

这种情况下，宗弘玖只能另辟蹊径。比如，提前站队，这样等皇兄继位后，也能为自己讨个好去处。

片刻之后，渊帝才幽幽地说："那依裴卿看，朕应当立哪位皇子为储？"

宗弘玖的心一下子揪了起来，连呼吸都下意识地放轻。

大渊丞相裴谦雪，刑家高徒。当年在百家宴上，曾力压能言善辩的名家、善音律书画的各家，轻松夺取书、乐、辩三场魁首，未入仕前就在列国内享有极高的声望。

他出身布衣，一步登天，官拜丞相后也不曾和朝中各个势力结党，更不屑与世家同流合污。这些年，不知道有多少臣子借题发挥，上书弹劾，却未能影响裴谦雪半分，可见渊帝对其的重视。

如今，丞相突然提起储君一事，难道是不打算继续隔岸观火，已经选好队伍了？

裴谦雪不慌不忙地拱手，道："臣以为，四皇子行事沉稳，颇有老练之风；五皇子有领兵作战的才能，骁勇善战；而六皇子在朝中支持率居高不下，想必也有过人之处。陛下或许应当从这几位皇子中选择一位，于祈福大典后立储。东宫重建一事，也可早日提上日程。"

没能听到自己的名字，宗弘玖的心里有些不大舒服。

但接下来的话……

宗弘玖有所预感，接下来君臣的谈话不是自己能听的范围。正打算离开，却猛然听见渊帝的笑声，被吓得一激灵。

渊帝站在兰锜面前，凝视着面前横摆在架上的湛卢宝剑，仰头大笑。笑够了，他才淡淡地说："裴卿竟然也学会睁眼说瞎话了。"身着玄色龙袍的帝王负手道，"那朕也不妨同裴卿说说，朕为何不选这几位皇子……"

正在偷听的宗弘玖心头一跳，还不等他想明白"为何不选"的具体意思，渊帝又开口了。

"老四行事沉稳？那是躲在背后玩弄权术心机，上不得台面。"渊帝语气嘲讽，"老五两次带兵，频频失误不说，竟然将副将抛在战场上，自己躲回关内，事后还下令将士三缄其口，幸而副将是朕的人，否则连朕都被糊弄过去了。至于老六，他不就是靠着那几个世家的支持？没了背后支撑他的家族，他什么也不是。立他们为储，如何能稳住我大渊的江山大业？"

裴谦雪就站在渊帝的身后，姿态出尘，表情冷漠，不置一词。过了许久，他叹了口气，言辞难得褪去往日的冷漠，多了些人情味："陛下，三皇子乃人中龙凤，是数百年也难出一位的大才。若是拿其他几位皇子同他相比，未免过于苛刻。"裴谦雪也想起梦中的那一幕，低下头道，"三殿下以身殉国，守住了国门，为的也是渊朝大业。斯人已逝，陛下还应以大局为重。"

什么？三皇子？这又关死去的三皇兄什么事？

宗弘玖面露惊愕之色。就算裴相和三皇子交好，可当着父皇的面说这种话，他是不要命了？

宗弘玖不自觉地倒退两步，冷静下来，觉得裴相真是多此一举。

平日里，父皇从来不在朝堂上多提三皇兄一句，就连挂帅出征时也未曾到城门口相送。要知道，深得渊帝宠信的北宁王都有这样的待遇，身为亲儿子的三皇子却没有，明眼人都看得出这位三皇兄根本不得渊帝的喜爱。

尽管渊帝把其他几位皇子都批评了一顿，裴相也不至于这般口不择言吧，当真以为父皇是那种好相与的君主不成？

宗弘玖甚至以为，下一秒裴谦雪就要人头落地了。终于，他听到了渊帝的声音。

"你倒是越发敢揣摩圣意了，胆大包天。"渊帝冷哼一声，眼眸晦暗，看不出喜怒，"念在你敢直言劝谏的份上，朕今日姑且饶你一命。举办祈福大典，可以。朕随后便就传旨奉常，让他准备大典诸项事宜。至于储君的人选……谁？"

转瞬之间，摆放在兰锜上的宝剑赫然出鞘，发出"噌"的一声，厚重的帷幕顿时被亮如寒芒的剑锋刺破，凝成一道白练般的弧光。不远处的地方，堆在桌案上的案牍全部被劲风扫落，散了一地。

宗弘玖呆愣愣地站在那里，过了一会儿，只觉得脖颈刺痛。他下意识地伸手去摸，才发现粘了一手的血，整个人虚脱般地瘫坐在地上。

渊帝踱步走到宗弘玖面前，手里的湛卢横在宗弘玖的脖颈之上。等看清是谁之后，他的眉头皱起，神色不悦，到底还是把剑尖挪开了，问道："怎么是你？"

听到声音后，守在门口的侍卫和内侍涌了进来，见到殿内的情形后，纷纷跪了下去。

渊帝瞥了一眼瘫坐在地、浑身发抖的宗弘玖，转头问："元嘉，这是怎么回事？朕和丞相商谈要事，为何会放无关人等进来？"

元嘉跪在地上，额心贴地："陛下，老奴知罪。"

见元嘉什么也不说，直接认罪，渊帝还有什么不明白的呢？

不管如何，九皇子是主子，内侍是奴，若是九皇子真心要闯，那他们也拦不住。

宗弘玖终于反应过来，他的嘴唇哆嗦着，看着那柄位列天下十大名剑之一的宝剑从他的脖颈处挪开。

宗弘玖忽然大声道："父皇！我方才在宫里看到了三皇兄！不仅如此，他还打伤了我的侍卫！"

整个大殿内的气氛为之一滞，就连裴谦雪也不禁微微侧目。

跟在元嘉背后的小宦官恨不得有个地缝让他钻进去。

尽管陛下从不明说，可跪在章宫里的内侍，哪个不知道战死在函谷关外的三皇子是渊帝绝不可碰的逆鳞？就连同样早逝的大皇子、二皇子和七皇子都没有这等待遇。

何止是不能碰？就连提都不能提。年初有位老内侍说漏了嘴，渊帝二话不说就命人拉下去拔了舌头。也就只有深得渊帝宠信，屡次直言劝谏的丞相敢提。

宗弘玖心里确定刚才见到的"三皇兄"是他人假冒的，但在听到渊帝和丞相的密谈之后，顿时改了个说法，说三皇子回来了。他不信平日最宠他的父皇会如此看重三皇子，但依照裴相之聪明，也绝不敢无中生有。若是父皇真的十分看重三皇兄，到活不见人死不见尸便不立储的程度，听到这个消息定然会大吃一惊，再下旨派郎中令带禁卫彻查此事，甚至调动禁军，封锁城门，掘地三尺也得把死而复生的人找出来。如果真的被找到了，发现是他人冒充，父皇的怒气就会转移到假冒三皇子的人身上。若是父皇不看重三皇子，那他今天在殿内偷听的事情就会被轻轻放下。

然而，再次让人感到出乎意料的是，宗弘玖说完后，渊帝面色不变，只淡淡地扫了他一眼。

这一眼让宗弘玖感到浑身发冷，原本想说的话也堵在喉咙里，只能愣愣地看着。

渊帝并不理会，反而继续问元嘉："九皇子何时进的殿内？"

"回陛下的话，九殿下约半炷香前便进来了。老奴提醒过九殿下，但九殿下硬要闯进来，老奴也实在是束手无策。"

至于为什么不通报，因为渊帝亲口吩咐过，他自然不会忘。

听着殿内的对话，跪在地上的宗弘玖心底生平头一次涌出了莫大的惶恐。不知为何，他感觉好像有什么事情，在逐渐脱离他的认知和掌控。脖子上的血还在顺着脖颈流淌，将身上的华服染成深红。

若是放在平日，太医都不知道来了几轮了。而现在，宗弘玖却跪在地上，不敢吭声，不敢抬头，生怕看到父皇那张冷酷到不近人情的脸。

可是宗弘玖想不通，他只能眼睁睁地看着元嘉将他身边的内侍叫来，特意挑了个不起眼的，而不是和他关系最亲近的。

近侍一进来，就跪到地上，战战兢兢地说他们的确在宫内遇到了刺客。至于刺客的长相，却是只字未提，问到了也只说与三皇子有些相似，并不敢用冒充的字眼。

也是，给近侍一百个胆子，他也不敢妄议皇族。

更何况，这位不起眼的内侍本来就是渊帝放到九皇子身边的人，自然比宗弘玖更清楚，在渊帝面前什么能提，什么不能提。

之前宗弘玖在宫中横行霸道，肆意妄为，渊帝怎么可能不清楚？不过是睁一只眼闭一只眼罢了。

渊帝对他的宠爱，更像是老父亲对幼子毫无理由地宠溺。虽然毫无缘由，却并非毫无底线。

听完这些话后，渊帝冷漠地说："弘玖，朕对你很失望。偷听密谈，妄议皇兄，在殿内大呼小叫，少傅教给你的东西，你都学到哪里去了？"

玄袍帝王直视着跪在地上的九皇子，随手把宝剑掷到地上。

湛卢便如同扔垃圾一样，在地面翻滚几圈，便冷冰冰地躺在那里，被人弃若敝履。

"既然回来了，他去见你，也不来见朕？说谎也不打草稿。"渊帝没有指名道姓地说出"他"是谁，仿佛是连提及这个名字，都犯了忌讳。

然而，在场的人都知道"他"指代的是谁。

宗弘玖的额头渗出冷汗。到底他还是太小，情急之下能想到换种说法已是不易，根本来不及考虑这么多。他终于绷不住，眼泪大滴大滴地涌出来……

宗洛叮嘱了宗瑞辰几句，又与他对了一番说辞之后，这才重新把宗瑞辰送回殿内，挥手道别。

经过此事，宗弘玖多半不会再把注意力放在小八这里，宗洛总算放心了。接下来，只要等他谋划的事情一有进展，就想办法把宗瑞辰接出去。

原路返回的时候，宗洛依旧用老把戏先吸引侍卫的注意，再轻巧地翻墙而过，快步朝着自己之前借口换衣服的偏殿走去。

偏殿后方的门依旧和他离开时一样。

宗洛略感惊讶地挑了挑眉，闪身进去，顺手把门锁好。他本来以为自己离开这么久，顾子元会不放心地过来找他。这才在离开时给后门留了条缝，届时也好借口自己看不见，错将后门当成了前门，不小心在兰亭水榭中迷了路，从而将巧遇小八帮助自己找路所以顺手路见不平的说辞合乎情理地串在一起。

不过，既然顾子元没有来，就不需要这么麻烦，待会见到他的时候，顺口提一句就行。

这么想着，宗洛转身要把手里的马鞭扔下，走到盘匜面前净手。忽而警觉地转身，眸光锐利："谁？"

隔着白绫，他目光如炬直视不远处的屏风。

下一秒钟，猎猎风声便在空旷的室内响起。

盘匜内盛着的水泛起一圈圈波纹，水面上映出暗红蟒纹，内里泛着几点跃动似的金光，和纤尘不染的白汇到一起，迅速交错几次后又退开。

只是短暂交手，宗洛就知道闯入偏殿的不速之客究竟是谁了。他忍着怒气，咬牙切齿地道："虞北洲！"

水花落下的刹那，宗洛劈出一掌，掌风尽数扫向对面，虞北洲的蟒袍上顿时便染出一大片深色。

与此同时，冷锋闪过，缠在眼上的白绫应声而断，化作布条晃晃悠悠地落下去，露出背后略带愠怒的眉眼。

这双眼睛，如星似月。

原先因为遮掩而失去的神采，重新如数归还。

眉梢残存的锋利，也冲淡了刻意伪装出来的赢弱。

虞北洲深深地凝视着这双完好无损的眼睛，低笑一声，道："师兄的眼睛明明这般好看，遮起来多浪费啊。"

九

事实上，在城门口遇见虞北洲后，宗洛就已经做好从一开始就瞒不过对方的心理准备。

还是那个道理，他们太了解彼此了。

如果宗洛战死沙场，从此再不出现，也就不再有下文。

但偏偏他出现了，不仅出现，还是在夺储之势越发紧张，民间对三皇子的崇敬彻底发酵后的当口，带着七星龙渊，正大光明地出现在城门口。

其中的巧合太多，多到不是"巧合"二字能够解释的。

宗洛虽然和虞北洲水火不容，但也深知其秉性。同样的事情若是换到虞北洲身上，宗洛同样也不会相信。

最重要的是，当初虞北洲一出手，招招尽显杀意。若是不想被当场击杀，宗洛就不可能不出手，然而若出手了，他没有失忆的事情就肯定瞒不住。甚至顺理成章的，在虞北洲面前，失明这个借口也同样变得不可信了。

上次在城门口也就算了，这次在偏殿又遇到不请自来的虞北洲，饶是一向脾气温和的宗洛，也不免多了几分愠怒。

都说仇人见面分外眼红，不打一架，实在很难收场。

至于眼睛上的伪装，既然已被识破，还有什么伪装的必要呢？遮着反而更碍事。

太过默契了，他们几乎同时出手。

平心而论，二人都是鬼宿子的得意门生，先前打基础的功夫依旧是一起学的，不用剑时二人对敌就是见招拆招，差距不大。

靠得近了，宗洛便瞅准时机，挥起手里的马鞭往虞北洲身上抽去。

见状，虞北洲竟然不躲，而是欺身而上，舍防御为攻击，生生挨了这一鞭，换来反手攥住宗洛的手腕的机会。

"呲啦——"鞭尾的倒刺在绣着金线的暗红衣襟上划开一道口子。

虞北洲眯起狭长的凤眼，被几乎用了七成力道的鞭子抽到竟然眉头都没皱一下，眼尾如同上次宗洛将剑抵在他的心口时那般上扬着，瞳孔浮着深不见底的黑，反倒显得越发愉悦。

"师兄，一年未见，只是叙个旧，就这般狠心？"

宗洛淡淡地反问："那前两日在城门口，你一出手便是杀招，师尊教的东西，是让你用来残害同门的？"

"师兄，这可是错怪我了。"虞北洲半真半假地敛下眉眼，鸦羽似的睫毛洒下一片诡秘阴影，"大渊三皇子生死未卜，一年来杳无音信。忽然出现一人，身为同门师弟，自然要好好惩治一番，岂能容旁人冒充？"

这也不是他第一次听虞北洲指鹿为马，颠倒黑白，也不会是最后一次。

宗洛冷笑道："幼时你至少还会装模作样一番，怎么，现在倒是不装了，释放本性了？"

见宗洛干脆认下，虞北洲脸上的笑意越发浓郁："哪里，师兄不是最清楚我的本性吗？"

的确，若不是清楚他的本性，宗洛怎么可能会不告而别拜入鬼谷。这也是多年来最让虞北洲感到困惑的一点，最重要的是，虞北洲怎么也想不明白，自己到底是哪里露出了破绽？

他嘴上提起陈年过往，另一只手的指腹却仔细地摩挲着手中纤细的手腕，顺着掌心的纹路一路往下，在宗洛抽出下一鞭之前及时闪身脱离。

不过，即使只有短短的一瞬，也足够发现端倪。

"师兄，你受伤了？"红衣将军修长的指尖上沾染着点点猩红，黏腻的液体在苍白的指节上显得触目惊心。

他不以为意地抬起手，轻轻将手指放到自己的唇边，舌尖轻点，将血卷进口中，宛若话本里记载的以新鲜人血为食的"艳鬼"。

这个动作让宗洛心里涌出一阵烦躁，他冷冷地问："关你何事？"

白衣皇子墨发高束，面如冠玉，目光冷凝。他之前为了拦下攻击，徒手抓住宗弘玖的马鞭，看似轻描淡写，实则不慎被马鞭上的倒刺扎进手心，还没来得及处理。

一路上，他都遮掩得很好，没想到却被虞北洲识破。

二人看似漫不经心地站着，其实双方都处于一种十分微妙的状态，只要对方有一点点风吹草动，都能以最好的姿势进行防守。

最终，还是虞北洲率先打破了沉默："唉！明明是关心师兄，师兄却如此冷淡，着实让师弟寒心啊。既然师兄受伤了，那今日便罢了，来日方长。"

红衣将军翻上窗台，神色又重新冷了下来，有一丝不易察觉的失落。

"当初听到函谷关传来的消息，我可是辗转反侧，夜夜难眠，遗憾非常。"虞北洲的声音近似喟叹，"还好师兄没死，不然，我又该恨意难平了。"他盯着宗洛这张熟悉的脸，心想：这可实在是最大的惊喜了。

宗洛却目光平静地看着他，反唇相讥："哪里的话？也就恰巧活得比你长一些吧。"

闻言，虞北洲发出一声闷笑，居高临下地看着他，忽然朝后仰倒，一个干净凌厉的后空翻落到殿外，转瞬便消失不见。

宗洛略感疑惑地皱眉，确定了虞北洲已经离开，才重新捡起地上的白绫。

他二人最初的过节，不过是因为宗洛七岁时的不告而别，以及再次重逢后宗洛处处与虞北洲对着干。正如原书设定那般，虞北洲天之骄子，平步青云，一路的发展顺风顺水，鲜少受此冷遇，自然越发觉得宗洛碍眼。

虞北洲心狠手辣是真的，心高气傲也是真的，就连他们的师尊鬼宿子也没有宗洛这般了解虞北洲的为人。仅凭这一点，就足够虞北洲起杀心了。再加上陈年积怨，彼此暗自较劲，下的绊子多了，便掺杂了些不清不楚的恨意。

然而，方才虞北洲望过来的那一眼，并非没有这些情绪，反而格外晦涩、复杂，就连杀意也从森冷变得捉摸不定。

宗洛总觉得是自己遗漏了些什么。

戍边两年，重来一次后又假死，或许是因为时间太久了，他已经不记得当初虞北洲看他的眼神了，但也绝不像今天这般古怪。

"难道是因为那个九星连珠的夜晚？"他一边猜测，一边将手沉入盘匜，任由冰凉的清水在伤口上浸过，草草用断掉的白绫缠好伤口，又重新取了条备用的白绫缠在眼睛上。

宗洛清楚地记得，穿书后第二场人生开始的那天，正好是太卜推算出九星连珠的当晚。

明明是夜晚，天空却亮如白昼。太阳、月亮、星星同时存在于一片天空中。所有人都感到莫名的困倦，一整天提不起精神，只想倒头呼呼大睡。

这个日子，他曾经也经历过，普通得很，不像这一世，大渊浮生大梦一场。在大梦的同时，宗洛迎来了自己的重启。

所有人都以为那个梦境是三皇子带兵支援函谷关，四面楚歌时用七星龙渊自刎殉国。只有宗洛自己清楚，其实是自己上一场人生孤立无援，回朝时接到渊帝勒令他自裁的圣旨，绝望之下，用湛卢自刎的场景。

或许正是这个梦，被虞北洲看出了点端倪。毕竟，七星龙渊和湛卢的外观迥异，只要亲眼见过这两把剑，就绝不会认错。

宗洛看着平静的水面，只觉得风雨欲来……

待宗洛回到百家宴时，赫然发现顾子元周围竟然围了三四层学子。他远远地看着，似乎顾子元正与另一位学子争论着什么。

难怪他没有发现宗洛这 去就去了这么久，原来是出了点意外。

文人相争最是风雅，就算吵得面红耳赤，跪坐在凭几前的身姿都不见得歪斜半点。这种直接站起身来争论的，倒是少见。

宗洛看见那边还站着几位皇子，顿时没了过去看热闹的心思。旋即撩起下摆，安安静静地坐在蒲团上，抓起一块茶芽制成的茶团放进陶壶，再放入橘子，慢慢用石臼捣碎。书童从水榭的曲水里汲水，拿着蒲扇跪坐在火塘的炭炉前，见水烧沸了立即提起来，将开水倒入其中。

大渊流行的饮茶步骤是拿来一个竹筒或烤罐，将茶叶碎末放在其中，置于火上不断翻炒。等炒到茶叶边缘微微泛黄，散发出焦香味时，再注入沸水饮用。这已经算好了，其他列国都流行用茶煮粥的茗粥法。

宗洛嫌烤后的茶叶味道过于厚重，所以他喜欢省去烤茶步骤，再放些水果增味，直接冲泡，这其实是现代水果茶的缩减版。偶尔还会放点羊奶，虽然羊奶味膻，但也勉强算是奶茶，就是喝起来不大美味。

等到茶叶碎末在陶壶内打转，半炷香后再揭盖，从中传出清淡甜腻的茶香。宗洛才不紧不慢地给自己斟上一杯，端着茶碗，慢慢听着兰亭水榭中的百家论道。

不得不说，一位眼缚白绫，气质出尘的公子坐在这里，实在是引人注目。不少前来找礼家论道的百家弟子都注意到他，暗地里打探这位究竟是谁。

此等气度，绝无可能是寂寂无闻之辈。

然而，礼家弟子只说："'顾洛'公子是我礼家的贵客，只是与我们随行，算不得正式的礼家子弟。"

不是正式的礼家弟子？那为何会姓顾？

众所周知，礼家和砚家最喜欢在外面收养那些因战火而孤苦伶仃的孤儿。砚家统一跟随巨子墨翟姓墨，礼家则是姓顾，从小抚养，自然算一家人。

其他百家弟子懂了："原来'顾公子'只是随行论道，并不参与百家宴。"

虽说是百家宴，但也并不局限于百家学子参与。只要是天下有才之士，皆可入内答题，一同把酒论道，争夺六艺魁首。

"此言差矣。"礼家弟子笑道，"'顾兄'虽然只是随行，但也会参加百家宴比试。"

众人又问："那'顾公子'是要参加乐艺比试吗？"

为何会提及乐艺，这其中有个典故。昔日晋国曾经有一位十分有名的宫廷乐师，同样身为瞽者，一手七弦琴冠绝天下。就连晋国城门被攻破后，敌国将军听他在高楼上奏响凄美哀婉的亡国之乐，也不忍痛下杀手，而放他一条生路。

既是眼盲，那武、猎、书、礼、乐、辩六项，除了乐艺之外，其他几项似乎也没什么希望了。

礼家弟子觉得有些莫名其妙，反问道："乐艺？你说什么？'顾兄'不会弹琴啊。"

恰好在这时，书童拿了一盘削好的竹签来。

这便是百家宴投签报名的方式。若要报名，就在竹签上写下名字，交给小厮登记后投入摆在兰亭水榭前的六个红筒内。

按照惯例，对于百家学子投签的个数，并没有明显的界定。可以只投一项，也可以六艺都投，不过是需多写几支签而已。

宗洛取了签，让书童帮他写了一支。

百家宴每一项的竞争都很激烈。

当下习武之风盛行，除了手脚功夫外，骑射也是学武必练的基础，骑射归类为猎艺。至于书画礼乐，那更是风雅的象征。

最后一项辩艺，则是每年百家宴保留的传统项目，诸国权贵端坐于上位，指物为题，学子使用各家主张的思想进行辩论。

辩艺魁首自然风光无限，只要言之有理，信服众人，则不愁百家宴结束后没有好去处。

有好奇者悄悄地凑过去看，发现这位眼盲的"顾公子"竟然投的是猎艺，不由得面露惊讶之色。正想说些什么，却听到不远处有人高呼："有人一举投了六项！"

"什么？六项！上一回一人投六项……似乎是十年前了吧？"

"的确，上回投六项，最后夺得三项魁首的人是谁，你们也应当知道，正是当今大渊丞相裴谦雪啊。"

也有学子不以为然，道："大多投六项的，一个魁首都没得到不说，甚至还有第一轮就出局的呢。敢投六项的，要么是有真才实学的大才子，要么是哗众取宠的小丑。"

众学子们议论纷纷，也就顾不得关注宗洛了。

"走，我们也过去看看……对了，这投了六项的人叫什么名字来着？"

"似乎并非百家学子，而是一位散人，名叫公孙游。"

宗洛闻言，心头有了计较，表面却不动声色，继续饮茶。

穿书后上一场人生的这个时间点，他在大渊皇城，并未参与百家宴开宴，但也听说了这位一举投了六项比试的狂徒。

虽说是狂徒，但也是有真才实学的大才子。

此人正是原书中的重要角色之一，虞北洲的得力追随者，其真实身份是隐士世家传人。现在寂寂无闻，但在百家宴上，他一连夺取多个魁首，一举成名，京城几大势力争相向他抛去橄榄枝。

公孙游很有见地，心中自有一番盘算，并不明确地表明自己效忠于哪位皇子，反而周旋于几股势力之间，获取信任，成为他们的门下谋士。

几位皇子都以为拉拢了这位谋略过人的才子，实际早在百家宴上，公孙游即为北宁王虞北洲的风姿所倾倒，并且暗自效忠，是助虞北洲夺取大渊江山的中坚力量。

宗洛为什么知道他？是因为穿书后第一场人生中，公孙游围着虞北洲转，背后还算计了自己两回。

只有切身体会过，才知道谋士和谋士之间也是有智商差距的。而这全书厉害的谋士却心甘情愿地跟随在主角身旁。

现在，有个打压虞北洲党羽、推进自己身份计划的机会主动送上门来，为什么不要呢？

宗洛这般思索着，手指轻轻叩着桌案。思索了一会儿，便重新起身，理了理衣袍，朝着那边走去。

走近后，便听见一道清越傲慢的声音。

"……不客气又如何？我敢说在座诸位，都无法同我论这一剑。若有，我便当场折了这武艺签子。"

听他这么张狂，刚才还只是有些兴趣前来围观的学子们纷纷坐不住了，你一言我一语地站了过来，不少人面上都露出了愤慨之色。

原本他们只是听到有人投了六根竹签，很是好奇，遂上前邀请论道。结果这位无门无派的散人竟然如此嚣张，当场表明只有能接他一剑的人，才有同他论道的资格。

公孙游的话立刻激起了公愤。有学子说："这等狂徒，好生狂妄！莫不是个绣花枕头，让我等去会会他！"

大家都是年轻人，谁还不是心高气傲了？

百家学子几乎都是文武兼修。不然这世道外出行走，难保安全。

宫中不准佩剑，但既然要论道，也不能不酌情考虑。皇宫的侍从们早早就准备好了一些样式普通的长剑，供给他们论剑之用。

这边闹得热火朝天，原本围着看顾子元和刑家弟子争论的学子们也被吸引过来，看这个口出狂言的散人到底有何底气。

约莫过了一炷香后，愤慨之声渐渐低了下来。

几位学子接连上前，势必要给公孙游一个教训。没想到，竟然都没在对方的手下走过一招，不由面带羞愧之色。

"这剑招着实有些诡异……"其他围观的学子也看出一些门道，清楚公孙游之所以大放厥词，是因为他的确有本事。一时间踟蹰起来，不敢去挑战。

仔细听着挥剑声的宗洛露出胸有成竹的浅笑。

他取下腰间的古玉，耐心地等挑战者一个个落败。待到再无人上前时，这才循着花香走上前去。但并不去拿侍从备好的长剑，反而抬手在水榭旁折下一根桂花树枝，执于手中，轻声道："既如此，那在下愿讨教一番。"

十

宗洛一上前，周围议论纷纷的学子顿时安静下来。

这位身着一袭白衣、气质出众的公子是位盲人，面对公孙游那诡异莫测的剑法，他竟然只是随手在水榭旁的桂花树上折了根树枝，看起来……竟是要折枝作剑的意思！

众人皆是咋舌。

原先说公孙游是狂徒，现在看来，真正的狂徒，是面前这位白衣公子才对。

"莫不是疯了？公孙游手里拿的可是铁剑啊！以树枝对铁剑？"

虽说只是比试剑招，点到为止，用什么都可以。但是树枝质软，被铁剑削一下就折了，若是被直接削去半截，根本就无须比试了。

被众人拥簇着的公孙游同样皱眉。他出身隐士世家，每十年只有一位世家弟子被允许入世。

与白手起家的鬼谷不同，隐士世家是有基础的。它相当于五行家的上线，手中持有令牌，五行家弟子莫敢不从。

不出世则已，一出世必择明主，谋天下，一鸣惊人。

公孙游此番入世，为的就是找一位明主，辅佐其一统中原，平定如今战火纷飞的乱局。

事实上，百家宴也只是他的一步棋。

公孙游虽然生性高傲，恃才傲物，但并不是无脑狂妄之徒。他不打算暴露自己的出身，引得多方势力关注。但既要择主，就得表现出自己真正的实力。他索性高调行事，借此为引。

世家收录了许多名家剑法，其中还有一纸残页，据说是百年前剑圣悟道得出来的残篇。虽说没法拿出来实战，但光论剑已足矣。

身为五行家上线的杰出弟子，公孙游傀术过人，剑术只能算是中上等。不过，他自信在座的百家学子中没有人能解得出来，更别说这个拿根树枝就上来要求论剑的盲人。

"既如此，那便请吧。"

公孙游眼角的余光一瞥，正好看到不少达官贵人已经被他刻意制造的声势吸引过来。于是，略微退后，手中的铁剑蓄势待发。他打定主意要一步到位，一击将这白衣公子手上的桂花枝斩掉……

另一旁，虞北洲懒散地站在原地。他今天还是那身打扮，白裳红衣，墨发披散着，衬得容颜昳丽，俊美逼人，叫人不敢直视。怎么看怎么像世家大族里娇养出来的尊贵公子，着实难以让人把能止小儿夜啼的北宁王同他联系起来。

兰亭水榭里几乎有一大半的学子都在偷偷看他。

几位皇子也都拥簇在他的身边，反倒衬得虞北洲像是兰亭水榭的主人。

六皇子宗永柳眼尖地瞥见虞北洲的胸口有一团濡湿的痕迹，善解人意地问："淮南，你的胸口怎么湿了，要不要去偏殿换一件衣服？"

虞北洲连眼皮也不抬一下，冷冷地说："六殿下，我们应当没有交换过表字。"

一旁的五皇子宗元武毫不留情地爆发出一阵大笑，一边笑一边说："是了，王爷多年在外为大渊征战，日理万机，却时少有与我等亲近的机会，不过呢，"宗元武意有所指，"有的人也……都未曾与人交换过表字，竟然自顾自地叫上了，不知道的还以为有多熟悉呢。"

宗永柳的脸色青一阵白一阵："你……"

虞北洲在大渊是什么地位，在场的无人不知，手握军权不说，还深得渊帝的赏识。可以说，若是能拉拢到他，储君之位势在必得。

宗永柳打的也是这个主意。

原本想着套个近乎。若是虞北洲忽略不提，他就将错就错，全当交换过表字了，有事没事还可以去王府拜访，对外放出风声。

没想到，北宁王竟然这般不留情面，直接指出了他的心思。不仅当众让他失了面子，还被老五一通嘲笑，心里着实恼火。

见状，四皇子宗承肆连忙出来打圆场。

"皇弟们莫要争了，伤了和气。"他连忙道，"我们还在百家宴上，这样不是叫人白白看了笑话？"

虞北洲不置可否，依然是那副懒散的模样。

"不过……"宗承肆的眼神若有若无地扫过红衣将军，直白地表达出自己的倾慕，"如今秋意渐浓，穿着湿衣总归对身体不好。我已经吩咐下人去织室寻同样款式的蟒袍，若是王爷不嫌弃，待下人回来换上也好。"

这样婉转的提议，人情反倒被宗承肆得了。

宗永柳瞥了一眼这位毫无根基、格外喜爱美人的纨绔皇兄，心里冷笑。然而，一向自负的他完全没往四皇子有心掺和夺储的方向去想。

比起拐弯抹角的老四和老六，宗元武的思维就简单多了："四皇兄说得是，王爷还是换件衣服为好。"他也对宗承肆毫不设防，还跟着一起义愤填膺起来，"哪个贱奴这般不小心，把水洒到主人的衣服上？"

一向对他们爱答不理的虞北洲开口道："不是下人，不换。"说完，他漫不经心地把玩着自己的手指，神情满是无趣。

"哦——原来不是下人啊。"宗承肆率先反应过来。

倘若不是下人，北宁王又迟迟不愿换下这件湿衣……

他展开折扇，将京城世家纨绔子弟的模样演绎了个十成十。

朝中皆知四皇子生母出身花魁，而他相貌继承母亲的甚多。

如今，那双同他花魁生母如出一辙的桃花眼看向虞北洲，显得格外轻浮："也不知是哪位美人如此有幸，竟能入王爷的眼，连衣裳都不舍得换一件。"

"美人？"

虞北洲破天荒地愣住，随即像是听到什么好笑的笑话一样，肩膀一抖一抖地笑个不停。

其他几位皇子都是一脸茫然。他们也不知道哪里戳中了北宁王的笑点，但既然各怀心思，就绝不会让场面尴尬下来，于是也跟着赔笑。

干笑了许久，宗永柳眸光一扫，看到一处聚集的人群，连忙提议说："那边怎么聚集了这么多人，难道又有一场精彩的论道？不如，我们过去看看？"

屡屡碰壁后，他打定主意要扳回一局。

虽然宗永柳像是在询问其他两位皇子的意见，实际上，是在询问虞北洲。若是他说没兴趣，其他人肯定也会找借口在这儿继续陪他。

虞北洲用眼角的余光扫了一眼，正想说不去，然而，在看见那抹白色后，原本兴致不高的表情顿时变得生动起来，到嘴边的话也没有说出口。

百家宴开宴，人数众多，极为热闹。

水榭内的河道为了高雅，特地建造成九曲十八弯的模样。侍从们在溪水上游烧酒或烧茶，倒进杯子里，放在荷叶上，任由溪水将荷叶和酒杯带到下游。学子们论道时渴了，随时可以走到溪水旁取用。

站在曲水旁或在说笑、或在论道的学子见这一行皇亲国戚经过时，纷纷噤声，自觉地为他们让出一条道。

水榭旁，两个人正在对峙。

一人粗布麻衣，神情倨傲。另一人白衣皎皎，霁月清风，气质出尘。

因为角度原因，他们只能看见白衣公子清癯的侧脸。

乍一看，几位皇子都觉得白衣公子有些眼熟，一时半会儿却又想不出哪里眼熟。

"这是在干什么？"几位皇子里对习武格外热衷的宗元武不敢置信地问，"那个瞎子拿着一根树枝，难不成也在论剑？"

双眼完好的人拿着铁剑，眼缚白绫的人握着一支树枝，末尾还缀着一簇蜡黄色的桂花。对于众人来说，这个场景的确太过少见。

就在这时，两个人动了。

和当初在城门口同虞北洲缠斗时不同，宗洛和公孙游的论剑并没有持续多久，仅仅过了三招。

第一招，树枝横扫，长剑突刺。

第二招，空中划过一道剑影，白衣公子仿佛早已知晓铁剑的走势，树枝擦着剑锋而过，全身而退。

第三招，枝尾盛开的桂花如同天女散花般落下，被突起的风卷进溪水，正巧落进荷叶中央的酒杯里，为烧热的酒酿散开一抹桂花香气。

等围观的群众再定睛去看，树枝的尾端已经点在公孙游握着剑的手上。

公孙游竟然被剑气逼得踉跄着后退两步，铁剑也轰然脱手。

宗洛心想，虽然此时公孙游还并未投靠虞北洲，但能公然打击他的感觉真不错。他略一拱手，淡淡地说："承让。"

周围陷入一片死寂。

直到一阵掌声突兀地响起，众人方才如梦初醒。

学子们回首去看，鼓掌的正是北宁王。他依旧是一副懒洋洋的模样，但能够鼓掌显然也是在为白衣公子叫好。

有贵人开头后，一时间，抚掌叫好的声音连成一片。

"谁想得到这都能赢？"

宗元武咋舌："这位白衣公子的剑术好生厉害！"他喜爱武学，虽说没有意识到自己天赋平平，却也是自幼习武，经由名家指导打了十几年基础，不会连这点眼力都没有，顿时起了招揽之心。再者，用树枝打赢铁剑，就算是外行人也能分得出高低。

"的确厉害，就是可惜了眼睛……也不知是哪家的弟子。"宗永柳跟着附和，有意搅黄宗元武的好事，忙对着虞北洲献殷勤，"王爷若是感兴趣，不如走近看看？"

虞北洲根本就不打算搭理六皇子，但看着场上正在接受众人恭维的白衣公子，脸上的笑意逐渐加深，还是抬脚朝那边走去。

接连丢了面子的六皇子以为虞北洲是被自己说动的，脸上不由得露出笑容。

若不是北宁王这三个字的背后代表了太多东西，他堂堂一位大渊皇子，又怎会沦落到看别人脸色行事的地步？

实在是因为父皇大权独揽，登基后宁愿背负暴君的骂名，也要重整朝纲。不仅延续了自己带兵时的优点，力排众议坚持自己掌控兵权，还把扎根于大渊已久的望族世家折腾得苦不堪言。

背靠世家是宗永柳的优势，也是他夺储的本钱。

在场的几位成年皇子都未曾加封，面对渊帝的亲信，手里又有实权的虞北洲，什么办法都没有。即便是虞北洲态度冷淡，也只能打落牙齿和血往肚子里吞。最重要的是虞北洲的手里有兵权。

宗永柳心里暗暗下定决心，北宁王这个人，他必须拉拢到手。

这么想着，六皇子咬了咬牙，再次跟了上去。

宗洛不紧不慢地收了树枝。一番比试后，树枝上盛开的桂花早已纷纷散落，只剩下一截光秃秃的枝干。

现在，再没人嫌弃这根其貌不扬的树枝，就像没人再敢小瞧这位长身玉立、白衣胜雪的眼盲公子一样。

在双方出剑前，有多不看好他。在比试结束后，内心受到的震撼就有多大。

那可是一根树枝啊！用树枝打落铁剑，真是闻所未闻。若是将树枝换成剑，又该有多大的威力？

其实，宗洛也是沾了鬼谷的光。

隐士世家典籍丰富，这话不假，但传承多年的鬼谷也不遑多让。好巧不巧，那张剑圣残卷的第二页，宗洛还真在鬼谷看过，如今能解了公孙游的剑法，只能说是碰巧。巧到他也觉得奇怪，心想，难不成原书中，虞北洲就是用这第二页残卷的招式收服了公孙游的？难道他还抢了虞北洲的戏份？说什么也不能这么巧吧？

公孙游像是被定住一样，久久未发一言。

宗洛正想开口，忽而听到身后传来再耳熟不过的声音。

"方才的论剑真是精彩至极，敢问公子是哪个学派的高徒？"

能不耳熟吗？一听就知道是他那个没头脑的五皇弟。

宗洛松了口气。既然几位皇子都来了，虞北洲肯定也在附近。

宗洛不卑不亢地说："不才。在下不过一介散人，平日承蒙礼家关照，能赢下这位兄台不过是侥幸而已。"

此话一出，几位皇子都愣了一下。刚才看侧脸就觉得眼熟，只不过距离太远，再加上有白绫蒙着眼睛，看得不太真切，这才没认出来。可现在距离近了，越看越眼熟不说，就连声音也这么熟悉。

宗承肆像是想起什么，脸色一下子就变了，正想伸手拉住宗元武，却不料宗洛主动转过身来。

看清楚白衣公子的脸，这下不止是宗元武，就连一贯心思深沉的宗承肆也吓得猛然后退一步，堪堪维持住体面。

"三皇兄！"

这话一出，不少围观的学子都睁大眼睛。

宗元武是几位皇子里反应最大的。

原因无他，当初宗洛从卫国回到大渊时，偶然知晓几位皇弟里只有五皇子专攻武学，想要带兵打仗，便主动操练他。尽管收效甚微，宗元武却也是吃尽苦头，长达半年多的时间里，宗元武的身上不是这边有伤就是那边疼痛。所以，每次看到三皇兄这张脸，就自动回忆起当初被操练时的恐惧。

"皇弟慎言！"宗承肆最先反应过来，赶紧呵斥一句，"孝恪太子仪范清泠，风神轩举，又是为国捐躯，怎可随意编排？"

宗洛在心里叹了口气，又是这一套说辞。虽然知道自己"死"后，渊帝给自己追封了太子谥号，但听到宗承肆这么说，怎么听怎么讽刺。

生前以命相搏，未能赢得渊帝的半分关注，死后倒是成了别人慎言的太子，真是好笑至极。

宗永柳抓到五皇子的把柄，赶忙落井下石道："五皇兄，这话要是被父皇听见了，那可不得了。"

虽说猛然看到白衣公子的样貌，宗永柳也被吓了一跳。但他的心思可比宗元武这个武夫活络多了，仔细一想就明白了其中的关键。

去年函谷关一战之后，大军找了那么久都没找到三皇子的尸骨，列国中也没丝毫消息，三皇子已死，现已是盖棺定论的事情了。不少各怀心思的臣子都接连上奏劝陛下节哀顺变，趁早将三皇子葬入皇陵。别的不说，京城里盼着三皇子战死沙场的人可太多了，几位皇子绝对是排在前列。最有实力争夺储君之位的人突然死了，这还不得去卜祠多烧几炷高香。

若是三皇兄没死呢？

宗永柳不是没想过这个可能。但转念一想，如果他没死，难道不会自己回来吗？

就凭三皇兄多谋善断，又高超的剑术，也不可能回不来！

宗元武依旧有些惊魂未定："啊？哦……是我一时看岔了，公子勿怪。"他站了好一会儿才回过神来，又偷偷抬眼打量白衣公子，试图从脸上找出一些不像三皇兄的痕迹来。然而，除了被覆盖住的眼部，宗元武气馁地发现，其他地方竟然都和他记忆里的皇兄长得一模一样。

宗洛好脾气地笑笑："无碍。殿下也是触景伤情，思兄心切罢了。"

几位皇子只觉得恍如隔世，仿佛在他身上看见了那位稳重老成的皇兄的影子。宗元武不信邪，还想再多打探两句。

定定地站了许久的公孙游忽然开口道："不过侥幸？"他反问一句，算是回应宗洛之前自谦时说的话。

虽说胜负已出，但公孙游却没有半点被击败的懊恼和沮丧。他虽然擅长傀术、谋略，但剑术也不差，自然看得出来刚才一剑的门道。

最重要的是，以剑观人。

公孙游打小狂到大，此刻也开始反省，惊觉自己竟然也和凡夫俗子一样，看见对方眼盲就先入为主，轻视对手，着实惭愧。

"输了就是输了，我公孙游又不是输不起的人。这武艺的签子，我折了便是。"

说罢，公孙游径直拿起托盘里的竹签，"啪"，竹签应声折断，随即被人扔进水里。

一旁又有好事者开口道："'顾公子'并未投武艺的签子，你折了又有何用？"

这下轮到公孙游吃惊地说："你剑术超群，竟然未投武艺？"

宗洛苦笑道："我一介盲人，目不能视，如何能参加武艺比试？"

公孙游皱了皱眉，说："那你投了什么签？我跟着投就是了。"他一边说一边弯腰捡起地上的铁剑，忽而语气雀跃地说，"什么时候我们再好好比试一次，这么多年，我还从未遇到过对手……"

话还没说完，虎口一痛，他手中的剑竟然不受控制地再次掉落。

不远处，有人把玩着手里的木珠，带着漫不经心的神情，冷冷地讥讽道："你还不配。"

<h1 style="text-align:center">十一</h1>

听到虞北洲的声音，宗洛没有半点意外攥紧了藏匿在手上的夔纹古玉。

按《能饮一杯无》的设定，公孙游作为虞北洲的忠实追随者，自然会时刻出现在虞北洲周围。此刻，公孙游在此出现，虞北洲必定也在此处。

宗洛在心里叹了口气，倒也不是忌妒，只是习惯了。

《能饮一杯无》里的虞北洲是网文圈里最热门的成长型主角，人生起点虽不如宗洛高，但是升级升得快。等从卫国回到大渊的宗洛在京城站稳脚跟时，虞北洲就已经受到渊帝重用。

虞北洲正式进入京城之后，更是如鱼得水，身边的追随者数不胜数，其中不乏誓死效忠之人。自从在鬼谷撕破脸之后，宗洛和虞北洲一路针锋相对，导致这些配角都把宗洛视为眼中钉肉中刺，宗洛同虞北洲交锋时，大多伤害都是被配角挡下来。虞北洲出什么事，宗洛首当其冲地背黑锅。他被调去戍守边关，虽说是渊帝下旨，但这些人也没少出力。

刚开始，宗洛还不知天高地厚地打算策反几位配角。但时间长了，碰壁的次数多了，也就习惯了。

谁让虞北洲是《能饮一杯无》的主角呢？

这种无力感，如同当研究生导师的宗洛指导毫不听取建议的学生。

只不过经历多了，现在再碰到什么都习惯了。反正这次出手只是想要教训一下公孙游，既然达到了目的，就懒得再做无用功。他一点都不担心其他几位皇子能有什么想法。

然而，就在宗洛打算找个借口离开的时候，兰亭水榭的门口又传来一阵嘈杂声。

远远地看去，只见侍从撩起车帘，从车里走出一位眉眼脱俗、姿态出尘的青袍男子。

这个时间点，达官贵人们已经陆续进场。

百家宴开宴，不仅学子们关心，贵人们也相当留意。

列国贵族养门客的风俗盛行，越有实力的大贵族，门客的人数就越多。门客成了一种体现世家财富和地位的象征，如魏国凤月君、豫国的武安王，皆是门客三千。

平时，大多都是门客主动投奔世家贵族。但有真才实学者大多自傲，特别是能够通过百家筛选的学子们，就整体素质来说，比普通门客的质量高了不少，自然值得以礼相待。

"丞相竟然来了……"

"都说裴相日理万机，今天怎么有时间来参加？"

报名六艺，最后夺了三项魁首，从一介布衣官拜丞相，大渊丞相裴谦雪简直就是百家学子人人艳羡景仰的对象。

"你们忘了？这一届刑家领队，正是裴相座下的得意弟子。"

众人这才恍然大悟。

自渊帝肃清内乱继位后，择出身刑家的裴谦雪为相。裴谦雪一上位，便雷厉风行地开始重新编纂《渊律》，推行变法。

既是变法，自然要弄下去一批人。当时几位旧贵族联合起来反抗，势必要把这位新相斩于马下。结果，裴谦雪转过头就不知道从哪里弄来了这些旧贵族们的罪状，直接参了折子上去。

渊帝二话不说，直接按新编的严苛律法处置，绝不留情。

这一下，就算再没眼力的人，也都看出来了新相是渊帝的人。

于是，渊帝有了暴君的头衔，裴谦雪的不近人情也广为流传。自此，没人再敢小瞧这位布衣丞相。

尽管表面上他如同天山雪莲一般清冷脱俗，但经历过那场变法改革的官员们对他则是心有余悸。他们见到裴谦雪，一边忌妒得眼红，一边都得恭敬地称呼一声裴相。

唯有宗洛不由得在心里深深地叹了一口气。

今天是个什么好日子？半天下来，《能饮一杯无》里的重要人物基本都碰到了。

没错，大渊丞相裴谦雪，小说中重要角色之一。

网文的评论区里明白地写道，裴谦雪是第一个知晓主角身怀恶疾但并不感到厌恶的人，故而在虞北洲的心里有着不一样的地位。

唉！这狗血剧情。难怪评论区称呼他为裴月光，风头直逼四皇子。

宗洛虽然对渊帝感情复杂，但他对自己的爹还是很有信心的。

只要渊帝在世，虞北洲定然掀不起什么风浪。无论他有多大的野心，多想给这座江山改朝换代，也得收敛锋芒，待渊帝百年之后再行事。

可是，结合穿书后的第一场人生宗洛戍守边疆时收到的密信内容，再加上渊帝的身体每况愈下，就算渊帝能够醒过来整顿逼宫叛乱，身体也撑不了多久。

所以，在宗洛的认知里，谋朝篡位这件事情裴谦雪也参与其中。

原书里，虞北洲若想称帝，就绕不开这位丞相。既然作者在文案上这么写，裴谦雪至少是默许了。

但最尴尬也是宗洛最难以忍受的是，裴谦雪曾经是他的挚友。

裴谦雪是他回到大渊后交到的第一个朋友。原以为，他成功策反了一位配角，然而，裴谦雪最后还是站到了虞北洲那边，直接导致宗洛上一场人生满盘皆输。

不管怎么说，宗洛不太想看见裴谦雪。此刻，他只想赶紧离开。

公孙游对裴谦雪视而不见，而是对虞北洲冷冷地发问："你又是谁？我同这位白衣兄台说话，配不配与你何干？莫不是脑子有问题！"

围观群众听到公孙游的这番话后，个个倒吸一口冷气。

北宁王容貌过人，又常是红衣散发的装束，在大荒几乎人尽皆知，这些已成了他的标志。早些年，这种装扮还曾被世家子弟争相模仿，只不过这靡丽的颜色并非人人都能驾驭，众人穿了几回，发现根本就穿不出北宁王的风采，才渐渐不再模仿。

更何况，就算没听说过，实在认不出北宁王，可他身边那几位皇子总应该能认出来吧，他们身上的四爪蟒袍总认识吧？这么冲上去硬刚的人，那还真是头一回见，前途不要了？

虞北洲嗤笑道："我是谁，你同样不配知道。"虽然他依旧是漫不经心的，但那种显而易见的不悦溢于言表。

见虞北洲这么说，心存讨好的几位皇子自然帮着搭腔，大有一种直接给公孙游定个不敬之罪的架势。

围观者没人敢说话，只在心里叹息：这个狂徒刚被白衣公子抢了风头，又摊上了这件事，真是上上下下都得罪遍了。

宗洛已经不想再待下去了。他径直对公孙游说："六艺比试，随缘即可，若遇见了就是缘分，遇不见也不必强求。至于其他……无须如此麻烦，在下暂住在礼家驻地，闲暇时，兄台随时可以找我论剑。"

虞北洲的脸色蓦然沉了下来。

说完，宗洛略微一拱手，转身欲要离去。

然而，就在他迈开脚步的刹那，空中一只黑漆漆的苍鹰毫无预兆地俯冲下来。

又来？

宗洛敏锐地听到破空声，无奈没有武器，只好伸手去挡。

没想到，这只丑鹰竟然不是攻击他，只是扑闪几下，绕在他身边。

宗洛蒙住眼睛，看得不太真切，仅靠听声辨位，与身手敏捷的丑鹰缠斗起来还有些费力。

就在宗洛和这只鹰斗智斗勇的时候，虞北洲忽然笑道："这鹰竟难得如此亲近生人，看来先生同我的缘分果真不浅。"他状似无意地道，"上回本王可是怠慢了先生？为何先生迟迟不持玉佩前来王府寻本王？"

闻言，众学子们都用羡慕的眼神看着白衣公子。

城门口北宁王赐玉一事已经传遍大洲都城，大家都在好奇究竟是哪位学子如此幸运，竟然得了北宁王的青睐，没想到就是面前这位！

换作平常，心底或多或少地都会有些不服气。但方才那一场比试后，已让众人心服口服。

难怪平日眼高于顶的北宁王也以礼相待，一口一个先生，推崇至极。

宗洛却在心里暗自咒骂，不知道虞北洲这葫芦里卖的又是什么药。

可不是有缘分吗？那可是太有缘分了。他可不仅和虞北洲有仇，和他养的这只丑鹰也不对付……当初虞北洲把它派来刺探情报，被宗洛用弹弓从空中打下来，拔干净尾羽又重新扔回天上。不仅如此，就连自己的坐骑照夜白都快烦死它了。

宗洛表面上不露声色，淡淡地颔首："北宁王厚爱，草民受之有愧。"

"先生何须自谦？难道你以为本王的玉佩逢人就送吗？"虞北洲笑道，"正好今日在百家宴上碰见，先生不会不给本王面子吧？"

像是应和主人的话一般，在空中扑棱着翅膀的苍鹰也稳稳地落回到虞北洲的肩上。

其他几位皇子似乎还有话要说，但碍于北宁王的面子，又不能直说。只能眼睁睁地看着他，目光像是要穿透白绫，想看清宗洛的眼。

宗洛不知道虞北洲在大庭广众之下邀请他回府论道是个什么意思，但话已经说到这个份上，再拒绝显然不太合时宜。

就在他犹豫着怎么开口之际，远处的嘈杂声突然停住。继而，又响起学子们行礼的声音："见过裴相。"

裴谦雪踱步而来，身旁跟着他的大弟子。

几位皇子曾经也都想要拉拢这位丞相，奈何裴谦雪油盐不进，只一心一意地为渊帝做事。故而也就没了拉拢之意，当然，场面上的礼数还是要有，至少不能让彼此间的关系恶化了。

面对他们的招呼，青衣丞相颔首，一一回礼。

宗元武永远是最热情的那个："裴相今日怎么会有兴致来百家宴？"

"顺路而已，过来看一眼愚徒。"裴谦雪神情平静，"几位殿下聚集在此，可是有心仪的门客人选了？"

虽然清楚只是寒暄而已，但宗永柳的眼睛一转，十分自然地接过裴谦雪的话："让裴相见笑了，我们方才只是聚在一起，看了场极其精彩的论剑。那位白衣公子折枝作剑，大家都甚是见猎心喜，可惜被北宁王捷足先登了。"

果不其然，听到折枝作剑，裴谦雪略微有了点兴趣，抬眸看了一眼。

只一眼，他就定在原地。

白衣公子临江而立，简约云澹，超然绝俗。

然而，只有片刻。

虞北洲状似无意地上前一步，将宗洛整个人遮住，命其与他一同入水榭。两个人留下背影，朝着水榭内走去。

咫尺之遥，只能算是惊鸿一瞥，再多的，便看不见了。

转瞬之间，裴谦雪就清楚了宗永柳的用意。与此同时，他也想起了之前九皇子宗弘玖在大殿里撒的谎。

他的心中百转千回，微冷的手指在宽大的袖口内握紧，默然不语。

宗洛是他的好友，虽然聚少离多，但情谊却不受影响。现在回想起来，竟然发觉自己已经快忘了对方的模样，每次回忆起来，反倒是梦里那幕，难以忘怀。

像！太像了！

倒不是说容貌有多么俊美惊艳，而是那种气质。

宗永柳继续添油加醋地道："可惜裴相没早些来，不然也能见到那场论剑，着实精彩。"

长得一样，气质一样，年纪相仿，就连声音也一样，这可能是巧合吗？几位皇子看了都难免震惊失态，只是碍于不好确定身份，不能贸然开口。不管怎么说，在无法下定论的时候，越多人知道越好。

宗永柳本来想着，把这个从头到脚都是疑点的学子推到裴谦雪面前，让他去确定对方身份。届时不管是真是假，有了这位帮忙兜底，后果如何，自然都不会算在自己头上。毕竟，全大洲都知道，裴相和三皇子私交甚笃。

不曾想，裴谦雪更高一筹，压根就不接话，甚至还淡淡地反问道："是吗？看来六殿下想从北宁王手上'横刀夺爱'了？"

这话说得滴水不漏。众人皆知，裴谦雪不养门客，这位刑家出身的新贵对世家贵族的习气嗤之以鼻。言下之意，他不掺和百日宴的学子争端。既不想替皇子们出头，也不想和北宁王有所交集。

"既然如此，在下也就不叨扰诸位殿下的雅兴了。"说完，裴谦雪按下心底的惊讶，目不斜视地离去，独留几位皇子怔怔地看着他的背影……

另一边，宗洛在迫不得已的情况下同虞北洲走入水榭。

水榭内点燃的熏香散发着缕缕清香，凭几和蒲团铺在地上，一旁还放着不久前宗洛拿来煮茶的各式茶具。只不过秋意渐凉，滚烫的茶水早已凉透。

看见他们入内，三两个坐着的学子随即起身，忙不迭地将这里让给他们。

宗洛随意选定一处蒲团坐下，把身旁的北宁王当成空气，同他方才和百家学子们交谈时的温和稳重大相径庭。甚至还不慌不忙地继续泡茶，以姿态表明了自己对其视而不理的态度。

"师兄，我今天心情很好。"

等到四下彻底无人后，虞北洲笑意浓郁地开口道。

是个人都能看出，北宁王在看完论剑后心情莫名其妙地变好。

只有宗洛能轻而易举地分辨出这笑容背后的居心叵测，也不知道这个变态的肚子里又在憋着什么坏主意。

红衣将军随意撩开下摆，在宗洛对面席地而坐，姿势闲适。"可是师兄似乎总是这样，对旁人儒雅和煦，对我却如此冷淡，叫我好生难过。"虞北洲收回眼神，忽然将上半身凑过来，笑吟吟地开口，"要我说，鬼谷这一代可是只有我们二人，师兄若是对我热络一些，或许我就不那么恨师兄了。"

叁章 · 拜访

十二

一提到鬼谷的规矩，二人的会面又是不欢而散。

对虞北洲的连篇鬼话，宗洛都懒得理他，任由他一个人在那儿自说自话。时间一到，直接起身离开。

这一世重新来过，宗洛的目的很明确。他要做的事情就两件，一是弄清楚自己当初为何会失宠于渊帝；二是夺储。

虞北洲和他是宿敌，积怨已久，上一场人生里甚至是不死不休。宗洛从来不会去攀比这位顺风顺水的原书主角，毕竟虞北洲无论如何都会平步青云，而宗洛稍有不慎，就会失足踏入深渊。

接下来的几天，直到百家宴开宴后的一段时间，宗洛都没有再露面。一直到猎艺开始前，他都老老实实地待在礼家驻地，大门不出二门不迈，每天只在房中煮茶，偶尔让书童搬个书案到门前的桂花树下，一边赏花一边练剑。

往年的百家宴从武艺开始，一直比到最后一项辩艺。

今年比试中途又恰逢清祀，不仅是文武百官，连同参加百家宴的学子也破例受邀前往卜祠祭祀。时间正好在武、猎、书三艺之后，也算是给六艺比试过程中穿插一些插曲。

夕阳西下，顾子元从武艺比试现场参观回来，忙问："洛兄，这两日眼睛可舒服些了？"

此时，宗洛正在棋盘前自己和自己对弈。顾子元掀开下摆往地上一坐，话语间难掩关心之意。

宗洛随口答道："舒服些了。"

"那就好。"顾子元松了口气，"猎艺比试马上就要开始了。洛兄，你也知道，猎艺都得持续一天一夜，就连马匹也得提前去借，若是身体有碍，定然会受到影响。若实在不适……洛兄也千万莫要勉强自己。"顾子元这话说得足够委婉。

早些年，百日宴并非是六艺，而是七艺，没有猎艺，而是骑艺和射艺。只不过后来胡服骑射盛行，便将骑艺和射艺整合成猎艺一项，难度也大大提高。寻常人参加都觉得吃力，更别说眼盲的洛兄了。

"子元兄不必担心，"宗洛笑道，"或许是医圣前辈的药起作用了。那药传说中活死人而肉白骨，我虽不至于如此，不也得经历一番彻心彻骨的疼痛吗？"

顾子元转念一想，似乎也是这个道理。于是，他便宽慰道："洛兄一向稳重，又长我几载，道理自然比我懂得多。"

"对了，"顾子元端起茶水，似乎有些不太习惯这未炒茶渣的涩味，眉头皱成一团，"最近有不少学派的弟子都来打听洛兄的消息呢。"

"哦？"宗洛不动声色。

"问什么的都有，问得最多的还是那场比试。也有问洛兄之前到底出自何门何派，问题纷繁复杂。"

"那你是怎么回他们的？"

顾子元放下茶盏："洛兄放心，我的口风很紧，什么都没透露。其他弟子那里我也去吩咐过了，不必担心。"

宗洛现在毫不怀疑，顾子元是个"猪队友"了。事实上，有人来打探，在他的意料之中。毕竟，前几天才在百家宴上闹出那么大的动静，不说三位皇子，就连丞相裴谦雪也见到了。若是容貌相似便罢了，连声音也一样，就连单字也相同，这么多巧合肯定非比寻常。他们若不派人来打探才叫奇怪，来了才是正中宗洛下怀，最好是能从礼家弟子口中得出他重伤又失忆的线索，方便推进下一步计划。

尽管顾子元不谙世事，但其他礼家子弟并没有这么天真。礼家领袖明面上指派顾子元为本次大渊游学之行的带队大儒，然而，宗洛才是这队礼家弟子里真正的掌事者。他图谋过大，就算礼家领袖是他的师伯，也不可能单纯为了他，将整个门派陷于危险境地。

于是，宗洛同他师叔达成一个共识，礼家大力支持他回国复位，并且为夺储之争提供帮助。将来宗洛若是继承大统，礼家要成为大渊显学。

这种事情在列国也屡见不鲜。百家学派看似超凡脱俗，为布衣提供一步登天的机会，事实上，他们同各国权贵有着千丝万缕的联系。就算看起来最出世的鬼谷和隐士世家，每一代弟子入世后，皆浸淫官场，都游走在各国，个个都是玩弄权术的高手。

礼家这么选择无也可厚非。

毕竟按照目前来看，大渊未来前途一片坦荡，大有一统大荒之势。

大荒生产水平不高，类似古希腊时期，那里也曾经出现过这样百花齐放、各家思想剧烈碰撞，哲学家辈出的时代。若是非要给这个虚构的时代确定一下年代，或许得放到公元前。

只有真正实践后宗洛才明白，自己当初在鬼谷关于天下和平的规划纯粹是纸上谈兵。

在时代发展的浪潮下，一个人的力量是微薄的。以后来者的身份傲慢地审视这里，重来后也只会落得和他穿书后第一场人生一样的下场。

正因为如此，宗洛最后选择和礼家合作便顺理成章。

前来大渊游学的队伍里，只有顾子元不知道这件事，其他礼家弟子都被耳提面命过一定要听从宗洛的指示。至于顾子元……师叔的意思是，顾子元虽天赋出众，通读圣贤经典，但为人处世实在毫无经验，宛如初生稚子。若他知晓宗洛和礼家联手的计划，或许还会被人从他这里看出些端倪，干脆就先不告诉他了。

但是计划已到这个份上，该提点的还是得提点。于是，宗洛委婉地开口道："子元，稍微透露一点，也是无碍的。"

"啊？为什么？"顾子元很是困惑，然后又恍然大悟，"对哦。"

顾子元似乎又想到了什么，脸上的表情颇为尴尬，涨红了好几次，这才结结巴巴地开口："抱歉，洛兄，是我欠考虑了。洛兄并不隶属礼家，我总是忘记这点。他们来打听，或许是动了招揽之心，对洛兄分明是件再好不过的事，偏偏让我给搞砸了……"

顾子元说这番话的时候，神情十分懊恼。尽管宗洛想表达的并不是这个意思，可也算勉强让顾子元明白了他的意图。所以，宗洛没有反驳。

倒是顾子元的心里有些过意不去，默默为他煮茶打下手。暗自在心里决定，若是下回有人再来打探洛兄的消息，一定要把洛兄吹得天上有地下无，助他找到好归宿。

不过，宗洛确实准备行动起来了。

猎艺的时间将持续整整一天一夜，这对马的耐力要求极高。若是曾经的骑艺，只需挑选跑得快的马就行。但猎艺中最终决定胜负的因素不是速度，而是所获得的猎物的数量。

时间、耐力、速度、射箭的准确度、武艺……这些都是猎艺考校的范围。大多数学子都会选择去城郊卫戍军的军营内借一匹和自己的骑术契合的马。不少王公贵族也会跟着一起去凑热闹，若是在百家宴的时候得到他们赏识，或许还会被分到一匹好马。

不然，也不会有那么多学子争相在百家宴上出风头。

但这些还是次要的，最主要的是，如今几位皇子的夺储之争已经进展到白热化阶段。

第二天，宗洛起了个大早，并没有急着出门，而是在桂花树下等着。

果不其然，过了一会儿，门口出现一个眼熟的身影。

公孙游拦下一个礼家弟子。很明显，礼家弟子都认识这位在百家宴上风头大盛，却被宗洛打败的狂徒，警惕地问：“兄台，有何贵干？”

公孙游并不是来找碴的，反而低声地关切地询问：“住在你们驻地的，那位叫‘顾洛’的公子，身体可好些了？”

实不相瞒，自从百家宴比试后，翌日，公孙游早早地到兰亭水榭等候，就想找“顾洛”比试第二次。没想到，等到夕阳西下都没能等到那位眼盲的公子。第三天再去，又是一样的结果。于是，公孙游截住一位礼家弟子，从对方的口中得知“顾洛”身体抱恙，不能出席这几天的比试，正在礼家驻地休养的消息。

接下来几天，公孙游日日都会去参加百家宴。遗憾的是，直到开宴的最后一日，宗洛都没有再出现过。他不知道宗洛投了什么签，反正他武艺的签子已经被自己折了，便趁着武艺比试时来礼家的驻地晃悠，逢人就询问宗洛的消息。

礼家弟子都得了宗洛的吩咐，皆装聋作哑，一问三不知。

公孙游感到有些失落，再三询问后，对方仍然不予告知，只好不甘心地离开。

确定公孙游离开后，宗洛回头问书童，“这是第几天了？”

书童恭恭敬敬地答道：“回公子的话，今天是第四天。”

宗洛不自觉地皱眉。公孙游已经连续四天来这儿了，这超出了他的意料。

不管是按照上一场人生的记忆，还是按照小说《能饮一杯无》的剧情，公孙游这会儿都应该围在虞北洲的身边鞠躬尽瘁才对，怎么反倒屡屡来此地寻他呢？

转念一想，倒也不难理解。原著中此地公孙游也只是暗地里为虞北洲做事。

公孙游同虞北洲沆瀣一气后，明面上和其他几位皇子走得很近，私底下也都表示要效忠于他们，并且成了他们的谋士。实际上，他真正效忠的主公只有虞北洲一人，也是助其谋取大渊江山的关键人物。他卧底在几位皇子身边，将真消息传递给虞北洲，用假消息迷惑几位皇子，把他们耍得团团转。

现在，公孙游往他的驻地频繁打探，是何居心？

宗洛一向不吝啬用最大的恶意去揣摩敌对方，早在心里给公孙游画了大大的红叉，哂笑一声，吩咐书童为他准备马车。

当初，宗洛虽然撤出皇城，并不意味着他没有底牌。

位列三公之一，主管监察百官的御史大夫正是宗洛的暗线。这位的实权不言而喻，即使宗洛身在边疆，也能得到不少皇城的最新动向。

公孙游搞多面埋伏的事情，正是薛御史将虞北洲插手夺储之争的事情一起呈报给他的。然而，在上一场人生中他身处边疆，鞭长莫及。

现在好了，当初的情报这一世也适用。

"去京郊。"宗洛掀起车帘，猫着腰踏上车内，安安稳稳地坐下，手指翻飞，将夔纹古玉重新挂回腰间。

这辆外表朴素的马车一路行走，径直从白虎门而出。

猎艺使用的马匹都是大渊军队的军马。既然要借军马，就得找骑兵，常规大军团里都有这个兵种。驻扎在皇城附近的军队是卫戍军，那里也有骑兵。

今天一大早，就有百家学子三两结伴到京郊驻扎的军营来借马。

他们在卫戍军军营外讲明了来意，守门的卫兵让他们稍作等候，入内禀告去了。

闲暇之时，学子们放眼望去，看到远处的玄骑军训练，纷纷惊叹。这一队骑兵的马匹皆是乌黑，浑身上下没有一根杂毛，英勇威武。

"玄骑军竟然回京了？"

"好像就是这几日的事情。年前玄骑军出征南梁，因状态不佳导致战局僵持不下，后来被北宁王的天机军接替，大胜而归，便一起回来了。"

众人面露了然之色。

北宁王打下南梁的消息已经传开。以大渊征战列国的野心，即使收下降书，不动百姓，也势必会对南梁王族斩草除根。

就像曾经打下其他国家那样，再过几年，南梁便会彻底消失在历史中。至此，大渊的宏图霸业又进了一步。

"不过，"有学子突发奇想，"若是玄骑军回京，那我们岂不是可以……"

要说最出名的骑兵，自然还得是大渊三皇子的亲兵——玄骑军。

驻守的卫戍兵闻言，直接泼冷水，道："别想了。"

经历了函谷关一役，玄骑军精锐十不存一。如今接任的将领穆元龙更是以铁面无私、忠心耿耿而闻名。再加上玄骑军的马都是宝马良驹，个个爱惜如命，想要借用自然是难如登天。

果不其然，有学子大胆去问，最后灰溜溜地回来，望洋兴叹。

玄骑军的黑马皮毛油光水滑，虽说比不上传说中的踏雪乌骓，但也差不到哪儿去。若是能借用，猎艺定能增加几成胜率。

就在学子们闲聊的时候，远处忽然跑来两匹平平无奇的黄马。其中一匹马上的小厮径直来到玄骑军军营外，开口就说想要借马。

正在学子们以为这个人也要无功而返时，画风忽然一转。玄骑军看见他的腰牌后片刻犹豫，还是从马厩内牵来一匹马鞍都未卸下的上好黑马，将缰绳递给他。

远处围观的学子们皆是满脸震惊，问："军爷，这位为何能借玄骑军的马？"

卫戍兵看到这一幕也觉得有些不可思议。谁不知道玄骑军爱马如命，就连他们也是头一次见到能从玄骑军手里借到马的情况。

卫戍兵答道："看穿着，应当是质子府的人。"言下之意，应该是这个身份才让玄骑军破例。

质子府？虽然来到大渊的时间不长，但是当下皇城的局势已经被各家摸了个七七八八。

学子们七嘴八舌地议论起来："就是那位卫国太子。当初卫国军临城下，渊朝三皇子被迫前往卫国为质。哪曾想十年后，渊朝和卫国情况逆转，轮到大渊的铁骑压入卫国国境，卫国不仅归还三皇子，还将自家太子送到大渊为质。到如今也有六七年了。"

为质六七年，卫国一次也没有同大渊提过要接回质子，这情况可不太妙啊。

有人不免好奇："这位卫国太子可是在大渊为质，为何还能和玄骑军搭上线？

难道玄骑军是卖卫国的面子？"

"得了吧，穆将军连我们大统领的面子都不卖，他一个质子，还能有这么大面子？"守门的卫戍军神情蔑视，嗤之以鼻道，"你们是不知道，这位卫国质子投靠了好几位大人物，手段厉害得很，随便去街上打听打听便可知，深宫里养出来的果真和普通人不一样。"

这件事也是卫戍兵从姑娘那里听来的。说是某日几位姑娘陪着一些达官贵人一起喝酒，席间有几位喝多了，互相说了些八卦，一时说漏嘴。当时人多嘴杂，这事就慢慢传开了，在军营里也算人尽皆知。

卫戍兵的声音并没有压低，在空旷的郊外传得极远。

众人没想到竟然会有这种隐情，一个个啧啧称奇。

不远处的马上，叶凌寒攥紧了拳头，脸上闪过隐忍的屈辱。

小厮小心翼翼地牵着黑色宝马，看到主人面色不善，压低声音道："主子，马借来了。"

叶凌寒紧紧地盯着军马，用冷得像能淬出冰碴的口吻道："还回去，这马我不要了！"

"您这又是何苦呢？"小厮叹了口气，苦口婆心地劝道，"奴才知道您不愿再承三皇子的情，但如今并非意气用事的时候……若是您能在猎艺上夺得魁首，或许卫国那边就会意识到您的价值，卫王也将对您更加上心。届时，这些流言将不攻自破。殿下三思啊！"

叶凌寒何尝不知道这个道理？他太清楚现在卫国的境遇了。虞家陷落后，世家争权夺势越发严重，卫王有心无力。要不是卫国还有些底蕴，且有其他国家想要抗击大渊的百姓、将领前来投奔，估计早在南梁被打败之前，就得被大渊朝攻破城门。

只要能够成功地联合豫国抗渊，那大渊一时半会儿也拿这两个国家没有办法。

这么来，时间一长，卫、豫两国徐徐图之，积攒力量，总能摆脱如今的尴尬境地。

这一切的前提，都建立在叶凌寒能成功回国的情况下。

然而，根本没有人希望他回国。叶凌寒背后最大的倚仗早已灭亡，不然当初他也不会被当作弃子送来为质。他离开卫国那么久，虞家的势力全部都被其他世家瓜分完毕，早已无力回天。若是能找到方法回国，还有一争之力。如果再拖下去，这太子之位也不见得保得住。

　　叶凌寒之前以身犯险，拼死传了封密信回去，希望父皇能看在他多年为国的份上，派使臣来大渊接他回国。他清楚卫王的性格，若是不能展示出自己的价值，卫国是根本不可能在这个节骨眼上同大渊作对的。所以，只能出此下策。

　　所幸，百家宴并不局限于学子参加，叶凌寒也在百家宴开宴的最后一天到兰亭水榭投了支签，期望能够夺得一项魁首。

　　既然投了猎艺，一匹好马就必不可少。他攀上的那些权贵高枝只当他是个逗趣的，享受着身份尊贵的一国太子被迫陪酒侍奉的感觉，顶多为叶凌寒行走大渊提供一些方便。但真正遇到可能给自己惹麻烦的事情，便翻脸不认人。到最后，又是只能向他最憎恨的人求助。

　　卫戍兵还在说着八卦："你别说，那质子可是卫国太子，若是自己送上门来，哪有不要的道理？"

　　"可不是，他的母亲是虞家人，虞家知道吧？虽然七年前被灭门了，但虞家个个美人，这在列国中都是出了名的，虞家最后一位后人更是……算了，我不敢说，你们应当知道是哪位大人吧……"

　　北宁王的玩笑，卫戍兵自然是不敢开的。

　　只是，卫国质子竟和战场上凶神恶煞的北宁王沾亲带故，一个低到尘埃，一个高到云端，就连学子们也不禁摇头道："一国太子，虽在别国为质，但又未曾被亏待过，偏偏就这么想荣华富贵，作践自己。此子目光短浅，愚不可及！"

　　听着卫戍兵们的闲聊，百家学子的诛心之言，叶凌寒脑海立刻浮现出那些不堪回首，为了往上爬而攀附旁人的画面，胃里涌起一阵恶心。他坐在质子府的马背上，脊背挺直，眼睛死死地盯着玄骑军的黑色宝马，握着缰绳的手青筋毕露，正欲策马离开，目光扫到某处时却蓦然顿住。

　　不远处，一辆朴素的马车静静地停在那里。

　　眼缠白绫的公子独自下车，走向营地，距离不远不近，正巧停在那些议论的人面前。

　　这么近的距离……叶凌寒一时间几乎忘记了呼吸，他的手脚冰凉，如坠冰窖。没有人比他更清楚，站在那里的人是谁。而他现在最担心的，是对方有没有听见他们那些言论。若是听见了，又会如何看待他？

十三

叶凌寒的手死死攥着缰绳。他向来清高孤傲，即使卧薪尝胆也未曾堕志。但此刻，他的心神陡然剧震，从没有这么一刻希望对方没听见卫戍兵说的那些话。

叶凌寒不是不知道外面的那些风言风语。事实上，就算他再怎么落魄，也是堂堂卫国太子，那些人再大胆也不敢真的对他如何，外面的那些风言风语完全就是子虚乌有。

然而，他已为质子，又是亲口从那些大人物口中传出来的消息，更不可能有人听他解释。

现在，叶凌寒却后悔没有解释了。他想也没想便夹起马背，朝着卫戍军兵营门口冲去。

身为质子，也改变不了叶凌寒骨子里的骄傲。但同样，他也足够隐忍，对自己足够狠。不然堂堂一国太子，这么可能心甘情愿地陪酒唱戏，不过是为了寻求东山再起的机会罢了。

曾经有多痛恨间接害得虞家覆灭，害得他被送到大渊为质，北洲表兄的死对头——宗洛，在他死后，知晓他私下命人多加照拂自己时的心情就有多复杂。在这异国都城中，宗洛是唯一对他这么好的人。

站在军营面前的人没想到卫国质子竟然发了狠般催动马，都被吓得呆立当场……眼看着都要冲到军营门口了，若还不停下，届时冲撞到人，不死也得受重伤。

卫戍兵色厉内荏地大喊："停下！擅闯军营者杀无赦！"

然而，马却丝毫没有要停下的意思。马蹄拍打在地面的声音十分急促，如同鼓点一般，咚咚作响。眼看就要踩到方才张口呵斥的士兵身上。

就在这千钧一发之时，马猛地高高扬起前蹄，发出嘶吼。

众人眼前一花，只见叶凌寒扯住缰绳，险而又险地停在守门卫兵面前。马鼻子里呼出的气喷了卫戍兵一脸，吓得他脸色惨白。

这下，方才还在取笑的人都不说话了。

只是一个小小的示威动作，足以见得卫国质子骑术之高超。

虽然受了惊，但对方好歹是一国太子，又是自己背后嚼舌根在先，卫兵敢怒不敢言，甚至还得低头行礼。

叶凌寒并不搭理这些无关紧要的人。他紧紧地盯着白衣公子，带着自己都不曾察觉的紧张。

"你……"他想开口叫住白衣公子，却又叫不出口。

叶凌寒不知道该怎样去面对宗洛，更不知道在见到他时，自己又该说些什么。

这一年来，叶凌寒的心情无比复杂，他有很多问题想问。

想问宗洛为什么没死？想问他的眼睛是怎么回事？想问他既然没死为什么不回大渊，而是等到现在才回来？为什么要私底下做那么多事？更想问他当初为什么要帮自己？

为什么偏偏是他？

听到马蹄声，宗洛侧了侧身，那条白绫也跟着抬起。

"你的眼睛……"叶凌寒迟疑着开口问道，"是怎么回事？"

无人应答。

片刻之后，宗洛才恍然大悟，拱手道："这位大人是在问草民吗？这……草民也不清楚，一醒来便是如此了。"

草民？叶凌寒顿时感到一阵荒谬，问："你堂堂大渊三皇子，为何要如此自称？"

此言一出，四下皆惊。

"叶公子，这话可万万讲不得啊！"卫成兵连忙开口阻拦。

方才被变故吓到的学子也回过神来，倒抽一口凉气。谁不知道三皇子已经身殉函谷关，至今已一年有余。

就连宗洛也微微摇头，面露无奈之色："公子，您说这话可是折煞我了。我虽说失忆，忘却前事，但也绝不可能是那位三殿下的。"

"你失忆了？"叶凌寒不敢置信地惊呼道。

这短短不到半炷香的时间，叶凌寒受到的惊吓太多。宗洛说他失忆后，叶凌寒发现那些之前怎么都想不明白的问题此刻豁然开朗。也是，若不是失忆，他怎么可能会不回大渊呢？

叶凌寒根本就没想过，白衣公子不是三皇子，不说声音和外形，就连剑意都是一样的。

等等，剑意……

叶凌寒敏锐地发现了宗洛说辞间的漏洞，步步紧逼，问道："不对，你若是失忆，为何你的剑意一如往常？那日又为何会出现在冷宫，为八皇子解围？"

宗洛不疾不徐地回答："虽说失忆，但这一身武艺却没有忘，拿起剑便能用，连我自己也颇感困惑。至于那日也只是巧合，我在兰亭水榭内迷路，一路上又未能见到下人。我目不能视，只能胡乱摸索，所幸遇见八殿下为我指路。后来，看见有人欺辱殿下，一时气愤，这才出手……不知大人如何会知晓此事？"

这番说辞可谓是天衣无缝，别说是叶凌寒，就算是渊帝派暗卫去查，也决计查不出什么漏洞。

叶凌寒还是不信，继续问："既然如此，你的身上为什么会有七星龙渊？世人皆知，这是三皇子的佩剑。"

学子们一阵哗然。

这位在百家宴上打败狂徒公孙游大出风头的散派学子，身上的佩剑竟然是天下十大名剑之一的七星龙渊。

终于来了，只是没想到导火索竟然是叶凌寒。

宗洛心中一喜，表面不露声色地说："七星龙渊？你说的是这把剑吗？我醒来时就在身边了……入大渊那天，大统领也看过。后来北宁王回朝，又再度确认了一遍。或许是我有幸同那位殿下长得相似，实在不足挂齿。"

叶凌寒一愣，刚才还在想，不管宗洛说什么，他都不会相信，对方肯定是在隐瞒什么。但听他说出"北宁王"这三个字之后，他有些不确定了。就连他的表兄都这么说，难道……真的是他弄错了？

叶凌寒疑惑地看着站在原地的宗洛，神情复杂。

宗洛仍然站在那里，扎起的墨发垂在身后，胸口松绿色的前襟上绣着淡金色的纹路。明明是普通的样式，却被他穿出一股难言的贵气。皎皎正姿，仿若秋霜满月，衬得那条白绫越发显得突兀。

不知为何，叶凌寒竟然有些不敢再往他脸上看。那条白绫，竟然这般刺眼，叫人多看一眼都不忍。

叶凌寒忽然发现，即使当初他那般痛恨宗洛，但几次短暂的相逢还是在他心里留下了不可磨灭的印象。明明没有和宗洛见过几面，闭上眼睛却能在脑海里描摹出这个人的模样，就连脸上细微的表情，都如同刻在脑海里一般。

普通人真能有这样的气度，这样的剑意吗？

叶凌寒忽然松开缰绳，翻身下马。他的嘴唇紧抿，吩咐下人去玄骑军军营叫人。

这下连一旁的百家学子都看不下去了："叶公子，何必如此？这位兄台已经极力否认，若将玄骑军喊过来，岂不是叫人下不来台吗？"

喊玄骑军，难不成是想要人家当面辨认旧主？

就连奴仆也犹豫再三，正想开口说什么，只见玄骑军军营一阵嘈杂。

原来是训练的骑兵回来了，将士们正将战马牵回马厩。

在多匹黑马之后，一名玄骑军牵着一匹通体雪白、身姿干练的神骏从军营里踱步而出。这匹马远看四蹄纤长，马鬃华美，姿态锋棱。一出场，就吸引了在场所有学子、士兵的注意力。

"那就是三殿下曾经的坐骑——照夜白吧？"

"定然是了，除了照夜白外，大荒之上哪里还有如此威风凛凛，又没有杂色的白马？"

他们远远地观望着，个个脸上满是羡慕之色。

照夜白在名驹里也是出了名的，如果能有它相助，猎艺基本就赢了大半。

宗洛听着他们的议论，心里很是欣慰。照夜白是西域名马，日行千里，千金难求。鬼宿子当初把照夜白赠予他的时候，它还只是一匹小马驹，是宗洛一点一点把它养大，这才有了今天这模样。

众人都在观察这匹名马，跟在士兵身侧的照夜白却有些焦躁。它垂眸盯着地上的草皮，前蹄刨了刨土。

"怎么了？是今天的马草不好吃吗？"玄骑军士兵摸了摸它的头，问道。

没想到一向温顺的照夜白竟然偏头避开，大大的眼睛眨动两下，猛然挣脱了自己的缰绳，朝着一处跑去。

"哎，别跑啊！"玄骑军士兵看着空荡荡的手心，不由大惊。

照夜白平日里乖巧温顺，性子比一般的战马要好得多，极通人性。

以前三皇子还在的时候，都不怎么给它系缰绳。后来三皇子战死沙场，原本以为照夜白也随主人而去了，没想到几天后，照夜白竟然自己跑回了玄骑军的军营。

正因如此，众人心中还留存着希望，士兵们甚至常常和这匹通人性的马儿说话，期望照夜白能带领他们寻到殿下。

现任的玄骑军将领穆元龙也是一样，对它悉心照顾，并不将它同军营里的其他战马在一处饲养，连马鞍都撤下，只留着脖子上的缰绳，不为它另寻主人。

所有人都希望，有朝一日它的主人能够重新回来。即使他们清楚，这不过是奢望。

看着照夜白独自跑走，玄骑军士兵连忙追了上去。

只见照夜白如同一阵风般跑过来，径直从玄骑军军营门口冲到宗洛的面前，眨巴着眼睛乖乖地看他。

随后赶到的骑兵身披玄甲，健步如飞，高声道："不好意思，这匹马是我们的，方才是我没能看好它，让它冲撞了你们……"

话还没说完，就见照夜白在众目睽睽之下把头蹭到别人怀里。

骑兵吃惊地望着眼前这一幕，这还是平日里那匹高冷的千里马吗？

另一头，见宗洛不理它，照夜白委屈地嘶鸣几声，上去蹭宗洛的手指。

这匹白马略微焦躁地绕着主人走了好几圈，仿佛意识到什么，忽然低头弯腰，示意主人上来，宗洛只好照做。在众目睽睽之下照夜白把人劫走了，朝着另一边的城门跑去。

"这……'顾公子'怎么被一匹马掳走了？"

所有人都被这番变故震惊到，唯有卫国质子叶凌寒紧握手中的缰绳。

马不可能不认得自己的主人。照夜白的出现，让这个李逵李鬼的戏码再没有任何悬念。

真的是他！叶凌寒下意识地松了口气。

如果宗洛失忆，就不会知道他就是百家学子口中的"卫国质子"，更遑论留下什么不好的印象。

毕竟，于他而言，现在的自己……不过是一个再普通不过的陌生人。

想到这一点，叶凌寒的胸口充斥着说不清、道不明的焦躁。有焦躁，有失落，还有一些更为复杂的东西。最后，这些东西叠加在一起，化作淡淡的自嘲。

施恩者都不记得当初的恩惠，他反倒在这里胡思乱想。甚至连一句"当初为什么要照顾我"都问不出口。

叶凌寒攥着缰绳的手开始泛白，忽然扬起马鞭，一言不发地调转马头，朝着城内追去。

看到这两匹马一前一后地离开，玄骑军愣在原地，看着那道背影，仿若大梦初醒。

他浑身颤抖着，猛地冲回军营。甚至都没来得及禀报，就一头冲进了演武场。

正在演武场操练士兵的穆元龙不由得皱眉，冷声道："如此冒失，军营的规矩全忘了？"

骑兵站在原地，结巴着说不出话来。

"刘七，你不是带照夜白出去放风，照夜白呢？"

穆元龙看他魂不守舍的模样，眉心越拧越深，放下弯刀，面色严肃。

"穆将……我，我……方才……照夜白，对，照夜白。"刘七面色涨红，"照夜白把殿下带走了！"

十四

偌大演武场的安静得可怕。

演武场上的玄骑军士兵纷纷不自觉地停下动作，朝这边看来，脸上皆露出惊愕的表情。

而穆元龙的脸色则是阴沉得可怕。他出声怒斥道："殿下当初亲自将你选入营中，殷切教导。如今只不过是略微相似都能认错？你拿什么告慰殿下的在天之灵？"

因为双方将领敌对的缘故，玄骑军同天机军也极为不对付。这次进攻南梁原本是玄骑军的任务，最后却因为全军状态低迷，被虞北洲的天机军截了胡。

对此，穆元龙感到又自责又内疚，此番回朝甚至做好了请辞的准备。说到底还是他的指挥才能有限，做副将还好，但根本做不了挑起军队大梁的主将。

那日北宁王回朝，在城门口赠玉的事早已传得尽人皆知。好事者口耳相传，不经意间透露了一些细节。例如，那位独得北宁王青睐的是位眼盲的公子，跟随礼家一起进京，据说相貌和一年前逝去的三皇子极为相似，把卫戍军大统领段君昊都给唬住了，到了近乎以假乱真的地步。

穆元龙对北宁王的消息格外关注，听说这消息后更是直接黑了脸。

朝中谁不知道这二人是师出同门的师兄弟？又有谁不知道这二人是水火不容的死对头？如今殿下身殒，北宁王算是彻底除掉了死对头，以后大渊年轻一代的名将只他一枝独秀，料想应该是春风得意。

如今，虞北洲刚回朝，更是张扬地赐玉给一位神似三皇子的学子，是何居心？又有何用意？

穆元龙怒火中烧，连带着对那位不知姓名的学子嗤之以鼻。殿下是何等清隽矜贵，龙章凤姿，岂是随便一个俗人就能模仿的？他早就听说过，这些参加百家宴的学子，一个个挤破脑袋都想成为权贵的门客，其中不乏有人用下作的法子来博人眼球。穆元龙在心里直接将那位眼盲的学子定义为走歪门邪道的投机者。

玄骑军身为三皇子的亲兵，誓死为其效忠。若不是为了维持气度，穆元龙说什么也不可能轻易放过这位模仿三皇子的取巧者。现在倒好，手下的兵不仅认错，竟然还如此冒失地跑到他面前来禀告，端着一副信以为真的模样，实在叫人火大。

被这么一通数落，刘七也冷静下来。确实，他只是远远地看了一眼，照夜白就直截把人掳走。除了侧脸，根本就没看清楚。但刘七下意识地觉得，那个人就是殿下。他张了张嘴，想要解释："可是……"

"等等。"就在这时，穆元龙猛然回过神，"你刚才说什么，照夜白把人掳走了？"人他可以不管，马却是殿下留下来的马，说什么都不能有事。

"对，那群学子来军营借马，它看到人便挣脱了缰绳……"刘七欲哭无泪，"穆将，您也不能怪我认错人啊，就连照夜白都认错了。而且，那人身上还……"刘七没有继续说下去，更不敢说出七星龙渊四个字来。

穆元龙也不吭声了，脸色阴沉得可怕，让士兵不敢直视。

先前宗洛还在的时候，穆元龙就是专门打点各项事务的副将。玄骑军被他打理得井井有条，军纪森严，大伙对他怀有十足的敬畏之心。接任了主将后，穆将军的性格越发冷厉严苛。

这是第一次，众人看到穆元龙这般雷霆震怒。

"编一队人，现在就跟我走。"

他披上玄甲，抓起武器，大踏步朝外面走去……

另一头，被照夜白挟持的宗洛无奈地叹了口气。

一年多没见，别人看不出来，他怎么会看不出照夜白瘦了不少，皮毛也没有当初待在他身边时那般油光水滑。

宗洛拍了拍马背，示意照夜白在城郊无人处把他放下。

见主人终于搭理自己，白马发出欢快地低鸣。

"不行，现在还不能把你带回去。"宗洛摸了摸它的鬃毛，终究还是不舍地开口，"听话，找个没人的地方把我放下。"

碰上照夜白，是他没料到的突发状况。不过还好，一切都还在可控制范围内。但要是带着照夜白回去，那问题可就大了。

现在，所有人都只是在猜测他是不是三皇子，暂且还没人敢捅到渊帝那里去。在这种各方势力暗潮涌动却保持相对平衡的情况下，没有足够的证据，谁也不敢轻举妄动，但现在不一样了，照夜白是一个有足够说服力的证据，也是一个显而易见递上去的由头，处理不好，可能会提前打乱他的计划。当然了，由头总是要递上去的，不过是由谁递的问题。

"乖，你自己回营里，这段时间不要再来找我。"宗洛下了马，忍住想要把它带回去的冲动，转身狠心地催促照夜白离开。

白马看了宗洛许久，确定自家主人没有回心转意的意思，才嘶鸣一声，一步三回头地朝军营的方向走去。

看着这一幕，宗洛拢在长袖下的手指有些颤抖。他想起当初假死时，照夜白也是一边流着眼泪一边跟在他的身后，怎么赶也赶不走。

那时候，刚刚获得重新来过的机会的宗洛更为不舍，但一想到上一场人生里照夜白在城门前被乱箭射杀，倒在血泊中的模样，就能狠下心来了。

现在也一样。

照夜白走后，宗洛并没有急着离开。他站在原地，确保这一幕被另一个人尽收眼底后，才转身离去，静待着这个由头的出现。

"哒哒哒——"果不其然，在他要走的瞬间，身后那阵马蹄声终于急促起来，由远及近，如鼓点般地落在地上。

叶凌寒犹豫再三，还是策马追上，却没想刚好见到宗洛驱赶照夜白的场景。方才心里的踌躇、不知名的担忧和复杂情感全部化作滔天怒火，不断地燃烧着他的理智。原来他根本就没有失忆！

因为催马前行，叶凌寒的脸上仍然带着一抹绯红，不知道是累的还是气的。他并不怀疑宗洛的身份，却也天真地以为宗洛是真的失忆了，没想到又是被对方戏要一番，怎能叫他不感到恼火？

身为一国太子，叶凌寒不至于连这点敏感度都没有。

乍一看，此人像是从函谷关一役死里逃生。但拜九星连珠时的那场梦境所赐，天下人谁不知道三皇子为国捐躯，民间声望达到顶峰。

这招以退为进实在高明。若是未死归来，民意沸腾，自然是最得利者。有如此助力，就连一向对三皇子不冷不热的渊帝也会在夺储一事上有所偏颇，更是打得其他几位皇子措手不及。

叶凌寒原本以为宗洛兼爱众生，连敌国质子都暗中关照，自然是君子所为。未承想，竟然也会用计谋假装失忆。难怪他会突然出现在冷宫救下八皇子，一切都是早有预谋。

刚才在军营前面的说辞，不过是说给傻子听的，偏偏他这个傻子还真的信了。或许眼盲也是假的，假假真真，竟没有一句实话。

叶凌寒坐在马背上，死死地盯着前方宗洛离去的背影，几乎克制不住上前质问的冲动。但叶凌寒又停住了，脸上青一阵白一阵。他和宗洛……并未熟识到需要解释自己行为的地步。

说到底，除去那些对方不知出于什么目的的单方面照顾和他自己单方面的仇恨外，他们本就没有任何关系。

只是……谁能想到，向来霁月光风的渊朝三皇子竟然也会玩弄这种愚弄世人的把戏，竟然也和那些不择手段玩弄权术的人一样，他原本以为宗洛和那些人不同。既然如此，倒是他看错了。

一股莫名的被背叛的怒气油然而生，几乎压抑不住。叶凌寒也说不清自己现在的心情，只觉得十分失望，不，是失望透顶。

卫国质子的胸口起伏着，忽而一言不发地握紧拳头，指甲深深嵌进肉里，夹紧马背，头也不回地向前奔去。

"哒哒哒——"马蹄声再次变得急促起来，黑色的骏马如同一阵风般从宗洛的身旁掠过，将他白色衣摆和垂在脑后的墨发掀起，又纷纷扬扬地落下。

宗洛颇感讶异。他以为叶凌寒冲上来是为了质问他的，没想到竟然就这么离开了。

眼下，已经有传言说卫国想要重选太子，叶凌寒肯定是心急如焚，恨不得抓紧时间逃回去。

这位卫国质子在大渊皇城蛰伏隐忍多年，低调行事，即便是被九皇子宗弘玖欺辱也是忍气吞声，暗地里积攒力量，甚至连陪酒这种事情都愿意放低身段去做。

在这种情况下，叶凌寒利用可以利用的一切。要不是走投无路，叶凌寒也不会把主意打到百家宴的六艺争夺上。

上一场人生里，叶凌寒便是为了回国无所不用其极，实在没有办法后，甚至私下在焕春楼进行过一场声势浩大、荒唐至极的拍卖。消息走漏后声名扫地，就连卫国也耻于接回这样的太子，干脆废除。叶凌寒在发现自己回归卫国无望后，便彻底性情大变，发誓要报复所有人，正式加入了虞北洲的阵营，为他做牛做马。

八皇子卷入夺储之争就是因为他在背后煽风点火。他当时想出一条毒计，用八皇子的死断了五皇子的一条得力臂膀，顺带让九皇子失宠，一石三鸟，堪称歹毒。

重活一世有一个好处，便是能够彻底认清这些人的本性。

宗洛不是什么天字一号大善人。原著中叶凌寒既然害死了宗瑞辰，那他就把这笔账算到现在的叶凌寒头上。毕竟，如果按照故事的走向发展下去，叶凌寒仍然会选择牺牲小八，会选择为虞北洲鞍前马后。

按照宗洛对叶凌寒的了解，在确定了他的身份，并得知他没有失忆之后，这位走投无路的质子多半会妥善利用这条宝贵的信息，再在合适的时候抛出，或者卖给各方势力去博取信任和好处。

如果叶凌寒再做一回告密者，宗洛的后招就可以用上了。他不仅可以顺理成章地把自己的身份摆在明面上，还能不显山不露水地坑叶凌寒一把，让他不死也脱层皮。

这一切，早就是计划好的。利用这样的恶人，宗洛没有丝毫的心理负担。不管怎么说，叶凌寒已经目睹了他故意透露出来的事情，接下来只需要静观其变就好……

宗洛在原地站了一会儿，这才叹了口气，彻底离开了。他一直都觉得，自己并不是个很有野心的人。

不然，原本身为研究生导师的他不会放弃国际前沿研究室抛出来的橄榄枝，不去追求所有人眼中更高一层的大好前途，反倒安安心心地蹲在本校研究室内带学生，每天绞尽脑汁地想办法申请经费。

正因为如此，对于储君的位置，他一直本着随缘的想法。

或许是并非真正属于这本书，仍旧带着现代人的思维的缘故，若是真要让他在亲人和皇位中选择一个，他肯定毫不犹豫地选择前者。

人一旦摒弃多余的选项，就能认清自己的位置。可能是上一场人生里尝到过孤立无援的滋味，又攒够了失望。真正踏上这条路后，宗洛发现自己竟然也轻车熟路。

鬼谷的核心思想便是潜谋于无形，常胜于不争不费。论起布局来，鬼谷弟子都差不到哪儿去，不过是想与不想的问题。

这么一想，他觉得自己当真是配不上那些文人墨客口中的清风霁月了。

"罢了，我又执着这些虚名干什么呢？都死过一次，何必强求。"宗洛自言自语，笑着摇头。

人都是会变的。要是经历那样的事情还不变，那才是真正的菩萨心肠……

宗洛没想到，今天这一出好戏，竟然还没完。他慢吞吞地走回礼家驻地，门口守着的书童见他归来，像是终于找到主心骨般松了口气，连忙上前禀告："公子，有贵客来了。"

宗洛颇感兴趣地挑眉，问："是哪位？"

"小的也不知……那位贵客没说，小的也没敢问。只按公子前几日吩咐的那样，将人带到桂花树下的桌案旁稍做歇息，如今也有好几炷香的工夫了。"

这么长时间还没走，一看就是有备而来。放出去的消息该收网了，就看捞上来的是哪条鱼了。

宗洛在心里迅速有了几个人选，吩咐道："我知道了，你先去准备点茶水吧。"

书童点头："是。"

十五

从军营出来的路上，穆元龙的神色都阴沉得可怕。

玄骑军的士兵都知道穆将军的心情不佳，尽管心急如焚，却也没人敢去触这个霉头。一路上，一队人马都保持着安静，只能听见阵阵马蹄声。

照夜白是三殿下留下来的马，五皇子曾眼馋许久，穆元龙别说借了，愣是连看都没让他看一眼。

"穆将军，这是……"路过的卫戍兵见玄骑军浩浩荡荡的一队人，忙上前问询。玄骑军士兵告诉他三皇子留下来的照夜白走失了，卫戍兵听说后丝毫不敢耽误，忙去通报大统领。

不一会儿，段君昊手里抓着剑匆匆赶到，了解情况后迅速放行。

三皇子还在的时候，玄骑军这支骑兵在全大荒威名赫赫，军旗一立，便叫敌人闻风丧胆，士气大减。

如今虽然主将不在了，由副将接替，但在民众的心中地位依旧不减。

对卫戍军而言，一年前函谷关之战，若不是三皇子亲领三千玄骑军前去支援，不说他们这五万大军会不会全军覆没，就连大渊皇城都有沦陷的可能。所以，他们平时会尽可能地给玄骑军行些方便。

除此之外，卫戍兵们也提供了不少线索。守在这儿的卫兵说，没看到照夜白和白衣公子的踪迹。像照夜白这般优质、又很出名的马，见到肯定会有印象，穿白衣的公子虽然多，但眼缠白绫的却没见过。

既然没进城，那就肯定在城外。想到此，穆元龙调转马头，吩咐道："分散开，在城门附近找找。其余两个去质子府问问，问叶公子有没有看见他们往哪儿去了。"

玄骑军众士兵领命而去，开启地毯式搜索。

见穆元龙并没有要离开的意思，段君昊便也多问了一句："平日里，照夜白待在军营里好好的，为何会突然走失？"倒也不是他想多管闲事，只是军中谁人不知道，玄骑军把照夜白宝贝得不得了，怎么会突然走失？

"段统领有所不知，"穆元龙也不避讳，"最近，一位学子相传得了北宁王的青睐，被赏赐一块玉佩，又在开宴时大出风头……这个学子净使那些不入流的旁门左道，打着殿下的幌子投机取巧，这也罢了，假的终究是假的。如今竟然还打起照夜白的主意，着实可恨。"

听穆元龙这么说，段君昊的神情有些古怪。

那日在城门口发生的事已经传遍了整个皇城。这些天，不断有人向他来打探当天的具体情况。

不仅有京中那几位皇子府邸的人，还有丞相府的人，现在，就连玄骑军的穆将军也来了……越发叫人看不清事态的走向。

作为卫戍军大统领，段君昊跟他爹一样直属于渊帝，并没有站队，对于夺储之争也只是隔岸观火，并不打算掺和进去。所以，面对这些势力，他依旧采取平衡战术，不会有任何偏颇。

但隔岸观火不代表没有自己的看法，在他看来，这件事只能用"邪门"二字来概括了。即便那位叫"顾洛"的弟子在百家宴上大出风头，也不至于把这些大人物都引到他这里来吧？

再者，皇子、挚友、下属……都是三皇子生前与之有密切联系的人，是真是假竟都看不出来吗？

段君昊猛然想起那日的情形。

当时，他几乎在心底认定了顾洛就是三皇子，就差派人去宗正府请人前来定夺。没承想，半路杀出个北宁王，生生打断了他的想法。

不论是身份、地位还是其他，单就一个见面次数和熟悉程度，段君昊都不可能和三皇子这个一起长大的师弟比。但是，虞北洲的话一定就是真的了吗？

段君昊心里的疑云依旧未消，但他只能将疑惑深深地藏在心底，不敢表露出来。

穆元龙见他不回话，又开口道："段统领，那日在城门前到底发生了什么？可否详细说说？"

段君昊有些无奈，这些怀疑，是万万不能对穆元龙说的。

既然连北宁王都出言否认了，他对三皇子又不甚熟悉，贸然说出来反而会得罪人。段君昊别的本事一般，但官场话术则是和他爹学了个精通。于是，他把自己同其他各方势力的说辞又复述一遍，丝毫没有添油加醋。

"什么？还佩着七星龙渊？"听完后，穆元龙的脸色铁青，眉头拧起，刚刚消下去的怒意又重新被激起，引得坐骑黑马焦躁地用前蹄刨土。

穆元龙并没有听说七星龙渊也在"顾洛"的手上，这下心里对"顾洛"更是厌恶。先是同殿下容貌、装扮相似，又佩着七星龙渊，如今再牵扯到照夜白，摆明了就是一副要以伪谤真的模样。

还有北宁王，真是唯恐天下不乱。在大庭广众之下否认其身份，结果转头就赐玉。就算殿下生前不被渊帝所看重，也决计不该被这样的宵小去折辱。

想到这里，穆元龙怒不可遏。他扯动缰绳，想要直接去宫中禀告，为自家殿下讨回一个公道。

没想到，就在这时，四处搜寻的玄骑军回来了，身后还带着神色恍恍的照夜白。

穆元龙急匆匆地下马，仔细检查了一遍照夜白周身，确认无任何问题后才松了口气，道："没事就好。"

殿下还在时，对照夜白的宠爱程度有目共睹。连函谷关一战那般危急时刻，也想办法让照夜白平安归来。

穆元龙不敢想，若是照夜白走失或是出了什么事，百年之后他有何脸面去见殿下？

将照夜白找回来的骑兵问："穆将军，那之前派去质子府的人……"

穆元龙沉默半晌，道："你派人把他们叫回来，不必再问了。"

经过这么一打岔，穆元龙也冷静下来，转念一想，还是把方才想要进宫禀告的事情搁置下来。

渊帝实在不是什么仁慈的君主，殿下生前并不受宠，即使为国捐躯、追封太子，也不比深宫中娇生惯养的九皇子受重视。再加上，南梁一战，玄骑军在阵前发挥不力，最后是让天机军替换下来。回朝后，渊帝虽然没说什么，只让穆元龙休整待命，但比起另一边赏赐不断的北宁王，想来他们也得坐一段时间的冷板凳。

这种小事报上去，若是惹恼了渊帝，可能还会牵连玄骑军。穆元龙自己无所谓，但他不能连累这些出生入死的兄弟。

穆元龙攥紧拳头，憋着一肚子火。只希望这个招摇撞骗之人最好自求多福，不要出现在他面前，否则就算被渊帝惩罚，也得叫他吃不了兜着走……

另一头，宗洛吩咐完书童，便迈步走入院内。

百家学子的驻地都在一处，内里装潢典雅，假山流水，风景别致。这里原先是侯府，原主人在皇位争夺战中，支持了落败方，致使全族被渊帝处置。建造府邸时毕竟费了不少工夫，所以内里的建筑被保留下来，留作他用。

院内栽种着一排桂花树，放眼望去，浅黄色的花苞一簇簇压低枝条，风一吹便纷纷扬扬地落下来，芳香扑鼻。

在这静谧的背景里，锦衣华服，头戴玉冠的五皇子正站在书案前，双手拢在袖袍内，颇有兴致地瞧着桌上摊开的画。

那幅画是宗洛这几天装病不出，闲来无事时画的，其中特意模仿了自己的画技和笔锋，曾经看过三皇子的字画的人一眼就能看出其中的相似之处。

有白绫挡着，宗洛只能模糊地看见宗元武的轮廓，至于更细微的表情就看不见了。

听到脚步声，五皇子抬起头来，在见到宗洛的刹那下意识地挺直脊背站直身体。

做完这一套动作之后，宗元武才反应过来，眼前这个人并不是真正的"三皇兄"，没必要如此。他招呼道："先生回来了。"

当然，清楚归清楚，看着这张酷似三皇兄的脸，他仍旧感到浑身不自在。虽说自己眼馋那套剑术绝学，现在也满心期望赶紧说完，好尽快离开。

"今天正好经过此处，想起先生投了猎艺的签子，会缺一匹好马。"宗元武实在不太懂这些场面上的事情，颇为尴尬地大笑两声，"正巧，本皇子先前也带过兵，在军中还算说得上话。"

宗洛没什么表情。

"先生若是不嫌弃，尽管拿这块腰牌去京郊挑马，看中哪匹直接带走就是。"他将一块腰牌放到石桌上，又怕对方误会一般，连忙补充道，"顾先生千万不必客气，本皇子只是仰慕先生天下无双的剑术。若是先生有空，烦请先生来府上指点一二，本皇子随时恭候大驾。"

宗洛有点不敢置信，他特意摆在桌上的那幅画，元武完全没有发现其中的端倪。而且，虞北洲赐给他玉佩的事早已传遍京城，宗元武还能这么直白地来拉拢他，也不怕得罪北宁王。

这么一想，宗洛感到深深的无奈。

几位皇弟里，宗元武算是和他走得比较近的。当初宗洛手把手地教导他武技，把当初带学生的那一套方法用到五皇子身上。只可惜宗元武在武学上没有半点天赋，鬼谷真传不能教，别的又教不会，一上战场就变成软脚虾。有好几次，宗洛都想感慨朽木不可雕也。偏偏宗元武对武学一腔热情，据说年幼时还曾离"家"出走，就为了去拜师学艺，简直叫人不知道说什么好。

三位皇子里，老四心机深沉，蛰伏隐忍。老六长袖善舞，圆滑处世。唯有老五，脑子一根筋，单纯得很。

偏偏这个家伙背后站着定北军府。军权、世家、财力……他几乎都不缺，要论起夺储实力来还略高老六一头，不然老六也不会到处拉帮结派。要是宗洛处于宗元武这个位置，太子之位早就是他的了，若是足够大胆，逼宫之事也能做得到。哪里会像宗元武这样，还在和老六相互扯皮……

敷衍着送走宗元武之后，宗洛转头坐回桂花树下的桌案前，拿了些茶，打算泡一壶茶来降降火。

结果，这壶茶还没喝半盏，书童又来通报，有新的贵客上门。

"难道今天是什么好日子不成？一个个地都往我这跑。"宗洛不禁摇摇头，不信邪地将桌上的画换了个更显眼的位置，静待来人。

这一回，来的是四皇子，终于来了一个有头脑的。

宗洛清楚宗承肆纨绔风流表象之下的谨慎和狡诈，如果没有十足的把握，他绝不会贸然来拜访。

身着华服的四皇子踱步而入，面带笑容地说："那日在宴会上观先生的剑术，惊为天人。只是先生后面几日未曾出席，不知是何缘由，颇为挂念。这才贸然上门叨扰，还请先生勿怪。"

果不其然，宗承肆一来便是不动声色地用言语试探，看到画时明显停顿了一下，看样子，是看出点什么来了。他先夸赞那天宗洛在百家宴上的剑术，又体贴地关心了一下宗洛这几天为何缺席，实则掩盖在关心之中的真正意图，是试探。

宗洛有三张牌：真实身份、失忆、眼盲。

面对不同的人，他会打不同的牌，眼盲是他保留的底牌。除了一上来就蛮不讲理地把他的计谋全部揭穿的虞北洲，就连面对渊帝，他也得死死守住最后这张牌。

宗洛不卑不亢地说："多谢殿下关心，草民这几日身体抱恙，如今已经没有大碍。"

面对这些暗藏锋芒的闲聊，他不动声色地把信息交出去，如同打太极一样推了回去，全程倒也其乐融融，表面上看着一派和煦。

"原来如此，先生没事就好。"宗承肆随意往地上一坐，话锋一转，"我还以为是那日在宴上，五皇弟冒犯了先生，引得先生不快，我在这里先替他的鲁莽道歉，还请先生千万不要放在心上。"

宗洛微微一笑："没有的事。"

瞧瞧这段位，和老五就不是一个层次的。

"先生果真大度。"宗承肆顺着这个话题继续说，"或许说这话有些冒犯，但先生的确同我的一位故人极像。"

何止是像？

仗着宗洛看不见，宗承肆目光放肆地打量着对面的人。

眼缠白绫的青年端坐在桌案前，如松如竹。他很瘦，一袭纤尘不染的白衣堪堪挂在身上，愈发衬得他的皮肤苍白，有种清冷的脆弱。凑近了时，仿佛就连满园桂花的香气里也染上那股药味，却意外地好闻。就这么坐着，仿佛也有种秋霜满月般的易碎感。

那是他从未在失忆前的三皇兄身上看到过的脆弱。

宗承肆展开折扇，平日里那双纨绔风流的桃花眼也黑沉些许。

在来拜访之前，他已大概确定了"顾洛"的身份。

一年前，重伤失忆，被伯国的礼家捡到，独步天下却又不失君子之风的剑术，还有一模一样的嗓音和气质……

即使是最为谨慎的他，也不得不承认。那位葬入皇陵，追封为皇太子的皇兄，并未真正身死。但回归时，却眼盲、失忆，成了一个药罐子，把什么都忘了。

十六

宗洛本来以为客套一下，过了几招，老四也就该走了。没想到的是，宗承肆愣是四平八稳地在这里坐到天色欲晚。

饶是他这么一路应付下来，也觉得有些疲乏。

好在宗承肆善于察言观色，看到"顾洛"露出倦意后体贴地开口："今日同先生一见，如觅知音，相谈甚欢，一下子忘了时间，叨扰先生这么久，实在抱歉。"不等宗洛回复，他又说，"对了，这是我的一点心意，还请先生务必收下。"

是一方锦盒，不知里面放的是什么。

"这里是我前些日子有幸寻得的灵方，托北阳山上的高人炼制，得了一颗丹药，正好还余下半颗。据说能治疗身上暗疾，颇有效益，或许对先生有用。"

锦盒内里装着半颗浅棕色的丹药，仅仅只是打开片刻都觉得异香扑鼻，足以见得其名贵。

宗洛挑了挑眉，颇感讶异。

交谈时，宗承肆就对他眼睛的情况格外关心，并不关心究竟是什么原因造成的，而是关心该如何恢复。

宗洛立马露出黯然的神色，直言自己眼睛无药可医，一副不愿多提的模样。

彻底失明和有复明希望那可是两回事。

上一场人生里，他就听说过宗承肆手上的这张丹方。

渊帝早年带兵打仗，身上留下不少暗疾，上了年纪后身体也远不如年轻时硬朗。

夺储不是谋反，掌握实权固然重要，但权力过大也会被渊帝敲打，得不偿失。各个皇子私下明争暗斗，表面上还是极为孝顺，凡事都以上意为先。

这张丹方，便是宗承肆特地为下个月渊帝生辰准备的献礼，是花了大价钱才

106

在大荒一处险要神秘的瘴气仙墓里找到的。丹方中记载的每一味药都极其难得，大部分都生长于断崖野岭，数十年一开花，数十年才结果，短时间内很难找齐第二份药材。

渊帝服下丹药后，身体舒畅不少，效果立竿见影，龙颜大悦，大大嘉奖了宗承肆一番。

反观宗洛，那会儿还在苦口婆心地劝渊帝不要服用来路不明的丹药，因而遭到冷遇。

小说《能饮一杯无》掺杂了一点玄幻背景，再往前推几千年，便是洪荒末期，据作者设定，仙人也曾存在过。即使千年过后，神秘消退，如今大荒之上也仍遗留着不少血脉，鬼谷便是其中一支，大渊太卜供奉的卜祖同样也是其中一脉。

所以，这副丹药并不是宗洛认知里古人瞎折腾出来的慢性毒药五石散，而是确有其真实效用的神丹妙药，价值无法衡量。

整个大渊，有资格服用的，只有渊帝。

好不容易匀出这半颗，宗承肆竟然给了他？看来四皇子也是下了血本，想要拉拢他这位"失忆、眼盲、忘却前尘旧事"的三皇兄。兄友弟恭之情着实感人肺腑。

半颗肯定治疗不好眼睛，顶多能看清些许。若是还想继续服用丹药，那就得帮宗承肆做事，就算是上了他的贼船。这无异于在毛驴面前吊一根胡萝卜，算准了宗洛不会拒绝。

这般计谋，以往自己怎么就一叶障目，没能看出来呢？

宗洛想起曾经苦口婆心却毫无结果的劝谏，拢在宽大袖口内的手指微微抖动一下，露出浅笑："多谢四殿下的美意，那在下就却之不恭了。"

至此一点，就能看出五皇子和四皇子的差距。

一个两手空空，带了块腰牌，咋咋呼呼。另一位就算确定了他的身份也滴水不漏，送的礼物也投其所好，不管其背后有何用意，至少一看就花了不少心思。

宗承肆见他收下，立刻露出欣慰的笑容，道："先生如奇石美玉，皎皎正姿。若是此物真有效用……还请先生务必通知于我，届时我也好请宫中御医一同细看，再为先生制定进一步的治疗方案。"

他们一边走一边闲聊。

随从早早地就在门口备好马车，宗承肆上车作别，又道："今日一见，我对先生实在仰慕非常。也不知先生摘下白绫来，又是何等风姿，实在叫人期待。"

好似特地来探望，送药不过是叹惋先生蒙眼，妄图一探究竟。

宗洛恍若未觉，只道："那便谢殿下仰慕了。"

待马车车帘放下后，四皇子脸上的笑容顿时多了几分深意。

"回王府。"一声令下，车夫驾着马车离开，平稳而缓慢。

马车内，四皇子把玩着黑棕色的扇骨，在手肘上不紧不慢地敲动。经过这一番试探，宗承肆根本就没有往宗洛故意装失忆、眼盲那方面去想。

毕竟三皇子没有做错事，还救国有功，根本没有这么做的动机。

就连　向胸怀城府，心思谨慎的四皇子都这么想，可想而知其他人了。

他几乎肯定，三皇兄不仅眼盲，还忘记了一切。

忘了他是谁，忘了自己是大渊三皇子，忘了手下的亲兵，忘得一干二净。犹如春风过境，毫无痕迹。

这是一个非常利于自己的消息。

夺储之争本就迫在眉睫，北宁王回朝，又为此事增添了一把火。

其实更早前，宗承肆就私下和还在一步步挣军功的北宁王搭上了线，将宝压在这位卫国世家公子身上。原以为共谋夺储之事板上钉钉，没想到函谷关之战后，北宁王就像失联了一样，再也没有回复他的密信。

虞北洲常年在外，再加上皇子私自笼络将领可是重罪。联系不上，宗承肆也没有任何办法。

真正的问题出在北宁王回朝之后。

回朝后，虞北洲闭门不出，谁也不见。四皇子府递了几次拜帖，都石沉大海，毫无音讯。气得宗承肆门下的谋士破口大骂，直言北宁王过河拆桥。

宗承肆心里同样气愤，却又无可奈何。

众所周知，四皇子母妃出身低贱，若不是母凭子贵，可能还是奴籍。就因为这事，从小到大，宗承肆没少受到冷遇和其他几位皇弟的怠慢。

在这种情况下，四皇子手上可动用的资源本就不多。但即便如此，当初虞北洲封王，宗承肆还动用手里为数不多的人脉帮忙周旋，平日里有什么好东西也眼巴巴地送过去。

这些年，他对虞北洲当真算是真心付出，不图回报。没想到，竟然落得这么个结果，怎么可能不恼火？

好在宗承肆这么多年都隐忍过来了，尚且还能按捺住不甘心。

现在好了，虞北洲一副自扫门前雪的模样又如何，还不是又有一位新人送上门来？真是车到山前必有路，船到桥头自然直。

四皇子敲打着手肘，思忖着：不管他日后能否恢复记忆，若是能够拉拢三皇兄，都绝对是一大助力……不，必须得拉拢到！三皇兄浑然不觉地行走在皇城之内，即使不摘布条，假以时日，便能被人察觉到真实身份。不说三皇兄在民间的声望，玄骑军可是他的亲兵，手里是实打实地握着兵权。兵权有多重要，不言而喻，特别是在大渊崇尚武学的大环境下，六皇子想破脑袋都想和巍山军搭上关系……这个消息，可不能被两位皇弟知晓。

在来之前，宗承肆就通知了自己埋在五六皇子府的暗钉，务必拖延消息送到他们手上的时间。

好在他运气好，正好成了一炉丹，便巴巴地送过来了。

说起来，最近宫里并没有传出消息，难道是出什么事了？当然，宗承肆可不敢在宫中放眼线。能为他递消息的，只有九皇子罢了。

随即，宗承肆又否决了这个猜想。

渊帝对这位幼子的宠爱有目共睹，忽然不联系了，只有一个可能，那就是他找了更好的靠山。

宗承肆年长宗弘玖十几岁，根本就不在一个段位上。对于这位颇得父皇宠爱的九弟，宗承肆早已布下暗棋。

他知晓宗弘玖残忍恶毒的本性，就像他知道宗弘玖和五皇子、六皇子也有密切联系一样。

如果他聪明，当然知道什么该说，什么不能说。

若是不聪明，也不要怪四哥心狠手辣了。

这么想着，宗承肆浑身放松下来。

当初从礼家弟子口中探到消息，他第一个反应是不信，第二个反应才是若此事为真会给自己带来多少利益。

毫无疑问，即使不得父皇宠爱，三皇兄也是最有可能成为太子的人选，是宗承肆的头号劲敌，是他通往皇位的必除之敌。

然而，若是失忆、眼盲……

宗承肆脸上的笑容愈发明显，那双多情潋滟的桃花眼此刻志得意满。

众所周知，身有疾者不能继承大统。

即便是三皇兄上了他的船，愿意帮助他夺储，那另外半枚能够治愈眼疾的丹药，也是绝无可能送出去的。

这么想着，他脑海中却不自觉地闪过方才在桂花树下饮茶交谈的一幕。

白衣公子脊背挺直，萧疏轩举，清隽矜贵，眼缠白绫，一身素雅，一举一动皆可入画。

"真奇怪，以前怎么没发现三皇兄如此气宇轩昂。"四皇子自言自语，脸上闪过遗憾。

三皇兄竟生得如此好，几乎叫人舍不得挪眼。若是能够恢复视力，或许比起北宁王，也不差分毫。

"……可惜了。"宗承肆伸出手去，轻轻叩着马车的窗棂。

马车行驶着，秋风吹起车帘。

望着远处深红色的宫墙，四皇子的脸隐匿在阴影里，带着不近人情的冷酷。

要怪，就怪他们生在皇家吧。

肆章 · 推翻

十七

把这些人送走后，宗洛又迎来相对空闲的几天。

书艺比试，毫不意外地，由顾子元夺下了魁首之位。霎时间，邀帖如同雪花一样飞到礼家驻地，热闹非凡。

今年礼家的成绩不错，甚至在武艺比试上也颇有成就，拿到不少名次。每位礼家弟子出门时都不自觉地挺直了脊背，一副与有荣焉的模样。

明日就是猎艺的比试，宗洛原本打算今日踩着点出门，到皇城内店铺里转悠一圈，选购必备用品，再去办点事。既然四皇子已抛出了橄榄枝，宗洛也差不多猜到了他的想法，应当是等着服用了丹药后的自己主动送上门去。

但宗洛偏不。不仅不去，他还要让其他皇弟知道这个消息。大家都知道三皇兄失忆、眼盲，大家心照不宣，公平竞争，费力拉拢才好。只有一个人占便宜，那就没意思了。

宗洛刚要出门，天边就飞来一只白鸽，脚环上刻着鬼谷的印记。宗洛匆忙将这只白鸽腿上的东西卸下，再趁着没人的时候放飞出去。他心想：算算时间，确实到时候了。展开信纸，果不其然看到熟悉的消息，一切都按上一场人生的发展进行着。

思忖片刻后，宗洛将信纸放回口袋里，正准备往外走，没想到却在门口被拦住。

礼家驻地门外，一辆低调的马车正停在门口，下仆将腰牌递给书童，恭敬地说："'顾公子'，我家大人邀您一见。"

是丞相府的人。宗洛思索片刻，在众多学子艳羡的眼神中上了车。

待马车走远后，学子们纷纷出声感慨。

"'顾公子'虽然眼盲，运气却当真好。"

"此言差矣，若是你有那等剑术，想必也是不愁的。"

"是啊。若我没记错的话，裴相从不收门客，如今竟也破了例，这谁能想得到？"

北宁王赠玉在先，如今又得了裴相的青睐。这些大人物是寻常学子们想都不敢想的。如此运气，简直不知道叫人说什么好。

另一旁，宗洛登上了马车。

虽然从外观上看极为简陋，但马车内的装潢却相当典雅，镂空的香炉中燃着馥郁清冷的沉香，软垫用的也是上好的材料，铺着厚重的毛裘大毯，将这方狭窄的空间熏得暖洋洋的。如今天气逐渐转冷，坐在这么一辆马车里，实在是再舒服不过的事。

宗洛不客气地坐了上去，撑着头，眉眼间满是沉思。他当初好歹和裴谦雪是知交挚友，自然清楚这就是对方平日里用的马车。既然这样来接他，想必是确认了他的真实身份。

这位大渊丞相并非穷奢极欲之人，却也有着不少闲情逸趣。平日里，琴棋书画无所不精，焚香礼乐信手拈来，吃穿用度极为讲究，自有一股高等文人的孤傲。但写起檄文、搞起辩论来，裴谦雪那可真是字字珠玑，针针见血，十个普通文人都比不上他一个人，和平时高冷的模样大相径庭。

宗洛坐稳后，马车适时地动了，从朱雀大道的石板路上碾过。闻着马车内熟悉的冷香，他有些心烦，猜到此时应是经过朱雀大道的商铺。

作为整个大渊的商业政治中心，皇城的繁华程度毋庸置疑。

然而今天，这些商铺纷纷一片缟素，成衣店把衣服收起来，布料扎染店把靓丽的颜色收到店内，门口摆上一盆盆兰花。不仅如此，就连路上行人的服饰也以深色为主，人人缄口不言，神色哀切。

天色也从晨间的明亮暗了下来，黑沉沉的乌云一大块一大块地堆积在天空，一副风雨欲来的模样。

大渊地理位置偏北，每年冬季都来得早，几乎年年都会下雪。看着逐渐变冷的天气，想来猎艺之后，差不多也就要迎来今年的初雪了。

宗洛好奇，压低声音问："这是哪条路？为何周围听上去如此冷清？"

"回公子的话，我们现在在朱雀大道上，正在去往相府的雨庐。"赶马的小厮答道，"今日不巧，正好是三皇子的忌日，民众都聚到四方卜祠吊唁去了，街上人烟稀少。"

打开了话匣子后，小厮就自顾自地说下去。

"公子才来大渊，有所不知。当初函谷关一战，若是没有三皇子，恐怕我们都得流离失所，皇城保不保得住都难说……"

似是触景伤情，马夫也补上一句："那时，全国百姓都梦见了三殿下自刎那一幕。殿下可是天上来的神仙，专门救济苍生，帮扶我们这些百姓呢！我们也没什么能为殿下做的，只能进贡些香火，摆上一盆殿下最爱的花。若是哪日殿下想下凡看看，也能找到回来的路。"

宗洛愣住了。他还在想今天难道是太卜发谕，犯了什么物忌，民众纷纷闭门不出。又或者是裴相近日又抄了哪个世家，导致人人自危。可他怎么也没想到，今天竟然是他自己的忌日。

"这可真是……"白衣公子苦笑着放下车帘，神色古怪。就像前些天开宴时，当着面听别人念他的谥号，怎么听怎么别扭，感觉浑身不自在。

惆怅过后，宗洛又开始思索眼下的事了。

说实话，他对裴谦雪的心情十分复杂。可对于两人的见面，他又不能回避。他想：总会有这么一天。

如果说，他现在是在玩闯关游戏，渊帝是最终的大 BOSS，那裴谦雪就是守关底的小 BOSS。

几个角色里，宗承肆工于心计，阴险狡诈。公孙游谋略过人，擅长谋划。叶凌寒心高气傲，一言不合就性情大变。真是各自有各自的特点。

只有裴谦雪，看上去除了要实现自身的抱负外，与世无争，实则是心如明镜，极为通透。在小说里，裴谦雪就是从细微里发现蛛丝马迹，成为第一个发现虞北洲身有隐疾的人，其敏锐程度可见一斑。

更何况，上一场人生里宗洛和裴谦雪真真切切地有过一段挚友情谊，这也是他心情复杂的原因。如果连裴谦雪这关都过不了，又何谈瞒过渊帝呢？

车辚辚声依旧吱呀作响，伴随着闷闷地打在车棚上的雷雨声。

不知道过了多久，雨中的马车终于停了下来。

小厮掀开马车车帘，手里撑起一把泼着墨意的油纸伞，体贴地挡在檐上，说：

"'顾公子',我们到了。"

宗洛抬眸,恰好一阵风吹过,将他眼上没有缚紧的白绫吹散。他侧身往后躲了躲,伸手将其重新束好。

"轰隆隆——"惊雷自天际响起。

有那么一个瞬间,他看到厚重的雨幕背后浮着一抹透迤颓丽的艳红,脸上戴着黑色鬼面。苍鹰张开翅膀,冲入长空,与雷雨搏击。

只一眼,宗洛的眸光就锐利起来。

呵,一个合格的宿敌,化成灰了都能认识,这种红衣白裳的固定搭配,只有虞北洲那等极度嚣张的人才会喜欢。

自从宗洛重来一次之后,这个小浑蛋似乎没有上一场人生里那么蹦跶了,反倒消停了一段时间。但宗洛肯定不会认为,虞北洲是变好了。身为《能饮一杯无》的主角,他天生就是搅乱时局的命。所以,他直接默认,虞北洲肯定是在偷偷憋什么大招。

反正冤枉了谁都不可能冤枉虞北洲。想来也是,这辈子他设局假死,虞北洲肯定是拍手称快,喜不自胜。他现在回来了,虞北洲自然要费尽心思地阻挠他,不然也不会在城门口说出那番话来。

可是,虞北洲又为什么会出现在这里呢?

大渊皇城内四方都设有卜祠,中心偏东处则是中央大卜祠,是根据奇门遁甲推演而设,卜祠中有各类人士,如卜医、卜觋等。

平日里,百姓大多到四方卜祠祭拜。大卜祠里由大渊太卜坐镇,并不对外开放,就连朝臣也不可随意涉足。

丞相府旁边正好是大卜祠。如今这位坐镇大卜祠的太卜堪称神秘至极。就连宗洛,在上一场人生里也只在祈福大典时见过一回。

因祈福大典是大渊最为重要的祭祀节日,太卜在朝中地位超然,威望极高,不亚于其他国家的国师,甚至还要略高一筹。可惜除了为国家祈福,推算出有福之人以外,不能插手政事。

换而言之,祈福大典在某种层面上决定了大渊一国未来的发展,大渊历史上也不是没有出现过先立储,祈福大典后又废除的情况。曾经也有几位疼爱储君的皇帝一意孤行,最后差点落得个被灭国的下场。

不过说来也怪,无论立还是改,每一任皇位的变更都是血流成河,不得善终,其中又以如今这位渊帝最为典型。

宗洛当初也没有听说过有关于太卜偏颇的传闻，难不成到了这一世，虞北洲竟然能私下搭上这条线？平日的虞北洲可是无论男女老少人见人爱，就连那个暴君渊帝都对他无比赏识。

宗洛重新掀开车帘，对小斯说："好了，走吧。"

若是虞北洲真和太卜搭上关系，那这个小浑蛋已经赢在起跑线上了。最重要的是，上一场人生里，他就是在祈福大典之后莫名其妙地遭到渊帝的厌弃。或许，那时他被逼自裁，也和虞北洲有莫大的关联。

小斯忙不迭地招呼道："公子当心些，外边雨大，莫要淋湿了。"

"多谢。"宗洛略一颔首，表示感激。

他看着外面的倾盆大雨，面色微冷，默然不语。想起自己口袋里那封鬼谷密信，心中更是腾起一股无名火。

不久前，虞北洲还提起了鬼谷的规矩。是，鬼谷的确是有规矩，鲜少有人知道。鬼宿子并不是一个人，而是一个代称。历代鬼谷都只收固定数量的弟子，最终从这些弟子中选出一位，接受上一届鬼宿子的传承，抛弃自己的名字，被冠以鬼宿子之名。

若是想要争夺鬼宿子的名号，就得接受其他弟子的挑战，生死不论。就算是死，也得堂堂正正地比试，用自己在鬼谷学到的剑术，亲手杀死对方。而不是用这样迂回、算计、下作的手段。

十八

当初宗洛不知道来过丞相府多少次，闭着眼睛都能找得到路。

仆人在前面打着伞领路，宗洛也就透过浸了无影水的白绫，模模糊糊地往院落里看。

作为一朝丞相的住处，丞相府虽然不大，但也绝不简陋，更何况裴谦雪本身就是个妙人，相府景观全部由自己设计。府内九曲回廊、莲花池塘、小桥流水、檐牙高啄，竹林片片。不似大渊皇宫那般冷硬威严，反倒如画般赏心悦目。

"公子，到了。"就在宗洛依旧沉思于鬼谷来信和当初的糟心事时，仆人将他领到一处回廊口，收了伞，恭恭敬敬地侍立一旁。

以前他和裴谦雪没少在此处焚香弹琴，饮茶对弈。只不过后来关系疏远，就再也没来过了。

宗洛抬眼看了一眼雨庐，推门而入。

屋内十分安静，仿佛隔绝了外面的雨声。紫色的香炉放在墙角，香炉中央散发着心旷神怡的冷香，悠悠然地散了一室。桌案上不仅有下到一半的棋，还摆着刚沏好的茶。

风吹进来，将火炉上的火吹斜了一点，室外雷声滚滚，室内静谧温馨。

青衣男人端坐在凭几前，眉目如画。他的表情依旧如水般淡漠，只是在看到白衣公子蒙在眼上的白绫时，表情开始有了波动，拢在袖口内的指尖微不可查地颤抖着。

那日在百家宴上，因为离得远，只是惊鸿一瞥。再加上裴谦雪素来谨慎，善于掩饰真实的情绪，泰山崩于前而面色不变。等到匆匆离了宴会现场，派人去查探后，方感到不可置信。

天下根本不可能有这么巧的事。

然而，还没等裴谦雪在挚友未死的喜悦中沉浸多久，侍从就一五一十地说出了从顾子元那得来的消息。

一年前重伤，被礼家首领捡到，命悬一线，好不容易从鬼门关上救回来，醒来后却眼盲、失忆。桩桩件件，触目惊心！

宗洛适时地拱手施礼，道："草民见过裴相。"

"瑾……'顾公子'不必多礼。"裴谦雪迅速起身避开这一礼，他的声音清冷，如碎玉投珠，"'顾公子'请坐，无须拘谨。我不过是在开宴时偶然观得公子风采，惊为天人，这才邀公子来此一叙。"

"裴相不必客气。"宗洛顺意，向前跨了一步，摸索着朝前走。

裴谦雪下意识地伸手去扶。等到他回过神来，才发觉自己已经紧紧地扣着对方微冷的手腕。离得近了，便有药香扑鼻而来。

"抱歉，是我唐突了。"裴谦雪虽然嘴上这么说，手里却没有丝毫松动，清冷澄澈的眼眸仍旧望着宗洛。

半晌之后，在宗洛疑惑地侧头去看时，裴谦雪仿佛被烫着似的，骤然松开了手，闭了闭眼睛，再也不敢看那截白绫，无言垂眸。

自从两年前二人月下对饮分别后，他已经有很长一段时间没能见到宗洛了。

在那个如水般的月夜里，他们对坐饮酒。白衣皇子渊渟岳峙，醉意蒙眬间抬眸，眼眸也似若晨星。

裴谦雪坐在他的对面，一个没留神就被夺了酒杯。

"阿雪，冷酒伤人。"宗洛笑着用内力将冰冷的酒液温开，再递给裴谦雪的时候，指尖触碰过的地方仍留着烫意。

裴谦雪的酒量很好，生平第一次觉得自己醉了……

此后，竟然连他最后一面都没能见到。

裴谦雪永远记得那一夜。他守在观星台上，顶着寒风等了一宿，最后沾满血迹的战马自己归来，等来的却是三皇子的死讯。

而现在，青年眼缚白绫，如此宽大的衣物也遮掩不住他的消瘦。即使失去记忆，也依旧如往日般沉稳。那些过了许久的黯淡的记忆一下子就变得鲜活起来，只是多了沉疴的药气。天之骄子，何以沦落至此？

梦里牵绳引马，英姿勃发，宁死不从，最后于函谷关之下自刎。惊雷伴雨，血色沾染了他苍白的唇，艳丽至极，令人触目惊心。

这一年多以来，裴谦雪时常重复着这个梦境。还有那把剑，那把不该出现在宗洛手上的湛卢剑。

"裴大人？"熟悉的嗓音响起。

裴谦雪猛地惊醒过来，这才发觉自己不自觉地盯着对方的时间过长。向来淡漠、恪守礼节的他，原想避开致歉，却忽然想到，现在的瑾瑜什么也看不到。

"不必对我使用敬称。"过去不必，现在不必，未来更不必。裴谦雪继续低声说，"我同公子一见投缘，恨不得引为刎颈之交。如果可以……叫我阿雪，好吗？"

"哒哒哒——"窗外，雨还在不知疲倦地下着，雨滴敲打在莲叶、芭蕉上。室内，熏香依旧安静地弥漫至各个角落。

和宗承肆暗含锋芒的试探不同，裴谦雪并没有问他为何失忆，反而更关心他这一年来的境遇，关心自己失忆的旧友，发自真心。

宗洛的思绪逐渐飞远。上一场人生的这个时间点，他和裴谦雪还没有走到因虞北洲而反目决裂的地步。也就是说，现阶段他们还是挚友。

平心而论，除去后来莫名其妙的冷战，他和裴谦雪也算是志趣相投。

当初，宗洛从鬼谷出师后便回了大渊。虞北洲是他的师弟，入门比他晚，自然比他晚出谷。

那时候，宗洛意气风发，铁了心要和虞北洲对着干。回到大渊后，他打算遵循自己看书时的记忆，极力拉拢几位男配，准备近水楼台先得月，先把虞北洲未来的家底掏空。

可惜为时过早，叶凌寒在卫国好端端地做太子，公孙游还在隐士世家拜师学艺，宗承肆甚至都没到出宫建府的年纪。

只有裴谦雪，虽然不能算相识于微末，但认识宗洛的时候，裴谦雪还只是刑家学子，尚未参加百家宴，更没有成为风头大盛的三料魁首。既然要接近男配，直接暴露身份难免有所不便，所以刚开始二人是以友人名义相交。

等到后来百家宴结束时，裴谦雪瞧见那位站在渊帝身后，白衣上绣着金纹的矜贵皇子，才知晓原来他便是那位在卫国为质多年，刚刚归来的大渊三皇子。

裴谦雪是个实打实的清官，高冷无比，孤傲不凡，为实现自己的抱负投身大渊，淡漠的外表下掩盖着锋利的棱角。虽然只是一介文人，却也有着弃笔从戎，金戈铁马，上阵杀敌的夙愿。

这倒恰好契合了宗洛当时的心境。他穿书成为三皇子后拜师学了一身本事，正想着建功立业，拳打男主，手撕炮灰，搞番事业出来，早日实现天下和平的梦想。

于是，二人一见投缘。再加上宗洛并非有意隐瞒，裴谦雪又顺利入朝为官，算起来还是共事关系，便顺理成章地延续了这段友情。

后来，宗洛组建了自己的亲兵，外出征战。裴谦雪平步青云，仕途一路平坦。见面的机会变少，却没有影响他们的友情。反倒因为裴谦雪在朝中并无其他走得近的朋友，时常被划分到三皇子的派系中。

拐到裴谦雪做好友，着实给了宗洛极大的鼓舞。可他没想到，等虞北洲来到大渊之后，裴谦雪也没能跳出男配的设定，和虞北洲越走越近，最后同宗洛走到无话可说的地步。

直到现在，宗洛都还记得。在祈福大典后，他莫名其妙地被渊帝收回兵权。

即使那时已经和裴谦雪心照不宣地冷战，宗洛也尝试着去联系这位众所周知的渊帝心腹，可惜消息全部石沉大海。

宗洛在渊帝宫前跪了一天一夜，天亮才等到圣旨。后来听薛御史说，当初渊帝决定把他发配边疆是采纳了裴相的建议。

这也是宗洛为什么后来不努力地争取其他男配的原因了。挚友会背叛，手足会相残，父子之间也是说厌弃就厌弃。他只能靠自己……

走出雨庐后，宗洛的神情依旧平静。

再见这位曾经的挚友，他以为自己或多或少会有些难过。

不过，可能是上一场人生结束得太惨，又或者是攒够了失望，以至于宗洛现在根本就没有想象中那么难过，反倒格外冷静。

所幸他也没想隐瞒什么。四皇子知道了，五皇子、六皇子也会马上知道，不过是这几天的事情。

裴谦雪知道了，那距离面对渊帝，也不会太久了。

问题是，宗洛并不知道裴谦雪究竟是怎么想的。

按理说，确认了他的身份，裴谦雪应该第一时间去给渊帝汇报。渊帝就算再不看重他，人死而复生，也总该召到眼前问一问。除非裴谦雪根本就没同渊帝说过这件事。

明明刚才交谈的时候，裴谦雪说失忆前同他是好友，只是身份还不能说。看样子是已经确认了，那为什么不去向渊帝禀告呢？

"正好我也要出门。外边雨大，我送公子一程吧。"青衣丞相顺势接过小厮手里的油纸伞，自然地撑开。

小厮惊讶地睁大眼睛，露出难以置信的表情。他是相府新来的下人，从未见过丞相待人这么亲和过。

平日里，就是其他皇子来了，顶多也就送到门口。唯有这位"顾公子"，不仅亲自派马车去迎，还一路送到门口。

宗洛笑了笑，说："那便多谢阿雪了。"

裴谦雪冷静的表情也稍稍放松了一些。不管失忆还是眼盲，总能找到办法医治。无论如何，只要人在就好。他轻声道："你我之间无须道谢。"

宗洛停顿了一下，笑道："看来我同阿雪曾经的确是很好的朋友。"

更远一些的地方，大卜祠的檐下还浮着一抹张扬热烈的红。

雨逐渐小了，灰蒙蒙的天空开始放晴，同雷雨搏击的苍鹰似乎有些疲惫，停在那人的肩头，轻轻啄着自己羽毛。

虞北洲正站在卜祠门口，脸上还戴着张牙舞爪的狰狞鬼面。

听到声音，他回过头来，看到二人同撑的伞，双手抱在胸前，脸上辨不出喜怒。

"裴大人，凡事应当讲个先来后到。"虞北洲依旧还是那个站没站样的慵懒模样，脸上带笑，"'顾先生'可是我先看中的人，趁火打劫未免有些不妥吧……"

十九

没看到虞北洲还好，一看到他，宗洛就想起自己之前的猜测。又想起鬼谷的密信，顿时怒中火烧。

偏偏虞北洲又开始睁着眼睛说瞎话："上回本王同先生在兰亭水榭相谈甚欢，约定好了来日再聚，没想到，先生转头就应了裴相的邀约，实在叫本王难过。"

听着虞北洲这一派胡言，宗洛竟然无言以对。

裴谦雪听闻，微微皱了下眉。他不紧不慢地收了伞，说道："北宁王言重了。'顾公子'的身份，您应当比我更清楚才是……"

虞北洲笑着打断了他，说道："裴相说的是什么话？一位散人学子，无门无派，能有什么身份？本王知晓裴相思念故友心切，但有些话……可不能乱说！"

青衣丞相的神色愈发冷峻。他略带担忧地看了一眼宗洛，未在对方的脸上看到异色，便放下心来，淡淡地开口："不劳王爷挂念，我正准备入宫，将此事禀告陛下。"

"哦。"虞北洲不感兴趣地应道，"既然裴相要入宫，那先生不如同本王一起。"

"不……"

裴谦雪刚要拒绝，忽然听到旁边响起温和的声音："如此甚好。"

宗洛竟然答应了？裴谦雪的眉心微蹙，心里并不赞同。想向宗洛透露一下北宁王和他的关系，又不知从何说起。更何况，虞北洲就站在这里，若是说了什么不该说的，肯定又给了这位北宁王借题发挥的机会。

宗洛笑道："阿雪不必担忧，上回在兰亭还未尽兴。正好雨过天晴，我打算再同王爷比画比画。"说罢，他迅速反手从腰间抽出长剑。"噌"的一声，银白色的剑身如同蛟龙般跃出。

七星龙渊无愧为天下十大名剑之一，仅是出鞘，都能感受到逼人的寒意，宗洛挥剑直指对方的眉心。

"得罪了。"

看见宗洛干脆利落地拔剑，裴谦雪反倒不担心了。友人的剑法如何，他心里自然清楚。更何况，北宁王还是瑾瑜的师弟，即使是针锋相对，在这皇城脚下，虞北洲也不敢做些什么。

"阿雪?"红衣将军似笑非笑,凤眼挑高,一点暗色落进眼底,"这才几日未见,先生就同裴相这般熟识了?"

裴谦雪直接无视了虞北洲的话,眼神未从宗洛身上挪开半分:"既然如此,待会儿论完剑,我再让车夫送你回去。"

宗洛微微颔首,注意力已完全被虞北洲吸引过去。

"那我就先行进宫。有什么事,公子可以随时来府里找我。"说完这话,裴谦雪径直上了马车。

裴谦雪的话让宗洛不禁有些疑惑。对他而言,距离刚回皇城,有四年了。很多人和事,都被边关的风沙日复一日地吹拂中磨淡了痕迹。他只记得穿书后的第一场人生中求见裴谦雪时,被闭门不见时的心灰意冷,记不清他们当初的志趣相投。

话又说回来了,他们的关系,当初有好到这个地步吗?

虞北洲眯起眼睛,骤然打断了宗洛的思考,道:"既然裴相走了,'顾先生'不妨同我入大卜祠,好生一叙?"

虽说周遭没有集市,但有下人守着,卜祠门口还有卫兵,难免人多眼杂。

"全凭王爷吩咐。"正好,今早收到鬼谷密信的宗洛也正打算找虞北洲谈谈。若不是有事情要问,他早就跟着裴谦雪进宫了,怎么可能和虞北洲扯皮到现在?

然而下一秒,便是一股劲风骤然迎面而来。

宗洛闪过身,下意识地抬剑去挡,等到对方掌风变换时,才发现方才袭过来的并非是那把太阿剑,而是虞北洲的手。

虞北洲明知故问:"先生有所不知,大卜祠同丞相府不在一个方向。本王不过是想扶先生过去,你大可不必如此惊慌。"

这回换成守在大卜祠门口的下人们瞪大眼睛了。北宁王性情乖张,每次来大卜祠都只带一匹马,不带下人。任何人靠近他都会被喝退,更别说如此和颜悦色了。

宗洛觉得自己的太阳穴又开始突突直跳。话都说到这个地步,若是拒绝,难免叫人生疑。更何况,在外人看来,他眼缠白绫,什么都看不见。他从牙缝里挤出几个字:"那就劳烦王爷了。"

虞北洲露出胜利的笑容:"哪里哪里,先生于我,永远算不上麻烦。"

宗洛感到一阵恶寒，伸出手肘。

不曾想，虞北洲看也不看，反手直接向他的手腕扣去。

"你……"碍于周围的视线，宗洛强行忍住，才没有把自己手抽出去。

习武之人皆知被人近身是一件多么危险的事，仅仅只是一只手，都足以致命。更何况，虞北洲的力气那么大。宗洛甚至能听到自己手腕的骨头嘎吱作响的声音，仿佛虞北洲要把他的手腕捏碎一样。又是这么幼稚的把戏！

"怎么了？"红衣将军明知故问，"先生是身体不舒服吗？"他顺手从一旁卜祠的侍从手上拿起面具，随手扣到宗洛的脸上。进入卜祠必须戴上面具，这是规矩。

和宗洛微冷的指尖不同，虞北洲的手很烫，像个小火炉。

说来也怪，他们明明是一同在鬼谷练剑的师兄弟。宗洛修长的指节上覆盖着常年练剑留下的薄茧，而虞北洲的手上却干干净净，只有虎口上残留着一道疤。

宗洛忽然想起，这道疤还是他亲手砍的。不得不说，现在看到它，心里很有成就感，低声说："我警告你，我练的是双手剑。"

"扑哧——"虞北洲的肩膀抖动，开始笑起来。

恰好这时他们已经迈过大卜祠的门口，跨过围栏。身为整个大渊最神秘的圣地，大卜祠内部静寂无声。周围矗立着充满楚卜风情的高大的黑灰色建筑，造型神秘典雅、高大的香炉每隔几步就有一个，里面燃烧着不知名的香料。远远地，空灵的编磬声在主祠堂内响起，还和着祝颂。

宗洛再也忍不下去，掌心一翻，朝着虞北洲袭去。后者提气，快速从他身旁滑开。二人转瞬之间就翻进一处殿内。

"师兄今日的火气好大啊，是谁惹师兄不高兴了？"虞北洲却不同他打，反而故意问道，游刃有余到叫人牙根痒痒。

宗洛干脆扯下了白绫，提起七星龙渊，冷冷地指着他："打一架。"原本还想和虞北洲谈谈鬼谷的那封密信，现在看来根本就不需要！宗洛现在心里憋着一股无名火，只想先打一架再说。

偏偏虞北洲还在装傻："这可不行，话得说清楚了，万一师兄误会我了，那可怎么办？"

宗洛懒得理虞北洲，径直出剑。说来也怪，重来一次后他同虞北洲就见了四面，除了百家宴上众目睽睽的那次之外，其他三次都在打架。

当初作为读者看文的时候，宗洛只觉得主角的性格阴晴不定，很有魅力。等真正被迫和主角针锋相对后才发现，这家伙就是个疯子，弑杀亲族，野心勃勃，不按常理出牌。

冷静下来后，宗洛仔细思索。以他对死对头的了解，虞北洲不太可能联合太卜设局。虞北洲是一位极其骄傲的人，不屑于干这种事。宗洛只要一想到当初自己憋屈至极的死，火气就蹭蹭往上涨。现在正好虞北洲自己送上门来，哪有不先打一架的道理？

见和宗洛无法沟通，虞北洲只得叹了口气："唉！若是师兄真想打一场，那师弟也只能奉陪到底了。"

恰在双方开打的关头，殿外传来了一阵脚步声。

"怎么回事？"有个类似领头的人问道。

下人答道："不知道，方才我听见藏书阁内传来一阵声响。"

二人对视一眼，不约而同地停下动作。

外面的交谈还在继续。

"难道是方才大雨，殿内漏水了？"

"快去取钥匙，今日晨时太卜大人才锁上了门，钥匙不在这里。"

在这阵急促的背景声里，宗洛开口道："何须惺惺作态？"

宗洛那点失忆、眼盲、改换身份的说辞，骗骗别人还行，对他那位善于卜卦的师父来说毫无用处。今早，鬼宿子的来信中言明他已时日无多，希望两位弟子能够尽快择出一位胜者，于明年夏至时赶到鬼谷，继承他的衣钵。

鬼谷弟子少，这一代原本还有两位师兄，宗洛进谷时，这两位师兄正好出师去往其他国家，途中不幸身亡。

换言之，现如今天下活着的鬼谷传人，仅有宗洛和虞北洲两位。下一代鬼宿子的人选，也只能从他们两个中间选。

除非是如同礼家首领师叔那样主动放弃传承资格，不然，鬼谷的角逐都是生死不论，只有最强的那位能够活下来。

当初，宗洛也收到过师父的来信。只是那会儿他已经去了边关，万念俱灰，便主动放弃了资格。这辈子，他人在皇城，虞北洲也在，就算只是想给虞北洲找不愉快，宗洛也不可能放弃。

"师兄说得对。"虞北洲叹了一口气。

太阿终于出鞘，闪着邪异的红色光芒。

宗洛觉得心惊，浑身都叫嚣着危险，堪堪朝左边迈开一步。他耳边的散落的碎发齐齐寸断，轻飘飘地落到地面。

红衣将军着迷似的欣赏着白衣公子脖颈上细细的血痕，声音如同掺了蜜糖那样甜腻。

"不管何时，我们总是要这般厮杀，至死方休。"

二十

拜昨日那场雨的缘故，今日天气大好。远处天光放晴，云层间洒下片片金羽，鳞片般铺在地面。

今天是举办猎艺的日子。

这些天，大渊皇城的天气越发寒冷，下着连绵不断的秋雨，难得看到这样的好天气。于是，各派驻地一大早就热闹起来，参与猎艺的学子穿好劲装，备好行囊，不参与的学子也三三两两地聚在一起打算去看热闹，浩浩荡荡地朝着郊外而去。

猎艺的举办地点在京郊的猎场，背后连接着幽深的山脉。这里还保留着一片森林，平日除了用作皇家猎场外，偶尔也会有军队在这儿训练。

浩浩荡荡的人群里，宗洛最为扎眼。所有人都穿着短款猎装，只有他还是一身雪白的长襦和松绿内衬，一副云淡风轻的公子模样。

顾子元问："洛兄，你不换上劲装吗？"

"不了。"宗洛摇摇头，没有做过多的解释。他参与猎艺只是为了凑个数，在卫戍军面前刷个脸，并非真要夺什么魁首。

看宗洛这么随意，又想起洛兄独步天下的剑术，顾子元虽然心里有些担忧，但到底还是没有多问。他也清楚，"顾洛"不仅年长于他，二人的关系也还没有亲密到可以过问这种事情的地步。

倒是其他学子，私下多有议论。

开宴时宗洛折枝作剑打败公孙游的事情，众人都看到了，后来又得知北宁王赠玉，艳羡纷纷。没想到这位剑术过人的散人学子竟然没有投武艺的签，反而投了猎艺。

现在猎艺开场，不少学子都暗中留意他。看他连衣服都不换一件，颇显狂妄，顿时有了些许微词。

猎艺和武艺不一样，武艺好歹有个场地，猎艺是在树林之内。若是面对面地比武倒也还好，但这猎艺主要是用弓和箭作为工具来完成的，还得会骑射。

今日监考猎艺的是卫戍军的大统领——段君昊。

"都穿戴好你们的装备，我们要再检查一遍。"

身披寒甲的卫戍兵穿行在人群中，左右检查，遇见不合规的兵器或携带的干粮，一律收缴。

接下来的一天一夜，学子们都要在猎场里度过。按照赛制，要吃东西也只能自己生火做饭，不能自带干粮入场。等到猎艺结束后，猎到最多猎物的学子拔得头筹。

检查到宗洛的时候，段君昊正好看了一眼。

看到卫戍兵把手伸过去，他猛地打了个激灵，高声喊道："住手！"直接把周遭震得静寂无声。

不少方才颇有微词的学子都幸灾乐祸起来。

"段统领这么生气，难道是那个蒙眼睛的学子藏了什么不得了的东西？"

"若是太过分，也不知道会不会取消他的比赛资格……"

就在众人都以为段君昊是看到什么违禁物品时，后者大跨步走上前去，低声对卫戍军士兵说："去查下一个。"

"是，大统领。"

段君昊犹豫了一下，朝宗洛点了点头，很快又意识到对方看不见，连忙尴尬地开口："'顾公子'，又见面了。"

宗洛笑道："段大统领。"

"我还有事，就不同公子多聊了。祝公子猎艺比试拔得头筹。"看着宗洛这张脸，段君昊觉得，不管怎么说，就算这位不是三殿下，这么多大人物过问着，他也得给这个面子。

"那便多谢大统领了。"宗洛继续气定神闲地站着。

很快，清点就结束了。

接下来就是再次强调猎艺的规则。

每位学子都跟着两名士兵，用以帮忙清点猎物、监视，防止学子作弊，在参赛过程中不能向学子提供任何帮助。

除此之外，还会有一位类似总考官角色的人物，进行定点巡逻，发现有违规的考生就会被直接带出考场，取消他的比赛资格。

很不巧的是，这一回的总考官是虞北洲。

据段君昊说，北宁王早就到了，也不等众人集合，而是兴致勃勃地先进了猎场。估计是有一段时间未操练，想趁此机会练练手。

其他学子纷纷面露惊恐之色。北宁王的杀神名号谁没听过？完全可以止小儿夜啼。

宗洛则是在心里翻了个白眼。还好这回他不打算争名次，不然肯定会被气死。

重来一次，宗洛设想过很多种可能性，但独独没想到虞北洲也再次重生回来了。难怪他从一开始就知道自己没死？

每次宗洛出现，虞北洲都能十分巧合地出现在同一个地方，次次都能精确寻过来捣乱，这都还猜不出来，那真是有鬼了。

这辈子主动出击的是他，假死是设局中的一步，反而让他忽略了蛰伏的虞北洲。只能说，虞北洲也重来一次，那接下来他的计划就需要全部推翻重来，防患于未然，做好最坏的打算。

"不同的猎物不同的分数……"

宗洛看似在听，实则在走神。现在，虞北洲、叶凌寒、老四和裴谦雪都已经确定他的身份，老五和老六估计还被蒙在鼓里。但是，他们中间却没有一个人选择透露出去。

虞北洲自然不必多说，老四选择利益而隐瞒倒也无可厚非，叶凌寒估计还在找一个合适的时机。当然，最奇怪的还是裴谦雪。

别人不知道，宗洛可是清楚得很，裴谦雪从不掺和夺储，唯一效忠的只有渊帝。就像前世那样，要他在挚友和主君里选一个，他会最后毫不犹豫选择主君。

不过……既然是猎艺的话，怎么没看见叶凌寒？

"六殿下怎么来了，身旁那位是谁？"

"应当也是一位皇子吧？"

等宗洛回过神来，才发现在不远处，锦衣华服的六皇子正站在那里，身旁还跟着一位精雕玉琢，正在颐指气使的十岁孩童。

"九殿下，您怎么来了？"段君昊连忙上前行礼。

宗洛不着痕迹地往马后站了站，尽力减少自己的存在感。

这位小混世魔王他自然认识，在接任大统领之前，他也给宗弘玖担任过一段时间的武术指导。不得不说，那真是一种非人折磨。

宗弘玖抬高下巴，高傲地说："父皇年前才夸过的我箭术有所进步，今日即是猎艺比试，本皇子也来凑凑热闹，看能不能猎到一两只猎物，等拿回去给父皇炖汤喝。"

宗永柳在一旁接上："确实如此。九弟闹着要来，我这个做哥哥的自然不能不顺意。"

宗永柳笼络宗弘玖也已经有一段时日了，虽然宗弘玖毫无世家背景，但是仅凭在渊帝面前受宠这一条，就足够众皇子争相拉拢了。

这正中原本就打算好好攀附几位皇兄的宗弘玖下怀。

宗弘玖现在的心情很是不爽。之前，他在殿内偷听到了那番谈话，原以为自己诚心认错，再哭上一顿，父皇就会原谅他。

谁知道，渊帝不仅禁了他的足，还勒令他抄书。昨天是三皇兄的忌日，甚至还被赶到皇陵，结结实实地在寒风里跪了一天……

这个惩罚的确有些重了，但宫中的内侍无一人敢向渊帝求情，就连他自己，也不敢说一个不字。因为宗弘玖知道，父皇是真的生气了。

为什么？就因为一个已逝的皇子？

宗弘玖想不通，只能在心里将这个重要的情报暗暗记下。不过，既然他生气了，那有人就要倒霉了。首当其冲的就是叶凌寒和宗瑞辰。

段君昊恭敬地说："既然如此，那我为殿下挑选猎具。"

"慢着。"宗弘玖叫住他，"多拿两副猎具过来。"

段君昊瞧了一眼，果然看见在宗弘玖的背后站着一个痴痴傻笑的少年，少年看起来极其瘦弱，却比九皇子高一点。

"这位是……"

"段统领应当是没见过的，这是八皇兄。他平日总喜欢窝在宫中，今日缠着我要出宫，我只好将他带来了。"说罢，宗弘玖又朝着身后的内侍使了个眼神。

后者立马会意，低着头上前，仔细在马厩里挑选片刻，牵出一头鼻子正在喷气的大黄马。

段君昊的确没见过八皇子。不过，他听闻八皇子天生有些痴傻，连话都说得结结巴巴的，日常交流很困难，更别说读书了，只能常年居住在冷宫。再看宗弘玖这副嚣张跋扈的样子，还有什么不明白的？

虽然不愿意掺和到皇家之事中，但欺负弱小固然叫人不齿，便开口劝道："九殿下，这匹马的性子烈，若是给八殿下的话，恐怕……不太合适。"

"不太合适？那就这匹了。"宗弘玖回过头，盯着宗瑞辰的脸，意味深长地说，"这可是皇弟特地为皇兄挑的马，皇兄喜欢吗？"

"喜……喜欢。"宗瑞辰仍旧傻傻地笑着，仿佛听不懂似的。

让一个傻子去骑烈马，这不是铁了心要害死人吗？

都说大渊皇族代代皇位更迭血流成河，连着好几代都是杀光亲族上位。如今目睹皇子之间的暗斗，当真叫人心惊。

在场除了段君昊，其他人都是眼观鼻、鼻观心，不敢多说一个字，生怕惹祸上身。

"喜欢就好，我们走。"很明显，宗弘玖并不在意他们怎么想。他指使几位侍从牵着马，跟六皇子一起朝着猎场走去。

也是，一个不受渊帝重视的傻子，就算被带出宫来，只要不闹出人命，宗弘玖都不会有事。

远处，叶凌寒沉默地看着这一幕。

而宗洛则是瞳孔骤缩，拳心紧握。难怪叶凌寒没跟在宗弘玖的身后，如果是正常情况，宗弘玖绝不可能只带上小八，独独放过叶凌寒。更何况，叶凌寒还偷偷报名参加了猎艺。

退一万步说，再怎么欺负小八，宗弘玖也不可能把人直接带到猎艺场上逼他骑烈马。除非，宗弘玖知道小八是在假装痴傻。

唯有一种可能，叶凌寒为了保住自己的猎艺名额告了密。如同当初叶凌寒为虞北洲而挑拨离间，故意告密。

二十一

现在，宗弘玖带着宗瑞辰他们提前进入猎场，偏偏参赛者还在听段君昊讲解规则，一时半会儿放不了人。

一想到宗瑞辰被宗弘玖带走，还特地挑了匹难以驯服的烈马，宗洛是又急又气，偏偏现在他不能离开，只能无可奈何地站在原地。

宗弘玖这副模样，明显是知道了小八在装傻。若是小八不接这招，继续装傻充愣，那今天肯定要受重伤，说不定还有生命危险。若是小八接招，那就是变相承认这么多年来他一直在装傻。

这件事情说大不大，说小不小。被宗弘玖发现了并不算什么，若是捅到渊帝那里去，渊帝极有可能会回想起当年是如何处置的荣家，进而怀疑小八为何小小年纪便知道伪装自己，就算最后查出是荣妃托付嬷嬷照顾的小八，想必渊帝也必会将怒火撒到小八的身上。

"从今日到明日太阳升起时，为猎艺的考校时间。现在，比赛开始！"段君昊拿起鼓棒，在鼓上敲动一下，寓示着猎艺的开场。

早已穿戴整齐的学子们翻身上马，背上弓弩。话音刚落就纷纷催动着马匹朝林间跑去，马蹄下扬起阵阵黄土尘沙。

同顾子元点头道别后，宗洛并没有急着走。他端坐在马上，目光牢牢锁定着叶凌寒的背影。

后者停在原地，任由小厮帮他绑好绑腿，身上的装备无不精良，寒光熠熠。一看就是颇费心思，想要在猎艺场上取得一个好名次。叶凌寒骑的还是从玄骑军那里借来的宝马。

等到叶凌寒离开后，宗洛这才调转马头，朝着林中深处而去。

没想到的是，宗洛刚进入猎场，就有人主动找上门来。

看见宗洛后，公孙游的眼睛一亮，匆匆策马而来，惊喜地招呼道："'顾兄'，你来了。"他的神情如既往般倨傲，只不过面对宗洛时略微收敛一二。

公孙游打量着宗洛在白衣下瘦弱的身形，当视线触及其苍白毫无血色的嘴唇时皱了下眉，问："前几日'顾兄'都没去百家宴，我差人过来询问，才知'顾兄'原是身体抱恙……如今可好些了？"

要不是宗洛安排在驻地门口的书童禀告他公孙游每天都来，他或许真的会被蒙骗过去。

"多谢公孙兄挂心，已经好很多了。"被公孙游缠住，宗洛很不耐烦，却又无法表露出来，只能心不在焉地敷衍着。他先前想不通公孙游每天来他这里打探的原因，现在知道虞北洲也重新回来之后，他笃定，公孙游已提前被虞北洲收买了。

但此刻,他没时间和虞北洲的党羽在这里消磨时间。于是,宗洛直白地说:"若没什么事,比赛时间宝贵,我就先走了。"说罢,他拉着缰绳就要走。

公孙游一眼就看穿了宗洛敷衍的态度。明明在百家宴时态度还算热情,为何会突然转变?布衣狂徒抿了抿唇。

若是其他人这么不给他面子,生性高傲的公孙游估计会当场拂袖而去,偏偏是这位。

公孙游没有丝毫犹豫地夹紧马背,追上前去:"'顾兄'等等,三殿下!"

公孙游特地压低了声音,又是凑近后才说的,音量不大,所以守在他们身旁的士兵都没有听到。但他确实是喊了"三殿下"。

宗洛停了下来。没由来的,他感到一阵厌烦。原以为他这辈子能够吸取前世的经验教训,绝境翻盘,甚至不惜策划假死,辗转折腾。结果到头来却告诉他,当初的宿敌也跟着他一起重新来过。

换言之,宗洛在外假死的这一年,虞北洲有的是时间招兵买马,出手布置。也因为宗洛率先设局,反倒暴露了自己,成为螳螂捕蝉黄雀在后里的那只螳螂。

讽刺吗?

宗洛只觉得可笑。

前世,他已体会到与虞北洲锋芒相对的悲惨下场,这辈子还要再来一遍?开什么玩笑?

宗洛压抑着怒火,道:"让虞北洲收收这种幼稚的把戏!"只要看到公孙游的这张脸,宗洛就不可遏制地想起——前世,这位跟随在虞北洲身旁的谋士站在城墙之上,冷冷地看着内侍用圣旨裹着湛卢,从高处丢下。

那个时候,公孙游周旋在几位皇子之间,又背靠虞北洲这棵大树,在皇城内如鱼得水,步步高升,位列九卿,马上就要将宗洛的心腹薛御史挤下三公之位,好不得意。

暂且不说这个,在此之前,公孙游也不知道化解了多少次他给虞北洲使的绊子。宗洛也没少被公孙游使阴招,两人见了面也是相对冷笑三声,他对虞北洲这位忠实的鹰犬属实没有什么好脸色。

公孙游皱眉,不明所以地问:"虞北洲?你说的是那个脑子有点不正常的北宁王?他又同我有什么关系?"

听到公孙游竟然如此嫌弃北宁王,宗洛终于抬头,白绫影影绰绰地映出对方的身形。他冷冷地问："若不是虞北洲派你来，你又为何唤我三殿下？"

公孙游沉默半晌，低声说："这正是我今日要来寻您的原因。"

不知何时，周围的森林安静了下来。

跟在他们背后的卫戍兵抓着缰绳，眼神呆滞，明明还坐在马上，却对他们的交谈充耳不闻。

五行家的傀术！宗洛立刻抓着七星龙渊横在自己身前，确保自己能在第一时间拔剑出鞘。公孙游的武艺比起他的谋略来说很是平常，至少在宗洛这样的人眼里，不足为惧。但公孙游毕竟出身隐士世家，隐士世家是五行家的上级，自然会五行家最擅长的傀术。

从现代人的角度来看，傀术其实就是心理学上的一种暗示和催眠。高明的施术者只需要同施术对象有身体接触，意志不坚定的人便会中招。

据说洪荒时期，真正的傀术可以完全将人变成施术者的木偶。只不过流传到现在，即使是隐士世家保存下来的傀术，也仅仅只能做到深度的心理暗示。

上一场人生的公孙游能在几位皇子中游刃有余，一部分是靠他本人的智谋，另一部分，则是借了傀术的帮助。

幸好这个时代，人们极少进行身体接触，即使是最亲密的朋友，也鲜少平白无故做出亲密的举动。

"他们只是被我暂时隔绝在结界之外，殿下无须……如此防备。"

"防备？"宗洛冷笑，"若是当真有所防备，你根本不可能好端端地站在这里。"

这番说辞，同公孙游先前得到的情报大相径庭。至少失忆这一点，是绝对不存在的。

公孙游缓慢地举起双手，表达自己并没有攻击的意图，与此同时，头脑飞速转动。情报有误，自然不可能是五行家阳奉阴违。唯有一个可能，那就是函谷关一役从头至尾都是三皇子亲手设的局，而自己则一不小心踩入局中，并且还为北宁王背了黑锅。

眼前的白衣公子单手执剑，微抬下颌，即使眼上缠着白绫，也丝毫无损他身上那种从战场尸山血海里走出来的冷冽杀气。这样的宗洛完全褪去了先前刻意伪装出来的柔弱，重新变回了那位战场上的杀神，敌军闻风丧胆、名震天下的大渊三皇子。

若是亲手设局的话，眼盲的可能性又有多大？

想到这里，公孙游只觉得自己的手心微微渗出冷汗，但浑身血液沸腾着。如果说，之前他还在宗洛与其他皇子之间权衡着。那么现在，已经不需要他再做抉择。因为唯一的选择已经送到他的眼前。

如今天下战火纷飞，群雄争霸。若想平天下，一位失忆的皇子，即使剑术再高超，也很难有多少赢的机会。

而一个完好无损的大渊三皇子，要名望有名望，要民意有民意，他兼天下爱众生，品行、实力、心计，样样不缺。就算再不得渊帝的重视，公孙游也有信心扶助他登上帝位。有这样的明主，何尝不能平天下？

公孙游浑身颤抖着，忽然踩着马镫翻身下马，默不作声地解下自己的配饰，双手将配饰奉过头顶。

那是一块雕着太极八卦阵的玉牌。宗洛记得这个东西。当初虞北洲收下公孙游后，身上就多了这么一个东西，据说是隐士世家用以调动五行家一派的令牌，也是他们择明主侍奉的信物。只要他接下，就能成为五行家的主人。

恍惚间，那位跟在虞北洲背后的布衣谋士单膝跪地，低声道："隐士世家第十七代传人公孙游，愿认殿下为主，辅佐殿下共谋天下大事！"

二十二

猎场一片沉寂，唯有远处阵阵马蹄声，风吹树叶依旧。这片狭窄的林间空地上静寂无声。

宗洛单手持剑，居高临下地注视着半跪在地上的公孙游，沉默不语。他刚才的确动了杀心，如果不是公孙游这一跪，恐怕他已经动手了。他不是什么善男信女，虽说同虞北洲这种心狠手辣的人不同，但既然能做到大将军，必然有冷酷无情的一面。

当初公孙游的背后有虞北洲的支持，他自己又在百家宴上表现不错，得渊帝多看一眼，之后步步高升。

今生，公孙游自己折了武艺的签子，书艺又被顾子元夺得魁首，猎艺正在举办中，就连开宴时的论剑也沦为宗洛的垫脚石。

从本质上来讲，公孙游现在还只是一个平平无奇，毫无名气的散人学子。此时不折断未来对手的羽翼，更待何时？

既然虞北洲也是重来一次，那他就没有必要再假装失忆，不妨尽快恢复身份。要是能在这里斩掉对方的一条得力臂膀，宗洛也不惜提前使用一张底牌。

宗洛没有掩饰自己的杀意，公孙游自然不会毫无察觉。在这样森冷的逼迫下，他的激动不减反增，成大事者切忌心慈手软。

先前听到大渊三皇子的传闻，公孙游还担心这位三皇子太过仁民爱物，有优柔寡断之嫌。现在看来，既然能名震大荒，又怎么可能是平庸之辈？

激动归激动，眼前还是必须得稳住才行。公孙游平素恃才傲物，对自己的谋略相当自信，恨不得立刻在未来主公面前证明一番。

"对外，而今天下局势已明，天下豪杰并起。大渊对列国出兵，野心昭然若揭，如今还剩豫国、卫国负隅顽抗。两国纵横捭阖，共御大渊。对内，五皇子、六皇子夺储之势愈演愈烈，四皇子坐山观虎斗，虎视眈眈。即使圣上并未表露出立储之意，祈福大典举办在即，届时，无论是太卜建议，还是顺应民意立储一事都会提上日程。"

公孙游一边说，一边留意着宗洛的反应。令人失望的是，对方脸上的表情没有丝毫波动，杀气也未曾收敛。

这番分析天下局势的话可不是随便一个谋士能说出来的。如今官职大多由世家贵族、士大夫垄断，除非是因为天资聪慧而被百家破格接收的弟子，否则普通百姓很难接受教育，更别说开阔眼界了。要是在五皇子、六皇子面前说上这么一通，恐怕他们立刻就会忙不迭地拱手说先生高明，请先生助我登基。

然而，三皇子连脸上的眉毛都没动一下，冷冷地说："继续。"

公孙游一边感叹这位的宠辱不惊，一边也被激起了好胜心，都怪那个脑子有问题的北宁王。公孙游不理解，他在百家宴上同北宁王的那番对话，在其他学子的眼里已经是把对方狠狠地得罪了，但三皇子竟然误认为他同虞北洲有联系。再者，他也认为北宁王这人有些不正常，就算三皇子不接受他的效忠，他宁可去赶马也绝不愿和北宁王扯上任何关系，简直太冤枉了。

公孙游叹了口气，说完天下内外局势，就该说应对之策了，这才是展现个人能力的重中之重。

"卫国国君生性谨慎、软弱，但到底还留有百年争霸的积蕴；豫国弱于卫国，国君人老昏庸，但有名将武安王苦苦支撑。破去纵横捭阖之术的办法不必我再多说，殿下函谷关一役的珠玉在前。但若要出兵，必定先出兵豫国，方能打武安王一个措手不及。"

宗洛继续听着，脸上的神情没有变化。

"如今的大渊虽说是百花齐放，内核实则还是以刑家治国为主。刑家重律，乱世之中实行严苛律法固然能够起到安内的效果，但这种稳定如同空中楼阁，虽建得高，地基却不稳，终究不是长远之计。待一统天下后，极易引起暴乱起义。"说到这里，公孙游朝他拱手，"殿下应当也看出了其背后的隐患，这才加入礼家游学队伍，实属佩服。隐士世家不出则已，一出则必择明主动天下。殿下是渊朝皇子，可尽力争上一争。若能辅佐殿下一统天下，实乃我隐士世家之幸。"

别的隐士世家传人顶多都是扶持某个皇子，就连隔壁鬼谷弟子也只是在各国间搅弄风雨。公孙游却有野心，而且野心还不小。他不仅要动大渊，更想动这天下，参与到这前无古人后无来者的功绩中去。

一个厉害的谋士，不亚于千军万马，得一人便可安天下。公孙游与宗洛不同，他是正儿八经的书中人物，能有这么一番远见，只能说虞北洲真有福气，不愧是主角。

宗洛定定地看着公孙游，忽而收了剑，不打一声招呼就牵绳离开，朝着叶凌寒离去的方向继续前行。临走前，他用七星龙渊挑起公孙游手上的玉牌。玉牌入手微冷，纹路分明，的确是隐士世家的信物。

宗洛知道公孙游是隐士世家的传人，全靠评论区的读者留言。事实上，上辈子直到他自刎前，皇城里也只有虞北洲一人知道此事，其他以为收服了公孙游的皇子全部被蒙在鼓里。

想来也是，要是公孙游暴露自己隐士世家传人的身份，又不给人家玉牌，那岂不是明明白白告诉别人我是内鬼吗？

而现在，公孙游在他的面前自暴身份，又呈令牌给他。饶是宗洛也开始产生自我怀疑，难道就因为他重来一次后在百家宴上代替虞北洲将公孙游击败一回，便得到了公孙游的认可？

别的不说，公孙游当初就算暗地里效忠其他人，也没说过虞北洲一句不好，更别说直言北宁王"脑子有问题"了。话虽如此，怀疑归怀疑，宗洛还是不信。

当初被背叛，怎么也拉拢不到的回忆历历在目。再加上公孙游就是专门搞这一套的。即使他现在真心，万一日后又受到了主角人格魅力的吸引，又偏向虞北洲了呢？

一朝被蛇咬十年怕井绳，宗洛不想再去赌人心。

"殿下！"见宗洛一声不吭地离开，公孙游连忙急匆匆地翻身上马追上去，好不容易才追上便急声道，"殿下拿走了玉牌，是接受我的效忠了吗？"

宗洛头也不回，冷哼一声："我不信你。"他说得直白，不加掩饰，不屑于在表面上惺惺作态，"若是想要得到我的信任，你得多努力了。"

虚与委蛇谁不会？宗洛就算拿了玉牌，也不打算用他。这样，若是日后公孙游想改投虞北洲的门下，他也能拿玉牌来恶心虞北洲一番，光明正大地挑拨离间。以虞北洲多疑的性格，改投后的公孙游最后也只能成为弃子。

公孙游的眼睛一亮，脸上又重新挂起倨傲的笑意："那是自然，主公。"不信任又不是什么大不了的问题，要是收下玉牌就信了，公孙游反倒会觉得自家主公莽撞，容易轻信他人。

总之，公孙游现在怎么看宗洛怎么满意，恨不得现在就拉着主公畅谈三天三夜。

听见这个忽然蹦出来的称呼，宗洛差点一个趔趄，费了好大劲，才没有把自己代入到刘玄德这个角色。

"在外不要这么称呼。"宗洛冷淡地说。虽然宗洛已经决定自暴身份，加快故事的进度，但也不妨碍他给公孙游放烟雾弹。

宗洛这么想着，回头看了身后的密林一眼。那里树木茂密，郁郁葱葱，并没有人影……

虽说耽搁了一段时间，但猎艺的根本是狩猎，大家都会先选择在林场外围试探，不会一开始就进入密林深处。

带着公孙游有一个大好处，那就是宗洛可以不用费劲去打晕跟随的卫戍军，也不需要瞒过内侍的眼线，还能有人领路。

本来宗洛不知道宗弘玖带着小八去了哪里，想先找叶凌寒问清楚，现在有了公孙游，一路上被傀术催眠的卫戍兵提供了不少消息。和叶凌寒比起来，当然是性命攸关的小八更重要。

宗洛一路上沉着脸，心急如焚。上一场人生里，小八就是为了维护他，才被活生生地打死在元嘉宫外。没想到，这辈子宗洛自己已经送了个把柄过去，叶凌寒还是选择了走这步棋。

小八，你可千万千万不能有事啊！

找了许久，宗洛终于找到灰头土脸地坐在地上的宗瑞辰。而在他身前不远处，高大烈性的黄马嘶吼着，双目通红，高高地扬起了马蹄，眼看着就要朝宗瑞辰身上踩上去。

"瑞辰！"宗洛提气飞身下马，顾不得其他，一剑刺了过去。

所幸，宗瑞辰也不傻，最后关头也顾不得暴不暴露的问题，径直翻身一滚。这么近的距离，真要被马蹄踩中，不死也是半残。

下一刻，雪白的剑尖就染上了血色。

"吁——"烈马不甘心地刨动马蹄，倒下的同时，翻飞的气浪卷起草叶，又砸进土里。

宗洛又惊又怒，在军中行走多年，他一眼就看出，这匹马被动了手脚。烈性是烈性，但烈到这个程度，肯定是被下了药。这种阴损的手段，就算是放在战场上也为人所不齿。

见有人过来，宗瑞辰还牢牢地记着宗洛之前的叮嘱，在地上不敢起身，继续装傻。直到宗洛喊他，他才回头，看见方才一直跟在他背后耀武扬威的宗弘玖已经不知所踪，这才哇的一声哭出来。

"没事了，没事了。"宗洛心疼地摸了摸宗瑞辰的头。再怎么装傻充愣，他也还是个十一岁的孩子。

"三哥，他们呢？"宗瑞辰调整的速度很快，慌乱了片刻后便冷静下来。

"没事，我已经派人引开他们了。"宗洛懒得去管已经去办事的公孙游。刚刚才认主，不管是真心还是假意，主公吩咐的第一件事应该会认认真真地去办。

宗瑞辰松了一口气，擦了擦脸上的灰尘："那就好。"

"小八，这是怎么回事？"

说到这里，宗瑞辰的脸上浮现出愤怒。愤怒之余，又有点懊恼。

"是叶凌寒。"宗瑞辰握紧了拳头，"我听了三哥的话，没有再和他来往，但是他……"

伍章 · 重来

二十三

这些天宗瑞辰都过得很开心，原本以为已经战死沙场的三哥回来了，虽然眼睛受了伤，但三哥说还有治愈的可能。

在宗瑞辰的眼里，自家三哥就如同天神下凡，无所不知，无所不能，三哥说眼睛有治愈的可能，他就会信。

上一回，三哥帮他把宗弘玖打跑，宗瑞辰还担心宗弘玖会不会跑到父皇那里去告状，结果过了好长一段时间都没有任何消息传来。宗瑞辰悄悄去打听，听到几位侍女闲聊时说九皇子似乎惹怒了陛下，被罚禁足、抄书、跪皇陵，谁求情都没用。

宗弘玖竟然被罚了？

宗瑞辰感到有些吃惊。这些年，父皇对九弟的宠爱有目共睹，再加上其他皇兄都已出宫建府，留在宫中的宗弘玖就是小霸王，左拥右簇，走到哪里都是浩浩荡荡的一群人。就算他做的事再过分，气走多少个少傅，渊帝顶多也就罚他面壁思过，从来没听说过会罚得这么重。

不过，这对宗瑞辰来说当然是件天大的好事。至少这段时间，宗弘玖不会再来欺负他了，他就可以安安心心地待在冷宫练武了。至于叶凌寒，他也谨记三哥的叮嘱，完全不再联系这位卫国质子，就连好几次叶凌寒来找他，他也故作身体不舒服闭门不见。

谁知道……还是被告了密。整个大渊，知道他装疯卖傻的，除了三哥，就只有叶凌寒了。

原先宗瑞辰对宗洛的话还半信半疑，毕竟他和叶凌寒无冤无仇，在宗弘玖的迫害下也还算有些情谊，私底下也互相帮扶。甚至，在从小到大没有一个玩伴的宗瑞辰心里，叶凌寒算是他唯一的朋友。

后来，宗弘玖知道宗瑞辰装傻一事，叶凌寒冷眼旁观宗瑞辰受辱。还有什么是宗瑞辰不明白的？

宗瑞辰想着，心里难受极了，问："他为什么要告密？我明明没有做任何对不起他的事。"

宗洛摸了摸宗瑞辰的头："不怪你。"

叶凌寒就是一条喂不熟的狗，说他是为达目的不择手段都是轻的。性格大变前尚且如此，黑化后就更不是什么好东西了。虞北洲那边所有肮脏腌臢的事都是由他一个人完成的，那些手段即使是宗洛听了都不免发寒。

宗洛把宗瑞辰从地上拉起来，确定了后者只是受了惊吓，身上只有一些轻微擦伤后，这才重新把人扶上一匹卫戍军的马。

宗洛同样翻身上马："你先回宫去，剩下的交给我。"

宗瑞辰担忧地道："三哥是要去找叶凌寒，还是宗弘玖？"

"都找，一个也别想跑。"宗洛安慰宗瑞辰道，"放心吧，你三哥心中有数。"

"可是宗弘玖那边……"宗瑞辰还是不放心。上回宗弘玖没能告状成功，不代表他们回回都有这样的好运气。

宗瑞辰还记得上回三哥说他故意死遁的原因是有其他皇子在背后布局陷害，故而设局假死，不由得担忧会不会因为为他出头，打乱三哥的计划。

"他既然敢做，就得付出代价。"宗洛不愿多说，垂下眼眸凝视着剑上的血，"如果顺利的话，猎艺过后，或许就可以把你从宫里接出去了。"

果不其然，听见宗洛这么说，宗瑞辰一扫先前的难过，整个人变得欢欣雀跃，恨不得在马上蹦跶几下。

"记得绕一圈再出去。"宗洛笑着叮嘱，一巴掌拍在马背上，手中用了些内力，那匹马便老老实实地驮着宗瑞辰往前跑。

等到宗瑞辰的背影消失在密林中后，宗洛这才调转马头，朝着先前叶凌寒离去的方向追去。他脸上的笑容尽数消失，余下的只有冰冷。

今天这件事着实惹怒了他。他们既然敢要宗瑞辰的命，那这两个人也不要想有好果子吃。

宗洛虽然平时看着稳重，但也是个极其护短的人。就算宗弘玖的背后有渊帝撑腰，今天他也别想有好下场。

想要立马收拾宗弘玖，宗洛想到了公孙游。于是，片刻后，公孙游就在不远处站着，等待他的主公归来。

宗洛示意公孙游解开傀术。

站在地上的宗弘玖的眼神迷茫了一瞬间，脸上耀武扬威的表情还没来得及收敛，回过神就看见居高临下看着他的宗洛。

昨天才在三皇子的皇陵前跪了一天，今天又猛然看见这张脸，霎时间，宗弘玖还以为自己又见到了鬼，惊恐地往后退。

等退到一半，他才回过神来，顿时气不打一处来："好啊，你这个冒牌货，还敢出现在本皇子面前？来人啊——"

宗洛翻身下马，一脚把他踢倒在地。

其他内侍还处在双目发愣的状态，完全没有注意到这偌大的动静。

宗洛专挑他的脸上打，拳拳到肉。

宗弘玖被打落一颗牙齿，脸上青紫一片："你……竟敢打我！我要告诉父皇，抄你家满门……诛你九族！"

面对这么一个嚣张的弟弟，宗洛实在不想说，若是诛他的九族，渊帝自己也得算进去。

等暴打宗弘玖一阵后，宗洛拔出了剑。

宗弘玖这才注意到，那如水一般的剑面上，竟然浮着一串猩红的血。吓得他大喊："来人啊！救命啊！杀人了！"他陡然发觉，自己在这里扯着嗓子喊了大半天，周围愣是没出现一个人。宗弘玖终于发觉情况不对，意识到害怕，顿时发出杀猪般的惨叫。

"就这点出息。"宗洛轻蔑地道，弯腰捡起地上宗弘玖落下的马鞭。上回的那一根马鞭被他夺走了，宗弘玖又弄到一根，比原先的那根还要长，唯一不变的是鞭上仍旧布满倒刺。

这种带倒刺的马鞭，不可能用来赶马，只可能用来打人。

一想到宗弘玖就是拿着这根鞭子，如同赶牛一样把宗瑞辰赶在身前，宗洛心底他的火就蹭蹭往上蹿。他冷冷地上马，回头看了一眼公孙游。

公孙游十分上道地点头，就差拍胸脯说，主公，这点小事放心交给我。

宗洛没有再说话，径直骑马离去。就算他再生气，再想给宗弘玖一剑，说到底他也还是大渊的九皇子。宗洛打他一顿已经是极限，要真断他一截手臂……恐怕自裁的诏书就得提前送到手上。

宗弘玖不能有事，但叶凌寒这个罪魁祸首却不能全身而退。是卫国太子又如何？身在大渊，就得遵守大渊的规矩。

如今，大渊已称霸大荒，就算宗洛把叶凌寒这个废太子剐了，卫国也不敢如何。

宗洛找到叶凌寒的时候，叶凌寒正骑在马上，拉开弓弦，聚精会神地瞄准一只雪白的野兔。在叶凌寒的身后，猎到的猎物已经编成一串挂在马背上，看起来收获颇丰。

宗洛也懒得废话，手里剑直接往前一送。

"啊——"叶凌寒只来得及避开要害，手里的弓弩瞬间落地。下一秒剧痛袭来，他捂着自己的手跪落在地，痛呼出声。

宗洛淡淡地收了剑，什么话也没说，转头就走。

"你给我站住！"叶凌寒捂着伤处，从地上爬起来，脸上满是惊怒之色。他的右臂被七星龙渊刺出一道狰狞的伤口，正汩汩地流血，滴滴答答地落到地上。虽说自身武艺并不差，但到底没多少实战经验，面对鬼谷弟子自然讨不了好。

"没想到你竟然也会玩背后偷袭这一套？"在看到宗洛的刹那，叶凌寒就知道自己暴露了。但他怎么也没想到，竟然这么快就被找上门来。

宗洛冷笑一声："难道你告密就是君子所为？对付小人，自然是用小人的办法。"

"我没有！"叶凌寒握紧拳头，心里五味杂陈。这个人竟然连问都没有多问一句，就笃定了是他。

就在昨日，不知道是哪个好事者嘴碎走漏风声，明明叶凌寒特地选了开宴最后一天投签，却还是被人看到，最后传到宗弘玖的耳中。

被自己一直欺负的卫国质子竟然背地里报名参加猎艺？宗弘玖怒不可遏，又正是在被渊帝责罚的气头上，便浩浩荡荡地带着一大群人踢开质子府的门，要把叶凌寒抓起来打。这样的事又不是第一次，跟随着宗弘玖的内侍中也有高手，叶凌寒根本无法反抗。

"给我打！把他打到下不了床，我看他还怎么去参加明天的比赛。"叶凌寒心里绷着的一根弦断了。明天的猎艺是他回归卫国唯一的希望。绝对，绝对，不可以不去。

"背后告密，你还能有什么苦衷？"宗洛背着他收剑入鞘，极尽嘲讽，"是有人逼着你告密，逼着你说了？"

叶凌寒张了张嘴，什么也说不出来。过了许久，他才喘着粗气，咬牙切齿道："你根本什么也不懂！"叶凌寒双眼通红，口不择言，"其实那日你和照夜白的事情我全部都看到了，你根本就是故意假装失忆、眼盲。我早知你并非表面那样看起来清风朗月，但我既然没有把你的秘密说出来，你又凭什么在这里指责我……"

话音未落，剑鞘就再次抵在了他喉咙处。

宗洛一字一句地开口："小八是我弟弟。"小八是他唯一挂念的亲人。上　场人生里因他而死，再次重来，若是再因他而死……宗洛根本连想都不敢想。

"你要是再敢动他，下次可就不是一剑这么简单了。"

宗洛把马鞭绑到腰上，拿下背上的弓，轻松的拉开，看也不看，侧身朝身后射了一箭。

郁郁葱葱的密林间，一片红色的衣角若隐若现，低低的笑声伴随着羽箭折断声一同响起。

"我没有替你管教下属的兴趣。"宗洛冷冷地道，"虞北洲，管好你的狗。"

二十四

听见宗洛的话，叶凌寒怔愣片刻。他猛然抬眸，定定地看向树叶掩映的丛林。

在那片绿意后头，红衣青年倚靠在树枝上，黑发如瀑般散下，凤眼高挑。一只手撑着头，另一只手稳稳地抓住断裂的羽箭，笑容满面地看过来。

"师兄，这话你可就说得不对了。"虞北洲捻着手里箭尾的白色羽毛，低声笑道，"我一直都在这里，若不是师兄惊扰了我，现在我可能正在同周公饮酒对弈，畅游蝶海了。"

宗洛冷笑，对虞北洲的鬼话不置一词。

早在他收下公孙游玉牌的那会儿，宗洛就有一股强烈的被人窥探的感觉。只不过他无法确定虞北洲的位置，心里也存了些私心想让对方看看他前世的小弟是怎么投奔效忠自己的，故而没有出声。

但叶凌寒不一样。叶凌寒和虞北洲是表兄弟，天生就属于同一阵营。

上一次人生里，宗洛不止一次地看到叶凌寒跟在虞北洲背后跑，一口一个表兄，满脸痴迷、崇拜的模样，神情狂热而扭曲，将其奉若神明。要说叶凌寒和虞北洲没联系，骗谁呢？

果不其然，跪倒在地、一只手捂着伤口的叶凌寒怔愣着道："表兄！"

他已经有很长一段时间没有看到虞北洲了。明明质子府和北宁王府隔得不远，每一次经过王府前，他都会驻足停步，默默地凝望许久，却不敢上前敲门。

他们是表兄弟，小时候参加宫宴时，叶凌寒就对这位漂亮的虞家表兄记忆深刻。后来又听说虞家被灭门，为了给虞家报仇，表兄改投大渊，这些年一直没有放弃过对当年虞家灭门一事的追查。再后来，叶凌寒也被迫来了大渊为质。

有时候，他经常站在质子府门口，眺望着不远处的北宁王府，心里不免感到一阵悲凉。

他们都是卫国人，一个为了报仇来到大渊，一个为质，背井离乡。不知道表兄在战场上为大渊卖命的时候，心中会不会有恨。

然而，虞北洲并没有看叶凌寒一眼，他的眼里只有一个人。

红衣将军肩上的白裘披风垂下来，懒洋洋地搭在树枝上，只见宗洛冷笑一声，收起弓箭，抓着七星龙渊飞身上马，头也不回地离去。

叶凌寒的心里忐忑不安，身上又受了伤，脑袋一阵眩晕，完全没有注意到虞北洲的异常："多谢表兄相助……"

然而，他的话还没说完，再抬眸，树枝上已经空无人影……

刚刚教训完两个人，宗洛现在的心情好了些，表情也不似之前那般阴沉，他忍叶凌寒很久了。前世，他远在边关，没法给小八报仇，如今又来一次，必定要让叶凌寒付出代价。那一剑，宗洛实打实地刺了过去，除非有名医出手，不然稍有不慎，叶凌寒的右臂会就此废掉。当然，就算能治好，也至少得养个一年半载。总而言之，这段时间叶凌寒是别想出来兴风作浪了。

叶凌寒得庆幸小八没事，不然今天不可能简单收场。

马蹄声在幽深的密林中踩过枯枝断桠，沙沙作响。在这一派令人赏心悦目的景色中，聒噪的声音依旧飘忽不定地从上方传来。

火红色的衣角同白色狐裘交织在一起，伴随着树叶被拨乱的声响，如同鬼影般悄无声息地掠过森林上空。地上的宗洛骑着马跑，虞北洲就气定神闲地在天上追，还时不时地出言撩拨几句，生怕拱不起火。

"这么久没见，师兄难道不想同当初的故人叙叙旧吗？"

宗洛充耳不闻，眼神镇定沉着。继续朝前策马而行。

撩拨了一会儿，见宗洛没反应，虞北洲颇觉无趣。他在空中用轻功飞了许久，忽然朝下俯冲，转瞬间就从驻守的卫戍兵手上掠来一匹马。

"谁……王爷？"卫戍兵的眼神一花，还没来得及反应过来，手里的缰绳已被夺走。等到他回过神后，虞北洲已经骑着军马走远，只留下背影。

隔了一段时间没有听见虞北洲的声音，宗洛还以为这个人终于自觉无趣走了，故而放慢了速度。

"师兄，跑这么快做什么？"结果没想到，转瞬间，急促的马蹄声就追了上来，紧紧地跟在他的身后。

宗洛直接黑了脸，手中的剑鞘拍在马背上。

虞北洲也不甘示弱地开始了追逐。

从远处看，一红一白两道身影仿佛交叠在一起。一会儿一个拉开距离，一会儿另一个又赶上，仿佛就要这样一直较劲一般。

虞北洲一边游刃有余地策马奔腾，一边懒洋洋地道："还好师兄这回没骑着照夜白，不然我肯定赶不上了。"

宗洛冷冷地说："怎么不学学你小时候？你不说话，没人当你是哑巴。"

还是小时候的虞北洲可爱。那会儿虞北洲羽翼未丰，心机也完全没有日后那么深沉，上不得台面，怎么玩也玩不过宗洛这个已知故事情节走向的"成年"人，不知道吃了多少哑巴亏。

最爽的是，虞北洲每次吃了哑巴亏还得憋在心里，气疯了都不能多说半句，还得在鬼宿子面前捏着鼻子甜甜地叫他师兄，装作一副乖巧的模样。

"原来师兄更喜欢小时候的我。"虞北洲恍然大悟，"可是我更喜欢现在的师兄……不，什么时候的师兄我都很喜欢。可惜师兄对我太冷淡了。"

马蹄声越来越近。宗洛一狠心，调转马头朝着一条险路而去。

鬼宿子传授给弟子的东西以武艺为主，君子六艺为辅，骑艺自然也是其中之一。原先骑艺还没有改成猎艺的时候，通常都会选择一段极其陡峭的山路作为比赛赛道。好巧不巧，皇城京郊只有这么一处猎场，猎场背后有着连绵不绝的山脉，往年赛道都选在这里。

宗洛选的，就是那条最陡峭的赛道。茂密的树木逐渐消失，光芒逐渐显现。越往里跑，入目皆怪石林立。马蹄铁蹬上去的时候凹凸不平，颠簸无比。路边，则是幽深的悬崖峭壁，其上绝巘丛生，望下去目眩神迷，堪比蜀道。

在这样一条险路上别说骑马了，就是单纯地走路，风这么大，稍有不慎便是粉身碎骨。没取消骑艺前，不知道多少学子丧生于这条死亡要道上。

羊肠小道的入口狭窄，仅容许一匹马通过。他们都十分默契地提速，想要率先通过入口。

在千钧一发的关头，虞北洲忽然反手拔出太阿，猛然刺入他的马身。军马吃痛，嘶吼着朝前面冲去，转瞬便冲到了宗洛的面前。

白衣公子的瞳孔骤缩，迅速用力勒紧缰绳。

然而，时间已经不够了。

而另一边则是万丈深渊。

电光火石之间，宗洛在心里对马说了句抱歉，在最后一刻飞身下马，足尖轻点，在马背上借力，朝着反方向冲去，险险地在悬崖边落下。

"轰隆隆——"军马就这样坠入了山崖，期间踩落一大片土石砂砾，伴随着嘶叫声一起越来越远，直至消失不见。

很难想象，若是宗洛没有及时借力，恐怕这会儿摔下悬崖、尸骨无存的就要变成他和马了。饶是见惯了大场面的他，也不由得惊出一身冷汗。

宗洛原本并不想理会虞北洲，毕竟他现在的重头戏都放在其他几位皇子和男配身上，根本没有必要同主角在这里耗时间。

在知晓虞北洲也重新来过之后，他必须争分夺秒，而不是浪费多余的时间和精力对付这位宿敌。待其真正夺储成功后，才有与之一争之力。

欣赏着对方脸上隐而不发的怒意，虞北洲反倒十分满意：“师兄终于愿意理我了。”

宗洛彻底被激怒了，道：“你这个不可理喻的疯子！”

白衣公子连剑也没拔，一拳朝着虞北洲的脸上招呼过去。他的拳利落、干脆、狠辣，毫不留情，甚至带上些许内力。

“哎呀。”虞北洲偏头躲开，空手和宗洛在悬崖边上对起招来。那双平日里总带着些懒倦，怎么也提不起精神的凤眼亮得惊人。

“对，对，就是这样。”虞北洲病态而满足地喟叹着，“这样才对……师兄，这么多年了，你还是没变。"

对宗洛来说，不过是戍守边关的两年以及假死后的一年。

然而，对他来说，却是切切实实的十年。

十年，太漫长了，也太久了。

久到再次相见时，虞北洲全身的血液都在沸腾。这么想着，虞北洲忽然问宗洛："师兄，你难道没有想过，自己为什么会重来一次？"

宗洛骤然一顿，心中升起不敢置信的荒谬："是你？"

"当然。"虞北洲笑着认下，"回溯时光而已，鬼谷的秘籍上不就记载着吗？师兄难道没听说过这门法术？"

对了，当然是他。难寻的仙法又如何？堂堂的天道之子，书中的主角难道还用不得？

这一刻，宗洛心里的错愕和震惊简直无法用言语来形容。他想过很多种可能，独独没有想过是因虞北洲而重活一次，这的确太匪夷所思。

"你为什么……"宗洛不明白，为什么虞北洲要让他也跟着重来一次。正常人的宿敌死了，难道不应该拍手称快吗？怎么这人还上赶着来找不痛快。

虞北洲却像是听到什么好笑的笑话一样，肩膀不住地抖动，放声大笑。笑声回荡在山谷里，震得人耳朵发麻。笑毕，他压低声音，语气严肃，杀意盎然。

"因为……我是真的恨你啊，师兄。恨到你死了，都要把尸体缝好陈放在冰棺内，日日夜夜守望。恨到宁可回溯时光，也要亲手杀死你的地步。"

二十五

虞北洲已经很久很久没见到宗洛了。不，或者这么说也不对，他们明明日夜相见。鲜少有人知道，新帝的寝宫里陈放着一具万年寒冰铸就的冰棺。而冰棺里躺着的，则是十年前于大渊皇城之下拔剑自刎的大渊朝三皇子。

虞北洲端坐于高台之上，身穿红金龙袍，一只手撑着脸，百无聊赖地看着下方文武百官战战兢兢的脸。

谁人不知，谁人不晓，这位十年前窃国的帝王脾气暴戾。

当初渊帝在位时，征战四方，只差两个国家便能一统天下。虽各国夫子提起大渊暴政，皆是摇头叹息，天下的壮士恨不得揭竿起义，人人取而代之。但大渊国民对大渊忠心耿耿，因此各国夫子也是敢怒不敢言。

然而，等渊帝突发急病去世后，一切都变了。北宁王虞北洲公开站队四皇子，正式加入夺储之争。

虽然大家感到十分诧异，一直不显山不露水的四皇子竟然隐藏得这么深，但历代大渊皇族的皇位争夺都是血雨腥风，只能算作传统惯例。反正宗家人也不在乎自己在青史上是个什么形象，本朝史官给前朝修史时也没说几句好话，难不成后世的人就能给他们说好话了？

五皇子和六皇子又惊又怒，没想到这位平日里纨绔风流的四皇兄不仅养精蓄锐，竟然还拉拢到北宁王这一大助力。

北宁王麾下有天机军，谋士能人辈出。要人才有人才，要兵权有兵权，又荣宠加身。得了他的相助，夺位之事相当于已有一半胜算。

看来这回，四皇子会成为最后的赢家了。朝中的众人纷纷叹息，准备料理渊帝的后事。明明三皇子殿下才更加适合那个位置，不止一个人这么想，只可惜无人敢说。

就像朝中的重臣都想不明白，为什么渊帝在疾病突发的当晚，要传下那么一道勒令三皇子自刎的圣旨。

当时，半数文武百官大惊失色，反复验证，终于确定圣旨的确是渊帝亲手所书，上面盖了大渊的皇天印玺，无论如何也做不了假。

就连虞北洲也想不明白。明明宗洛可以带兵离去，回到边关，重整旗鼓再回来造反。但他没有，他选择了在城墙之下拔剑自刎。

听到这个消息的时候，虞北洲只觉得又荒谬又可笑。他的师兄，从表面上看沉着稳重，就像一个真正的高高在上的仙人一样，看似谦逊，实则刚烈。

这样的人，难道不应该带兵冲进皇城，逼至渊帝的病榻前，好好地问清楚当年为何在祈福大典后厌弃他？为什么将他调去边疆？为什么要写下赐死圣旨？

怎么会就这么死了呢？没有人明白，虞北洲也不明白。等到他去收尸的时候，还是想不明白。

夺位期间皇城戒严，百姓不得随意外出。家家户户知晓三皇子自刎于城下，自发在门口摆上兰花，贴上白纸，沉默地用行为表达着哀悼之情。

三千玄骑军战死于城下，放眼望去。大地之上焦黑一片，赤色的血透迤在暴雨过后的水洼内，晕开令人感到触目惊心的亮色。

刀剑兵戟之间，白衣公子跪倒在地，墨发披散，脖颈上一道血痕。他的双眼紧闭，脸庞呈现出死去多时的青灰色。却依旧用七星龙渊支撑着自己的身体，宁死也没有倒下，像这沙场上唯一的王。

整整一天时间，没有人敢踏足这里。士兵也只敢在城墙上眺望，目视着这场无声又悲壮的葬礼。

虞北洲叹了口气，凝视着这具冰冷的尸体。他嗤笑一声："师兄，真可怜，到最后竟然要你最讨厌的宿敌为你收尸。"

奇怪的是，明明毕生大敌死了，应当欢欣雀跃才对。虞北洲心里却没有丝毫高兴的感觉，反倒空落落的像缺失了一块，到底缺少了什么呢？

再然后，在他的支持下，蛰伏、隐忍多年的四皇子终于成功地扬眉吐气夺得皇位。宗永柳连人带府被天机军包围，大势已去。宗元武被逼到悬崖边，四面楚歌，不得已纵身一跳，尸骨无存。

就在大局已定的当晚，丞相裴谦雪忽然说自己身上有渊帝临终前托付的密旨，指责四皇子并非渊帝中意的储君，登基名不正言不顺。

"瞧裴相这话说的，您可是我们这边的人。"站在金銮殿前，宗承肆放声大笑，"名不正言不顺又如何？只要密旨再也不会出现，这天下终究还是朕的！"

"呲——"下一秒，他的神情就凝固在了脸上。

身穿红衣的将军站在他的身旁，淡淡地拔出剑来。剑尖上还浮着猩红的血，多看一眼都令虞北洲觉得肮脏。

"四殿下说得是，既然都是名不正言不顺，那这皇位，本王也想来争一争。"

宗承肆死的时候，面容扭曲，充满了不敢置信："淮南……你……"

虞北洲知道，要是他直接同宗承肆说想要皇位，就凭后者对他的追捧，恐怕就此让出皇位也不是没有可能，只是他不想罢了。

没人想到虞北洲竟然这么放肆大胆，就连裴谦雪也感到有些错愕。之前就算北宁王性格乖张，不过是张扬肆意了些，哪个千古名将没有些奇怪的癖好？根本不足为奇。但现在，他直接撕破了自己的最后一层伪装。

没有必要。的确没有必要，因为能看穿他那层伪装的人已经死了。

在铁血镇压下，改朝换代也变得格外简单起来。更别说如今的大渊锐不可当，天下一统已成大势所趋，一切都在有条不紊地进行。

卜元元年，卫国灭，新帝登基。

所有人都像提线木偶，日复一日地重复着历史的进程。

直到现在。

虞北洲忽然觉得意兴阑珊："退朝吧。"说完，他便径直从龙椅上起身离开。

"臣等恭送陛下！"全殿人战战兢兢的，深深垂首，无一人敢拦。

虞北洲连多看一眼的兴致都没有，背着手走回了自己的寝殿。他登基后，宫里的人被遣散了大半。新帝厌恶别人近身，凡事亲力亲为，寝宫更是不准任何人踏足。

后宫空了不知道多少年，前朝旧臣心心念念着复国，巴不得虞北洲无后。至于其他如叶凌寒、公孙游等几位，心底或多或少怀着仰慕之情，更不可能劝谏。

久而久之，宫里便冷清下来。

寝殿的正中摆放着一具冰棺。因为这具冰棺的缘故，殿内常年备冰，冷不可言。

容颜殊丽的年轻帝王踱步走近。时间并没有在他的脸上留下多少痕迹，就连那双凤眼也依旧上扬，肆意又狂妄。龙袍则是同大渊玄色龙袍不同的艳红，仿佛在提醒他，也像是在提醒天下，江山易主，改朝换代。

虞北洲靠近冰棺，随意地往地上一坐，撑着头往里看。

冰棺里的人早已梳洗好，换上一身干净的白衣，眉目也被抚平。忽略掉脖颈上狰狞的缝合口，大渊的三皇子就好像只是在沉睡一般。

一睡不醒，一梦经年，身周拥着冰雾，几欲羽化登仙。

"师兄好像死去九年了吧？没有你同我作对，日子可真难熬。"

虞北洲已经记不清自己有多少个月夜发病时是在这里度过。

镜花水月，终归泡沫。

明明他什么都拥有，成了天下之主，却好像又什么都没有，连乞丐都不如。

"师兄死后，好像一切都变得无聊了。"

荣华富贵，天下霸业，万代千秋。若是没有他的见证，那又有什么意思呢？

应该做点什么，让事情变得有趣起来，虞北洲想。

卜元九年，新帝踏入了大阵。

再次睁开眼睛时，已经回到了十几年前的边疆。副将递来战报，上书三皇子于函谷关一役中战死沙场……

"当日函谷关一战，我就猜到了师兄未死。"虞北洲言笑晏晏，"一年后再看，果不其然。没想到师兄也还保留着当初的记忆，真是惊喜极了。"

当初九年，今生一年。十年，太漫长，也太久了。久到让他快要想不起来当初是怎么同宗洛针锋相对，不死不休的。

或许只是一种执念，虞北洲曾无数次这么想。毕竟在他们敌对的无数个日子里，虞北洲从来只设想过宗洛死在他的手上这一种结局。

"师兄，你知道吗？"虞北洲似是叹息，"在看见你的第一眼，我就有预感。我们会一直这样纠缠下去，到死……也无法止息。"

二十六

裴谦雪站在殿外，指尖轻轻地捻着在宽大的衣袖。这样的动作，于他而言，已经算是犹豫了。

不远处，身披重甲的士兵手持长戟，肃穆地守卫在章宫周围。更远一些的地方，深红色的宫墙矗立，蕊黄色的早梅搭在琉璃瓦上。

天气正好，阳光晴朗。这是初雪前的第一个晴日，似乎也映衬着裴谦雪的好心情。

昨日，他在府内见到了自己朝思暮想的挚友，细细想来，就如同一场梦。

在此之前，裴谦雪说什么都不会信挚友还存活于世。自函谷关一战后，他几乎日日清晨都会造访大卜祠，在门口偌大的玄色香炉内点一支烟，静静地看着白烟缭绕，听卜乐奏鸣。

人可能真的要等到失去，才能明白自己错过的是什么。就像裴谦雪，一直在回避，仿佛眼前始终蒙着一层不愿看清的雾，直到收到三皇子的死讯，失去了人生中唯一的挚友，才恍然大悟，觉得痛不可言。

然而，宗洛回来了，有些事却越发看不透彻。为何在梦中，瑾瑜自刎的那把剑，会是湛卢？

裴谦雪觉得十分奇怪。

鲜少有人见过湛卢。它是当年四处征战的渊帝从越国带回来的宝剑，据说成剑时天降异象，寒光映铁，锐不可当，甚至有传闻说，这是王道之剑，得湛卢者得天下。

湛卢陪伴着还是皇子的渊帝经历了近十年的戎马生涯。待到社日节惊变，它沾染了他亲族的血登基之后，才束之高阁。

裴谦雪百分百能够肯定，湛卢一直都摆在章宫的兰锜之上。梦里瑾瑜为何会使用这把剑自刎？

裴谦雪犹豫着，迟迟没有告知渊帝宗洛的消息。

其他人或许不知道，但裴谦雪却明白得很。

当年卫国乃列国霸主，反观大渊，先帝溺爱贵妃的幼子，对立下汗马功劳的渊帝不闻不问，祈福人典后竟然想要废长立幼，硬生生地逼得渊帝反了。渊帝经历腥风血雨成功登基，国内百废俱兴，清除各个皇子党羽之后，朝中上下一个能用的人都没有。卫国铁骑压境，不得已才将三皇子送去为质。三皇子和四皇子的诞生时间不过差了数月，若是真的宠爱三皇子，又为何要将他送去卫国为质？

再者，瑾瑜从卫国回大渊后，还在宫内住了小半年。这小半年的时间，渊帝对三皇子不闻不问。后来，瑾瑜请战，渊帝也十分痛快地让他去了。连他甄选亲兵，组建玄骑军的时候渊帝都没过问。

再后来就更别提了，朝中有将军出战，渊帝兴致来了都会去城门送上一送。北宁王和巍山将军都受过此等殊荣，唯有瑾瑜没有。

裴谦雪当初深得渊帝赏识，一步升天，布衣拜相。当时朝中多得是人想要巴结这位新相，那时五皇子和六皇子的夺储之势就隐隐有了苗头，私底下都派门客、谋士来游说他。说来也好笑，他们的话绕来绕去，都是说三皇子不得圣上赏识看重，追随他根本没前途。

裴谦雪那时就非常疑惑。要说瑾瑜不得渊帝看重，这么多皇子里只有他一个人有权组建亲兵，也只有他一个人手掌兵权，就连同样沉迷武学的五皇子，也仅仅只是在小规模作战时可临时领兵，回来就乖乖将兵符上交了。

但要说他受渊帝的重视，渊帝多年来对他不闻不问，堪称漠视。有一年出战敌国，三皇子遭遇受了敌军埋伏，身受重伤。回来后渊帝竟然没去看上一眼，只问了句死没死，得到答案后回头派了个御医，再没有然后。

就算是有意锻炼自己的儿子，磨炼他的意志和胆识，也不应该做到如此地步。

若不是那天晚上发生的事，恐怕裴谦雪也不敢相信。原来这么多年来，瑾瑜才是渊帝最关注的皇子，内心最中意的储君。

裴谦雪原本犹豫不定，不清楚要不要把瑾瑜未死，却失忆、眼盲这件事告知渊帝。最后在府前被北宁王一激，这才终于下定决心，登上马车，朝着宫中来。

裴谦雪是渊帝公认的心腹。虽然绝大多数时候，连他也揣摩不出上面这位心里到底在想什么，但裴谦雪比其他人都清楚，渊帝绝非如人们口中的那般残暴。甚至有很多时候，裴谦雪觉得，渊帝的残暴仅仅只是他用来维护自己的威严和统治的表象。

当初荣家谋反，放到哪个时代，这都是大罪，更何况人证物证皆在，诛九族也无可指摘，只能说既然敢谋反，就得敢于承担谋反失败的后果。

后来裴谦雪变法，纵观其他各国，哪个国家的变法是一帆风顺的？变法就意味着要触及部分人的利益，维护自身利益的事谁也不会留情。更何况裴谦雪虽然官至丞相，但在朝中毫无根基背景，又站定了没背景的三皇子，简直就如同风雨飘摇的草，谁都可以参上一本。就是这个时候，渊帝秘密召见了他，开门见山地说了一番话。

"裴卿，变法一事，势在必行。朕为你护航，你大可放手去干。"

裴谦雪变法，实则触犯了世家、贵族的利益。给寒门学子优待，广招人才，开源节流，真正落实惠民之观念。

若是一位暴君，根本不可能支持他的变法，放权放得如此痛快。

也多亏了这层暴君的幌子做掩护，抄了几家后，整个朝堂草木皆兵。变法实行的顺利程度让裴谦雪都觉得不可思议，叹为观止。

古往今来帝王大多在意虚名。像渊帝这样的，属实头一回见。从那以后，裴谦雪就铁了心为渊帝做事。

裴谦雪相信，即使瑾瑜如今这样一副模样，渊帝也不会对其不闻不问。所以他还是冒险来了。

昨天他在这里等了许久，却被告知不见。

裴谦雪略微一想，便明白了其中的道理。

昨日是瑾瑜的忌日。寻常每逢忌日，他都会去皇陵一趟。

只有瑾瑜的忌日，据说奉常提了一嘴，渊帝就在早朝上大发雷霆，下朝后直接吩咐谁也不见，大臣们风声鹤唳，也不敢去触他的霉头。

既然见不到，裴谦雪就回了，改今日再来。

没想到在章宫门口等了许久，还是迟迟没听到传唤的声音。

今日在门口值守的是内侍总管元嘉。

"还请裴相再等等。昨日陛下堆积了一些事务，今日来的人便多了。方才穆将军进去了好一会儿，估计是有要事要禀报。"

"多谢公公，我等等便是。"裴谦雪也不在意，径直站在门口。

约莫一炷香的工夫后，内里才传来动静。

换了身软甲的穆元龙大步流星地走出来，看见门口的人，上前抱拳行礼，道："裴相。"

"穆大人。"裴谦雪同这位瑾瑜曾经的副将也算点头之交，两个人在门口匆匆致意，穆元龙离去。

倒是裴谦雪看了一眼穆元龙的背影。年前玄骑军出兵南梁，久攻不下，最后还是被天机军救了火。

如今年关将至，各大战事几乎都歇息下来。最后剩下的豫国和卫国都不是什么好啃的骨头，倒不如先缓一缓，等过了年再说。

既然没有战事，那穆元龙又为何会在这里？

裴谦雪压下心底的思绪，抬眸见渊帝负手站立在书案前，作揖行礼："陛下。"

"裴卿，你来了。"渊帝回过神去，指着桌面，让他看平摊在上面的奏折，"刚好，你刚才也看见穆元龙从朕这里离开了吧，来，你看看他写的这是什么东西！"

沉重的宫门关闭的声音在裴谦雪的身后响起。

裴谦雪侧眼看去，惊讶地说："请辞书？"

"不错。"渊帝揉了揉自己的眉心。或许是昨夜一夜未眠的缘故，他的眼眶下方浮现出隐隐约约的青黑，显露出一点疲惫。那双眼睛却依旧闪动着锐利的光，不怒自威。

渊帝将奏折狠狠地摔到地上，恶狠狠地道："这个穆元龙，如此不知变通！"

虽然渊帝什么都没说，但裴谦雪已经明白他的未言之意。

瑾瑜身死函谷关后，玄骑军便成了无主之军。这支骁勇善战，令六国闻风丧胆的骑兵从名义上来讲，其实是隶属于三皇子的亲兵。

主将身死，朝野中不知道多少人都盯上了玄骑军，想要将其收编到自己的军队里。其中又以五皇子为最，甚至打的还是皇兄的亲兵理应由皇弟继承的荒谬旗号。

渊帝发了场脾气，一个也没允。他将穆元龙提拔为玄骑军主将，继续让玄骑军独立于各大军队之外。

渊帝越说越生气："朕让他当玄骑军的主将，他却到朕的面前来请辞。他也不想想，若是他走了，这玄骑军岂不成了个笑话？这便罢了，至少朕还能驳回。可他倒好，竟还同朕告了一状，说什么最近有个百家宴学子，佩着七星龙渊，有故意模仿瑾瑜之嫌——他以为朕不知道？"

身为一位多疑的帝王，渊帝在皇城上下都有眼线。京中不管发生了什么事，暗卫死士们几乎做到事无巨细，一一汇报。一位长得像的学子而已，从踏入城门的第一天开始，渊帝就已知晓。

"穆元龙告这鸡毛蒜皮的状是什么意思？指望朕现在就下令，把那个百家宴学子押去砍头？"渊帝冷哼一声，一挥长袖，在偌大一个殿内来回踱步，"他也不想想，那可是百家学子！他们襟江带湖，同襟同气，在这儿得罪了一个，岂不是把人才往卫、豫两国推？"

裴谦雪忽然就有些无言。

"更何况，不过是长得像，难道朕连这点肚量都没有？岂不是贻笑大方？"

裴谦雪再三斟酌，终于开口道："陛下，那您有没有想过，那位或许真的是……"他没有说出那个名字。龙有逆鳞，触之则死。伴君更是如伴虎，即使裴谦雪有着百分百的把握，在面对渊帝时，也不好敞开天窗说亮话。

许多人都觉得裴谦雪不懂变通，在朝堂上直言劝谏，时常惹得渊帝黑脸。但恰恰相反，裴谦雪就是太懂得变通了，才会一个唱红脸，一个唱白脸。

殿内一片死寂。

渊帝猛然回头，冕旒上的串珠击打在一起，发出清脆的碰撞。隐藏在冕旒之下的黑眸深不见底。

青衣丞相仍旧站在原地，身姿挺拔，面容平静，毫不畏惧地同渊帝直视。

过了许久，久到裴谦雪以为渊帝要发怒的时候，穿着玄色龙袍的冷面帝王终于开口了。

"他不会。"渊帝沉声道，像是在说服裴谦雪，又像是在说服自己，"如果他还活着，那他不可能不来见朕。"

二十七

是啊！若是瑾瑜没有失忆，他不可能不来见渊帝。

裴谦雪知道，他的挚友虽然表面上不说，但实则孝悌忠信，重情重义。对手足的情义还算稍微收敛一些，毕竟皇城夺储之势风云变幻。

虽然渴望亲情，但也不是傻子，因为对皇位没有兴趣，所以大多数五皇子、六皇子相争的时候他都隔岸观火，不主动挑起争端。这一点在某一次彻夜长谈后，也得到了裴谦雪的赞同。

但对渊帝……裴谦雪想，瑾瑜应该是既崇拜又敬畏的。

敬畏自然不必多说，朝中谁见了渊帝不战战兢兢？凭渊帝的凶名，就注定了所有人见了他就跟老鼠见了猫一样。就连几位皇子，也只敢私底下搞些小动作，决计不敢将夺储一事搬到明面上来，甚至还变着花样地向渊帝表忠诚，献孝心。

于他人而言，渊帝可能只是一位盛名在外的暴君。但对于真正了解他，并且窥见这位帝王掩盖在残暴之下真实的人而言，渊帝的确值得崇拜、尊敬，不然也吸引不了像裴谦雪这种骨子里清贵高傲的学子追随。

除此之外，渊帝在位以来政绩斐然，眼光独到，变法图强。当初当皇子时打仗那也叫一个凶残。他之所以登基后可以快速消灭周边国家，也是因为他作为臣子带兵那会儿就为大渊清扫了不少障碍。如今大荒仅剩三个大国，除去大渊只有两个，千百年来大渊列祖列宗梦寐以求一统天下的夙愿近在眼前，若是完成，当真是鸿蒙初开以来头一遭，千古一帝的称号绝对没跑，可见其雄才大略。

有这样一位父亲，崇拜似乎也理所当然。宗洛从来不会同裴谦雪提到任何关于渊帝的话题。他只会默默地表达自己的孺慕之情。

即使宗洛不说，裴谦雪也知道。

函谷关一役前，瑾瑜不知道从哪里寻到一块成色极佳的帝王绿坯料，光看色泽，竟堪比传说中流失多年的和氏璧。于是他每天对着坯料，抓着刻刀，细细雕琢，连外出打仗蹲在军营时也不忘拿刻刀出来比画两下。

裴谦雪看宗洛这般沉迷，略感好奇地问了一下。当时瑾瑜偷偷地拿给他看，神秘兮兮地叫他别说出去。

主人费尽心思地雕刻、打磨了半年，这块巴掌大的美玉也初具雏形。虽然还只是极为潦草的坯料，但也能看出其气势，赫然是一条腾云驾雾，威严赫赫的神龙。

皇子大多用夔纹，这块雕了龙的宝玉是要进献给谁的，不言而喻。从来只是带兵打仗、手握宝剑的手，也能雕琢出这般精致的玉石，只能说一句实在煞费苦心。

原本去年应当是渊帝知天命的大寿，应当风风光光地举办寿宴。只可惜函谷关的消息传来，大渊国内愁云惨淡，原本应该大办的诞节也一片缟素，一切从简。渊帝更是下令撤销宴会，几位皇子苦心准备的礼物一个都没送出去。

裴谦雪收敛心神，再次拱手："臣也去见过那位学子，再三确认，这才前来禀告陛下……"

"裴谦雪！"渊帝忍无可忍，他的眼神如鹰隼般锐利，带着冷冷的寒光，"不要以为朕宠信你，任由你直言劝谏，你就可以无法无天，胆大妄言！"

青衣丞相停顿了一下，无视了对方盛怒之下爆发的冷冽杀气，继续不慌不忙地说："臣以为，陛下理应去见一见。见了，就什么都明白了。"

刚才穆元龙已经把渊帝的怒气值拉到警戒线，现在不管说什么，都只会适得其反。更何况瑾瑜如今失忆、眼盲……裴谦雪权衡利弊之下，决定还是不要冒险。毕竟渊帝虽然没有传闻中那么残暴，但也绝对称不上好相处。只要人能站到渊帝面前，一切问题都将解开。

渊帝冷笑一声："行啊，那朕倒要看看，裴相这般推崇，宁可惹怒朕也要看看的，究竟是何方神圣！来人啊，摆驾！"

叶凌寒捂着自己的伤口，跌跌撞撞地站起来，到马上给自己拿伤药敷好包扎。

为了更好地猎取猎物，他特地给两位跟在他背后的卫戍兵送了些好处，让他们不要跟着自己，去盯着别的学子，若是能够找到"大肥羊"，还另外有赏。

没错，叶凌寒为了赢，私底下买通了一些内侍，徇私舞弊。猎艺又不一定非要自己猎取猎物，打劫其他学子的猎物，届时再交上去，也是可以的。至于其他学子，他们的猎物都保存在卫戍兵那里，少了一只两只，只要咬死不承认，那也是没处说的。

更何况，叶凌寒先前曲意逢迎，陪酒讨好，还真被他攀附到几处引人忌惮的高枝。这么多年来手里也用各种手段积攒了一些财物，就等着这回猎艺的时候全部用出去，一举夺魁。

然而现在，什么都没有了。

叶凌寒紧咬牙关，感受着自己右臂上传来的剧痛，心如死灰。他踉跄着上了马，伏在马上，小心翼翼地策马向前。

叶凌寒不敢跑得太快，因为只要颠一下，他身上的伤口就如同再次撕裂一般疼痛难忍，迸出鲜血。

每位学子都只能带些简单的止血布条，没有刀伤药，叶凌寒冒险偷偷带了一些进来，但面对这么大的伤口也是束手无策，只能先返回猎艺最开始的驻地。若是能够包扎好，说不定还能再撑一撑，毕竟现在猎艺才刚刚开场没多久。

整整一天一夜的时间，这是他最后的希望，叶凌寒说什么也不会这么轻易放弃。

他刚跑出去没多久，前方就传来卫戍兵的声音："哟，原来是叶公子啊。"

值守的卫戍兵本来就是站在那里看守，正无聊得很，好不容易等来一个有些意思的人，联想起那些传闻，语气顿时轻佻不少。

叶凌寒相貌若女，生得又好看，再加上身份尊贵，虎落平阳，比之那些庸俗的普通人不知道高级多少。一想到这样的人，背地里竟然也得阿谀讨好那些半截棺材都要入土的权势者，卫戍兵就打心底里生起不屑。

"军爷。"迎着对方毫不遮掩的嫌弃眼神，叶凌寒攥紧缰绳，放低姿态，恨意伴随着怒火席卷燎原，却一句话也不敢多说。

到底还是忌惮这位卫国质子攀附过的大人物，卫戍兵不情愿地给他指了条路。

叶凌寒的指尖都在手心刻出血，继续默不作声地策马离去。

一直过了好一会儿，冷风将他右肩上的血都吹干，凝结成一大块一大块的血痂时，叶凌寒才抵达猎艺营地驻扎的入口。

身穿蓑衣的卜医见了他的伤口直皱眉头，指挥着人将他从马上挪下来，手里端着药钵，放入草药，开始现场调配伤药。

"躺好，不然这只手就别想要了。"叶凌寒大惊失色，愤恨难平。他不明白，当初，宗洛既然吩咐过玄骑军照顾他，那至少对他，是存有那么一点点善意，至少他没有恨意。

但是现在，他明明没有说出宗洛的秘密，后者却为了一个常年生活在冷宫里的八皇子，将他的一条手臂伤成这样。为什么？就因为宗瑞辰是他的弟弟？那宗弘玖不也一样是他的弟弟，也没见他手下留情！

叶凌寒还没躺下多久，卜医就被临时叫走了。

"九殿下受伤了！快，快去找御医！"

"卜医呢？卜医人呢？是眼瞎了不成？九皇子现在还在喊痛呢！"

叶凌寒的心头一跳，悄悄掀开帐篷的一角朝外看去。

果不其然，宗弘玖躺在担架上大呼小叫，远远地还能看到脸上糊着血，鼻青脸肿，牙齿都被打掉了几颗。

"本皇子……本皇子要杀了那个冒牌货！"宗弘玖站都站不起来，口齿不清，暴跳如雷，"你们现在就给我组建军队，把那个叫'顾洛'的学子挖地三尺也要给我找出来，本皇子要把他千刀万剐，要把他凌迟！"

"这……"段君昊感到有些无言，"不如九殿下去延尉府问问？"他方才仔细询问过跟随在九皇子身旁的两位卫戍兵，都说没有见到任何异常，是九皇子自己从马上摔下去的，这才落得这副模样。

口说无凭的情况下，就算宗弘玖贵为皇子，段君昊也不愿意冤枉任何一位无辜的学子。

"大胆！胆敢谋害皇嗣，已是重罪……"

跟在宗弘玖身旁的内侍立刻十分狗腿地接上，眼看着就要给段君昊扣上一顶大帽子时，远处忽然遥遥传来尖厉的声音。

"陛下驾到——"

这一下，整个猎艺场上的人都被惊动了。

所有正在忙的人纷纷停下手里的事，站直了身体，作揖行礼："恭迎陛下！"

远远地，玄金色的銮驾如同一片云一样缓缓挪过来。

身穿同色龙袍的帝王端坐于一匹威风凛凛的枣红色神驹之上，身后跟着一身青衣的大渊丞相裴谦雪。

待到了猎艺场后，渊帝依旧沉着脸，无须多言，只用一个眼神，元嘉就能会意，随即立刻嘱咐段君昊安排下去。

平日里渊帝喜怒不形于色，但现在只要是傻子都能看出圣上的心情不佳，隐隐约约处于发怒的边缘。

刚刚还耀武扬威的宗弘玖就像被掐住了脖子一样，缩了缩脖子，一个字也不敢多说。

一炷香的工夫后，值守的卫戍兵赶了过来。他半跪在地，战战兢兢地道："回禀陛下，您要寻的那位叫'顾洛'的学子，不久前，不小心同北宁王一起滚落山崖，至今还未寻到踪迹。"

陆章·回溯

二十八

宗洛感觉自己好像做了一个很长的梦，梦见虞北洲亲口承认重来一次是他干的。

虽然出乎宗洛的意料，但也并非不可理解。宗洛亲身感受过主角的威力，而且这个书中的世界既然是从洪荒衍化而来，那主角就是正儿八经的天道之子，委屈了谁都不可能委屈他。

纵观虞北洲的生平，那的确是要什么有什么，荣华富贵、地位权力、爱慕者……一个都不缺。

一个卫国世家公子，跑到大渊来当将军，成功混成异姓王，最后谋权篡位，改朝换代，这本来就是拿了开过挂的剧本。

所以，仅仅只是一个仙术而已，对虞北洲来说也不是什么难事。

当初他死后，想都不用想，虞北洲肯定成功突袭四皇子，带领一群男配谋权篡位了。

当然，四皇子也很有可能自愿让出皇位……

毕竟以自己的四弟对虞北洲的崇拜，在主角光环下，干出这种惊世骇俗的事情似乎也没什么好大惊小怪的。

宗洛不明白，虞北洲这都算到达人生巅峰了，还有什么不满意的呢？重来一世图什么呢？图再感受一回奋斗的乐趣？

宗洛不信，他不信虞北洲千方百计地带他重来一次，就是为了亲手杀他一次。他问："你难道想踏上修仙一途？"

虞北洲很是诧异："师兄为什么会这么想？我使用仙法都是为了你啊。"大道长生，长生不老有什么意思？当然还是同师兄作对更有趣。

宗洛不敢置信地道："所以你回溯时光，当真只是为了亲手杀我一回？"

红衣将军含笑点头。当初把尸体缝起来天天放在大殿里，费尽心思找到仙法带着他一起重来一次，只是为了再杀死他一回。

白衣公子沉默许久，难得地停下了手里的动作，朝后撤去，轻飘飘地落到地面。他撤下横在自己胸前的七星龙渊，随手挽了个剑花，收剑入鞘，调头就走。

以前看书时，宗洛觉得虞北洲还蛮有意思的。现在自己亲身感受了，终于明白他的脑子是真的有问题。

如果是个正常人，宗洛可能还想和他讲讲道理，但跟一个疯子……那实在没什么好聊的，与他聊天简直是降低自己智商。

"哎，师兄，怎么走了？"见宗洛收了剑，虞北洲也不由得愣在当场。方才只能算是热身，连血都没有见，根本未能打到尽兴。

虞北洲重来一次后无聊了许久，好不容易才找回厮杀的快感，却硬生生地在半途叫停，只觉得难受至极。

"师兄，再陪我打一场呗。"虞北洲还想同宗洛接着打，但宗洛却一副爱理不理的模样，任他怎么撩拨也丝毫不动容。

不过，在惹师兄生气上这一点，虞北洲绝对是专业的。最后，虞北洲放出了杀手锏。

"难道师兄不想知道当初身死的真相吗？"

宗洛一路上冷着一张脸，听虞北洲说到这里时表情才有些许波动。但他并没有上当，只是道："既然我重活一次，那这些我自然会去查。"他回过头，除去白绫的眉目依旧温和，只是在望向虞北洲的时候，眼底眉梢掩藏着抹不去的冷意。

"虞北洲，你没有必要故意来惹怒我。当初你欠我的，因为你让我重活一次，我姑且算是和你扯平了。这辈子你走你的阳关道，我过我的独木桥，我们一笔勾销，互不相欠。"

刚才听见虞北洲说重来一次是因为他，宗洛的心里多少有些复杂。人最烦恼、最无奈的事，应该就是承了死对头的情。

不管虞北洲是想再重来一遍，还是他又犯病了，至少能重活一回，宗洛是高兴的。曾经有太多不甘和遗憾，若是能亲手了结这些遗憾，实在是再好不过。

宗洛自诩不算什么光风霁月的君子，但他再不愿意，也不得不承认的是，没有虞北洲，也就没有他的重生。

俗话说得好，救命之恩，如同再造。杀了宗洛也不可能认虞北洲为爹，但放下仇恨……他想，他还是做得到的。

"哈哈哈！师兄，不愧是你。有恩于你的人，连仇敌也可握手言和，好一个翩翩君子，光明磊落，高风亮节。"虞北洲一愣，忽然放声大笑，"但你说什么？互不……相欠？"

他们就站在悬崖边上，四周空旷，石壁回荡着声音，显得格外瘆人。

某一个瞬间，虞北洲脸上的笑容忽然消失。宗洛几乎从未见过虞北洲不笑的样子。那双总是上扬的凤眼也冷了下来，眼底殷红，透着股莫名的狠意，里面沉淀着无数宗洛看不懂的复杂情绪。

"师兄，你不懂。"虞北洲一字一句地说道，"我们永远永远不可能互不相欠。"

"虞北洲，你又犯的什么病？"宗洛也有些恼火了。

当初花团锦簇，风光得意还不够，非得拉着他一起重来一次。图什么，图他当一个对照组吗？他都已经退一步了，没想到虞北洲还这般不领情。他忍了又忍，终于忍不住，拔剑而上。

这一回宗洛的剑风都带着怒意，招招以致命，处处不留情。

虞北洲的眼睛终于亮了起来。自从当初宗洛死后，他不仅问鼎天下，连剑道也无人可及。像这般酣畅淋漓的战斗，更是再未有过。

"就是这样，瑾瑜，我们就是要这样厮杀才完整。"他呢喃着，笑容满面，带着恶意。仅仅只是一个闪神的工夫，虞北洲的手腕上就出现细细的伤口。见了血，他反倒更兴奋了，面容如同掩映的桃花那样映丽好看。

太阿在空中闪过一道猩红色的剑芒，同七星龙渊狠狠地撞在一起。

他们靠得极近，近到可以感受到对方呼吸。一个偏冷，一个炽热。

昨天宗洛才和虞北洲在大卜祠一战。白衣公子修长的脖颈上依旧留有未曾愈合的伤口，衬着苍白的肤色，在冷冽的眉眼下稍显触目惊心。

不知为何，虞北洲欣赏着这一幕，只觉得赏心悦目极了。这辈子重来一次后，虞北洲就放飞自我了。之前第一场人生的这个时间点，他还装得跟孙子一样，远远没有这么猖狂。

宗洛的神色越发冷下来，趁着虞北洲闪神，他借力抽出马鞭，狠狠地抽了过去。

这回可不像上次在兰亭水榭那般留情，直直地往虞北洲脖颈上抽去，倒刺在他的身上留下一条条的血痕。

"师兄也太记仇了。"虞北洲似真似假地感慨。

"我不仅记仇，还要除了你这个祸害。"宗洛冷笑着抖了抖手，径直收回了鞭子，"我会亲手夺回我应有的一切，至于你想要亲手杀掉我，那你就试试看吧。"

宗洛揉了揉自己的头，忽然从梦中惊醒。

这是一间再熟悉不过的雅室，香炉里点着袅袅安神香。不远处的竹窗外，疏影横斜，明月高悬，看起来正是夜半时分。

他的身上还有一些不明显的钝痛，但是伤口大多已经被人仔仔细细地包扎好，并不会忍受不住。

意识回笼后，宗洛明白，刚才自己做的并不是梦。

就在不久前，他在猎艺场上，的确同虞北洲结结实实地打了一架。后来，两个人滚在一起，坠入山崖。

现在想来，宗洛依旧觉得怒火难平。

虞北洲实在是把他彻底惹火了，要不是把他惹火了，宗洛也不至于打到最后，失了分寸。

山崖之上，白衣皇子冷冷地收起剑。他猛地抓住虞北洲的衣襟，而后者也笑意盈盈地看过来。

仗着宗洛抓着他的衣襟，靠得又近，轻声地说："师兄的身上有血的香气。"真的好香，似乎还掺杂了些许清冷的味道，叫人目眩神迷。这样鲜活的气息，是当初在寒玉棺内的宗洛不曾拥有的。虞北洲苦苦寻找了整整十年，那不知所终的空缺，也在这血液的馨香里被填满。

宗洛脑子里一直绷着的弦终于断裂。

"你要这么想和我纠缠……那好，同归于尽吧。"他发誓，这是他整整三辈子以来干过的最疯狂，也是最大胆的事。

不过，宗洛一点也不后悔，甚至感觉棒极了。因为他在虞北洲那张自从长大后再没有破过功的脸上，清清楚楚地看到了错愕。

下一秒，他们滚在一起，坠下了悬崖。

二十九

奇怪的是，错愕过后，虞北洲并没有要挣扎的意思。在下坠的过程中，裹挟着猎猎风声，他的红衣如同烈火般璨璨扬起，远远看去如同一颗炽热的火球，将白衣公子周身完全覆盖。

他们在下落，在对视着。一个眼里淬着寒冰，另一个眼里燃着烈火。

如瀑般的墨发被吹得七零八落，时间仿佛静止，定格在这里。

模糊的风声里，虞北洲仰起头看他，脸上的表情愉悦而晦涩。

"师兄，你实在是……"太让我惊喜了。他愉快地笑着，没有把话说完。

宗洛没有理他。或许是云雾遮挡的缘故，山崖并非宗洛想象得那般深。崖底也并不是嶙峋怪石，反倒铺着一层松软的黑土，洁白的野花大片大片地盛放着。云雾缭绕，宛若仙境。

在落地前的一刻，白衣公子扯了扯嘴角。他屈起膝盖，一膝盖把虞北洲顶到地上。

"咔嚓——"骨裂的声音清脆作响，狠狠地出了口恶气。内脏骤然受到冲击，虞北洲躺倒在地，猛然呕出一口血。猩红的血染红了他的唇，再顺着嘴角淌下，显得惊心动魄。但他的喉咙还在发出闷响，欢欣雀跃。

"这次就算了。"虞北洲舔了舔嘴唇上的血，笑容灿烂，宛如话本里以人血肉为食的"艳鬼"，"下次……我再找师兄收取利息。"

宗洛敢发誓，这绝对是虞北洲近几年里最狼狈的一次。

要不然在跳下山崖的刹那，他也不会露出那样错愕的，仿佛脱离掌控般的表情。

虽然现在宗洛冷静下来后，也觉得自己扯着虞北洲一起跳崖的举动实在是又蠢又鲁莽，一点也不符合他平日里沉稳老练的作风。但兔子逼急了都还会咬人呢，对付虞北洲这种疯子，就是要不按常理出牌。

不过这回运气的确逆天，滚落山崖竟然未死，或许是沾了虞北洲这位主角的光。毕竟跳崖这种事情在小说中常有，其他人物有这种行为必定死亡，而主角就一定会发生奇迹。

遗憾的是，有主角光环护体，虞北洲坠下悬崖中途被崖壁树枝挂住几次，下落的冲击力大大减少，且有一身深厚内力护体，想死也没这么容易。但是这次坠崖让虞北洲在床上躺个十几二十天还是可以的。

想到这里，宗洛舒了口气，缓慢地从床上起身。还好，身上钝痛的感觉并不明显。

床头已经整整齐齐地放好了衣物。宗洛随便拿了一件白底靛蓝色的素净外袍披在身上，缠好眼上的绫带，慢慢下了床。

推开门，窗外夜色寒冷，月凉如水。更远一点的地方，天色已经泛起点点鱼肚白。

守在门口的小厮骤然被惊醒，连忙站稳垂首道："公子。"

宗洛轻声问道："无须多礼，你家主人呢？"

"回公子的话，大人正在药庐，特地嘱咐过公子醒了立即禀告给他。"

就在他们交谈的时候，拐角处有提着灯笼的书童走过。

青衣丞相长身玉立，身后跟着几位手里捧着药盏的小童，还有戴面具的卜医，在夜色中行色匆匆。

看见宗洛起身，裴谦雪加快了脚步："瑾瑜，你醒了。"他仔细地打量着白衣公子周身，确认了后者身上无碍，可以自行站立后，才松了一口气，"没事就好。"

裴谦雪知道，认亲一事，多说无益，只要宗洛出现在渊帝面前，一切问题都将迎刃而解。于是他冒险在渊帝面前禀告。惹得渊帝震怒后起驾出宫，直接带着禁卫军来了猎艺场，点名要见那位叫"顾洛"的学子。

天子令下，谁敢不从？

卫戍兵地毯式搜索了整个猎场一遍，最后在山崖隘口发现打斗痕迹，悬崖边还散落着长鞭和玉佩，这才猜测北宁王很可能与这位学子一同坠崖。

说实话，在场所有人都在心里打鼓。北宁王矜贵的千金之躯，又是猎艺场上的总考官，怎么会同一位学子坠落山崖？

渊帝闻言，表情更是冷到极点了。他冷哼一声："命都没了，还想面圣？"说完，直接扬鞭策马而去。

离去之前，他还不忘讽刺一下胆大妄言的裴谦雪。说若是这姓"顾"的学子没死，腊日清祀时记得带来见他，不然他就要治裴谦雪欺君之罪，绝不轻饶。

这些都是小事，裴谦雪拱手送走御驾，满心满眼都是方才卫戍兵带回来的消息。

瑾瑜竟然受伤了？还和北宁王一起滚落山崖？也是，北宁王早就看穿了瑾瑜的身份。如今趁着这位死敌失忆，自然是趁机行动，取其性命。裴谦雪心急如焚，和段君昊打了个招呼，也跟着一起绕路去崖下找人。一队人在崖下寻了许久，这才终于找到。

白衣公子倒在寒潭旁，似乎是摔下来后还走了一段路，至于可能一同摔下来的北宁王则无影无踪。

段君昊沉吟着："你们再去附近找找，看看有没有北宁王的身影。"

遗落在山崖上的是北宁王的玉佩。众所周知，不久前虞北洲大胜归来，于大洲城门口，在段君昊眼皮下将玉佩赠予这位"顾"姓学子。仅凭一块玉佩，很难推断出掉下山崖的是"顾洛"和虞北洲二人，万一只是"顾洛"一人不小心追着猎物，骑马摔下去，那误会就大了。毕竟，哪位学子敢这么胆大包天，同北宁王打架？

先不说虞北洲是鬼谷传人，剑术无双，就是战场上那些传闻也足够叫人闻风丧胆。

果不其然，就在他们试图寻找虞北洲的时候，北宁王府忽然来了位下人，说北宁王在猎场逛了一会儿，颇觉无趣，先一步回府了。

北宁王虽身为考官，但他实在任性妄为得很，这样的事情也没少干……总之，也没人敢说一句不对就是了。

至于裴谦雪，他直接将昏迷不醒的宗洛带回自己府上，又请来隔壁大卜祠的卜医，细细调养。一天一夜后，宗洛才悠悠转醒。

"阿雪有心了。"宗洛连忙表达自己谢意。

"我同你是挚友，何须道谢？"裴谦雪笑了笑，"就是瑾瑜没能同家人顺利相认，实在有些遗憾。"

宗洛没想到裴谦雪的行动力这么强。猎艺前一天，裴谦雪就在他面前自曝曾经的挚友身份，许多事情事无巨细，都同宗洛一一讲过。比如，他的老父亲，又比如，他没有兄长，却有好几位弟弟。

要是宗洛真的失忆了，这些就是极为宝贵的信息。但问题是，宗洛没失忆，所以说这些话，就显得很尴尬了。不过，在裴谦雪口中听到这样一番话，倒也有点意思。

宗洛有心试探裴谦雪，便拐弯抹角地问了几句有关老父亲的事。

裴谦雪沉默了许久，才缓缓开口："令尊……是一位很严厉的父亲。"

渊帝的确是一位很严厉的父亲。

宗洛端坐在裴谦雪对面，思绪游走。他几乎从未见渊帝笑过，不管宗洛打了多少次胜仗，赢得有多么漂亮，为大渊开拓多少疆土，都从未换得渊帝展露笑容，或是夸奖他一句干得漂亮。

宗洛永远记得，他第一次领兵作战时，敌方的将领阴险狡诈，损招频出。他经验不足，又保留着现代人的思维，手下留了情，没想到到头来却被对方反咬一口。虽然最后有惊无险，用武艺险胜，但不免吃了个不大不小的亏。

当时渊帝负手而立，看到他后什么也没说，直接抽出摆在兰锜之上的湛卢，森冷的剑气刹那间外放，顷刻就将宗洛裹得严严实实的上衣绞碎。看着他上半身缠满绷带，上面还隐隐约约透着渗出的血，渊帝拿着剑的手都在抖，面容染上怒意，语气讥讽："领兵作战，靠的是脑子，而非蛮力。若今日同你对战的是朕，你根本不可能有获胜的机会。"

宗洛垂首，垂在身侧的双手握紧，面露羞愧之色。

"在你这个年纪，朕可以带兵杀到北蛮国营地往北数百里，再全身而退。"渊帝当年领兵作战的天赋不亚于虞北洲这位天命之子，同时也有着大渊战神的称号。不然他也不可能在上一代几位皇子中杀出一条血路。

"心慈手软者不为将，朕对你很失望。"渊帝放下剑，背过身去，不愿看他，"下次若你还带着一身伤回来，直接滚去太医院，朕不想看到你。"

再之后，宗洛吸取教训。领兵作战时，几乎没有再受过重伤。除了其中一次，那次受伤太重，重到危及性命的地步。他一路都是昏迷着被抬进太医院，昏睡了好几天，也的确没能再去面见渊帝。

然而，裴谦雪的下一句话，却让宗洛攥紧手心。

"但是……令尊很爱你。很爱很爱，比之全天下所有父亲有过之而无不及。或许只是碍于种种原因，或是身份，无法清晰明了地表达。"

宗洛花了好大力气克制，才没有当场笑出声。

作为大渊丞相，在他这位皇子面前，裴谦雪自然不可能说什么渊帝不好的话。若是当初，他或许真的会因为裴谦雪的话而触动。但现在的他，绝对不会。

现代宗洛父母早亡，小时候像踢皮球一样被寄养在各个亲戚家，后来长大了就勤工俭学，养活自己。他的确从未品尝过父爱，所以他几乎偏执地渴求着亲情，任何一种。

可即使宗洛再渴求，也不可能不知道。父爱或许有很多种表现，但绝对不可能是沉默不言，闭门不见，放逐边疆；更不可能是传下圣旨，硬生生逼自家儿子在城门下自刎，叫天下人耻笑。绝对，绝对不可能。

回过神，裴谦雪的声音仿佛近在咫尺："虽然昨日未能见着，不过倒也无碍。两日后清祀，我再带瑾瑜去相认，可好？"

宗洛停顿片刻，毫无阴霾地笑着应道："好。"

三十

十二月，腊日清祀。

这是大渊年尾最盛大的节日，古时也称嘉平或大腊，历史已不可考。

清祀一共持续两天，大渊百姓通常会聚集到四方卜祠内祭祀神灵，摆上瓜果，跳起卜乐舞，祈求来年丰收美满，岁岁吉祥。皇家也会在大卜祠的万岁树下举办射艺活动，若是能连中九枚，则代表天佑大渊，万事顺遂安康。

天色还只是蒙蒙亮，分不清清晨还是日暮。

宗洛刚醒，推开门，就发现走廊外的院落里落了层薄薄的雪。屋檐的瓦片上铺满洁白的颜色，草叶像打了层晶莹剔透的霜，就连竹林也被裹在里面，放眼望去银装素裹，美不胜收。

"往年下雪还要早些，今年已经算晚了。"

用早点的时候，裴谦雪看着窗外道："再过不久便是年节，下点雪好，瑞雪兆丰年。"

"阿雪说得在理。"

宗洛已经快忘记皇城下雪是什么样的景色了。当初在边关待得太久，那里一直都是黄沙一片，寸草不生。夏天极端酷暑，穿铠甲都是一种折磨，冬天又风雪连天，一脚踩下去雪能漫过膝盖。

这般围炉小酒，放盏暖黄色的小灯，坐在桌案旁赏雪，好像也是很久很久以前的事了。

天还未亮，丞相府门口就热闹起来。

丞相府不远处就是大卜祠，今日不仅天子、朝臣会来，就连参加百家宴的学子也收到了邀请。因大卜祠离驻地也不算特别远，不少学子都没有骑马，而是结伴步行而来。至于其他达官贵人的马车则早早地就在巷口停下。

接近大卜祠，就连赶马声逐渐小了，生怕惊扰了卜祠内的祝颂。

宗洛和裴谦雪同行，一起从丞相府走出来。

他们刚一出门，就吸引了不少人的视线。今年有一位散人学子，在城门口被北宁王赠玉，在开宴时艳惊四座，又得了裴相的青睐。众人听说这位学子不仅失忆，还落有眼盲的病根，不免背地里嘲笑他，评头论足。天生残缺，竟然还能有如此际遇，艳羡不说，更多的还是妒忌。

然而前几天在猎艺场上，圣上摆驾出宫，点名要见这位学子后，私下的议论直接达到了顶峰。

"竟然能直接得到圣上的赏识？这恐怕得是当年裴相的待遇了吧？"

"多半是裴相在圣上面前美言了几句，据说连他自己的弟子都没有这种待遇。"

"就是可惜了……怎么会摔下山崖？反倒惹怒陛下，本来就已眼盲，再缺胳膊少腿……"

随后，也不知是哪位好事者传出消息，说"顾公子"同去年函谷关一役战死的大渊三皇子极为神似，几乎到了以假乱真的地步。

一石激起千层浪。这下不知道多少学子义愤填膺，为此打抱不平。

"三皇子仙人之姿，怎容他人玷污？"

"这是打哪里出来，妄想投机取巧，一步登天的宵小？三皇子岂是等闲之辈可以随意模仿的？"

谁人不知三皇子在大渊的威望？至今百姓都还念着，前几日三皇子忌日时上香的民众就差把卜祠的门槛踏破了。就算是百家学子，尊敬、敬仰这位三皇子的也不在少数。文人墨客骂北宁王的不少，但对于三皇子，几乎都是发自内心的夸赞。

"就是，原以为这位学子的剑术不错，没想到人品竟然如此低劣！裴相同北宁王都着了他的道。"

宗洛同裴谦雪结伴从丞相府走出来的时候，叽叽喳喳的讨论声戛然而止，众人朝着他们二人行注目礼。

早早守在丞相府一旁的公孙游连忙看过来，不着痕迹地向宗洛颔首致意。

昨天宗洛昏睡的时候，公孙游是第一个派人来关心、问候的。他还算机灵，没有暴露出任何同宗洛相识的痕迹，而是派来五行家的弟子，说平日里同"顾公

171

子"相识，确认宗洛无事后就离开了。

除此之外，四皇子和五皇子也来了，后者终于记得带了些药材。只不过裴谦雪一概以宗洛需要静养回绝，一个也没让见。

宗洛刚出现，等在外头的礼家弟子就急忙上前，同这位真正的领队汇报情况。

就两三天的工夫，堆积的事情也不多。唯一需要上心的就是首领师叔捎了个口信，让宗洛记得鬼谷来信，尽快同虞北洲确定继承鬼宿子名号的人选。

宗洛点头道："怎么只有你，子元呢？"

"子元师兄昨日受了风寒，今日不大舒服，便没有来。"礼家弟子犹豫了许久，最终还是没有说出实情。

渊帝摆驾猎场的消息人人皆知，连带着"顾洛"坠崖一事也传回了驻地。顾子元心里担忧焦急，听说宗洛被裴相带回丞相府救治后二话不说，立刻匆匆赶来，硬生生地在门口等了几个时辰。

碰巧这几天天气急剧转冷，顾子元平日疏于锻炼，一回去就染上了风寒，今天想来都没法来，还叮嘱弟子千万不要将这件事告诉宗洛。

"原来如此，之前五殿下送了些药来，我让他们给子元送过去。"

宗洛不疑有他，例行关心了几句后，不等礼家弟子问他什么时候从丞相府回来，便同裴谦雪一起走进了大卜祠。

大卜祠内一如既往地安静。样式古怪独特的建筑矗立在木廊小道两边，依山而建，四周呈星罗般布着典雅的香炉。最高处的大祠堂是主祠，院子中央栽种着一棵遮天蔽日的大树，据说是当年盘古开天辟地后跟随天地而生的万岁树，与天地同寿，与日月同光。

"裴相。"已经有不少朝臣先进来，看见裴谦雪后纷纷拱手行礼。

他们行礼归行礼，同时也不着痕迹地打量着裴谦雪身旁的宗洛。

前两日发生的事已经传遍了京城，连学子们都知道了，消息灵通的臣子们自然不会不清楚。去年函谷关一役，三皇子有如战神降临，带领着玄骑军以少胜多，拼死护住背后的大渊皇城。三皇子战死的消息传来后，朝中不少顽固迂腐的老臣都颇感有些心情复杂。再怎么说也是为国捐躯，普通将领都很难做到，更何况一位皇子？

如今一心为民的官员越来越少，掺和进夺储的臣子越来越多。这种大环境下，除非像裴谦雪这样背后有渊帝撑腰，行走朝堂之中丝毫不怵，否则很难独善其身。

朝中的臣子大多站队六皇子，毕竟六皇子的母族势力强大。武将站五皇子的多，大多都是为了自身的利益。

往日里，三皇子盛名在外，实力、权力样样不缺，只是近些年没有太过表露夺储的意图，大多时候在外领兵作战，朝中走得近的只有薛御史和裴相。虽然人少，但贵在精，这才叫其余几位皇子的党羽感到压迫十足。

先前听说有一位学子与三皇子极其相似，众人都嗤之以鼻。

如今一看，他们无不原地一震，仿佛见了鬼一样。更见鬼的还是那眼上缠着的白绫。

薛御史更是一拍大腿，老泪纵横，一句"三殿下"卡在喉咙里哽咽着。

裴谦雪低声和宗洛说了句稍等。

见裴谦雪离开，四皇子立刻迎了上去，扬着扇子笑道："前天我去探望先生，裴相说先生还在静养，怎么也不让我见。今日再见，先生的气色好多了。"

宗洛笑道："哪里，还得多亏了四殿下的丹药，草民服用后只觉得神清气爽，耳目一新，陈年旧疾也有康复的趋势。"

一旁正凑过来的宗永柳听了，意味深长地看了一眼宗承肆，说："什么丹药？四皇兄有这种好东西，竟然不留着等父皇的生辰进献给父皇，而是拿来讨先生的欢心？"

宗承肆的脸色不由得一僵。他不愧是老谋深算之人，很快就调整好了自己的面部表情，继续装作风流倜傥地道："父皇的生辰我如何敢忘？不过爱才之心人皆有之，'顾先生'惊才绝艳，故此赠丹。"说着，他又补上一句，"更何况，若是要进献给父皇的丹药，那自然得是天下独一份的，成色、品阶都得是顶级，才敢拿出手。六弟在先生面前这般，岂不是折煞我。"

宗承肆在心里把老六怒骂了一顿。他要拉拢失忆的三皇兄，没想到后者失忆后竟然如此不知变通，在大庭广众之下将丹药的事情说了出来。那颗丹药本来就是他为渊帝大寿准备的贺礼，今日若是否认了，他日就送不出手。但若要说给宗洛的丹药是同渊帝那一炉一起炼出来的，宗永柳定要给他扣个莫须有的罪名。现在这么说虽然险险避过了，却会让三皇兄心里不虞。当真是两边不讨好。

宗承肆在心底感到有些懊恼，上回百家宴一事，他为了拉拢北宁王，终究还是鲁莽了，不然也不会被宗永柳察觉。他现在还未能同虞北洲搭上线，无论如何也不能暴露出内心的真实想法。为了那个位置，他谋划多年，可千万不能在这个节骨眼上出什么岔子，于是宗承肆连忙转移话题。

宗承肆习惯性地表露出自己对虞北洲的兴趣："话说回来，六皇弟这几日同北宁王走得近，可知道王爷如今在哪儿？"

宗永柳怎么知道虞北洲在哪儿，但是这并不妨碍他表现出一副同北宁王很熟的模样："方才我们才见过面，现在应当去沐浴更衣了吧？"

"既然如此，那我就先失陪了。"宗承肆收起扇子。

听到虞北洲没死，宗洛心道果然如此。他落地时完全没有收敛力气，虞北洲的肋骨至少被他踹断了一根，更别说坠崖时所受的内伤。

这才过了几天，虞北洲竟然就能活蹦乱跳。

就在这时，裴谦雪从祠堂内出来，身旁还跟着内侍总管元嘉。

元嘉见了他，久久不语，过了许久才声音颤抖地说道："请公子跟我来。"

"你且跟他去吧。"

宗洛点点头。白衣公子抬手，装作梳理额发，拢在袖袍下的手指轻点。这是鬼谷秘传的点穴手法，可以短时间内让部分经脉的血液回流，造成短暂的眼盲效果。鬼宿子以前就用这个办法来训练过宗洛听声辨位，他便也跟着学了一手。坏处是这几个时辰里，他的眼睛是真看不见。好处是就算御医站在他的面前，也决计发现不了他装瞎的事情。

宗洛跟随着这位渊帝的老仆，穿过漫长、弯曲的回廊，最终在一处厚重的门前停下。

"三……'顾公子'，请。"宗洛轻轻颔首，摸索着上前去推门。

此时此刻，他褪去先前的紧张，心底反而平静下来。门背后的那个人，是他的父亲，是一个不折不扣的暴君，也是他重来一次即将迎接的最大挑战。

三十一

静室外几乎听不到什么声音。空气中飘浮着熟悉的冷香，袅袅缠绵，盘旋而上。隔着一层厚厚的门板都能闻到，叫人感觉心旷神怡。

渊帝十分不喜达官贵人用的那种馥郁的安神香，也不喜欢先帝最常使用的龙涎香。他唯独喜欢一种廉价的香草，这种香草本身只是一种野草，随处可见，平民百姓有时没有烧火草了，就喜欢砍一大捆带回去当柴烧，烧出来的味道刺鼻呛人、提神醒脑，他在军中时习惯了这个味道。

宗洛在边关的时候，就没少闻到过这个味道。恍惚间，他以为自己又回到了那段金戈铁马的日子。就包括这样站在门外，也极像回到了当初那个时候。

那时祈福大典刚刚结束，原本按照规矩，在大典结束的当口就应当宣布储君的人选，当场进行册封。然而，在大典即将结束的关头，渊帝却勃然大怒。一句话也没说，直接遣散了所有参加大典的人。

之后，整个皇城宵禁、戒严，每日都有卫戍兵四处巡逻。宫中没动静，几位参与夺储的皇子也不敢轻举妄动。

就在宗洛打算入宫请辞，为攻打豫国做准备时，宫中忽然传来一道圣旨，二话没说，直接将他手上的虎符收回。不仅如此，还勒令他待在三皇子府内，无旨意不可随意外出，这无异于变相软禁。

宗洛不明白，到现在也没想明白。祈福大典选的是太子，而他根本无心争夺皇位。选到哪位皇弟都同他没什么关系，反正就算谁称帝，手里有兵权的他都无须畏惧。只要太子一立，他就同渊帝请封亲王，日后就算离开皇城，也能安安心心地待在自己属地。

而在这之前，宗洛也从未怀疑过父皇对他的重视。朝中多的是人说三皇子不受宠，他自己却不这么觉得。虽说渊帝平日里对他严厉到了几近苛刻，但这么多皇子里只有宗洛手握虎符，组建了亲兵。痛痛快快地放权，这本身就已经是一种看重。

很多时候，宗洛甚至会想，或许只是渊帝不会表达。毕竟他身居帝位，身不由己，再加上子嗣众多，难以做到一碗水端平。大皇兄、二皇兄相继夭折后，他就成了最年长的皇子，自然得做好表率，严厉一些也在所难免。

正因为如此，被收回兵权后，宗洛老老实实地在府里待了一个月。在这期间，没有任何消息传来，他感觉到不对，这才公然违抗圣旨，冲进宫内。

宗洛永远记得那一天，那天下着鹅毛大雪，纷纷扬扬，把红色宫墙都覆盖了，皇宫一眼看不到边际。

渊帝不见他，他就在章宫外跪着，跪了整整一天一夜。寻常人跪几个时辰就不行了，也得亏了宗洛的身体素质过硬，又有一身深厚内力护体，这才撑了过来。

饶是这样，跪久了，宗洛也觉得眼前一阵阵发黑，膝盖毫无知觉。

在这期间有蒙受过三皇子恩惠的小内侍忍不住来劝，哪曾想刚靠近两步，话还没说一句，就被把守的侍卫拖了下去，凄厉的叫声响彻天际。

白色的积雪染上火红的艳色，远远地还能听到有人低语。

"陛下震怒，说了谁只要敢求情一句，皆是格杀勿论。"

到天亮的时候，元嘉终于捧着圣旨来了。

"受命于天，既寿永昌，昭曰：宣三皇子宗洛即刻带亲兵撤离皇城，戍守沙丘边关，期限不定。不得随意返回，否则以谋反论处。"

宗洛那时候感到一阵眩晕，这一字一句震耳欲聋。他沉默了很久，几乎成了一尊雪人。最后，还是没敢撕毁圣旨，冲进面前那扇门。

时过境迁，如今他面前又是一扇门，门后还是那个人。

宗洛扯了扯嘴角，终于做足所有的心理建设，缓缓地推开了门。

室内一片静寂。

早在昨日，渊帝就将章宫内的案牍奏折搬到这里，为接下来的清祀做准备。

新打下一个国家后，不管是收编军队还是清点国库，事情都多得难以计数。如今百废俱兴，各地上的折子太多，从早到晚都批阅不完。更何况皇城内还在举行百家宴，碰巧又遇上腊日清祀，事情简直都堆到一起去了。

身穿玄色龙袍的帝王正端坐在桌案背后，面色不善，桌案上摆着堆积如山的奏折。他盯着难以理解的字体，剑眉紧锁，打心底里觉得自己统一天下后，一统文字势在必行。要不然当一位皇帝，还得学习其他国家的文字，说出去简直可笑至极！听到推门的声音，他头也不抬，语气不耐烦地道："元嘉，你怎么回事？说了不要让任何人来打扰朕。"

清祀算是一年中最重要的事情，此次祭祀全体皇子、公主、后妃都得来。

不久前，豫国眼巴巴地派使臣送了一批花容月貌的美人过来，渊帝也没什么表示，甚至都没多看一眼，大手一挥，就全部纳入后宫。他既然要送，大渊就照单全收，反正大渊家大业大又不是养不起。

这些美人从入宫的第一天开始就心惊胆战，一方面惧怕这位凶名在外的暴君，另一方面又记着豫国对他们的培养教导，想要博得皇帝宠爱登上后位，为故国献一份力。

众所周知，渊帝的后宫妃嫔众多，诞下皇嗣的都能晋升妃位，但再往高的就没有了。这些年，渊帝励精图治，每天批奏折到深夜，几乎不去后宫，渊帝也从未独宠过任何一位。于是，在后位空悬的情况下，这些没有位份，刚被豫国进献的美人就盯紧了那个位置。

今天清祀，昨夜渊帝就出了宫，这才晨起工作了一个多时辰，期间就有不下五位美人前来打扰，花样频出。有端着自己炖的汤前来求见的，也有穿着一身薄纱上来欲说还休的，还有干脆跌倒在一旁装病的……

渊帝简直烦不胜烦。

"真当朕的脾气很好不成？那老头就算把他千娇万宠的女儿送来，朕下一个也得盯着他们豫国打。"他恶狠狠地写下最后一笔，忽然察觉有些不对，猛然抬眸。

白衣公子就站在面前，墨发高束，面容沉静。他身姿颀长，神色平和，有如秋霜满月，冷香缠绕在四周，衬得他不似凡人，如同一片幻影。

渊帝扔下笔，惊愕地道："你——"

宗洛不解地抬眸。他的脸完全暴露在投射来的光亮里，寸许宽的白绫显得又突兀又惊心。

"哗啦——"顷刻间，桌案上堆叠的案牍尽数被扫落，发出一阵响声，其中几卷骨碌碌地滚到地上，吱呀吱呀地作响。

宗洛下意识地往发出声音的地方看过去。他这个微不可查的动作只做到一半，就硬生生地停住了。

衣料沙沙作响，脚步由远及近，十二冕旒珠串相互击打碰撞的声音清脆、急促，近在咫尺。

宗洛这才如同大梦初醒，朝前弯腰拱手，露出困惑的表情："方才有位仆从带我过来，说有人想见我，但又未曾详说……所以，请问您是？"他的话还没说完，下一秒，眼上的白绫被粗暴地拽下来。

平日里灿若星辰的瞳孔此刻涣散无神，虽然眉目依旧温润似画，但却生生失了神采。都说画龙点睛，失了这份灵动，便如明珠蒙尘，仿佛一具没有灵魂的木偶，硬生生地成了行尸走肉。

白衣公子不加掩饰地皱眉："医圣嘱咐过，在治愈前都不可取下白绫，公子未免太过无礼。"

失去视力的感觉很不好，比起之前装瞎来说，现在是真的看不见了。以至于他完全看不到渊帝的表情，看不到渊帝的动作，只能根据声音来判断，以求随机应变。

偌大一个室内安静得可怕。安静得太久，久到宗洛甚至怀疑自己准备的后手是不是也跟着暴露的时候，他忽然闻到了浓烈的铁锈味。

点点滴滴的温热液体哇地一下溅到了他的脸颊上，缓缓流下。

宗洛拢在长袖下的指尖颤抖着。

是血。

怎么会是血呢？

片刻后，整个室内都变得嘈杂起来。脚步声、呼喊声、开门声、推拉声……不绝于耳。

"陛下！"

"陛下！"

暗卫从暗处现形，守在门口的内侍冲了进来，禁卫军们拔剑出鞘的声音整齐划一，小跑着迅速将整个静室围成一圈。

在这阵兵荒马乱的背景音里，渊帝仍旧站立在原地，胸口深色的龙袍上晕开一大片血渍，嘴唇紧抿，如同一座沉默的雕像。

帝王没有发令，闻讯而来的内侍和侍卫谁也不敢妄动。方才以为发生紧急情况，没有通报就冲进静室的人猛地跪了一地。

过了许久，渊帝缓缓抬高自己的手。他的表情僵硬而疲惫，指缝里沾满自己吐出的血。他深深地凝视着面前身穿白衣的年轻公子，作势就要打下去。

就在所有人都以为他要给失而复得的三皇子一巴掌的时候，他忽然无力地垂下手，好像一瞬间老了很多，骤然倒了下去。

元嘉扯起嗓子："你们还愣着干什么？宣御医啊！"

宗洛直挺挺地站在那里，用尽全身力气，这才攥紧拳头，收回了那只没能扶住任何东西的手。

三十二

裴谦雪随同元嘉而来，并且同宗洛交谈的过程并没有过多遮掩，在场不少朝臣皇子都看见了这一幕。

待元嘉将那位眼盲的公子带走后，场上又重新活跃起来。除了少数几位以外，几乎没有多少人觉得那是三皇子。毕竟三皇子乃人中龙凤，怎么可能是一副眼盲的模样。

不过既然陛下已经召见，那到底是山鸡还是凤凰，过不了多久便能水落石出，也实在无须在这过多议论。只能说，要真是大难不死的三皇子……那如今皇城夺储的局势，可能又要经历一轮大洗牌了。

若真是三皇子，以这副模样归来，皇位是注定与他无缘了，能不能在储君之争中保全自身都不好说。

就连薛御史，老泪纵横后也不免深深地叹气，显得一副忧心忡忡的模样。

宗承肆站在一旁，瞳孔里满是疑惑。最近他的心思都放在闭门不见自己的虞北洲以及宗洛、五皇弟、六皇弟身上，一时疏忽下却把裴谦雪给漏掉了。不过倒也不算什么大事，就算没有漏掉裴谦雪，以宗承肆现在的实力，也没法干涉到这位实权在握的大渊丞相。反正在此之前，他已经在三皇兄那里留了号，接下来只需要愿者上钩就行。

宗承肆这般安慰自己，转头拉了位内侍问："九皇子现在在哪儿？"

"回四殿下的话，九殿下应当在过来的路上了。"

宗弘玖前几天才同六皇子约着一起去了猎艺场，还带上了那个在冷宫里毫无存在感的八皇子。后来不知道怎么回事，据说是宗弘玖不小心从马上摔下来，受了伤，回去就哀嚎着痛，休养了许久。

渊帝看宗弘玖确实受了伤，昨日便没有带他来，而是让他好好休息。

但清祀他是必须在场的，这是年末大祭，皇室成员都得参加。所以今天一大早，宗弘玖十分不情愿地从宫里坐了轿子，一路哼哼唧唧地过来了。

轿子刚停，他就臭着一张脸，明眼人都不敢上去招惹他。

叶凌寒远远地见了，更是不着痕迹地往后退了退，把自己藏进人群里，期望不要被宗弘玖发现。

本来宗弘玖的心情就不好，听到周围有人讨论方才有人肖似三皇子的话题后更是不爽。

前几天，他在猎艺场上刚被那个冒牌货打了一顿。宗弘玖从小到大还没受过这种屈辱，恨不得掘地三尺把人找出来凌迟，没想到却在卫戍军大统领段君昊那里碰了壁。

正当他要大发雷霆的时候，渊帝忽然前来。

宗弘玖这回是再也不敢说什么了。不管他在外面多么嚣张，在渊帝面前永远都是夹紧尾巴、讨巧卖乖的模样，他打心底里惧怕自己的父皇。

先不说上回他就提了一嘴那个冒牌货就被施以重罚，光就是他偷偷带宗瑞辰出宫的事情，要是被渊帝知道了，都绝对讨不了好。

平日里，渊帝对宗瑞辰这位先天痴傻的儿子仿佛像遗忘了一样，任由对方生活在冷宫。但事实上，他除了对宗弘玖有些优待以外，对其他的皇子都一视同仁，态度不冷不热。

有一年不知道是谁在他面前提了宗瑞辰一句，渊帝竟然也上了心，回头让元嘉去了趟冷宫，将宗瑞辰的生活妥帖地安排好了，那两年宗瑞辰过得还算不错。只不过后来宗弘玖大了，在宫里成了一位混世魔王。他看这位痴傻的八皇兄不顺眼，便私下欺辱，发现这个傻子人蠢，连告状都不会后才越发大胆。

说到底，宗瑞辰同样贵为皇子，宗弘玖要是想告状，第一步就得把自己为什么出现在现场交代清楚，免不得被发现他欺辱宗瑞辰一事。父皇只是忘了八皇子这号人，万一他捅上去，反而把自己坑了，那才叫得不偿失。

种种权衡之后，宗弘玖不情不愿地闭了嘴，就连渊帝来探望他的时候，他也只说是自己非要跟着宗永柳去看猎艺，结果不小心从马上摔了下来，这才落得一副鼻青脸肿的模样。

一想到这事，宗弘玖就气得不轻。

"你们在说什么？"宗弘玖一把推开挡在自己面前的内侍，沉着脸发问。

几位世家子女愣了一下，要不是对方穿着皇子的衣服，一时间还真没认出这个鼻青脸肿的小孩竟是九殿下。

"我们在说方才那位学子的事……"

"什么学子，他就是一个冒牌货！"宗弘玖一听，立刻变得暴跳如雷，"父皇竟然还召见了他？"他一想到自己前几天才被打成这副猪头的模样，心里的委屈就止不住上涌，二话不说就朝着渊帝下榻的静室冲去……

宗洛站在外室，浑身僵硬，如同一座木雕。

内室里，卜医和御医都来了，内侍端着盆，从里面端出一盆血水。

元嘉站在门口，白色的眉毛轻轻皱了下，眉眼里满是担忧。他仿佛在喃喃自语，又像是说特地给失忆的宗洛听。

"陛下这些年的身体越发不好，明明是武将出身，征战沙场多年，有神功内力护体。再往前两年，批改奏折，都能整夜不合眼，第二天仍旧精神抖擞，披着龙袍便能直接上朝。"

白衣公子攥紧拳头，他知道的。

重来一次后，他假死一年，按照时间对应，前边的这个时候，他已经去了边关。在边关的时候，薛御史就给他传来密信，说陛下龙体抱恙。劝他多往京中递递奏折或表以陈情，动之以情晓之以理，说不定事情能有转机。

宗洛去往边关后，六皇子一度以为大敌已除，于是便暗中示意朝臣联合施压渊帝，想要尽快确立储君。

没想到渊帝闻言勃然大怒，下令斩杀进言者，当场血流成河，甚至不留情面地揪出背后的六皇子，差点没把人打死在朝堂上。

可是，自那之后，渊帝的身子骨的确是越来越差了。算起来，再过一年，就会彻底发作，突发重病，人事不省。

渊帝在位时，以绝对的暴力手段和残酷统治镇压了手底下不知道多少老谋深算、阴险毒辣的下属。纵使这些人再有心机手段，也对这位暴君心怀畏惧，老老实实地为大渊基业奉献自己的才干。

但是等渊帝一病倒，这些人就再也压不住了。一座大厦的建成，需要无数稳固的地基，才能平地高楼万丈起。可大厦倾倒，也仅仅只是一瞬间的事。

"他……陛下这样，有多久了？"宗洛仍旧装作不甚在乎的样子，神色懵懂，符合自己的失忆人设。

元嘉深深地看着他："也就是这两年……不，是自去年开始。老奴有时夜里上茶，都能看到陛下在龙椅上握着笔睡着，连休息时，眉头也没有松开些许。"

去年，去年发生了太多事，函谷关之战，还有他的假死。宗洛的心被揪了起来。

"三……公子，是老奴僭越，不该说这些。但如今您失忆、眼盲，有些话，老奴也不得不……"

元嘉还想再说什么，走廊上忽然传来一阵急促如鼓点般的脚步。

紧接着，宗弘玖就气势汹汹地冲了进来，一边跑还一边大吼："父皇呢？你们快去给本皇子通报，我要见父皇！"

方才御医才千叮万嘱，一定要在大卜祠里清出一个绝对安静的房间，为陛下施针疗诊，焚香诊脉。如今宗弘玖这一声大吼，差点没让御医手一抖，吓出一身冷汗。

元嘉蹙眉："九殿下，还请把声音放轻些，陛下如今还未醒，正是需要静养的时候。"

宗弘玖平素无法无天惯了，最看不起元嘉这样的阉人。他转过头，正好看到内侍端着一盆血水从静室里侧身走出来，顿时瞳孔骤缩："这是怎么一回事？父皇呢？父皇怎么了？谁伤了父皇？"

这一通吵闹的确叫人心烦气躁，偏偏在场又没有一位能管教他的人。

宗洛正想开口，没想到宗弘玖下一秒就看到了他。十岁孩童的脸上流露出不加掩饰的怨毒。

"好啊！果然是你这个冒牌货！是你对不对？"他想冲过来，又想起宗洛上次什么也没拿就轻松地把他摁在地上毒打了一顿，顿时又退了回去，扯着嗓子大喊，"来人啊！快来人啊，这里有刺客！快把他给本皇子拿下！"

以前宗弘玖在宫里要什么有什么，这么一通大呼小叫，不知道有多少人拥簇过来，帮他鞍前马后。没想到这回他一喊，周遭反而安静下来。

内侍连忙放下盆，跪了一地。

宗弘玖愣了许久，这才意识到可能是里面的人醒了，连忙高声道："父皇！"

静室内传来御医的声音："陛下，万万不可！您如今需要静养，不宜再伤神。"

渊帝不在意地挥了挥手。

紧接着，就是一阵布料摩擦，缓慢起身的声响。

门被缓缓拉开。

见渊帝醒了，宗弘玖立刻指着宗洛道："父皇，就是他！他就是儿臣上回说的那个冒牌货，天地可鉴，儿臣怎么敢欺骗父皇！"

"滚。"渊帝冷冷地吐出一个字。

宗弘玖以为渊帝是让宗洛滚，正想露出胜利的笑容，没想到渊帝看也没看他一眼，脸上布满阴霾。

"朕说滚，你们听不见吗？"他转向宗弘玖，"还有你，滚！不要再让朕说第三遍。"

宗弘玖吓得一屁股坐在地上，再也不敢多说什么，连滚带爬地跑了。他从未见过父皇发这么大的火，就连上回他在章宫之内偷听，渊帝都没有这般震怒。

霎时间，所有无关人等全部离开，作鸟兽散。

宗洛站在原地，也转身欲走，却听见身后渊帝听不出喜怒的声音："你留下。"于是，他打算迈步离开的腿只好硬生生地顿住，重新转过身来。

很快，这片区域所有的人都离开了，就连暗卫也没有留下。

一片沉默中，谁也没有先开口的打算。

半晌，宗洛朝前拱了拱手："草民不知先前是陛下，多有冒犯，还望陛下恕罪……"

"铛——"只是一瞬间，一个重重的东西朝他砸来，擦过他前额，骨碌碌地落在地上。

那是一盏盛满温水的茶杯，里面的茶水洒了宗洛一身，在白色的衣服上晕开一团深色的茶渍。

白衣皇子的额头上缓缓流下温热的血。

"朕问你，既然没死，为何不归？既然归来，又为何要在朕面前作失忆之态？"渊帝的声音压抑着怒气，仿佛火山爆发的前奏，"你当真以为……你瞒得过朕？"

三十三

宗洛站在原地没有动，任由茶杯重重地砸到自己的头上，温热的茶水顺着脸颊淌下。他能清楚地感受到自己的额头上传来的刺痛，从伤口里缓缓淌下来的血，黏稠温热，顺着鼻梁与眉宇间的缝隙，在脸颊上缓缓滴答。

渊帝并没有压抑自己的怒气。他真正发怒的时候不像寻常人那样喊打喊杀，而是隐忍不发，如同一座亟待爆发的火山，越是这样平静，越是动了真怒，也越发显得可怕。

终于还是到了这一步，宗洛想。料到归料到，却不曾想过竟这么早。他什么也没说，撩起下摆，直截了当地跪下："儿臣……求父皇恕罪。"

渊帝居高临下地看着他，讥讽地道："恕罪？你既然没有失忆，为何不归？时隔一年，反倒在朕面前这般惺惺作态？你难道是想叫朕白发人送黑发人，连个皇子都护不住，沦为天下人的笑柄？"

帝王越说下去，声音越发低沉，怒气不加掩饰地迸发。他的胸膛止不住地起伏，每一次呼吸都带着刀割般的痛楚。但他还在说，显然是气得狠了，语气尖锐又凌厉。

"朕竟然不知，你这般肖想储君之位。还是说你根本就不想做这拘于皇城、处处受限、做世人表率的三皇子，反倒更想接受鬼宿子的衣钵，浪迹天涯？"明眼人都听得出渊帝这番话没有丝毫逻辑，纯粹就是单纯的气话。

实在是宗洛的行为太过诡异，又没有任何动机。

一如四皇子的推论，若是宗洛真想夺储，函谷关一战将他声望推至顶峰，根本无须假死这么多此一举。

如此情况下，渊帝说他不想承担皇子责任，以假死脱身，转身接任鬼宿子衣钵，也无可厚非。毕竟在此之前，宗洛也没有表露出夺储的意图。比起待在皇城，他的确更喜欢在外领兵作战。

闻言，宗洛的喉头滚动，忽然深深地叩首。他的声音带着恰到好处的痛苦："并非儿臣故意隐瞒。只是儿臣……函谷关一役，侥幸死里逃生，醒来后被礼家首领所救，虽然记忆完好，四肢健全，却……不幸双目失明，成了一位瞽者。"

渊帝生性多疑，伪装失忆、眼盲或许可以骗得过他一时，却骗不过他一世。更别说宗洛既然回了皇城，就势必得恢复皇子身份，以后抬头不见低头见，即使有七窍玲珑心，也很难做得面面俱到，一点不露。万一要是被揭穿，后果简直不堪设想。别说夺储了，估计还得重蹈前世覆辙。宗洛再蠢，也不可能做这种傻事。

叶凌寒知道他没有失忆，虞北洲知道他没有失忆，公孙游同样知道他没有失忆……只因他根本就没打算掩饰这一点。从一开始，宗洛就在为今天做准备。真真假假，虚虚实实，或许是谁走漏了消息，这些都在他的预料里。

"怪儿臣疏忽大意。如今事已至此，虽然悔恨至极，却也无可奈何。只因故国难忘，这才一时糊涂谎称失忆。"白衣皇子努力维持着自己平稳的声音，"是儿臣不孝，不应欺瞒父皇，但如今……就连医圣前辈也束手无策，如此一副眼盲的模样……实在无颜再见父皇，更无颜为皇弟们做表率，就连率兵卫国，也是再无可能。犯下欺君之罪，儿臣无话可说，也无任何辩解之意。若父皇要惩处，儿臣绝对毫无怨言，任凭父皇处置。"

他的额心紧贴冰冷的地面，额头渗出的血液滴落在地上，手心冒汗，嘴唇紧抿，心脏如同擂鼓一样怦怦作响。

失忆这张牌，是宗洛抛弃的首张牌。他虽然猜不透渊帝的想法，但真假参半才更有可信度。若是单纯地眼盲或者失忆，恐怕下场就是如同今天这样，刚刚相见就被渊帝识破。所以，他就把自己伪装成一副意外眼盲，经受重大打击，自暴自弃地认为自己成了一个废人，因而不敢回国，就连回国也要假装失忆的皇子。于情于理，根据先前宗洛的为人和表现，这一切都解释得通。

帝王之心，难以揣测。宗洛已经做到极致，接下来，就只能听天由命了。

"沙沙沙——"静室外静悄悄的，安静得只能听见风扫过树叶的声音。

渊帝定定地盯着这个现如今最年长的儿子，方才怒急攻心，呕出鲜血，此刻，喉咙里似乎又酝酿出浓厚的血腥味。身为一个父亲，他不可能不了解自己的儿子。更何况……宗洛还是他实际上最关注、最在意的皇子。没有之一。

宗洛曾经最大的愿望，就是每一次挂帅出征，到宫中请辞时，听渊帝说一句"朕今日正好闲来无事，不妨送送你。"就算不送出城门，只是简单地陪他到府前点兵，这么一件小事，宗洛也能像得了夸奖的小孩一样欢欣雀跃。

可是渊帝没有说过，一次都没有。

可他不知，在他每次策马离城时，城中最高的塔上，都有一位身披玄色龙袍的君王，面容上带着微不可查的笑容，远远地凝视着他离去的背影。

可宗洛没有回头看过一眼，一次也没有。

"你抬头。"

宗洛依言照做。没有了那条白绫，白衣皇子的瞳孔便那样无神地睁着，黑白分明，毫无神采，找不到一个能够聚焦的点。

渊帝几乎用尽全身力气，生生地将喉中的血咽了回去。他见过无数次宗洛带兵离去时，意气风发、神采飞扬的模样。记得宗洛在他的寿辰上拔剑起舞，顾盼飞扬的模样。却唯独没见过宗洛这般死气沉沉、无悲无喜、心如死灰的模样。他是一个好孩子，是一个孝悌忠信，爱护手足，即使被责罚，也只会伯俞泣杖的好孩子，一直都是。

帝王的声音已经不似先前那般充满怒气："起来……你起来。"

宗洛只觉得心口一阵发麻，松开掌心，后背早已大汗淋漓。事已至此，这局中局终于落下帷幕。他赌对了，他彻彻底底地骗过了自己的父皇，骗过了这个当初无缘无故地厌弃他，不发一言就将他派去边疆，最后给了他一道自裁圣旨的暴君。轻松、简单得连他自己都不敢置信的程度，但他的心底竟然一点也开心的感觉都没有。

宗洛没有起身，他跪在地上，缓慢地伸出一只手。

渊帝看着他摊开的手心，手心里躺着一块虎符。

这是当初函谷关一战后，连同宗洛一起消失的玄骑军虎符。

宗洛的声音嘶哑："三皇子早已在函谷关一战里死去，无法再为父皇尽孝，还望父皇成全儿臣，就当……成全儿子英勇殉国的美名。"

"胡闹！你的眼睛又不是治不好了！"渊帝暴跳如雷地打断了他的话，"朕是真龙天子，这天下都是朕的。一道圣旨下去，天下名医就得一个一个地来诊治，治好了赏王封爵，治不好朕就叫他们掉脑袋！"

白衣皇子的脊背僵住了，他不敢置信地抬头，面带错愕。

面对这个场景，宗洛设想过很多可能。以渊帝的多疑，多半对他的说辞半信半疑，可能会叫御医进来，当场确认过才信。

抑或是根据渊帝的一贯表现，一位本来就关注不多的儿子，在他膝下众多皇子里只能算不起眼的那个。如今失忆后只能说更不起眼了，认回来就认回来，也没什么大不了的。又或者顺水推舟，收下兵权。就和宗洛当初反思出来的那样，帝王表面上风轻云淡，实则对兵权耿耿于怀。函谷关一战后他声望过高，想要恢复自己的皇子身份，自然得先把兵权交出来，表明自己忠君的态度。

宗洛费尽心思，机关算尽，算尽了渊帝可能会有的反应，在脑海里推演过无数遍不同的应对方案和结果。却唯独没想过，渊帝会对他说出这样一番话来。

宗洛的声音像卡了壳那样狼狈："可是如今，儿臣不过废人一个……"

凌厉的掌风再次高高地扬起。风和先前一样，染上了星星点点的铁锈味。

就在宗洛以为这次必定逃不过这一巴掌的时候，风忽然在他的额前停住了。紧接着，一只粗糙而宽大的手轻轻放在了他的头上。

"朕一日不死，你就始终是大渊的三皇子。"

帝王轻轻地挪动着自己的手，动作生疏笨拙。这双不知道拿过多少兵器，沾染过多少敌兵鲜血的手，此刻却小心翼翼地，不敢挪动寸许，生怕将自己不小心溅出来的血沾到白衣皇子的发丝上。

"朕想做的事情，就算踏破这山海，捅破了这天，朕也会办到。"

柒章 · 久别

三十四

腊日清祀。

看宗弘玖同几位世家公子聊过后怒气冲冲地走了，叶凌寒这才松了一口气。他刚想换个地方，转身去寻找自己今日的目标，却不想被人叫住。

"哟，这不是卫国的叶太子吗？"调侃声音从身后传来。

叶凌寒不情愿地回身，道："白公子。"

一位锦衣华服的公子带着一群人围住了他。这群公子哥儿个个都穿着绫罗绸缎，身上的配饰琳琅满目，价值不菲，神情戏谑。

叶凌寒一头雾水的同时，心里有了不详的预感。

为首那位是廷尉家的嫡公子白泰宁，皇城里数一数二的纨绔子弟，平日里和宗承肆打成一片。

叶凌寒同这位自然不可能有什么交情，但奈何白泰宁看他不爽。叶凌寒先前为了回卫国，伏低做小，勾搭了不少朝廷官员。

廷尉位列九卿，手握实权，自然是叶凌寒着重讨好的对象。好几次，白泰宁都看见叶凌寒在给他爹敬酒，还一副冷若冰霜、满面屈辱的模样，仿佛谁强迫了他一样。偏偏他爹还真就吃这套，明里暗里请了叶凌寒好几次，私底下给了不少好处。

白泰宁对此嗤之以鼻，觉得这位卫国质子当真是得了便宜还卖乖，来大渊为质后竟然还如此不识好歹。他作为堂堂的世家公子，自然不可能做光天化日之下到质子府里把人打一顿这种掉份儿的事情，只能牢记于心中。但今日既然遇见了，断没有轻易放过的道理。

"叶太子好兴致，今日竟然也有时间来这腊日清祀。"白泰宁摇着折扇，意味深长地说，"前几日才听回南馆的廖执事说叶太子这些天受了伤，下不来床，连牌子都撂了。"

这会儿学子也陆续进来了，白泰宁没有压低声音的意思，反倒故意高声说。

于是，这番话落入众人耳里，看向叶凌寒的眼神顿时一变，露出不加掩饰的鄙视。

回南馆是大渊皇城最大的茶楼，达官贵人们府上有时需要舞姬跳舞伴乐，陪茶饮酒，都是直接遣下人拿牌子去回南馆里请。白泰宁刻意点出回南馆，其深意不言而喻。

"卫国质子竟会做这种事？真是叫人意想不到。"其他人窃窃私语，"先前听府里采办的下人闲聊，我还以为是说笑，没想到此事竟然当真，简直胡闹。"

"这卫国真是一日不如一日，前些日子还听说他们有换太子的打算。我看还是趁早换了吧，免得为天下人耻笑。"

再怎么说，这叶凌寒虽然是质子，但也是正儿八经的太子。一国太子，竟然在茶楼里挂了陪茶的牌子，就是下人听了也会觉得荒唐。其中反应最大的就是受邀前来的卫国使臣，面色青一阵白一阵。

迎着这些轻蔑、嘲讽的目光，叶凌寒又惊又怒，浑身都在抖。他是私下花过钱拜托回南馆的执事帮忙引荐，可是放牌子一事，根本就是空口白牙，子虚乌有！

"白公子，此话慎言，我绝不可能干出你口中那样的事。"他的脸上带着怒气，尽量用平稳的语气答道，"再者，我同白公子平素并无交情，如今只是第一次见面，公子竟然就能知晓我受伤的事，看来平日里没少关注我，实在荣幸至极。"

这下就换白泰宁脸色一沉了。他关注叶凌寒？笑话！这种货色，也不照照镜子看看配不配。于是，白泰宁的眼睛一转，又道："的确，爱美之心人皆有之。叶太子生了这么一副花容月貌，饶是本公子也想同太子喝喝茶。既然在这里遇见了，倒不如就将此事定下，也好早日圆我这一心愿。"

叶凌寒再也忍不住，难堪地攥紧拳头转身离开这个地方。就连守在一旁的侍卫都在看他的笑话，那些窃笑声仿佛如跗骨之疽般如影随形，看到他离去，反倒一阵比一阵高，越发不加掩饰。

"竟然走了，我看这是心虚了。"

"真是，平日见这位卫国质子的相貌不错，没想到这般作践自己。"

"大渊又未曾亏待过他，他身上那些衣物吃食，哪点不是按皇子的待遇给的，也不知道怎么想的，竟喜欢走这样攀附阿谀、奉承讨好的路。"

这里异常热闹，就连一向孤傲的公孙游也不免看了几眼，想起叶凌寒就是上回猎艺一事的罪魁祸首，便顺手将这件事记下，准备回头给主公报告。

反观卫国使臣，已经双眼一翻，气晕过去了。

饶是叶凌寒再想过去，无数双眼睛之下，他这个质子也不敢再靠近。

强国就是拳头大，弱国就得挨打。卫国如今日薄西山，早已没有当初雄霸七国的实力。更别说大渊蒸蒸日上，统一中原指日可待。

白泰宁在众目睽睽之下说这话，给自己掉份不说，回去肯定少不了被责罚。但他的目的达到了，没有人会关心叶凌寒是不是被冤枉的，人们只会将其当成一件轶闻口耳相传。

猎艺上，叶凌寒被宗洛一剑刺伤，伤得非常严重，即使心有不甘，想要继续参赛，最后也不得不因为伤口崩开，伤势严重而放弃。

没了猎艺夺冠这个盼头，叶凌寒差点崩溃。还好他又得到一个好消息，说清祀时卫国使臣也会到场，如果能够收买这位使臣，让他回去时在卫王的面前说些好话，说不定事情还有转机。

这两天，叶凌寒几乎将自己所有的财产换成了金钱，就为了收买卫国使臣，抓住唯一的救命机会。可是他怎么也没想到，事到临头，竟然会被毫不相干的白泰宁搅乱。还偏偏是这种诬蔑，只要自己解释一句，都是在越抹越黑。

叶凌寒朝前走着，脚步急促，只觉得眼前发黑，耳朵里嗡嗡作响。

卫国派来大渊的使臣本来就是他那几个兄弟的党羽，连叶凌寒都没有信心能够收买他。现在又听到这样的话……可以说，回卫国的路，已经断了。

为什么？为什么所有人都在同我作对？

全天下都在阻拦他回到卫国，将他逼到绝路，好叫他再也翻身不得。叶凌寒的心里感到一阵悲凉，犹如天崩地裂，身陷深不见底的泥潭里。

就在叶凌寒彻底被失望淹没，像只无头苍蝇般乱撞的时候，他的前方猛然传来一道熟悉至极的声音。

"儿臣……求父皇恕罪。"

叶凌寒悚然一惊，终于从满腔悲愤中回过神来。不知不觉中，他已经走到一处静寂的地方。周围坐落着卜祠独特的木质结构建筑，错落有致，四周被高高的灌木遮蔽，声音隐隐约约的，听得不大真切。

叶凌寒方才转身离开的时候，卜觋已经在着手安排，将来客们带去沐浴净身，戴上铁面具，参加接下来的祭祀仪式。若无特殊情况，任何人都不会在大卜祠内随意走动。只是方才侍卫也在看他笑话，一时忘了阻拦。

"卫国质子呢？怎么不在这边？"

"一转头人就不见了，你们去另一边搜！别去静室，方才陛下才发了好大一通火。"

果不其然，叶凌寒刚冷静下来，就听到不远处传来侍卫搜寻的声音。他停顿了一下，迅速跳上一间静室的房梁，小心翼翼地把自己藏进阴影里。

只是略略一听，叶凌寒就分辨出方才那道声音的来源。正是那个给予他希望，又将他打落回去的人。

猎艺场上那一剑，叶凌寒本应恨宗洛入骨。他应该恶狠狠地把宗洛的秘密说出去，叫世人看看光风霁月的三皇子的真实面目。可是他没有，叶凌寒自认为自己是一个睚眦必报的人。可是宗洛那一剑，叫他心底生恨，却也止不住悲哀。他不明白，既然宗洛下手如此不留情，为何当初又要吩咐玄骑军给予他照顾。难道，当真一点情意不留？

叶凌寒攥紧拳头，胸口起伏着，深吸一口气，静静地听着远处的对话。声音断断续续的，却也能听得出沙哑至极。

"儿臣知道父皇的心意，但如今儿臣双目失明，成了废人，难以服众不说，儿臣自己也不愿以如此模样面对世人。如今唯一所愿，只求父皇暂时不要恢复儿臣的身份。"

叶凌寒蓦然睁大了眼睛。不知何时，他攥紧的手缓缓松开，心底的想法十分复杂。既然是三皇子，那另一位，除了渊帝以外不做他想。

叶凌寒撞破过宗洛伪装失忆后，内心失望至极，认定对方欺世盗名、沽名钓誉，却从未想过，原来他是真的瞎了。谎称失忆，不愿恢复身份，不过是为了维持自己身为三皇子最后的体面。

三十五

祭祀即将开始，渊帝方才怒急攻心，吐了血，然后又不顾御医的阻拦再次动怒，此刻正是需要施针静养的时候，不宜进行更多活动。

几位御医劝了又劝，渊帝充耳不闻，一副当即就要下旨悬赏天下名医的模样。

白衣皇子在一旁静静地听着，拢在长袖下的手指攥紧，指尖泛白，心底烧起的无名火越来越烈。

这和宗洛先前设想的计划完全不一样。他从未想过，他"死而复生"后，渊帝会因为他的失明而给予如此多的关注。在宗洛设想的每一个计划里，渊帝都不应该是这样的表现，顶多就是象征性地关心一两句，然后让御医给他看看，表面上再赏些东西。就和过去的每一次一样。

宗洛曾经在卫国为质，受尽白眼。在鬼谷学艺，全身上下没有一块皮肤完好。他曾经领兵作战，敌方的长剑刀戟从他手臂下方直直地穿过，差一点就要了他的命，要不是神医在世，恐怕就要落得终身残疾。他曾经重伤奄奄一息，被玄骑军的弟兄们放在担架上，带回皇城。御医当时看了直摇头，就差没说可以准备后事了。即使这样，也没见渊帝来看过他一眼。

宗洛承认，刚刚渊帝将手放在他的头上说出那番话，若还要嘴硬地说自己没有任何触动，那未免太口是心非。只是触动过后，再略微深想，又觉得讽刺、好笑。

以往那么长时间，从未见渊帝如此慈祥的一面，如今就因为他的眼睛瞎了，再也继承不了大统，所以才多了这些关心。这不好笑吗？

即便是养宠物，这么多年也该养出些感情了。可就算是养宠物，也不会忽然某一天突然打开门，让宠物滚出家门。更不会等宠物忍受不了刮风下雨，眼巴巴地跑回来的时候，要了宠物的命。他根本不需要这么惺惺作态的关心。

宗洛不知道哪来的勇气，硬邦邦地反驳了一句："父皇也当听听御医的话，以龙体为重。"说完，他才反应过来，心里懊恼。心底累积着怒气，那么多对渊帝漠视冷酷的怨怼。说出这话时，反倒还像主动关心渊帝的身体，可笑至极。

这么说话绝对免不了一个顶撞之罪。宗洛站直身体，先前额头上落下的血还黏糊糊地挂在脸上。渊帝最不喜欢旁人关心过问他的身体，重则赐死，轻则杖责。

当初宗洛冒险劝渊帝不要服下宗承肆献上的丹药，当场就遭受了冷遇，更何况现在。暴君要是会听别人的意见，那就不是暴君了。

就在宗洛胡思乱想的时候，渊帝终于开口。君主的声音依旧沉着冷硬，没有丝毫动容：“元嘉。”

元嘉连忙应道：“奴才在。”

“让卜觋把清祀祭典推到下午，叫裴谦雪过来。原定的计划推后，就说朕接到前线战报，有紧急要事亟待处理。方才一事把好口风，谁也不准透露，违令者死。”

“是。”元嘉跟随渊帝多年，早已心领神会，方才看到渊帝吐血一幕的无关人员等已全部妥善处理。除去御医和心腹之外，不会有更多人知道。

渊帝把御医和卜医全喊了过来，又让卜觋通知朝臣们推迟清祀祭典，一副固执己见，不处理好宗洛的眼睛不善罢甘休的样子。

紧接着就是一条接着一条的旨意，有条不紊地吩咐下去。

最后，渊帝停顿了一下。他拿过一旁内侍盘子里放着的手帕，冷着脸，笨拙地擦去白衣皇子脸上的血痕，极为不情愿地道：“传御医，继续为朕施针。”

“三殿下，还请随奴才往这边走。”

前方年迈的老内侍提着一盏晃悠悠的灯笼，在卜祠曲折蜿蜒的走廊上行走，左拐右拐，一路出声指路，这才终于将白衣皇子带到一处厢房门口内。

方才宗洛和渊帝对话的时候，元嘉就在外面守着，自然听到了全部的对话。

又是治疗，又要搬回三皇子府。今日过后，就算渊帝答应他不正式在朝堂上恢复他的身份，全天下人也该猜到，大渊三皇子并未身死，而是成了个失忆、眼盲的废人，这正是宗洛要的结果。

“元公公，请莫要这么叫我。”宗洛苦笑道，“我如今这副模样，实在心中羞愧。”

“殿下哪里的话，陛下都说了，无论如何，您永远都是大渊三皇子。”元嘉低声道，“殿下也千万莫要折损自己，若没有您……如今皇城恐怕早已沦陷，百姓流离失所。您是大渊的英雄，绝不是什么废人。”

是啊。宗洛自嘲地想，当初他就是大渊的英雄。函谷关一役归来的时候，可谓是春风得意，十里兰花夹道相送，文人墨客争相赋诗写词，武夫莽士拍手叫好，就连三岁小儿习武时都说想成为他这样的将军。但是英雄又怎么样？还不是说被厌弃就被厌弃，让自刎就自刎。

卜祠深处的厢房雍容华贵，带着极难形容的静谧。平日里，只有渊朝帝王才有资格在清祀期间更衣使用，就连上一世的宗洛也从未来过。

元嘉在门口停下，放好灯笼，为他推开门："太卜正在从观星台赶来的路上，您千万配合治疗，一切都会好的。"

宗洛勉强笑了笑，忽然道："我自己就可以了，都下去吧。"

元嘉张了张嘴。他想起方才殿下同陛下的交谈，宁可不恢复身份也要维持最后的尊严和骄傲，劝诫的话顿时停在了嘴边。末了，化作一道叹息。

"三殿下，内里已经放好了药浴用的热水，老奴就在外边守着，您若有事，只需轻唤一声便可。"

"好，麻烦公公了。"

伴随着身后关门的声音，宗洛缓缓脱下鞋袜，赤脚踩在吱吱作响的深木色地板上，走进厢房内。

空气里弥漫着一股古怪的卜药气味，伴随着缭绕蒸腾的雾气一起，在衣服上凝结成水珠，一路滚落下去。

厢房的中央挖开一口偌大的圆形池眼，下方连接着地热，在天然形成的温泉眼里引水。泉眼一旁周围堆满药材残渣，那都是卜觋们寻来准备好，放在药炉里炼制七七四十九天，最终浓缩成的精华。

这一池药浴为无价之宝，药材极难寻找，一年只备得出一次，洗浴后有强身健体，清心明目之效，只有帝王才有资格享用。

宗洛循着水声慢慢走近池边，抬手解开自己胸前的衣物。经过一场博弈，他的手心、后背全是汗，湿漉漉的一层中衣挂在身上，被冷风一吹，难受极了。

好在，他还是赌对了。要是放在前世，他敢这样顶撞渊帝，估计自刎的圣旨还会来得更早些。然而，现在他不仅得了赏赐、恢复了身份，清祀结束回三皇子府之后，他还能顺理成章地将小八接出来。

比起上一世，这辈子的境况堪称截然不同。以退为进，率先示弱，既表明自己的态度，也得到了渊帝的恻隐。

宗洛还没想到，只是假死一次，伪装一次眼盲，竟然还能给他带来这么多惊喜。是该说他当初一叶障目，还是这辈子太过荒谬。衬得他上一场人生的结局，也像个笑话一样。

"沙沙沙——"纤尘不染的衣物逶迤着坠落在地，露出一截苍白颀长的小腿。

宗洛拿起一旁屏风上挂着的里衣穿好，一步一步走进药池内，任由浅绿色的热水没过他的脚踝、小腿肚、大腿、小腹，最后停留在胸口的位置。

他静静地坐在药池内，闻着卜药弥漫的气息。

计划的变更也导致了意想不到的结果。

比如说，渊帝没有让御医为他诊断，反倒请来太卜。

宗洛感到有些紧张。

这门点穴手法是他的师父鬼宿子自创的，专门用来让徒弟练习听声辨位。所以用普通的解穴手法解不出来，只能按鬼谷的方式来解，属于不传之术。

太卜和御医不同，御医走的是医术，即使是施针诊断，也只能诊出他眼睛穴位周围留存有淤血，继而导致失明。

而太卜，走的却是观星祈福的路子。前朝有负责观察天时星象的太史和应诏命进行卜筮的观星人员。大渊的太卜则是集这两位于一体，气候预测、国事吉凶，都归他负责。结合星象，太卜卜算出九星连珠，还卜算出北方天灾、西域暴雪，就连地震也曾预测过。

更何况。当初正是在祈福大典之后，渊帝才忽然对他厌弃。宗洛想，即使其中不是虞北洲捣的鬼，太卜也应发挥了一定作用。

"嘎吱——"就在他沉思的时候，门被打开了。

宗洛收回思绪，径直将手搭在池沿边。下一秒，他本能地感到不对，正想回头，熟悉的声音就在他的耳后响起："真是一日不见，如隔三秋。"

三十六

浴池内云蒸雾缭，滚烫的水汽卷着卜药独特的气息向四周飘散，缓缓铺满了整个室内，呼吸一口叫人感觉神清气爽。

红衣将军懒洋洋地坐到浴池边。

宗洛刚刚还满心满眼地想要怎么样才能瞒过太卜，再好好试探一番，结果没等来太卜，却等来虞北洲这么一个祸害，白紧张一场。他淡淡地说："原来你没死啊，真遗憾。"

虞北洲故作伤心地道："师兄竟然这么不想见到我，明明我的伤一好，就急着跑来见师兄。山崖下，那一脚真是不留情，叫我结结实实地躺了许久，肋骨都断了几根。师兄，你可真是好狠的心。"

毫不夸张地说，宗洛甚至在膝盖附上了巧劲，随便换个普通人可能当场暴毙。

只可惜山崖下的土质太过疏松，虞北洲又有主角光环护体，如同打不死的小强，养了几天就能下地活蹦乱跳，现在还有心情来撩拨他。

宗洛冷笑道："这不就是你希望看到的吗？"他在山崖上同虞北洲说过，他们到底没有血海深仇，虞北洲让他重来一次，宗洛也愿意退一步，不再处处与他作对。可对方摆明了要继续纠缠下去，那就奉陪到底。再说了，对虞北洲这种疯子来说，流血受伤，是件令他高兴的事。

宗洛不合时宜地回想起《能饮一杯无》的开头一段，一个不知道从哪里跳出来的炮灰捅了当时正好月圆时发病的小虞北洲一剑，原义的描述竟然是"年幼的虞北洲眉头都没有皱一下，只觉得这疼痛同他感受过的那种疼痛相比，根本不算什么，反倒希望能更痛些，为了更好地品尝这种带着痛楚的快乐，他舔了舔嘴唇，笑着将剑往深处带了带"。

当初就是这个描写，直接把宗洛给震惊到了。他真的很喜欢这种类型的主角，要不然也不会翻了好久的评论区，越看越满意后，才开始快乐地追文。但纸片人和现实是有差距的。像虞北洲这样的性格，从纸片人变成真人以后，就很想让宗洛直接掐死他。

"是啊，师兄真了解我。我已经很久很久没受这么重的伤了，嗯……至少十年了。"虞北洲那张昳丽到雌雄莫辨的脸笼罩在药雾里。

曾坐拥过天下的虞北洲什么没有？

他是要什么有什么。地位权力，奇珍异宝……甚至回溯时间的仙法。宗洛可能想像不到，虞北洲还找到了一份千年前洪荒仙人留下来的修仙玉简。

数千年前，大荒还处于洪荒时期。传说那时的大地灵气充沛，遍布珍宝。天命玄鸟从天而降，天上的仙人在大地上博弈，浩浩荡荡地进行封神之战。那时候的武道并不叫学武，而叫修仙。凡人得了仙法，只要勤加修炼，渡过天劫，也能白日飞升，羽化成仙。然而封神之战后，一切都忽然消隐无踪，大地的灵气消退，仙人化为古籍上的记载。至于记载仙法的玉简，更是只有在仙墓里才有，仙墓里机关众多，仙法无数，门口的白骨堆得比山还高。

虞北洲执意要进入仙墓寻找仙法的时候，全朝堂乃至全天下都欢呼雀跃，以为这位暴君即将命送于此。没想到他还是活着回来了，带着玉简一起。

只可惜没有了师兄，虞北洲觉得这些都又无聊又乏味，根本叫人提不起一点兴致。就像那卷记载了修仙法门的玉简，就算里面记载的东西可以叫人长生不老、就地成仙，对虞北洲而言，也依旧提不起半点兴趣。

虞北洲忽然叹了一口气："师兄，你知道吗？你死后，我简直无聊得快疯了。"

如果可以的话，宗洛一点也不想和虞北洲废话。但是他现在不仅脱了衣服坐在浴池里，眼上的穴也还未解开，相当被动。

宗洛不愿意在这个两辈子的死对头面前暴露自己的任何一个弱点，比如现在自己是真的看不见。所以他只能耐着性子，同虞北洲虚与委蛇。

"别说以往，我看你现在也病得不轻。"他反唇相讥。

虞北洲愣了一下，双肩又开始抖动起来，笑得花枝乱颤。笑完，他忽然道："师兄，有一件事我一直都很好奇。"虞北洲抬起手指，将一缕发丝递到唇边，"当初拿到那道圣旨，你心里当真没有任何想反的念头？一点都没有？"

宗洛一下子愣住了，他没想过会有人问他这个问题。或者说，他从来没有想过需要向人回答这个问题。

"你上次说要亲手杀我，如今又浪费这么多时间问这些无用的问题，你自己不觉得矛盾？"

虞北洲满不在乎地说："既然师兄都已经做好同归于尽的准备，那礼尚往来，我自然要精心为师兄安排一个最完美的结局。嗯，当初那个安排就很好，可惜师兄最后直接拔剑自刎……"

虞北洲在那里絮絮叨叨地说着一些话，明明离得很近，宗洛却觉得他的声音越来越远。

或许是因为他真的封住了双眼的穴道，导致眼前漆黑一片，什么也看不到。一种奇怪的感觉在他的心里发酵……

宗洛忽然意识到，是啊，这已经是重来一次了。没有人知道他的经历，知道他前世经历的风风雨雨、惊涛骇浪，还有那些无处宣泄的委屈。唯一知道的人……竟然还是他最讨厌的死对头，很难形容这种突如其来的孤独感。

但是下一秒，虞北洲忽然凑到他的耳边，又一下子将他从遥远的思绪里拽了回来："所以，只能委屈师兄再等等，如今还不是时候。"

红衣将军坐在地上，一只手托着下颌，眯起眼睛："就像唱折子戏一样，总要到最高潮的时候，'嘭'的一下，给师兄一个惊喜，这样才更有意思。"

那便是现在不杀他的意思。也好，要是真的动手了，穿着里衣又看不见的他肯定是吃亏的那个。

说来也稀奇，他们只要碰到一起，第一件事就是打架。像这样态度平和地坐下说话，似乎还真是头一回。要不是宗洛现在没法和虞北洲动手，恐怕也是得打起来的。

思绪骤然被打断，他也没了再伤春悲秋的心情。白衣皇子停顿了一下，忽然反问："你为什么觉得我会反？"

虞北洲惊奇地问道："我为什么觉得你不会反？难道我还不清楚你是个什么样的人？师兄，那些表面上的沉稳谦逊、博爱众生，用来骗骗其他人可以，难道还想瞒过我？"

宗洛愣住了，最了解你的人，永远是你的对手。就像他深知虞北洲的扭曲阴暗，虞北洲也知道他心怀反骨一样。

宗洛问："那你问这个有什么必要？当今天子要我的命，身体发肤受之父母，自刎便当还了，何错之有？"

没错是没错，但却不是他想听到的答案。虞北洲想了想，又道："所有人都以为你会反。"

宗洛沉默半晌，又问："包括渊帝？"

虞北洲不说话了，可惜宗洛看不见他的表情。

"你若是拿了湛卢回边关，举旗造反，兴许还能带着十万大军回来，同守卫皇城的卫戍军一战，那些卫戍兵鲜有作战经验，净吃军饷，对上你未必能赢。难道你不好奇为什么渊帝要把你逼走？不好奇为什么会有这道圣旨？你甚至不愿意到渊帝的榻前问个清楚。你要赖一样退出棋盘，白白浪费了我的精心谋划。"虞北洲问，"师兄，你到底是不愿意，还是不敢？"

"闭嘴！"白衣皇子终于忍不住低吼一声，他将手往后扫去，指尖带着凌厉的劲风，"太卜正在来的路上，如果你不想惹上麻烦，最好现在就给我滚。"

宗洛不知道虞北洲为什么忽然要问他这个问题。回答虞北洲是因为他发觉这个家伙好歹也算和他共同经历过一次生死的人，莫名其妙地多了点奇怪的惺惺相惜。但是现在，宗洛只觉得刚才的自己就是个傻子。

果然，还是掐死虞北洲比较好。

"哎呀，师兄生气了？"虞北洲一副唯恐天下不乱的模样。他眯起眼睛，红衣上白裘披风衬得他像一只懒洋洋的等待顺毛的白老虎。

"师兄，你还是像以前一样傲慢，就像当初在鬼谷，你看我的那一眼。"虞北洲喟叹道，忽然话锋一转，"不过，就连我也没有想到，在战场上那么杀伐果断的师兄，内心深处竟然如此渴求亲情。"

下一秒，他的手腕就被恼羞成怒的宗洛反手扯住，猛地一个用力。

"扑通——"水花坠落的声音在静寂的厢房里显得格外刺耳。

守在外面的元嘉一愣，正想出言询问，忽然看见有人过来。

看见那个人的铁面具，元嘉连忙站好，恭恭敬敬地道："太卜大人。"

门内，刚刚把虞北洲扯进池子里的宗洛一惊，一脚把想浮上来的虞北洲踩进池底。

三十七

宗洛不谋反的原因很简单。他做不到不接圣旨，重返边关蛰伏，等稳定局势后再带着军队打回去这样的事。

一是他给自己立下的规矩，拿起兵器是为了完成大荒历史上第一次大一统，就算他并非文科出身，但也清楚这件事具有怎样的历史意义。若是仅仅只为了皇位而打回去，那就纯粹是出于私欲，违背了自己的本意。

二是的确被虞北洲说中了，宗洛打心底里不愿意同渊帝走到那么难堪境地，带着军队包围皇城，再冲到自己父皇的病榻前问个清楚。

不愿意，也不敢。要是敢，当初渊帝突然将他派往边关的时候，宗洛就应该攥着圣旨直接冲进章宫里问个清楚，而不是跪了一天一夜，忍着膝盖的剧痛，缓缓从地上站起，愣是没让一个人扶，就这样一步一步，头也不回的颤抖着走出皇宫。

他的确身怀反骨，也比任何人都骄傲。可是他没想到就连他内心对亲情的渴望，虞北洲也能看出来。宗洛一时恼羞成怒，伸手直接用力去拽，把虞北洲连人带披风扯进了浴池里。

门外的声音伴随着落水的扑通声一起响起。元嘉叩动门扉："殿下，太卜大人到了。"

虞北洲刚才为了自己成功的挑衅扬扬得意，一不留神头朝水面栽了下去；刚想浮起来，又被情急之下的宗洛一脚蹬回水里。

太卜来得实在太巧了，厢房里又没有窗户，要不然虞北洲也不会走正门进来。虽然不知道这家伙用了什么办法瞒过了元嘉，但是，现在叫虞北洲从浴池里爬出来再滚出去显然不太现实。

宗洛感到相当糟心。

虞北洲只要有想要浮上去的意图，下一秒迎接他的就是一脚。

被连续蹬回水里的虞北洲也很无奈，饶是平日里桀骜不驯的他也只能忍着。

宗洛压低声音："让你滚你不滚，现在太卜来了。虞北洲，接下来你最好给我老实点，如果坏了我的事，回头我就掐死你。"

闻言，虞北洲眯起眼睛，忽然弯起嘴角，倒还真老实了。

浴池虽然深，但建在厢房内，也没有那么大。虽然药液泛着深绿色，影影绰绰的看不真切，但禁不住某人喜欢穿一身红，再配上白裘，虽然有胸甲束着，飘一点上来的布料都是红配绿，格外突兀。

宗洛看不见，他也能想象到那个景象。于是，他一边出言威胁，一边将对方最常披在身上的那件毛茸茸的白裘披风扯了过来，展开铺在自己面前的水面上，欲盖弥彰。

反正虞北洲有巧劲护体，在水下待个几十分钟绝无问题。当然了，虞北洲要是就这么淹死了，宗洛只会抚手称快，高兴这世间上少了一个大祸害。

做完这一切，白衣皇子清了清嗓子："请进。"

门嘎吱一响。进来的脚步声很轻，轻到几乎可以忽略不计的程度，如同一片鸿羽落在氤氲着潮湿的木质地板上。

约莫数秒钟后，门又关上了。

"三殿下，臣奉旨前来诊病，请您抬起右手。"

宗洛听见一个中性而又沙哑的声音。这个声音不仅苍老无比，而且格外难听。

"劳烦太卜大人。"宗洛答应了一声，径直照做，将湿漉漉的手抬出水面。下一秒，他感觉有什么冰冷的东西骤然破空而来，如同蛇一般缠在了他的手腕上，倏尔收紧。

冥冥间似乎奏响了卜乐。银子制成的药球在空中起起落落，发出空灵的声响。

悬丝诊脉！宗洛早就听说过这门神奇的医术，没想到今日在这里见着了。

当世行走于大荒的太卜，基本都是一位厉害的卜医。也就是这几百年来，医术作为一门学问渐渐分离出去，这才诞生了独立于卜的医家。

"请殿下放松。"太卜轻声道。

紧接着，那些搭在宗洛手腕上的冷线仿佛活了过来一样，从末端传来脉搏般鼓动的声音。

隔着深色的药浴，虞北洲百无聊赖地从水面打量着外面。

太卜严严实实地把自己笼罩在一身宽大的黑袍里，面上挂着狰狞恐怖的青铜恶鬼面具，只在眼睛处挖开两个洞，往里看就能看到深邃的眼窝，还有整个褪色成惨白色的瞳孔。虞北洲看过去的时候，那双极具惊悚意味的瞳孔缓缓游弋，不带任何感情地看了藏在水下的他一眼，然后又收回视线，继续诊治。

无聊，就知道装神弄鬼。虞北洲当初没少和太卜打交道，最后还是由太卜施行时间回溯的仙法。他不信命，但也不得不承认，太卜的确能够推演天机。

不过想要得到什么，就得付出什么，特别是卜觋这种神秘的存在。大洲太卜轻则需要卜筮气候，推算每年是否有天灾人祸，重则需要在祈福大典上为国运祈福。

虞北洲轻轻嗤笑一声，刚到嘴边，就慢吞吞地吐出一个个泡泡。

感受到水下传来的声响，宗洛眼也不抬，又是一脚过去……

他的好师兄还真是一点都不知道，其实这位太卜在进来之前就知道房间里有两个人了。不过，也是这点动作，让虞北洲发现了一些先前没能注意到的细节。红衣将军灵活地偏头，躲开宗洛的脚，如同鸦羽般的睫毛轻轻眨动。

果然，还是活着的师兄比较好玩，死了就太没意思了。

正在等待太卜诊脉的宗洛感到一阵恶寒。他能感受到水下有一道极具侵略性的目光在打量着他，不需想都知道是虞北洲这厮又在打什么坏主意。

奈何现在的厢房十分安静，太卜双目微阖，指尖捻着丝线，仿佛睡着一般。宗洛不想让人发现水底还有其他人，偏偏某人的目光太过放肆。

然而下一秒，突兀的水声响起。

"抱歉，我的腿有些麻了。"

宗洛略微有些尴尬地换了一个姿势。

伴随着叮叮当当的卜铃声，系在宗洛手上的丝线终于被撤回。

太卜淡淡地道："殿下的双目并未完全损毁，而是经脉有淤血未愈，只需每日勤加按摩，辅以名贵药材揉开药力，化开淤血，即可恢复视力。"

宗洛道："多谢大人。"

"药浴还需常泡。"太卜收好线，罕见地停顿了一下，"一人泡一池药，通常效果最好，多了便会分散药力。这药池里有些药一年只开一次花，结一次果，浪费难免可惜。下次……殿下还是一个人泡比较好。"

敢情太卜早就发现虞北洲了！宗洛一时间不知该如何作答，但似乎太卜也没有想要打探皇子个人隐私的意思，说完后便离开了。

等到开门声响起，厢房的木门再次关上后，白衣皇子的手掌顿时附上内力，一巴掌拍在了药浴水面。

霎时间，药水自他掌心的边缘升腾而起，溅起一道直冲房梁的水墙。

"虞、北、洲！"宗洛一字一句，咬牙切齿地道，"你给我滚出来！"

在这片水幕里，虞北洲的笑容越发深了。他的墨发浸湿，末端缀着滴滴答答的水，殷红色的绸布也衬托得他的脸庞越发艳丽，银白色的胸甲被洗得锃亮，仿佛自水底钻出来的妖鬼。

年轻的将军俯下身来，上挑着的凤眼里夹杂着再明显不过的戏谑。

"我就说师兄今日为何心情如此好，愿意同我说那么久的话。"虞北洲拉长了声音，显得格外不怀好意，"原来，师兄现在的眼睛，是真的看不见啊。"

三十八

众多达官贵人们守在大卜祠前，三两个地聚在一起。

他们一大早就赶了过来，在厢房内沐浴净身，换好清祀时需要穿上的白色粗麻布长袍，在腰上端端正正地系上红腰带，戴上面具，穿好布鞋，跟随卜觋一起来到大卜祠门口等候。

不远处巨大的万岁树沐浴在阳光下，上方垂落的根须和金红色的果子在风里起舞，为这片占地广袤、基础色调均以灰黑为主的卜祠增添一抹亮色。

"陛下为何迟迟未来？"等得久了，不免有人低声问。

不仅是渊帝，就连他身边的近侍元嘉也没有现身，只是方才派人来传，说是突发急事亟待处理，让众位都等一等。

说完后，竟然把丞相裴谦雪也传唤了过去，留下不明真相的臣子们继续百无聊赖地站在这里，猜测到底是发生了什么急事。

"应当是巍山军那边传来消息了。近些天卫、豫两国可不太平。"

去年函谷关一战，就是多国合纵抗渊的结果。只是当时各国都怀着自己的心思，虽然整合在一起有五十万大军，但是人心涣散。每个军团有每个军团私底下收到的使命，人心根本聚不到一起，这才被大渊三皇子带领着三千玄骑军击溃。

但是，函谷关一役后，三皇子的薨逝仿佛刺激了这个庞大的帝国。他们加快了铁骑征战的速度，短短一年间就又攻下两个国家。

好巧不巧的是，这两个国家，都参与过函谷关一战，且还是其中比较活跃的两个国家。

收到信息后，豫国一下子就慌了。他们虽然没有在函谷关战役中出兵，但也借了道，为敌方行了方便，算起来难免也要被睚眦必报的渊帝记恨上。

于是豫国当机立断，派使臣送了一批美女、珍宝过来。私底下又联系上了卫国，想要再次效仿前朝两国联合抗击第三国行为，希望形成三国鼎立的局面。

大渊只不过刚打下南梁，战后还有不少事情需要处理，这才没有立即攻打卫、豫两国。

"战事确有可能，不过如今年关将至，各地都收兵了。您瞧北宁王都带兵回来了，应是打算年后再出发。"

"那我就不知道了。陛下传唤如此多人过去，总不可能是为了试试方才那位吧。"有人低声道，"先不说那位是不是，众所周知，三皇子虽然是大渊的英雄，但的确不受宠啊。更何况，函谷关一役后……"接下来的话他不说，其他人也心知肚明。

先前就不受重视，就算得了个战神的名头又如何？自然是该怎么样还是怎么样，反倒还可能因为过高的荣誉和声望徒增厌弃罢了。

不管怎么说，刚才那位也是裴相带过去的。有少部分理智旁观的臣子认为裴相既然身为三皇子党的中坚人物，不至于推个冒牌货上去糊弄渊帝。

渊帝正值壮年，上一个糊弄他的人九族都被株连了，谁这么想不开？

果不其然，就在等了一会儿后，远远地传来通报声。

"陛下驾到——"

朝臣们立刻噤声，眼观鼻鼻观心，老老实实地垂首行礼。

渊帝换下龙袍，身穿一袭粗布白衣，戴着面具而来，经过之处死寂无声。他的面具同其他人的面具不同，威严狰狞，边缘还留着陈年干涸的血迹，据说是上古卜祖带领大渊先祖作战时遗留下来的老古董，仅仅只是看着，都感觉一阵头晕目眩，耳中响起卜乐铃声，叫人不敢窥伺。

"众卿不必多礼。"渊帝淡淡地说。

看到渊帝身旁跟随着裴谦雪，联想起之前的猜测，众人心里顿时了然。

两个人什么话也没说，渊帝走到大卜祠前，也没有要进去的意思，反倒负手而立，目光略微回望。

渊帝不作声，其他人自然也不会自找没趣地去问为什么还不开始。

于是所有人又只好继续沉默地站在这里等待着。

一旁，陪伴着宗弘玖一起的宗承肆略微拧眉。

另一边，宗元武和宗永柳都同自己党羽站在一起，形成泾渭分明的两群人，井水不犯河水。

先不说宗承肆的手下大都是在朝堂上无足轻重的人，就算真有大人物，现在还秉持着蛰伏想法的他也是万万不可能站到自己的党羽身旁引起让人注目。不过，好在还可以借此机会拉拢一下宗弘玖。

方才宗弘玖带着一脸惊吓的表情从厢房内跑出来，一下子就被他看到。趁着宗永柳在和宗元武扯皮，宗承肆连忙过来打探一手消息。

面对这位素来和他比较亲近的四皇兄，宗弘玖心有余悸地说："就是因为刚刚那个冒牌货，父皇对我发了好大的火。"

冒牌货？宗承肆对此嗤之以鼻。既然都面圣了，他一点也不怀疑宗洛能够恢复身份这事。就算再不受宠，父皇也不至于认不出自己的儿子。可是发这么大的火，又是因为什么？而且还是对着公认最为受宠的宗弘玖，这就有些奇怪了。

宗承肆装作不经意地问："你都说了，不过是一个冒牌货，父皇何至于为冒牌货发脾气，恐怕发火另有原因。"

宗弘玖面色一僵。他不可遏制地想起那天自己偷偷溜进章宫内，听到的那番密谈。虽然后面被渊帝惩罚一通，但宗弘玖反倒一下子想通了其中的关键。他觉得自己可能无意间听到了一个不得了的秘密。不过这个秘密，宗弘玖觉得自己暂时还不能说。先且不说三皇兄已死，说这些无用，二是他觉得这算一个非常重要的情报，是他以后投靠其他皇兄的有力筹码。

"谁……谁知道呢。"宗弘玖的眼神游移。

宗承肆见了，不着痕迹地眯起眼睛。看来九皇弟有事在瞒着他。略微一想，自然就能想出其中关键，到底还是他背后无人，九皇弟更想将筹码压在老五、老六身上。

宗承肆没有在这个问题上追问。比起其他人，乳臭未干的宗弘玖简直再好对付不过了。只需要有什么风吹草动，他自己都会投靠过来。既然探明了有隐瞒的事，套出来也是迟早的事，就看是什么时候了。

另一边，宗洛正处于水深火热之中。

点穴这门手法是他偷学鬼宿子师父的，只是一个小技巧，并非正经传授的东西。鬼谷的东西太杂，如虞北洲学的是重剑，他学的是轻剑。所以，被虞北洲发现自己会点穴，难免会有些棘手。

"师兄的秘密被我发现了。"年轻的将军轻嗅着潮湿的发尾，另一只手摁在池边。

宗洛烦躁地伸手去推，却听见外面元嘉轻轻叩门："殿下？"

"无碍。"宗洛停顿了一下，面色不佳地道。

恰在这时，虞北洲也跟着虚伪地叹了口气："师兄不要发出太大的声音，太卜不说，我可不会保证外面那位总管公公会不会同陛下说些什么不该说的。不然，师兄花了这么大力气伪装成眼盲，若是功亏一篑，我岂不是成了天大的罪人。"

果不其然，宗洛没有再动。他早就知道虞北洲同太卜关系匪浅，毕竟平日里虞北洲就能自由出入大卜祠。

也是了，前世多活那么多年，又成了天下之主，底牌只多不少，难怪少了一个被他策反的公孙游，虞北洲连眼睛都不眨一下。

他抬起手肘坐在原地，表情严肃地道："你究竟有什么目的？赶紧说，说完滚。"宗洛是真搞不懂虞北洲的脑回路。不打不杀的，无聊了就过来撩拨他两下，生怕他把这人忘了一样，也不知道是什么心理。前世，明明比他还多活十年，行为举止还是那么肆无忌惮，半点成年人的端庄稳重都没有。

虞北洲深深地凝视着宗洛略微泛红的脸以及额心上那条干涸的血痕，眼底的晦暗不明。他笑道："师兄，你怎么又流血了？"

虞北洲不说，宗洛还没注意到。满厢房的卜药气味下，还遮掩着一丝丝不大明显的血腥味。

浴池将他们浑身打湿。虞北洲身上浸得有些透明的红衣里，还能看见缠绕的绷带痕迹。不仅仅是宗洛，虞北洲在崖下也伤得不轻，现在还并未完全愈合。

"上次师兄出手那般不留情，我说过，定会收取利息。"

宗洛沉着一张脸，和提着灯笼的元嘉一起穿过回廊，往大卜祠而去。

他白衣曳地，双眼重新束上白绫，配上额头的绷带，再加上晨起未散的雾，仿若仙人踩云。

白衣皇子摸了摸的伤口，忽然问道，"元嘉，如今是什么时日？"

"回殿下，今日清祀，正好腊月初八。"

腊月初八，距离十五月圆仅仅不过一周时间。

宗洛心情一下子舒缓下来，还有七天，他一定会好好准备给虞北洲一个永生难忘的"惊喜"。

捌章・机会

三十九

元嘉提着灯笼，从卜祠幽深的走廊里走出来。

一直面目严肃，负手而立于大卜祠祭殿面前的渊帝终于动了。

周身带着阴冷气息的帝王转过身来，仔仔细细地将跟在元嘉身后的人打量了一遍，剑眉在接触到后者那一圈绷带时不由得拧紧："还没好？"

宗洛答道："回陛下，快了。"

因为先前宗洛就已经同渊帝说好，在眼睛彻底恢复之前，不会恢复他的皇子身份，于是渊帝也没有过多在意他的称呼。

渊帝停顿了许久，忽然语气僵硬地问了一句："上了药没？"

一旁垂首的元嘉在心里重重地叹了一口气。陛下早已命人快马加鞭到宫中的库房内取了见效最快的特效金疮药，叫人给送过去。

结果一通折腾下来，只是淡淡的一句上了药没。半点都不打算让三殿下知道那药是怎么辗转多人送来的。

元嘉跟着渊帝多年，也清楚渊帝拧巴的倔脾气。许多事情，渊帝都不愿意说，只是默默地放在心里。包括渊帝对三殿下的关注，这么多年了，从未流露出来过。

然而，这份深沉的关注从未减少，往年只要是三殿下送过来的军报，从来都是放置最显眼的位置，优先批阅的，即使渊帝在休息，也要第一时间通报消息。

三殿下在外带兵的时候，军饷、粮草从来都是早早准备好，率先供应。考工室研制出的新的装备武器，也是优先玄骑军使用。三殿下只要回京，夏季的冰块、冬天的银丝炭、新鲜的时令水果、西域进贡的丝绸布料……仿佛都像不要钱一样送至三皇子府。

只是渊帝很少对他进行表面上的封赏，也从来不说。三皇子府里的廖总管和元嘉熟悉，都是跟随在渊帝身边的老人，平日也算荣宠加身。大家都以为是廖总管安排的，谁也没想到事实上全靠陛下吩咐。

不过饶是如此，宗洛也不免愣了一下。称不上受宠若惊，但的确是渊帝第一次过问他的伤势。往常就算他快死了，也没见渊帝来瞧上一眼。这回反倒过问起这样的小伤，看来还是沾了眼盲的光。他斟酌了一下："多谢陛下关心，已经上好药了。"

渊帝面无表情，高冷地回复了个"嗯"字，收回眼神，抬步踏上祭殿前的台阶。

被这一幕惊呆的朝臣们纷纷眼观鼻鼻观心，紧紧跟在渊帝背后。他们还真没想到，方才陛下一句话不说，在大卜祠祭殿站了这么久，竟然只是为了等这位公子。

往日里这种纯粹关心的话根本不可能出自这位暴君之口，头一回见他如此温和的关心他人伤势。

其他人也猜不出这到底是不是三皇子了。

然而下一秒，裴谦雪就极为自然地走了过去，低声唤了句瑾瑜。

这下，刚才猜这位不是三皇子的纷纷打脸了。

不是吧？难道三皇子当真未死？

朝臣们心里的震惊根本无法用言语形容，彼此眼神交汇，脸上满是不敢置信的表情。通往大卜祠这一段长长的楼梯，不知道多少人差点被袍角绊倒。

今日清祀，要不是穆元龙和段君昊这种需要巡逻皇城的武将没来，恐怕他们第一个就要冲上去问了。

等行到大卜祠的高台前，宗元武率先按捺不住。他是当初在百家宴上第一个喊宗洛三皇兄的，这么久了虽然没有探听到消息，但心里依旧存疑。

"父皇，这位是……"

渊帝不咸不淡地扫了宗元武一眼，身上散发的威压更盛。

宗元武心神一凛，立马单膝跪地："是儿臣莽撞了。"虽然平时宗元武一副大大咧咧、凡事不过脑的样子，但他绝对算不上蠢。特别是对自己这位父皇，宗元武一向是又敬又怕，与其相处最是小心翼翼。

不过这也正常，整个大渊就没有不怕渊帝的人，就连一向乖张、肆意的虞北洲站在渊帝面前都老实不少。

渊帝什么话也没说。他下意识朝着身后招招手，动作刚做到一半，想到如今宗洛什么也看不见后，倏尔收拢拳心，唤了句："上来。"

裴谦雪轻轻推了宗洛一把。后者方才如同大梦初醒般，一步步走了上去，在元嘉的指引下站到渊帝下面那节距离天子最近的台阶上。

全场死寂，众人一时都忘了挪动脚步。

宗元武睁大了眼睛。他领教过渊帝的怒气，识时务地不敢再开口。事实上，在场的人里，除了早就知道真相的宗承肆和裴谦雪以外，其他人的嘴里仿佛都能塞下一个鸡蛋。

寻常情况下，清祀站位都会严格按照规矩排列。最前面为渊帝，其后则按年幼顺序排列各位皇子，再次则为皇室宗族其他人，最后才是按照官位进行排列的朝廷大臣以及百家学子。

宗姓宗室里的人本来就不多，所以皇子下方除了虞北洲这根异姓独苗外，就是大臣，为首着薛御史、裴谦雪和太尉三公。至于公主、宫妃和其他女眷们则在另一边祈福，并不和他们在一处。

宗洛站着的那节台阶意味着什么，所有人都心知肚明。若是立了太子，自然是太子的位置。若是太子未立，按照长幼顺序，那就是三皇子的位置。

去年战死函谷关，举国哀悼，天下为之震惊的大渊三皇子，竟然还好端端地活着！

"这怎么可能……"宗永柳差点失声，要脱口而出，还好他反应快速，及时压低了声音。

虞北洲双手环抱，目光紧紧地盯着宗洛的后背："怎么不可能？"

六皇子的党羽连忙接上："六殿下，且不说他是不是，只要陛下说他是，那他就是。"

这些天宗永柳费尽心思地拉拢虞北洲，那简直比追求那些贵家小姐还要费心思、劳心神。

偏偏北宁王对他的态度忽冷忽热，经常性的漠视，但偶尔又会给他点甜头吃，例如前几天猎艺，竟然答应了宗永柳当裁判的同行邀请。搞得宗永柳和一众门客每天都费尽心思地揣摩北宁王的心思。

不管怎么说，宗永柳还是要拉拢虞北洲的。他这种情况已经算好了，据说老五的拜帖全部都被退回去，对虞北洲颇有兴趣的宗承肆更是一面都没见着。

虽然那天在百家宴上被北宁王讽刺了好几句，令六皇子面上无光，但这谁又说得准是不是这位喜怒无常的人在试探他能否担当大任呢？至少几位皇子里，虞北洲和他走得最近。

于是宗永柳连忙道："王爷说得极是。"

要说是三皇子吧，偏偏渊帝一句话也不多说。要是三皇子真回来了，至少也应该解释一下，可是连解释都不解释，直接叫人站了上去，大家就看不懂这番用意了。

无意间听到了他们对话的宗弘玖垂下头，盯着地面，瞳孔一阵骤缩。是啊，不管是不是，只要父皇说是，那他就是。所以，上回在章宫里偷听到的那番对话……

宗弘玖只觉得头晕目眩，不敢再往下深想。原来，父皇一直属意的继承人，竟然是三皇兄。他的心里感到震惊，意识到自己恐怕真的无意间探听到了一个不得了的大秘密。

"殿下也不必太过担心。"正在此时，宗永柳的党羽又低声开口，"先前臣就听闻过这位失忆、眼盲，近来风头大盛的学子。就算是三皇子，如今他这副模样……是万万没有指望登上高位的。殿下不如早些做打算，若是能趁着他失忆进行拉拢……也能多一臂之力。"

如今大家都在走动，虽然有走动的声音遮掩，但在大庭广众之下，宗永柳的党羽也没有把话说得太明白，总之懂的都懂。宗永柳应了一句，看向前方宗承肆的背影，面目多了几分阴鸷。

先前宗永柳想不通为何四皇兄一直如此注意这位学子，竟然连丹药都送上了。现在看来，宗承肆很可能早就得到了消息。呵，藏得可真够深。

另一旁，站在渊帝身后的宗洛仿佛对下方的暗潮涌动一无所觉。不管这些人是打死不信还是心知肚明，又或者是其他什么情况，就算渊帝再怎么表态，只要他不公开承认他就是三皇子，那下面人也只能憋着。这也是宗洛先前给自己计划好的。

他的眼睛只要一日未痊愈，就不用站到夺储的风暴圈里，反而可以坐享其成，走当初公孙游的套路。就在他兀自沉思的时候，清祀第一阶段已经结束。

宗洛正准备慢慢顺着人潮往后退，面前忽然传来威严冷硬的声音。

"跟上。"

宗洛沉默片刻，还是抬脚，继续落后一步，跟在了渊帝的背后。

四十

清祀第一阶段结束后，紧接着就是第二阶段。

穿着兜帽的卜觋带领所有人拾级而上，前往高处的主祠。

宗洛亦步亦趋地跟在渊帝背后。不知是不是错觉，他觉得今日渊帝走路的速度刻意变慢了不少。不仅走路的速度慢了，连一向轻快的步伐也沉重了不少，让他能够清楚地听到下一步落在哪节台阶上。

渊帝当年征战沙场，在列国都是赫赫有名，武艺自然不会差。即使登基后，每天也还有晨起练武的习惯，这么多年来实力也没下降太多，时常还会和大内高手过几招。早些年各国有人派刺客暗杀他，结果刺客都没在他手下走过三招。

难道是今日被他气得吐血，身体不大舒服的缘故？还没等宗洛想出个所以然来，这截阶梯就走到了尽头。

主祠中央是豁开的大口，内里栽种着一棵又高又大的万年古树。

万岁树自鸿蒙初开时就已经栽种在这里，经历了不知道多少年风雨。光下方扎根的根系据说都铺满了整个大卜祠地下，上方的叶子遮天蔽日，根本不需要再另行建造屋顶。

昨夜下了雪，现在又罕见地出了太阳，卜祠顶端瓦片上的雪都化了，滴滴答答地落下来，在屋檐的角落汇成一滩滩干净的雪水。

接下来就是祈福了。

身穿兜帽，手拿骨节长杖的太卜站立在万岁树下的祭坛上，双臂高举，朝着太阳的方向，口中唱着不知名的晦涩歌谣。语调时而高昂时而低沉，诡异至极。

卜觋们站立在编钟背后，空灵的敲击声回荡开来。

万岁树上结着一串一串随风飘扬的果子。越往高处走，色彩也越发纯粹，从橙黄变到金黄，美不胜收。

这些果子被称为"福泽果"，风干枯萎后掉下，是一味极其珍贵的药材。

远处看不觉得，只有走到这棵树面前，才知道它究竟有多大。光高度就有六十几米，需要好几十个人合抱才能围上一圈。

走上来后，方才众位各怀心思的皇子也纷纷打起精神。对他们而言，这个环节是整个清祀中最重要的环节。

射艺是每年清祀的传统。据说因为宗家先祖曾为差点干枯的万岁树施以甘露，这才得了万岁树庇佑，清祀时可以射落福泽果。

在场的每个皇子都被分配到三支箭，射落的福泽果越多，则愈发顺遂。若是能够连中九枚，则代表天佑大渊，是大吉之兆。三箭若是想要射中九枚果子，每一箭都需连中三个果子，难度不可谓不大。

他们苦练射艺，就是为了今天。特别是五皇子宗元武，更是跃跃欲试，拿起一旁重达一石的弓弩，开始寻找适合的位置。

宗永柳也不甘示弱。他虽比不上从小练武的宗元武，不过输人不输阵，要差也不能差太多，至少面子不能丢。于是也跟着早早占了个位。

至于宗弘玖，他才窥见一个天大的秘密，这会儿也没心情上去。更何况他年纪小，平日里学堂不好好上，习武也经常逃课，纨绔子弟会的东西倒是学得十足。反正他的年龄不大，谁也没指望他能射下福泽果来，就只匆匆射了三箭，便算作结束了。

宗承肆则继续贯彻自己中庸之道，三箭中了一个，也算不错。

这会儿，方才只准远远地站在下方看的百家学子也陆续进场。他们进到大卜祠的时间本来就在朝臣之后，属于最后一批，对诸如三皇子归来这样的大事一概不知，如今正兴奋地摆弄着手里的弓弩，打算好好抓住这个可以一举被贵人相中的机会。

此刻，宗洛安安静静地待在一旁。

当初因为他的假死，很多祭典都往后推了，其中最重要的就是原本应当在今年年关时举办的祈福大典。

往年宗洛倒是有过三支箭射下八枚果子的壮举。虽然他今年不打算参与，但一旁的卜觇还是为他准备了弓弩。

既然弓弩都拿过来了，宗洛总不能不接。

一向不懂武艺的裴谦雪正因为手里沉甸甸的弓弩皱眉。看见了，正准备过来替宗洛接过来，没想到被另外一人捷足先登。

虞北洲凑了过去："顾先生，真是别来无恙。"

众目睽睽之下，宗洛只得道："王爷。"他又不是死人，虞北洲的目光那么不怀好意，方才清祀的时候就如芒在背。

虞北洲又开始了自己的拿手好戏，开始胡编乱造："先生上回拜访了我，我颇觉先生一见投缘，既然如此，不如让本王来替先生试试箭。"

见鬼，他什么时候去拜访过虞北洲？这个小骗子。宗洛只觉得自己一个头两个大。

周围已经有不少人暗中看过来了。

忽然杀出来的宗洛本来就是焦点，更何况同样手握重权，颇得陛下赏识的北宁王与他颇为熟稔。这两个人凑在一起，联想起宗洛失忆前同北宁王水火不相容的鬼谷师兄弟关系，简直不引人注目都难。

一旁负手而立，不苟言笑的渊帝看见了，眉头直接拧成川字。

"多谢王爷好意……"就在宗洛打算直截了当拒绝虞北洲的时候，他忽然听见面前传来熟悉的，刻意放重的脚步声。

宗洛一听，就知道是渊帝来了。

渊帝都来了，宗洛也不用同虞北洲再虚与委蛇。于是他乖乖地站在原地，听面前传来一阵窸窣作响的声音。

"父皇，我射中了六个！"宗元武道，一旁的卜觋熟练地用干净的黑布将他射落的福缘果接住。

反观宗永柳，收获惨淡，三箭都才仅仅射中三个。

看到这一幕，宗元武的心里别提有多得意，拿着弓弩就跑到渊帝身旁去邀功。

清祀，武将基本不来，在场的都是些文官。比如像裴谦雪这一类，能射中一个都算不错，硬生生地把宗元武衬托得武艺高强，放在皇子里也算拔尖的。

"不错。"渊帝不咸不淡地应了一声，从内侍手里的托盘拿过射箭用的装备，低头为自己绑上护臂。

"父皇这是也想试试吗？"宗永柳收了弓。虽然他早就做好自己比不过宗元武的心理准备，但真亲眼所见，心里难免还是不大舒服，自然要来搅和宗元武的邀功。

"嗯。"渊帝一向话不多，但这短短一个"嗯"字已经足够让众位震惊。

往常腊日清祀，渊帝从来不会参与，都让臣子、皇子放开了出风头，偶尔点评两句，没想到今年竟然来了兴致。

渊帝戴好扳指，回头道："你搭好弓。"

宗洛意识到这是对自己说的，于是熟练地从箭囊里拿出一支箭，搭在了弓上。他的动作流畅，仿佛演练过千遍万遍，仅仅只是一个准备动作，明眼人都能看出这是一位箭术好手。

宗洛自然是箭术好手。冷兵器盛行的时代，剑和弓都是必学的武艺。要想从鬼谷出师，其中一项就是必须射中百米开外移动的物体。

宗洛凭着经验和感觉轻而易举地锁定了最高处的一串福缘果。

一二三四……不多不少，正好九颗挂在一起。

那串果子是历年来皇子们都想挑战的最高点。奈何这串金黄色的福缘果位于最高处，又有一条细细的藤蔓系着。宗元武前两年就试过，奈何臂力不足，拉满弓了箭尖都还差了长长一截，这才遗憾放弃。

方才百家学子里夺得猎艺魁首的那位也过来试了，奈何距离太远，几箭都落了空，只能望洋兴叹。

素来威严冷厉的帝王走到了白衣皇子身后。

下一秒，刺鼻又肃穆的冷香包裹了宗洛周身。

宗洛感到浑身僵硬。即使他现在看不见，也能根据声音，知晓渊帝如今正站在他的身后，一个距离他很近的位置。

渊帝淡淡地问："你手的力道呢？"

四十一

宗洛一愣，下意识地用力。重达近一石的重弩拉开一道满月般的弧度，即使是军营教习来看了，也挑不出任何一点刺。

平心而论，其实宗洛一直觉得他的箭术学得比剑要好。而虞北洲的剑，则略微比他学得要好。

所以刚开始学剑到实战的时候，宗洛本心还是那个遵纪守法不乱来，兢兢业业教不成器学生的青年研究生导师。反倒是弓箭，宗洛一直学得不错，百步穿杨不是问题。

拜之前一些固有印象的影响，他一直以为弓箭手需要有敏捷天分。等到自己学了射箭之后才知道，原来弓箭手个个都是肌肉壮汉——射程和重量有直接关系，臂力不够根本拉不开弓。换而言之，一位合格弓箭手，反而比在战场上冲面前的步兵需要更强的身体素质。

为什么先前宗洛只能射中八枚？是因为有一支箭找不到三颗连在一个角度上的福缘果。而这次虽然结出了连在一根藤蔓上的九枚果子，偏偏他的眼睛看不见了。

戴着面具的青年站在原地，身姿清俊，如玉如竹。仅仅只是拉弓这个动作，都能使人感觉到战场肃杀气氛。

三殿下的确是习武的极佳苗子，可惜了……不知道多少臣子在心底叹惋。函谷关一役，能活下来已经是奇迹。现虽未死，却失忆、眼盲……哎！如今皇城这个局势，当真不如不回。

就在宗洛拉好弓不知该朝着哪边的时候，渊帝忽然上前一步，宽大的手掌轻而易举地包裹住宗洛的手。这两双手一双浑厚粗糙，另一双年轻修长，唯一相同的地方是它们其上都覆盖着厚厚的剑茧。宗洛整个人僵硬无比，一时间刚刚拉满的力道又不由得松了下来。

渊帝皱眉："专心。"他手上略微用力，带着白衣皇子的手，一下子就把这沉重的弓弩拉满，朝上偏移，最终找准了位置。

从旁人围观的角度看，就像威严冷厉的父亲正在亲手指导自己初学武艺的儿子一般。

而事实上，任何一位皇子都没得到过被渊帝指点武艺的殊荣。或许最早出生，同渊帝征战四野，最后殁于战场的大皇子有过，但时间太过久远，不得而知。

渊帝并不喜欢被人近身，也不喜欢同别人太过靠近，这是战场上的将士们保留下来的习惯。就连宗弘玖，平日里说话也是执严格的君臣之礼，虽然宠溺，但相处起来的确不像父子，更像君臣。

所有围观的人都瞪大了双眼。

先前宗洛同裴谦雪从丞相府出来的时候，这些学子们的心里就有些不服气。近期宗洛的风头太盛，先是相继得了北宁王、裴相，甚至是圣上的赏识。后又被传出神似大渊三皇子，引得不少尊敬三皇子的学子对他产生恶感。

结果谁也没想到，竟然看到圣上亲自挽弓指点的一幕。

而朝臣们就更加大跌眼镜了。就算是三皇子，但问题是人人都清楚，三皇子不受宠啊！往日里三皇子带兵打仗，至少还能开疆拓土、安守国门，那会儿渊帝都不见得对这位三子多半点关心。如今既已眼盲、失忆，成了个什么都不记得的废人，为何陛下反而挂心上了？

不少人还偷偷去看渊帝的心腹裴谦雪的表情，发现对方坦坦荡荡、老神在在，根本不介意任何打量的目光。虽然裴谦雪年轻，但想从他那里套出点情报，可比登天还难。

宗承肆倒是算这些人里比较稳得住的。趁着等待的工夫，他仔细观察着宗元武和宗永柳的表情。这两个人都是一副不敢置信的模样，唯有宗弘玖，正攥着拳头站在原地，表情带着愤恨。

"唰——"就在所有人各怀鬼胎，心思难明的时候，拉满的弓弦松开了。白色的羽箭破弦而出，带着凛冽的长风，朝着树冠顶端的方向刺去，速度快到只能略微看见残影。

紧接着，渊帝从箭筒里抽出长箭，搭弦上弓。他的眼眸犹如寒夜里摆在棋盘上幽深的星子，锐利而矍铄。第二支箭、第三支箭，后面的两支箭一支接着一支，完全没有要瞄准的意思，就这样流畅而迅速地推了出去。

渊帝松开手的时候，宗洛也停顿了一下，顺势收回自己僵硬的，满是汗水的手指。

万岁树太高，最高处的树冠离地面足足有六十几米，眼力不好都很难看见。

这三支箭射出去之后，不见丝毫动静。就有自作聪明的臣子开始铺台阶："这……树太高了，陛下又多年未曾拿箭，略有失误也……"

渊帝一个眼神都没给他们，盯着上方看了一会，忽而转头看向虞北洲："虞卿。"

还在一眨不眨地盯着宗洛，表情略微有些捉摸不定的北宁王回过神来，终于舍得往上方看了眼。在看到树丛间熟悉的尾羽后，虞北洲略微不耐烦地"啧"了一声，抬手吹响口哨。

下一秒，正蹲在万岁树上的苍鹰急速俯冲而来，爪子上还带着一串黄澄澄的福缘果，稳稳当当地放到了内侍托着的盘子里，仿佛邀功一般。仔细一数，一、二、三……八、九，不多不少，正好九个。

渊帝笑了："好俊的苍鹰。朕就说福缘果为何没落下来，果真是被虞卿的鹰昧下来了。"

三箭射下九枚果子！

众学子朝臣连忙朝着渊帝拱手祝贺："恭喜陛下，天佑大渊！"

一时间，朝贺的声音传出去老远，就连正在诵唱的太卜也停了下来，转而高举骨杖。

一举射下九枚福缘果，数十年来都未曾有过。上一回是渊帝尚是皇子的时候，此举动埋下了血腥夺储后患。

但不管怎么说，所有人都没想到，再过几十天就要到知天命年纪的渊帝竟然还能拉动重达四石的重弓，还轻而易举地射下了几十米高的福缘果，中途甚至没有花费更多时间瞄准，实在不可谓不惊人。

"丑鹰顽皮，还望陛下恕罪。"黑漆漆的丑鹰稳稳当当地停在虞北洲的肩头，一副犯了错，耷拉着脑袋的模样，看起来显得格外弱小可怜。

宗洛一听，就知道这只鹰又开始装蒜了。当初他拔了这只丑鹰一屁股毛，它也是这样耷拉着脑袋，看起来诚心悔改的模样，结果记吃不记打，回头又去骚扰照夜白，简直跟它的主人一副德行。

果不其然，渊帝大度地没有同它计较，反倒颇有兴致地问："这只鹰便是当初虞卿镇北时，立下汗马功劳的那只吧？"

虞北洲笑道："不敢当，它不过有些小聪明罢了。"

"既然有功，就得赏。"

苍鹰也仿佛听懂了一样，趾高气扬地抬起头，展开双翅，一副与有荣焉的骄傲模样。

其他人见了这一幕，也不禁感慨北宁王的荣宠之盛。要换个人这样，恐怕脑袋早就从脖子上掉下来了，哪里还能在这里谈笑风生，甚至拿赏赐，简直想都不敢想。

宗洛站在一旁，将弓放下，正想往后退两步，忽然又听见了宗弘玖的声音。

"父皇，这几个福缘果好漂亮。"十岁大的九皇子忽然蹬蹬蹬地跑过来，声音纯真，不谙世事般跑到内侍捧着的托盘面前，伸手就要去拿福缘果。

渊帝皱眉："这是你皇兄的东西，你乱拿做什么？"只说了皇兄，却没说是哪一位皇兄，也没点明是不是三皇兄，叫人摸不着头脑。

宗弘玖一顿，一颗心慢慢慢慢沉了下来，如同秤砣一样坠进腹里。

不仅是他，就连一旁的内侍都不免讶异。平日里不生活在宫里的臣子只是听闻九皇子的受宠程度，实则并不清楚究竟有多受宠。只有这些宫中的内侍们才最清楚，陛下到底有多宠爱九皇子。

别说这种小玩意了，平日宗弘玖的要求，几乎从未听陛下拒绝过。如今仅仅只是要个福缘果，陛下竟然不允，实在少见。

"元嘉，把它们收好。"

元嘉忙不迭地应声，将那九枚串在一起，色泽、品相俱佳的果子用锦盒装了，放到一旁呆愣的宗洛的手里。

福缘果只有每年这个时候才被允许采摘，射下来的每一颗都贵重无比。就算直接当果子食用，据说也有强身健体、清心明目的神奇效用。有时为了彰显皇恩，经常会特许臣子们将自己射落的福缘果带回去。

这几颗福缘果无疑是最好的。

渊帝收回视线，一副不愿多说的模样。

反倒是元嘉低声在宗洛面前仔细嘱咐："殿下记得将这些福缘果带回去，用纯净的雪水洗净后再吃，切忌沾了荤腥。"

宗洛下意识地抬眸，往渊帝那边看去。可惜他现在什么也看不见……

清祀便就这样结束了。

朝臣们纷纷走到门口，打算坐马车离开，学子们也三两结伴一起回去。

可以预料到的是，即使渊帝不说，今日过后，关于大渊三皇子未死的消息也会传得沸沸扬扬了。

裴谦雪刚同宗洛说了几句话，元嘉又过来低声道："三殿下，陛下有请。"

裴谦雪念及渊帝对瑾瑜的重视，理解到一颗老父亲刚寻回爱子的拳拳之心，便也释然。方才裴谦雪已经问明宗洛太卜的诊断结果，现已无大碍，明日再前去拜访也是没有关系的。于是，他同宗洛作别，目送着对方登上由六匹马拉着的御辇。

四十二

大卜祠门口，朝臣的马车和学子们纷纷在这举首戴目。

虽然前朝礼崩乐坏，但礼仪还是传承下来，特别是面对皇室天子的礼节。一贯都是渊帝先登上御驾，皇子、宫妃们离去后，臣子才能动。

天子的御辇由六匹俊朗、浑身上下没有一丝杂毛的骊马拉着，装饰虽不如他国国君御辇那样花里胡哨，但其古朴厚重，车体上雕刻着神秘的图腾纹路，如同大渊皇宫的格局一样，威严庄重。

"那我就先过去了。"转身的时候，宗洛的心里并没有多少波澜。

虞北洲回京还没有多久，这个时候他和裴谦雪还算好友，再往后走，那可就不一定了。麻烦的是，裴谦雪为人太过聪明细致。失忆这个借口，宗洛可以用来骗他一时，却骗不了太久。估计他很快就会从内侍和渊帝的态度中察觉出端倪。所以接下来，宗洛要做的，就是"顺理成章"地慢慢恢复自己的记忆。再接下来，他就得为自己夺储，并且查明前世被赦令自刎的真相做准备了。

至于裴谦雪会不会发现自己假装失忆，根本就不在宗洛的考量范围之内。不管他发不发现，最后他都会走到虞北洲这个主角身边，重复他当初的背叛。

宗洛这么想着，任由元嘉掀开御辇厚重古朴的车帘，抬脚踏了上去。

所有人目送渊帝上了车，元嘉又来邀请三皇子上渊帝的车。

经历了今日接连多次刺激后，众人的心里便只蹦出一句"果然"来。

然而，元嘉邀请了宗洛后，却没有邀请宗弘玖的意思。

要知道，宗弘玖的年纪不大，没有自己的马车，往日出宫都是跟随渊帝一起。可现如今，不说渊帝，就连内侍仿佛都把他这个九皇子遗忘了一般。

偏偏宗弘玖并非真蠢，他骄纵，只是对其他人骄纵，实则深深地畏惧着渊帝。对此，大庭广众之下他不敢多说一句，脸色极差。从小到大，他什么时候受过这样的委屈？不仅被三皇兄打了两回就算了，渊帝竟然还不为他出头，就连那射下来的九枚福缘果，也不愿意匀给他一颗！

方才在大卜祠上，宗弘玖听见那些人的窃窃私语。

"不是说九皇子在宫中最受宠吗？"

"谁知道呢？深宫大内，我等本就不可随意窥探，更何况依陛下那种性格……应当也只是待九皇子比旁的皇子好一些吧。"

"也是了，陛下又不看重这些，当初陛下登基前……不也是这样吗？"

他们彼此说着话，说到这里，又默契地收声。

宗弘玖知道他们的意思。他也曾听闻过，当初渊帝称帝前，屠尽手足，仅因为宗室内所有人都支持当初的太子，于是他们的性命渊帝便一个也没留下。也正是因此，渊帝才留下暴君的恶名，这么多年了都还被遵循旧礼的文人戳着脊梁骨骂。

血缘，对渊帝来说也不过如此。可宗弘玖一直觉得，他是不同的。他一定是父皇最宠爱的那个。虽然这几年也因为立储一事，他私底下打着投靠几位皇兄的算盘。

　　但说到底，宗弘玖心里仍旧在想，这么多年父皇不立储，会不会是想让其他几位皇兄相互制衡，彼此牵制，实则等他长大。所以，上回在章宫里听到的对话，宗弘玖一开始根本不信。可是现在……事实由不得他不信。

　　"九弟不如同我一起？"宗承肆的眼珠一转，瞥见宗弘玖的神色，主动上前去邀请他一起同乘。

　　四皇子府同皇宫虽然隔了一段距离，但若是能探听到宗弘玖隐瞒了什么事，绕路送一送也不算什么大事。

　　"好。"宗弘玖看着远去的御驾，握紧拳头……

　　宗洛登上了御辇。厚重的车帘在他的身后放下，将外面天光隔绝。宽阔的车厢内依旧燃着宫中最常用的冷香，辛辣扑鼻。

　　渊帝端坐于主座之上，如同一把出鞘的利剑。换下清祀的白袍鬼面后，帝王又换回了他最常用的装束。玄金色的龙袍铺在缎面毯上，冕旒垂下来的珠串叮当作响，柔和了其后幽深透不出光亮的冷厉双眸。

　　"父皇。"宗洛拱手。他清楚，方才在大卜祠的厢房里，除去那些关键性的问题以外，还有一些没有说开的事情。

　　先前或许还可以说一句因为他突如其来"死而复生"，导致渊帝一时间忘了这回事。但经历了清祀这么长的时间，有些关键问题常人也发觉不对了，更何况渊帝。

　　"坐吧。"上首传来的声音辨不出喜怒。

　　宗洛十分顺从地在一旁坐下。他在渊帝面前一直都是这样，沉默、乖顺，从不主动开口说话。他能够感受到，那道长时间停留在他的白绫之上的锐利视线。

　　"太卜已经同朕说过，你的眼睛是有淤血未化，并未损伤到经脉。只是时间过去已久，需要一段恢复的时间，仔细疗养，假以时日，便可恢复。"

　　若是换作别的医生来，恐怕都很难看出他经脉没事。只能说不愧是太卜，好在太卜也没有发现他其实是利用点穴手法强行造成眼内经脉淤血，不然真的很难收场。

　　宗洛怀疑是虞北洲同太卜说过什么，但是他没有证据。再者，估计他的脑袋坏了才会怀疑他的死对头会大发善心帮他的忙，想来也是不可能的。

回过神来后，渊帝的声音仿佛近在眼前："日后你便每三日来宫中一次，让御医为你施针推诊，卜药朕已经吩咐下人送至你住处，记得每日三回，定时煎服。"

渊帝好像很少同他一下子说这么长的话。

宗洛应道："是。"

偌大的车厢里再一次恢复了沉默。

外面的人都还在等。御辇不走，其他的马车也无法挪动。谁也不知道渊帝同刚刚归来的三皇子在马车里面说些什么，御驾又为何迟迟不走？

而宗洛在等，等渊帝问出那个仍旧留有疑点的问题。那是他为了防止渊帝的多疑病，故意留下的漏洞。

在礼家寒庐的一年时间里，宗洛模拟了无数次同渊帝的对话，他已然预想了所有可能。

没有想到的是，渊帝再一次避开了所有设想的问题。渊帝没有问他为什么选择礼家？为什么在眼睛失明后医圣也未能拿出有效的治疗方案？或者是其他宗洛猜测的一切。

"所有人都说梦见了你在函谷关自刎的场景，唯有朕没有梦见过。所以，朕还是要问你，你仅仅只是因为害怕眼睛永远治不好，才选择不回皇城？"

白衣皇子沉默了许久。他不回皇城，是因为知道他自己未来会被渊帝厌弃，知道他自己在函谷关一役后会功高震主，被发配边疆，被赐下自刎的诏书。但是他怎么能说？

宗洛能感觉到渊帝的视线在他的身上久久地停留，或许这目光里会有他记忆里最常见的居高临下的审视和考量，又或者是察觉出什么端倪的冷酷，或是其他东西。有那么一瞬间，宗洛甚至很庆幸自己现在什么也看不到。

人不可能在同一块石头上绊倒两次。

"儿臣不敢回大渊，最怕的是……没能达成父皇的期望。"虞北洲说得很对，当初他没有调头就走，直接回边关整合军队谋反，归根结底，还是他不敢。

宗洛冷静地开口，仿佛像旁观者一样剖析着自己当初为何会决定在皇城下自刎的原因，用来回答渊帝的这个问题。他只要一闭眼，那日内侍从皇城上抛下圣旨的情景，历历在目。

"儿臣害怕父皇对儿臣失望，害怕看到父皇……失望的目光。"

造反当然很简单。宗洛带领玄骑军驻守边关，并无京中皇子的高高在上，反倒凡事亲力而为，待人亲和，很快就以高风亮节和体恤下属折服了原先驻守边疆的将领。只要他想，即使没有存放在渊帝那里的另一半虎符，他一样可以调兵造反，不会担心没有人追随他，没有人不响应他的号召。

可"谋反"代表了什么呢？虽有成为一国至尊的可能，但这二字本身就蕴含着骂名。倘若真谋反，生不带来，死不带去，他一点也不怕那些史官如何书写他。他唯一怕的……是渊帝知晓后失望的目光。说出来多好笑啊，大渊战神、鬼谷弟子、名震大荒的三皇子，刀林剑雨都未曾怕过，偏偏害怕微不足道的目光。

若是没有当初失望透顶，心如死灰的白刎，宗洛只会将这个答案埋在心底，永远都不会说。身为大渊三皇子不需要这样软弱的害怕。他的父皇，亲自弑兄弑弟、活生生地将先皇气死的渊帝，更不会希望听到这样懦弱的答案。

但宗洛还是说了，他不知道自己为什么说。归根结底，还是心底有怨。他怨恨渊帝的不告知，怨恨他毫无缘由的发配和赐死，怨恨太多了，便口不择言。

说完后，车厢内再次变得安静下来。过了许久，渊帝才开口。

"朕虽然不知道如何开口，但你实在不必害怕达不成朕的期待。"

渊帝的声音里带着浓浓的疲惫，这是宗洛两辈子里都未曾从这位英明神武，独断专行的父皇身上察觉过的情绪。他说："因为朕从未对你失望过，无论过去还是现在，未来也不会。"

四十三

久久未动的御辇终于缓缓向前驶走，从大卜祠离开。

众人见了，不免松了一口气。这尊大佛不走，他们连讨论都不敢，呼吸声仿佛都放轻了。

今日在清祀上发生了太多事情，大家都着急赶回去就这些事情进行商谈。三皇子若是真回来了，又该如何打算。

方才渊帝在，愣是没一个人敢出声。就连宗元武，被呵斥后也只敢远远地看着宗洛，不敢上前多说一句话。

只有渊帝走后，这些暗潮汹涌才愈发明显。

另一边，白衣皇子如同木偶般僵硬地端坐在马车上，脊背挺直，心里发毛。宗洛想，难道是贼老天知道他当初冤枉，所以如今才给他送了这么些虚情假意的温暖。他当初那么努力，盼望了那么久，苦苦求不得的一句肯定，竟然在这辈子里被渊帝如此轻松地说了出来。真讽刺啊！到底还是这副模样足够讨巧。当初要是他知道适当的示弱，是不是就会是不一样的结局？

渊帝说完那句"朕从未对你失望过"后便闭口不言。车厢内再一次恢复了沉默，就好像先前的交谈从未存在过。这才是宗洛熟悉的，同渊帝相处时的模样。他永远都是沉默居多。

御辇仪仗向前走，约莫行了一会儿，马车停了下来。

元嘉在外面行礼："陛下，三皇子府到了。"

宗洛放在膝盖上的手微微蜷缩。这是他之前同渊帝说好的，不恢复身份，但是要住回皇子府，并且安心接受治疗。

"去吧。"渊帝阖眸，没有多说。

元嘉掀起车帘，宗洛应了一声便猫着腰从里面出来，跳到地上。

远处，太阳西斜，天色近乎日暮，火烧云燎在空中。

三皇子府修建在距离皇宫最近的地方，原先据说是渊帝身为皇子时的住处。渊帝又是大皇子，最先出宫建府，所以选了处绝佳地段，往西走几步就是皇宫，东面是东市，南面就是大卜祠，北面是军营，出行方便得很。

即使宗洛现在看不见，他也能想象出三皇子府的模样。他刚刚从卫国回来的时候，因为并未及冠，所以还在宫里住了一年，等到自己拿到兵权练兵后，这才被准许出宫。

练兵每天都要从清晨练到日暮，常常会错过皇宫落锁的时间，再进宫总是麻烦。于是为了方便，渊帝便将这座皇子府一并封赏给了他，叫他不必再遵循宫里落锁的时辰。

得了渊帝当初住过的皇子府，那时还未及冠，按理来说不可出宫居住的宗洛内心别提多高兴，他将这视作渊帝对自己的肯定。所以这座皇子府在移交给他后，他也没有大肆改建三皇子府。三皇子府外表并无多少华丽的装饰，沿袭了当初渊帝的风格，显得又冷硬又肃穆。

"恭迎殿下回府！"

"恭迎殿下回府！"

老管家早已带领全府随从在门口，敞开的大门内里灯火通明，一看就是早已准备妥当。

近了，看到宗洛如今的模样，整个府内无比安静，甚至能听得到外面仪仗队和御辇马匹的踢踏声。

府里的许多老人都是曾都服侍过渊帝的，耿耿忠心，自然不必多言。其余不少是宗洛手下的士兵，在战场上受了重伤落下残疾，领了抚恤寄回家，人却留在这里，发誓一辈子为殿下做牛做马；还有一些是无父无母，孑然一身的孤儿，被宗洛收留在府里。

如今看到三皇子眼缠白绫，神情却依然如同往常那般儒雅随和，就连脸上的笑容也未减少半分，不少下人的眼眶都红了。

去年收到三皇子身死函谷关的消息后，三皇子府的下人本该散了。奈何宫中久久未曾传来消息，甚至府中下人的月例也照发，于是这一年来便也依旧这样名不正言不顺地领着月例。

谁又能想到，一年后，竟被府上人等到三皇子未死的消息。

"廖叔，许久没回来，府上多亏您了。"宗洛停顿了一下，并不打算在老管家面前刻意伪装失忆。

廖管家老泪纵横，声音哽咽："三殿下哪里的话？您为大渊在外征战，能为您照看府内是老奴的荣幸。如今回来了……回来就好，回来就好。"

一旁的元嘉也同他颔首。元嘉和老廖都是渊帝身旁的老人，二人相识多年。

另一旁，从宫内驶出的马车恰好停在了路边。内侍将一些用锦盒装着的药材捧上前来，其后跟随着两位提着药箱的老人，看衣服样式，赫然是宫中的御医。

元嘉仔细叮嘱道："这些都是陛下吩咐送往三皇子府的药和人，他们会为殿下煎熬草药。三日施针一次，殿下务必记得每三日来一次宫里。"

廖叔点头："老奴这就安排下去。

看着下人们将这些药一箱箱抬进府里，元嘉垂首："既如此，那老奴便跟随陛下回宫了。"

"三殿下。"这位须发皆白的老仆离去时停顿了一下，轻声道，"殿下请务必要照顾好自己。虽然这话老奴实在不当说，但若是有时间……您来宫中时也可以多去看看陛下。自去年后，陛下身子便一日不如一日，若是有您作陪，或许陛下也能舒心一些……"

就在元嘉说到一半时，不料不远处的御辇上传来一声冷哼。元嘉立刻拱手，苦笑一声："是老奴僭越了。"

"起驾回宫！"威严的御辇再次起驾，缓缓从三皇子府前离去。

等到那一串马蹄声在府前消失，宗洛这才回过头来，笑道："这是做什么？今日是我回来的日子，应当开心点才是。"

"是。"廖叔强打精神，重新板起脸，"老奴一定会好好监督殿下按时喝药。"

宗洛的确很不喜欢喝药。卜药制成的药浴还尚且在可以忍受的范围内，一旦要弄成可以喝的药，那简直就是一场灾难，一口喝下去能叫人五感失灵。所以宗洛这些年生病了，都会非常幼稚地逃避喝药。不过好在他习武多年，身体素质好，好几年才生一次病。

宗洛哪怕看不见也能感受到老管家谴责的目光。他自知理亏，也没再在门口多待，寒暄几句后便进了府里。

因为御辇要经过，整整一条街都被卫戍兵清了场，几乎看不到行人。清祀才刚刚结束没多久，三皇子死而复生的消息还未传出去，所以也没有引来围观的人群。

街角处，穿着紫衣的青年端坐在黑色的骊马上，望着三皇子府的方向，神色变幻莫测。如果说先前偷听到的那场密谈仍旧让叶凌寒有些怀疑，那看到渊帝不仅赏赐了药，还将宫中的御医也拨了一批过来后，内心也肯定了这个事实。他一直沾沾自喜于知道了这位三皇子的真面目。殊不知，原来这一切，竟然都是他先入为主。

"殿下，我们还是早些回去吧。若晚了，又要被记上一笔。"

质子既然住在大渊，自然是有规矩的，晚上不能太晚归，次数多了就会被记下。当然，若是那些大人物派人来说一说，登记的人自然也就睁一只眼闭一只眼。

奴仆低声劝道："上回三皇子捅了您一剑，而您也未说出他的秘密，便就算报了当初照顾的恩情。如今应当将全副心神继续放在回归卫国上……"当务之急，更应该是挽回清祀上白泰宁那番话留下的错误印象，应当赶紧去见卫国使臣，极力周旋才对。

奴仆想不通，自家太子忍辱负重，对别人心狠，对自己更狠，不可能分不清孰轻孰重。但清祀结束后，他却依旧追到这里来，远远地看三皇子，倒是让人想不通了。

叶凌寒喃喃自语："是啊，恩也报了，的确是没关系了。"他只是……从未品尝过这种温暖，所以更想攥紧，再攥紧一点，甚至到了近乎偏执的地步。结果到头来，还是搞砸了一切……

元嘉回到御辇前，六匹神骏便重新起步，朝着宫中驶去。

说来也奇怪，明明方才那些话已是僭越，但在所有人眼中一向残暴无情的渊帝竟然没什么表示，只淡淡地道："回宫后自己去领罚。"

比起大渊那些残酷的刑罚苛政，自己去领罚无疑是最轻的惩罚。更何况元嘉自己就是内务总管，顶多就扣些月俸，轻得不能再轻。

元嘉心里清楚，于是连忙叩拜："谢陛下隆恩。"

车帘里便再没有声音了。

渊帝重新阖眸，一只手垂在宽大的方桌上，闭目养神。

浩浩荡荡的仪仗队终于回到宫内。

因为绕路送了一趟三皇子，又在其府前停留许久，等御辇停好的时候，夜幕已经低垂。

冬天的黑夜总要来得早一些，也要长一些。

内侍挑着宫灯，摇曳的暖黄色灯光将偌大的皇宫点亮，晃悠悠地照亮一条路。

渊帝下了车，见如今还早，准备去章宫继续处理政务。一些奏折在大卜祠里批复后，又用木车运了回来，因为有事耽搁，余量甚多。就在他刚拿起笔，正准备批复檄文时，元嘉进来低声通报。

"陛下，九皇子求见。"

四十四

"陛下，九皇子求见。"

"他来干什么？"

渊帝颇有些不耐烦地在奏折上重重地画下一个圈："让他进来。"如果是宗洛在这里看了，估计会想到自己批改学生毕业论文时的表情。

元嘉垂首应"是"，慢慢退出殿门外。

宗弘玖迫不及待地冲了进去。

"父皇！"他的脸上挂着大大的笑容，一路小跑到放着奏折的桌案前。

"这么着急干什么？冒冒失失的。"渊帝头也不抬，继续给奏折做批注。帝王不轻易喜怒形于色。但失而复得的三子归来，这一年里沉积在心里的淤塞一扫而空。如今的渊帝心情极佳，没有计较宗弘玖打断他工作。

宗弘玖见渊帝这样，心里总算放心了些。他在宫中受宠，很大一部分原因是渊帝对他的放任。

只要是宗弘玖想要的，渊帝一般都会满足他。虽然宗弘玖说过自己对念书、习武都不感兴趣，但尚书房里依旧给他请了最好的武术老师和教书先生。平日里宗弘玖逃课到处瞎玩，渊帝顶多问一句，不会多加干涉，甚至偶尔摆晚膳的时候也会叫上他一起进食。但是渊帝平日太忙，起居几乎都在章宫，就连宗弘玖也不能经常见到。

宗弘玖听其他下人说，其他皇子住在宫里的时候，只要没去学堂，或是没去演武场，都会被渊帝责问。至于一起用膳，那更是从未有过。这么衬托一下，他可不就是最受宠的那个。

对此，宗弘玖小时候十分好奇，甚至还为此问过其他的内侍。

"父皇为何待我与其他皇兄不同？"

面对这个问题，内侍也难得愣了一下。

渊帝年轻的时候忙着征战沙场，那时周围群狼环伺，忙着夺储。等到血腥政变之后，国内百废俱兴，不知多少空缺的位置需要补上，又有世家联合谋反，令渊帝很是焦头烂额地忙了一段时间。后来，等大渊逐渐稳固，渊帝逐渐有了可用之人，没有那么忙碌的时候，其他皇子又已经长大，可以独当一面了。这时候出生的宗弘玖便占了最大的便宜。内侍总不能说，九殿下，因为你出生的时机最为恰当，只能岔开话题。

"九殿下小时候很安静，和现在完全不同。殿下刚出生的时候，小小的一团，下意识地扯着陛下的龙袍，仿佛不舍得陛下走。可惜陛下不会抱孩子，很久以前抱过一位皇子，还不小心摔了，就再也没抱过。不过自那之后，陛下就时常把殿下带在身边，就连批改奏折的时候也让殿下在一旁睡觉，还特地在章宫里建造了一辆婴儿车。"

宗弘玖听着，有点羡慕小时候的自己。他长大后，就几乎再也没进去过章宫。

章宫是渊帝日常处理事务的地方，只处理公事，绝不涉及私情。

宗弘玖记得自己记事后有回闹着要见父皇，让内侍带他过去，结果得到的却是渊帝冷冰冰的训斥。从那以后，他便再也不敢去了。

"那个摔了的皇兄是谁？"

内侍公公想了想："似乎是三皇子吧？三殿下没在陛下身旁待太久，只待了几个月，就被送去卫国为质了。"

"这样啊，"宗弘玖无所事事地玩着木马，"真可怜。"的确，以前宗弘玖见过不少皇兄，却唯独没见过这位三皇兄。

四皇兄经常带他出去玩，不管宗弘玖要四皇兄给他带什么宫外的东西，四皇兄都会想办法给他弄来。五皇兄有点凶巴巴的，看到他就说要带他一起学武，宗弘玖小时候一直躲着五皇兄走。至于六皇兄，待他也不错，经常会送他一些好玩的。而八皇兄，则是他天天欺负的对象。

宗弘玖想，应当是三皇兄不受宠吧？不然为什么那么小就被送了卫国？可是在章宫偷听到的密谈，还有后面发生的一系列事情，彻底颠覆了他的认知。

不过还好。父皇在办公，他一时冲动跑进来，竟然也没有被责罚，应当还是他想岔了。他才是父皇最宠爱的皇子，宗弘玖这么告诉自己。

见宗弘玖久久不言，渊帝再次在文书上落墨。

"你有什么事快说，莫要打扰朕处理政务。"

今天发生的事情太多，先是主持清祀，又是喜于三子失而复得。心情大起大落之下，批阅奏折都有些难以集中精力。

"父皇，今日那位……真的是三皇兄吗？"宗弘玖忐忑不安地问出来。

闻言，渊帝的笔尖在奏折表面落下一个深深的黑点："你连你皇兄都认不出来？"

"并非儿臣认不出来，只是……"宗弘玖握紧拳头，低下头道，"儿臣不久前见过三皇兄两次，一次在宫中，还有一次在猎艺场上。"

"宫中？"渊帝终于舍得从那一堆奏折里抬头，目光带着审视。先前他只以为宗弘玖是在撒谎，倒是把这茬事忘了。

宗弘玖感受到渊帝的视线落在自己身上，即使这目光并不包含多少情绪，却也不免瑟缩。他强装镇静："上回百家宴开宴时，儿臣在冷宫中见到了三皇兄，那时儿臣不小心闯进章宫，就是想要告诉父皇这件事。"

刚刚宗承肆送他回宫，路上似乎是不经意般同他聊了不少三皇兄的话题，宗弘玖才恍然大悟。是啊，若是宗洛真的失忆，又怎么可能跑到冷宫去给宗瑞辰撑腰？更何况在猎艺场上，宗洛还突然出现，一句话也不问，就暴揍了他一顿，定是又和那个傻子有关。

别人不清楚，宗弘玖可知道，当初三皇兄还在的时候，对那个傻子八皇兄可是宝贝得很，惹得他也不敢随意去找对方的麻烦。

到底还是年纪小，虽然心术不正，却也没有这么快反应过来。现在被宗承肆一点，顿时兴奋不已，觉得他终于抓住了宗洛的把柄。伪装失忆，又偷偷入宫，背后到底怀揣着什么用意，稍加抹黑一下就能引申不少。这要是被父皇知道了，绝对是从重处罚。

不过为了稳妥起见，宗弘玖还是没有把这件事和之前偷听到的事告诉宗承肆。四皇兄虽然对他好，可惜其母亲的身份太过低贱，母族在朝中根本说不上话，宗弘玖从来没想过投靠于他。

"他进宫干了些什么？"果不其然，渊帝搁下笔，声音不虞。

宗弘玖心下一喜，连忙添油加醋地道："三皇兄他跑去找八皇兄，儿臣正好去那边散步，于是就看到了，也不知道他们凑在一起说些什么，八皇兄也不如平日那般痴傻。乍一看到还以为是看错了，便以为有人冒充三皇兄，这才急匆匆跑来找父皇。"

进了城，进了宫，所有人都见完，也不来见他。渊帝冷哼一声，不见算就了，还得让朕请！

宗弘玖久久没能听到答复，小心翼翼地抬眸瞥了一眼。待看见龙椅上的渊帝又重新提起笔，继续迅速而流畅地批阅奏折后，他不禁有些懵了。明明方才渊帝还一副很不高兴的样子，为何没有大发雷霆？

"他还打了儿臣！"宗弘玖有些着急，又继续道，"儿臣并非不愿意认三皇兄，只是儿臣见了三皇兄两次，三皇兄便打了儿臣两次。特别在猎艺场上那次，儿臣的一颗牙都掉了。"

渊帝手中的笔不停："所以说，你是来向朕告状的？"

宗弘玖噎住了，额头开始渗出了细密的汗。他的心底忽然生出一股浓浓的恐慌，总觉得这件事情的发展偏离了他原先的设想。

有一个瞬间他突然想到，不，我才是父皇最宠爱的皇子。他这么告诉自己，深吸一口气："父皇，三皇兄毕竟是皇兄，仗着年龄大，便欺压皇弟，难道是对的？而且三皇兄根本就是故意装作失忆，不然他根本不会……"

渊帝重重地放下笔。

宗弘玖的心蓦然一跳。

"你这些话从哪儿学来的？方才送你回来的老四？"渊帝的声音辨不出喜怒，"你不想学习，朕允了。但没想到你会同老四一起，尽玩些上不了台面的手段。"

"父皇，冤枉啊！"宗弘玖吓得立刻扑通一声跪下，"儿臣只是想为父皇分忧，不愿父皇被蒙在鼓里。"

"分忧？"渊帝冷笑道，"打的什么主意，你自己清楚。你干的那些事情，当真以为朕不知道？若不是你执意要找老八的麻烦，你三皇兄会打你？"

宗弘玖浑身发抖："可三皇兄从小习武，又常年在外领兵，儿臣比他小那么多，如何打得过他？"

"打不过，那你还去惹他？"渊帝淡淡地说，"既然做了，就要作好承担后果的准备。"

宗弘玖的心里冰冷一片。他的心中感到惧怕，又像从云端甩回了人间，印证了自己最不愿承认的事情。

"那日在章宫，父皇同裴相说的话我都听到了。"年幼的皇子跪在地上，眼泪一滴一滴地落下，"父皇分明就是偏心三皇兄。"

"够了。"渊帝忍无可忍，终于爆发。

"朕给你安排那么多教习先生，虽比不上鬼谷，但绝对足够。你不愿学，今日就不要怨你三皇兄管教你。"渊帝失望地看着自己最小的儿子，"你说朕偏心，那你为何不问问自己，朕的偏心你是否消受得起。"想要得到什么，就要付出什么。

"朕待你们都一样，从未苛责过你们，也给过你们选择的机会和余地。"渊帝殷切的期待和这个国家的未来，势必是一条最为坎坷的路。这条路从始至终，只有一个人选。

"这都是你们自己选的路。"

玖章 · 期待

四十五

翌日，整个皇城方才从长夜中苏醒。

人们上街采买的时候雨已经停了，期间认识的人不免多了些交谈。

昨夜，三皇子归来，却不幸失忆、眼盲的消息在皇城各个府上掀起无数风波。其中动静最大的还是几位皇子的皇子府，皇子们彻夜不眠地召集门客，商谈接下来的局势和对策。等到近天亮的时候，这些门客才纷纷离开。

原先三皇子一死，夺储之势在皇城便压不住般愈演愈烈。现在宗洛回来了，又落得这副模样，如同给原先就烧得旺的柴火再加一道。

要变天了。门客们将消息传了出去，纷纷摇头叹息。

另一头，晨起操练完玄骑军的穆元龙正巧带着手下巡视，行到市集附近时，忽然听到面前菜铺的百姓正在低声讨论，个个面带喜色，神采飞扬。

"三殿下当真归来了？"

"当真。我二大姨的姑姑的姐姐的儿子就在六皇子府给人牵马，说昨夜就有不少大人物出入府中，今早走的时候，都在说三殿下的事呢。"

"那可真是天大的喜事啊！昨日清祀，据说陛下还带着三殿下射下九枚福缘果，当真是天佑我大渊！"

穆元龙的瞳孔骤缩，连忙驱动骊马冲上前去，问道："你们在说什么？三殿下归来了？"

百姓们被突然出现的急促的马蹄声吓了一跳，定睛一看，才发现这位闯入者身穿玄甲，骑着纯黑色的高头大马，面容英挺坚毅。

"原来是玄骑军的军爷。"他们拍着胸脯,神色立刻放松下来。玄骑军在大渊享有极高的声誉,又是三皇子的亲兵,深得百姓的爱戴。于是他们便把自己听到的消息如竹筒倒豆子一样同这位军爷说了一遍。

"军爷,这事发生在昨日,半夜就传开啦。三皇子吉人天相,被伯国的礼家救下,所以当初陛下派出去的军队才未能找到人。"

"可惜三殿下什么也不记得了,还是裴相认出了三殿下。难怪一年多以来都未见殿下回来。不过现在好了,三殿下未死,我们心里都高兴呢。"

百姓们一边笑着,一边喜气洋洋地往篮了里装菜,仿佛今日才是年关人至,阖家团圆的大好日子。像他们这样将笑容挂在脸上的人,整个集市都不在少数。

去年三皇子战死的消息传来后,三皇子的府前几乎摆满民众自发献上的兰花。包括这一年来,每日府上的下人清晨开门的时候,门口的隐蔽处几乎都会放着篮子,有时是自己家母鸡下的新鲜鸡蛋,有时是杀猪后精心挑选的猪肉,有时是包好的荷叶糍粑……东西并不昂贵,却是民众一片纯真赤诚的心意。

穆元龙简直不敢相信自己的耳朵。他在原地呆呆地愣了一会儿,忽而快马加鞭,朝着三皇子府飞奔而去。然而行到半途,穆元龙的心底又生出恐慌。他日日夜夜都盼着这一幕,当真的发生在眼前时,却又开始退缩。

三殿下是真的回来了吗?真的不是那个投机取巧的礼家学子冒名顶替的?他明明都已经告状告到陛下那里去了,会不会……那个人把所有人都骗过了?

很难形容穆元龙梦见三殿下自刎时的场景。他半夜从梦中惊醒,浑身上下满是冷汗。他日日夜夜拷问自己,当初为什么不同殿下一起冲进函谷关。殿下让他驻守边关,他就这么乖乖地听话,最后收到的却是一则死讯。

若是一切可以再重来,穆元龙就算违抗三殿下的命令,也要跟着一起,就算死在函谷关也虽死无悔。

"穆将军!"其余玄骑军也听到方才百姓的话,策马追了上来。

穆元龙的声音嘶哑:"你们先去三殿下的府上,我……先回府一趟,随后就到。"

"是。"玄骑军们不明所以,军人以服从为天职,无论他们再疑惑,也不会多问,于是目送着穆将军离开后,他们对视一眼,面上不仅有喜色,还有忐忑不安。

"我……要不然我们先去营里通知兄弟们?"

其中一个人同其他几个人对视一眼，又被另外一个人推了一把："别磨叽了，快去殿下的府上！"

另一头，穆元龙一路飞奔回了穆府。穆府的下人正在府前清扫落叶，见到他后都感到有些惊讶。

往日里，穆元龙从来都是天亮出去练兵，日暮才归，今日为何刚出去没多久，就又回来了？

穆元龙把缰绳交由仆从，问道："老爷呢？"

"侯爷正在书房。"

穆家是将门世家，当初跟着先帝一起征战天下，立下汗马功劳。多年来更是源源不断地为大渊输送人才，说一句满门忠烈毫不为过。穆元龙是穆家这一代的嫡子，原本按照惯例，他以后是要接过穆家帅印继承侯府的。当然在继承侯府之前，他也需要拿出亮眼的功绩。

结果半路杀出个三皇子。当年宗洛从鬼谷回来，在宫中住了没多久后便请愿挂帅。渊帝并没有第一时间给他组建亲兵的权力，而是小试牛刀，让他率领一支军队征伐一个边境小国，暂封他为战时上将军。

那会儿穆元龙早已有过好几次上战场的经验，按理来说上将军之位应当落在他头上才是。结果宗洛这个空降兵一来，他就变成了神将军，心里那一个叫不服。

宗洛也猜到穆元龙不服，于是在启程前挑了一个风和日丽的日子，把穆元龙等不服他的人叫到京郊的演武场，从清晨打到日暮，直接把一群不服他的人全部撂趴下了。

这还没完，等宗洛打完这一仗回来，组建亲兵的时候，还与整个京中世家学武的子弟全部轮番比试了一遍。

试之前，他放话是想收些小弟。只是年轻人大多心高气傲，既然宗洛说了放下身份，倒还真有不少人跃跃欲试，想要给这个常年在外为质的三皇子一点颜色瞧瞧。

结果最后宗洛把人全打服了，还有不少人哭着嚷着嗷嗷叫着要效忠他，穆元龙就是其中之一。

各家的长辈们也没阻止。他们都看得出来，大皇子战死，二皇子夭折，三皇子就是整个大渊最年长的皇子。渊帝对这个儿子虽然没有那般亲近，但愿意把军权交到他手上，任他出去带兵打仗，已经足够表明渊帝对他的重视。

鸡蛋总不能放在一个篮子里。

大渊重武，宗家的每一任皇帝几乎都是从战场上杀出来的。再者，要是宫中有变，就算不立太子，手中有军权的皇子都能直接杀上去。

现今几位皇子，一位年龄太小，一位出身低贱，一位先天痴傻，余下三位都有望问鼎皇位。

早些年各家就纷纷站队，五皇子、六皇子都是夺储的有力人选。三皇子还在时，虽说没有多少母族势力，都常说其不受宠，但也依旧有不少臣子把宝押在这位身上。旁的不说，仅于中实权这一项，就领先五皇子和六皇子不少。不少老狐狸甚至私底下觉得圣上是有意磨炼这个大儿子，故意而为之。

谁也没想到，却遇上了函谷关一役。就在众人叹惋三皇子将星陨落时，人竟然又回来了，还是以这么一副模样。

穆家的书房里，穆老侯爷负手而立，凝视着书房正中悬挂的正澄宝剑，沉吟不语。虽说是书房，但穆家的书房内放着的全是些记载着兵法谋略的书籍，其中不乏早已淘汰的书简。更多的，还是悬挂在上方的各样冷兵器。

这些兵器有的生了锈，但每一件都代表着穆家一段峥嵘过往。

"父亲。"穆元龙急匆匆地推开书房的门，"您今日上朝的时候……"

"龙儿，你来了。"穆老侯爷丝毫不意外。

看到父亲这个反应，穆元龙的声音颤抖着道，"三殿下他是真的……"

"圣上没有提。但事情的确如你想的那样，三皇子回来了。"

听到这个答案，穆元龙站在原地，胸口一阵起伏，几乎说不出话来。

穆老侯爷点头，回过头打量着自己的嫡子。在外征战数年，又接任玄骑军，独当一面，穆元龙已然褪去年少时的青葱，面容变得坚毅冷硬，嘴唇紧抿，下巴上长了一丛青色的胡茬。一点也看不出年少轻狂时上房揭瓦，闹得鸡飞狗跳的混世魔王的模样。

穆老侯爷年轻时跟随先帝戎马生涯，渊帝继位后便上交了兵权，自觉地隐退。渊帝看他知进退，于是爽快地给封了宣平侯，亲自题匾，悬挂于府门前。

虽然致仕，但穆老侯爷的心里还记挂着家国，从小就带着穆元龙在军营里历练，以覆灭六国为己任。

后来穆元龙效忠三皇子，虽然对儿子没能亲自领兵颇有微词，但穆老侯爷倒也没说什么。毕竟大渊的规矩就是这样，谁的拳头硬谁就是老大。

但现在……

身披玄甲的将领调头就要走。

"你回来！"穆老侯爷的眉头一竖，"我就知道你要去找三皇子。你根本不知道，他现在变成了什么样！三皇子回是回来了，但是重伤未愈，失忆、眼盲，一个不落。"

穆元龙僵住了。他想起先前皇城内闹得沸沸扬扬的学子风波，又想到自己曾经去御前告了一状，心底越发不是滋味。原来……他以为的那个欺世盗名之辈，竟然真的是三殿下。三殿下如同天上月，水中花，是高高在上的仙人，何至如此？

"你好生在家休息，莫要再去见他。"

"万万不可！"穆元龙急了，"孩儿已经发誓效忠三殿下，爹这样岂不是要陷我于不忠不义吗？"

穆老侯爷吹胡子瞪眼地道："三皇子这副模样，注定此生再与皇位无缘！你现在已经是掌兵将领，去见旧主，难道是想归还兵权？不出半个月，朝中的局势就会迎来大变。你过两日再看看，当初的三皇子党，哪一个会在这个时候站出来表忠心？"

"可三殿下于我有大恩！"穆元龙提高了声音。

岂止是大恩。一想到自己在梦中见到的场景，穆元龙的胸口就如同被人收紧，沉闷得喘不过一点气来。

"少在你老子面前大呼小叫。"穆老侯爷瞪了他一眼，语重心长地道，"你也带了好几年兵，应当知道事情的轻重缓急。爹知道你心里所想，但忠义说到底都是做给旁人看的，再过几年，等爹这把老骨头走不动了，侯府总要交给你。你的一举一动，都将牵涉侯府的兴衰与一家老小的性命、荣誉，若这样将宝押在三皇子身上，等到夺嫡大势到来，侯府如何能自保？"

道理的确是这个道理，只是太过残酷。战场上只要杀敌，官场上却要谋心。动不动兵刃，都得见血。

穆元龙握紧拳头，忽然猛地一咬牙："若是这样，您便将侯府交由二弟吧！恕孩儿不能从命！"说完，他也不等穆老侯爷回答，转身冲出了书房。

穆老侯爷气得直掐自己的人中，在一旁守着的小厮连忙上前，点上静心凝神的香，好一会儿穆老侯爷才恢复了平静。

"这般大了，还如此意气用事，听见旧主的消息，就忘了自身的处境，以后侯府交由他，让本侯如何安心！"穆老侯爷被搀扶着坐到太师椅上，长吁短叹。

穆老侯爷清楚得很，朝中那些大臣一个比一个会见风使舵。经过这么一番变故，不说别的，三皇子党定然会进行一轮大换血。

上上下下这么多人盯着侯府，如果不能赶在这之前表明立场，只怕最后清算的时候也会被牵扯进去。

偏偏穆元龙这个性子，想要他背弃三皇子，简直比天还难。真不知道当初三殿下给他灌了什么迷魂汤？

穆老侯爷一边心酸，一边又为自己的儿子感到骄傲。穆家满门忠烈，不管再如何说，忠君为主都是好事。若是今日被他这么一劝，穆元龙便与三皇子背道而驰，恐怕他还会失望。

"唉，罢了罢了。"未来的侯府总是要交由他的，既然儿子冲动，那就只能老子多下点功夫笼络人了。

穆老侯爷当机立断："去给薛御史递拜帖……不，给御史丞递。"

御史丞是御史大夫的下属，御史大夫也称左丞相，掌纠察百官之职，权力极大，也是三皇子党的中坚力量。

若薛御史都有心改队，穆府自然不能坐以待毙。贸然接触薛御史到底不好，先探探御史丞的口风，再作打算。

"诺。"小厮领命而去。

四十六

今天一早，天刚刚亮，宗洛就醒了。他眨了眨眼睛，意识迅速回笼。

点穴一次需要数个时辰才能解，昨天为了保险起见，宗洛连点自己两次，今天醒来才重见光明。

宗洛仰躺在床上，没有急着起身，而是慢慢环顾四周。这是一间极为素雅的卧室，内里装饰陈列不多，每一件都极为雅致。

例如雕花屏风、垂下来的竹帘、鎏金的暖炉，还有在小香塔里摇曳的烛火。透过熹微的日光，外面天光乍破，室内并不多么奢侈华贵，却处处透着家一般的温馨。

宗洛已经有三四年没有回过自己的皇子府了。然而这间卧室的每一处都深深地印在他的脑海里，如今这个场景则让脑海中的记忆越发鲜活，染上它应有的颜色。

他穿上衣服，缚好白绫，拿起一旁放着的七星龙渊。刚想轻轻走出去，不料一推开门，早早守候一旁的老管家就满脸慈祥地唤道："殿下，早安。"

廖管家的背后站着两位小童和御医，一位小童手里端着尚且还腾着热气的药盅，另一位手里则端着一小碟蜜饯。

"殿下是要去练剑吧？正好，练剑前先把药喝了。"宗洛沉默地端起药，药物刺鼻的味道扑面而来，五官顿时扭曲。

"殿下，这帖卜药一日三次，起到活血化瘀、疏通经脉、清心明目的效用。具体治疗还要看太医院那边给出的金针疗诊方案。"

还好，至少只是起一个固本培元的作用。宗洛在心里叹了一口气，他是真没想到，渊帝竟然铁了心地要为他治疗眼睛。

昨天晚上回府后，他问了御医整体治疗步骤。

不知道渊帝说了什么，据说太医院全体严阵以待。还有一位异邦御医直言，若是眼部经脉滞塞过久，唯有换眼才可以重见光明，即用一双完好的活人眼睛换到盲人身上这样的做法。

宗洛听得直冒冷汗，当即就把医家的医圣供了出去，说自己在礼家寒庐的时候便是由医圣为他治疗，也研究出了一套可行的方案。

医圣和他的礼家师叔是挚友，答应了替他隐瞒。虽然这样有些不厚道，但是总比真的抓个活人来换眼要好。

现在摆在他面前的这副药，宗洛必须得喝。他相信，只要他敢不配合治疗，渊帝就敢抓着他来个强行换眼。

御医恭恭敬敬地道："听廖管家说殿下不喜欢喝药。所以臣特地用卜药制作了一些甜口的蜜饯，殿下用完药后可以吃上一颗去嘴中苦味，不用担心影响药的效用。"

一旁的廖总管也笑眯眯地说："是啊，殿下，良药苦口利于病。"说是管家说的，实则都是陛下的吩咐。昨日元嘉同他再三叮嘱，说是三皇子不喜欢喝药，所以陛下特地强调，一定要府上所有人盯着三皇子喝药，喝完给蜜饯，不喝就打小报告。

宗洛对此一无所知。他面无表情地端起药，屏住呼吸，一口喝了下去。

四双眼睛愣是盯着他，把碗里的药喝得一滴不剩，这才放心离开。

接下来，宗洛在梅花树下练剑的时候，总感觉自己的身上有一股挥之不去的药味，喉咙里最为浓烈，一张嘴刺鼻的药味就充斥着四周。

每天晨起练剑是他的习惯。习武者，不管到了什么层次，一日不练都容易手生。

以前在鬼谷的时候，为摆脱自己的炮灰命运，宗洛更是闻鸡起舞，天不亮就起床。不像虞北洲，天天偷懒，有时日上三竿了才打着哈欠出现。可能就是因为虞北洲的睡眠比较充足的缘故，导致现在宗洛比他矮上那么一截，宗洛心里感觉很不爽。

宗洛练完剑，没忍住又去洗了个澡。

等他回来的时候，公孙游已经在书房门口等候多时。

白衣皇子换下之前那套礼家人手一套的衣服，转而穿回了他曾经在大渊皇城中惯用的那套装扮。一袭白衣，内里是织造府一针一线绣好的淡金内衬，衣角缀着不明显的暗纹。这样贵气的颜色，穿在旁人身上便很容易落得俗气，偏偏穿在宗洛身上，也清淡得如同山巅的一抹雪，衬得他矜贵无暇。

"恭贺主公，有惊无险。"

"你来了。"看到公孙游，宗洛也不惊讶。

和聪明人讲话就是这点好，不需要打哑谜。看见宗洛同裴谦雪离开，又见了渊帝身边的近侍，虞北洲猜得出来，公孙游自然也能猜出来。

公孙游找上门来，那更是正常。按理来说现在他是自己的门客，自然会上门商讨。

只是宗洛暂时还没想好要怎么用公孙游。仍旧缺乏信任不说，在他原先的计划里，也根本没有公孙游的位置。

偏偏公孙游又是一副忠心耿耿的模样。

宗洛站在书房内，略微有些头疼地听公孙游絮絮叨叨。

先前宗洛被渊帝叫过去后，留在原地的公孙游不仅全程围观了宗弘玖和其他几位皇子之间的交锋，还做了一个专题分析报告。

不得不说公孙游也是个人才，就这么往旁边一站，结合五行家先前的情报，竟然就将当下局势分析了个七七八八，一样一样逐步同宗洛分析。先从其他几位皇子说起，现又转移到当前局势上。

"殿下，您的出现无疑打破了五皇子和六皇子原先的夺储的平衡局面，臣以为，如今理应按兵不动，静观其变。当然，您或许心中已有抉择，故此不多言。"

宗洛不免叹服。的确，关于夺储，他的心里自有决断。有了当初的记忆，再看其余皇子之间的明争暗斗，宗洛只觉得实在没必要搞这种内耗。

当初在祈福大典上到底发生了什么？那块所谓能观测到他未来命运的木牌上到底写了什么？为何最后会忽然惹得渊帝翻脸？这些才是他真正需要关心的问题。

还有他的死。宗洛从虞北洲不同寻常的态度中嗅出了一丝不一样的味道，他甚至隐隐约约地怀疑，事情并不如同他想象得那么简单。现如今，他需要一个突破的入手点。

"臣思来想去，还是决定献上一计。"

"说来听听。"宗洛来了兴趣。

"臣以为，殿下既然已有决断，身边没有可靠的人，故此不好安排。"其实就是信任不足，没有要管他这个闲人的意思。公孙游对此心知肚明。

还是那句话，他为人心高气傲，若是主公对他一点防备都无，尽信于他，公孙游反而会怀疑自己是不是找错了人。宗洛越是这样，他反倒是越有斗志，想在这位自己也看不穿的主公面前好好表现自己，好叫主公刮目相看。

当然，自己揭短是不可能的。于是，公孙游委婉地说："如今殿下恢复身份，朝中有薛御史，手下有穆将军，也不缺人用。而我根基尚浅，在旁人看来又是初入太渊，尚未打出名声，急于投靠一门府下。倒不如……我替殿下到其他皇子府上做个探子。"

宗洛一听，顿时乐了。这不就是当初公孙游投靠虞北洲手下时用的办法嘛。潜伏到其他皇子门下，施展制衡大法，游走于各方势力之间。

公孙游不愧是隐士世家数十年一出世的弟子，业务能力实在没得说。当初在虞北洲手下时，虞北洲简直如虎添翼，所有皇子都被蒙在鼓里。

"说来惭愧，此法还是臣效仿苏季子，从《太公阴符》中参悟得来。"见宗洛久久未回答，公孙游还以为主公是觉得自己此计不大靠谱，连忙解释道，"虽比不上季子先生制衡六国，但牵制两三个势力却也还是可以的。"

苏季子是大荒数百年前的名人。以一介布衣身份，游说六国联合抗击一国，最后得佩六国相印。实则他暗地里让同出鬼谷的师弟到被六国抗击的那一国去，施以连横之术。两个人表面上为敌，私底下暗自配合，把整个大荒诸国玩弄于股

241

掌之间，彻底把鬼谷的名声打了出去，算"名誉校友"。

"嗯，我觉得此法甚好。"宗洛给予肯定。可不是好，不仅能帮他盯着其他几位皇子，还不需要他操心。

最重要的是，人不放在自己身边，也符合了宗洛不信任公孙游的想法。这次公孙游揣摩得很到位，给自己的定位也很准确。无怪乎当初能在多疑谨慎、时常性发疯的虞北洲身旁待那么久。

得到主公的首肯，公孙游神情轻松了不少。

"对了，主公。卫国质子恐怕是个隐患。"他想起腊日清祀上看到的那幕，不免提醒宗洛一句。不管如何，叶凌寒的确算是忍辱负重，此等心性，倒是让公孙游高看一眼。

宗洛正要说话，忽然听到门房派下人来传话："殿下，有客来了。"

他早就做好今日从早到晚都有客人的准备，如今好整以暇，也不问是谁，便道："那便带进来吧。"

公孙游见状，十分识趣地拱手告退。

待他从书房出来时，眼角的余光瞥见一抹玄甲，好像是北宁王。

"或许是我眼花了……"公孙游从皇子府的后门离开，在心底思忖着。

在察言观色一途，他也算个中佼佼者。公孙游总觉得，这位新主公似乎也并非当今圣上那般多疑之人。偏偏就只对他，难以交付信任。这种带着戒备般的相处，显然不是一时形成的，可是又不知是何缘由。

在此之前，公孙游从出生开始都在隐士世家学艺，直到学成才被准许入世。过去的二十几年里，他连山门都没出过，更没可能见过这位三皇子。

"怪哉，怪哉。"公孙游摇了摇头，快步离去……

另一旁，宗洛也迎接到了今日第一位客人。

出乎意料的是，这位客人并非宗洛一开始猜测的穆元龙，也并非忠心耿耿，一心向他的薛御史，甚至也不是其他几位各怀鬼胎的皇子。

而是顾子元。

这位常穿月白色长衫的大儒立在寒风里，面上还带着高烧未退的病色，看见他后，眼眸蓦然亮了起来，旋即又被失落所覆盖。

任凭是谁一觉醒来后，听闻自己的小伙伴成了皇子，心情都会有所起伏。更何况他最近才察觉，自己好像对这位小伙伴有点……不太一样。虽然顾子元自己都没有想清楚究竟哪里不一样，但这并不妨碍他拖着病体一大早站到三皇子府前。

可是见到了三皇子，又不知道该说什么。

顾子元垂下头，语气带着沮丧："三殿下。"

四十七

乍一看到顾子元，宗洛难得生起些心虚。

当初他和师叔聊了一下，他们都觉得顾子元为人太过实诚，不懂人情世故。再加上回皇城一事变数太多，所以便没有同他说其中的内情。

其他礼家子弟倒也一样不知道宗洛的身份，只知道实际上的领队是宗洛而已。

宗洛先前把全副心神都放在了解决原著中的里的男主、男配及渊帝的身上，完全忽略了这个这辈子意外交到的好友。

属实不能怪他，毕竟顾子元在原书里毫无存在感。甚至就连宗洛当初，也只听过一次他的名字，似乎百家宴夺得书艺魁首后，就跑去昭文馆修史去了。

宗洛估摸着顾子元没有参与过夺储一事。修史没个三年五载的，根本修不出来，更别说掺和夺储了，哪个夺储的皇子会这么想不开拉拢一个毫无实权的臣子。他停顿了一下："不必如此，子元还是像以前一样称呼我吧。"

宗洛在心里过了一遍，最后还是打算一条路走到黑。礼家将宝押在了他的身上，本身就带着一定风险。若是顾子元知道了，难免会被波及。倒还不如什么也不说，让他走回当初不问世事，一心修史的路。

就是不知道顾子元现在猜出来多少了。他只是阅历不足，人还是聪明得很，不然也不可能被人尊称为大礼，在百家宴上力压众人，夺得书艺魁首。

听闻宗洛真实身份是三皇子，再仔细思索，难免品出端倪。要是他猜出来了，宗洛也没打算瞒着他。

刚刚还耷拉着头的顾子元立刻抬眸："真的吗？"他的神情雀跃，不见一点异色，方才的失落和难过全部一扫而空。

宗洛实在无奈，是他抱得太大的希望了，这家伙根本就一点也没猜出来！他哭笑不得地道："我还能骗你不成？"

"洛兄！"肉眼可见的，顾子元的心情转变得极为快速。然而，乐极生悲。

"子元，我们先进去再说？"站在门口说话总不是事。就在宗洛想赶紧叫他到书房休息一下的时候，顾子元先应了声"好"，正想往前走，忽然晃了两下，差点倒下。

宗洛吓了一跳，连忙伸手去扶。他早就注意到顾子元脸上不正常的神色，外面又寒风凛冽，昨晚刚结过霜，偏偏顾子元来的时候身上只穿着一件单薄的外衣。

昨日清衹的时候，礼家弟子就说顾子元生病了没来，看来今天是病还没痊愈，就跑出来找他来了。

"没、没事。"

被白衣皇子扶住，顾子元的脸色一下子涨得通红。

宗洛皱眉，抬手摸了摸顾子元的额心，手指触及的地方滚烫无比。

"这叫没事？"宗洛直接吩咐站在一旁的下人，"让厨房熬一碗姜汤来，正好御医也在，一并叫过来给顾公子诊断一下。"

被那股清冷澄澈的气息包裹，顾子元浑身僵硬，一动都不敢动，手都不知道该往哪里放。张了张嘴，却一句话也说不出来，就这么晕乎乎地被安排下去。

"扑哧——"就在宗洛把顾子元妥善地安排好，送到客房去让御医问诊后，他身后的高处忽然传来一声毫不遮掩的讥笑。

"三殿下！"

白衣皇子眉眼低垂，同大惊失色的侍卫示意道："无事。"

早在宗洛扶住顾子元的时候，他便感觉到一道侵略性极强的目光落到了自己的身上。这样带着窥伺，又极具恶意，叫人寒毛直立的目光，实在太过熟悉，不做他想。

果不其然，待他回眸一看，只见府中落满薄雪的墙角上正坐着一个眉眼肆意张扬的青年。一只手撑着头，墨发如蛇般蜿蜒散落在肩头的白袭之上，一袭红衣刺眼，犹如这打了霜华的天地间唯一的亮色。

看向宗洛的时候，虞北洲好看的眼角眉梢永远带着化不开的笑意。

"还未恭喜师兄得愿所偿。"

宗洛并不感到意外。以虞北洲的轻功水准，若是要被一个平平无奇的护府侍卫发现，这才比较奇怪。更何况北宁王府同三皇子府离得也不远，很难说虞北洲当时选择此处建府是不是故意的。根据重来一次后，无论他干什么对方都要来掺一脚的情况，虞北洲出现在这里也不奇怪。

亏他把皇子府的墙建得这么高，果然是防得住君子，防不住小人。真希望虞北洲一个没坐稳，一打滑摔下来，把腿摔断才好。

就在宗洛打算反唇相讥的时候，又有下人前来通报："殿下，又有客来了。"

"快请进来吧。"

这一回进来的人终于没有出乎宗洛的意料。

身披玄甲的将领大跨步走进府中，身后还跟随着几位玄骑军士兵。他的双手垂在身旁，面对百万之师都从不退缩的心复杂难平，紧张得手指都蜷缩在一起。

在看到站立在书房前的白衣皇子和他眼上的白绫的那个刹那，穆元龙向来坚毅的面容终于绷不住，声音带着颤抖："殿下？"

白衣金衬，墨发高束，眉目如画，依旧还是那副最为熟悉的装扮，就连嘴角弯起的弧度都一样。士兵不可能连自己的主将都认不出来。

几位玄骑军齐刷刷地半跪在地，声音难掩激动："参见三殿下！"

宗洛笑了："你们来了。"

他下意识地往墙角那边瞟了一眼。原先坐在墙角上的红衣青年已经不知所踪，只剩一泓融化的冰霜。一旁梅花的树摇曳着，簌簌落下雪花……

接下来和昔日属下的会面十分顺利。玄骑军是他一手带出来，每一个士兵都是由宗洛亲自选出的。他们有的来自其他军队，其中也不乏之前宗洛在皇城其他权贵家收的小弟，还有从其他国家慕名而来的人才。

按理来说，皇子没有组建亲兵的权力。宗洛既然得了这个权力，那么玄骑军就相当于是直接效忠于他的一支私兵，虽然另一半虎符存放在渊帝那里，但只要宗洛想，玄骑军的主人就永远是他。

宗洛可以不信很多人，但他绝对不会不相信自己的兵。

当初，他被渊帝一纸诏书贬到边关。临走前，宗洛撑着跪了一天一夜的身体去了兵营，直言此去边关，已经做好此生回不了皇城的准备。

他自己孑然一身，手下的兵却是上有老下有小，虽然平日自掏腰包给他们补贴不少，但到底事关重大。

宗洛实在不愿耽搁兄弟们的前程，好言相劝，让众位兄弟解兵卸马，明日清晨他便上书太尉，解去他们的兵籍，绝不追究挽留，愿诸位前程似锦。说完，宗洛就把所有人都从军营里赶了出去。

每次出征前都有这么一个流程。士兵们要回家打点行李，见见家人，还要把发下来的月俸送回家中，因为谁也不知道这一走会不会就是永别。

然而等到第二日点兵时，宗洛一个一个地数着。数到最后，他的声音近乎哽咽。整整三千多人，又全部都回来了，没有一个人因此离开。

再后来，在边关驻守两年，宗洛收到薛御史的传书，打算即刻返回皇城。还是如同两年前一样，他在走之前同所有兄弟说，若是跟随他回去，很可能会直接掺和进储位之争里，九死一生。最后的结果依旧同两年前一样。

宗洛在皇城下自刎，陪他回来的玄骑军全军覆没。

这样一支宁死也要追随他的队伍，宗洛毫不怀疑，无论他的地位高低，他们一生都会追随于他。

"副将穆元龙，参见三殿下！"果不其然，刚走进书房，穆元龙就径直跪地，将虎符奉上。

这枚虎符是三皇子携同玄骑军虎符失踪后赶工制造的一块，形状、样式都同宗洛手上的旧虎符不同。

宗洛连忙去扶："快起来。你现在已经是主将了，怎么还随便乱跪。"

自从他去年在函谷关身死，玄骑军的兵权就被渊帝移交给了穆元龙。

于情于理，现在穆元龙都是玄骑军正儿八经的主将。除了重大场合面见天子以外，见到他人都只需抱拳行礼。

穆元龙死活不肯起身，沉声道："臣永远是殿下的副将。殿下拿了虎符，臣再起。"

宗洛叹了一口气："如今我这样，带兵打仗已是奢望。你又何必如此，认一位瞎子为主，说出去叫人耻笑。"

"殿下哪里的话。"穆元龙急了，"玄骑军是殿下的亲兵。"在他身后，其他几位玄骑军士兵也一样垂首半跪，说什么也不愿起身。

宗洛的心里半是苦涩半是感动。苦涩，是苦涩自己上一场人生最终落得那样一个结局倒罢了，竟然还拖累了手底下这些兄弟。感动，是感动于他们的不离不弃。

"殿下，玄骑军上下都在盼您回来。若殿下不接，臣即刻就进宫面圣，卸甲归家。"这还威胁上了。

宗洛苦笑一声："元龙，你不要为难我。"

穆元龙不肯："殿下不如随臣去营里看看，弟兄们都很想您，照夜白……

也是。"

函谷关一役后，即使主将身死，所有存活下来的玄骑军，也没有一个人离去或申请调职。

"这一年来，玄骑军日日操练，从未停止训练。如今全军待命，随时可以奔赴战场，请主将指示！"

四十八

实在拗不过穆元龙，宗洛半推半就，还是吩咐下人备好马，打算去一趟玄骑军军营。

原本恢复身份的第一天，他打算同薛御史促膝长谈一番。这位老人是坚定的保守党，一块难啃的硬骨头，挨过了两朝帝王，是个结结实实的大渊元老，但对大渊当今的苛政颇有微词，反倒十分看好三皇子宗洛。不仅如此，上辈子薛御史也帮过他许多，包括最后在皇城被围困，五皇子逼宫、六皇子谋反的关键时刻，他被联合污蔑关进大狱，在朝不保夕的境遇之下，竟然还冒死让手下递密信给宗洛，可谓赤胆忠心。

宗洛当初自身难保，最后一次收到薛御史的密信，说渊帝已醒，已经开始整顿朝纲，清算谋反乱党，之后就再无消息。

想来渊帝既然能下旨叫他自刎，薛御史这等硬骨头也做得出一头撞死在朝堂柱子上的事，恐怕凶多吉少。

"若是薛大人来了，记得好生招待，莫要怠慢。"他叮嘱下人，将锦盒放到书房的桌上。

一般来说，知晓他如今失忆、眼盲后，原先那些站在他这边的朝臣都不会急着出来表态，而是静观其变。但薛御史为人正直固执，我行我素，毫不在意他人的目光。听到宗洛回来后，今天来找他的可能性极大。

而且刚好，薛御史有腰疼的老毛病，他这里有两位御医，正好帮忙看看，免得主人家不在，太过失礼。

一个顾子元，一个薛御史。

宗洛觉得自己好像发掘了御医的新用途。

皇宫里的御医不多，一共五位，个个都是医术非凡。平日里这些御医都很难请动，寻常臣子就算带上满满的诊金去请，都不一定请得来。渊帝一下子给他拨了两位，也算大手笔。

吩咐完后，宗洛同穆元龙几人一同出府。

"对了，臣听闻殿下还失忆了？"

"是有这回事。"宗洛轻描淡写地说，"清祀时太卜为我诊疗一回，现在已经慢慢记起一些东西了。"

记忆也该"顺理成章"地恢复了，总不至于在自己人面前还要隐瞒。

太卜平日里在大卜祠闭关，除了渊帝一概不见，这锅背得很稳。

宗洛又补上一句："我记起来不少当初在军队中同大家相处的事情。"

果不其然，穆元龙同几位玄骑军士兵的眉梢都挂上了喜色，丝毫没有怀疑。

"殿下，若这样的话，那您的眼睛……"穆元龙说完才觉得这话有些不太妥当，连忙侧身去看宗洛的神色，迅速转移话题，"臣的意思是，额……臣要向殿下负荆请罪。"

穆元龙觉得自己需要请罪的地方实在太多了，先是没能认出三殿下，在营里大放厥词，将那位错认的士兵狠狠地批了一顿。再然后是不明所以，直接跑到御前告了一状，以自己辞官为威胁，想要让陛下记住这个投机取巧之辈。

回想起这些不久前才发生的事，穆元龙恨不得给自己两个耳刮子。那日照夜白挣脱缰绳离开，想必就是为了认主。而他不仅半点没怀疑就算了，还做了这么多错事，真是连一匹马都不如。

穆元龙不是一个喜欢逃避错误的人。于是他认认真真地站在宗洛面前，把自己的罪状一条一条地列举出来，甚至担心殿下没有完全记起来以前的事前，还对其中几条罪状做了说明阐述。

宗洛好笑地道："我不过失忆，又没有失去正常的思考能力。方才你说的几条都并无大碍，只有一项……去年玄骑军久攻不下南梁，最后被北宁王的天机军替换下来？"

穆元龙知道北宁王是自家三殿下的头号死对头，就连失忆也忘不了的那种。平日里他们同天机军也时常互相看不顺眼。在一向看不惯的天机军面前丢脸……穆元龙羞愧地低下了头。

宗洛见状，便没有在请罪这个问题上继续，而是顺着穆元龙之前的话题开口："陛下已经吩咐太医院为我诊治，或许还有希望恢复视力。"反正现在只是装的，又不是真的失明。

正巧过来搬东西的廖管家听见这话，笑眯眯地道："的确如此，老奴也担心殿下的身子。穆将军，您平日一定记得叮嘱殿下配合治疗。一日三顿药，三日一进宫，少动怒，忌辛辣。"

穆元龙立刻正色，恨不得拿张纸记录下来，信誓旦旦道："臣谨记！"

出府的时候，穆元龙下意识地想要上去搀扶宗洛，却见宗洛视若无物地跨过门槛，从马夫的手里接过缰绳，干脆利落地翻身上马。

穆元龙愣了一下，装作什么也没发生般收回了手。他竟然忘了，三殿下虽然眼盲，但是一身武艺还在。

穆元龙想起自己当年桀骜不驯，出言挑衅，十分不服这位空降的将军，结果被宗洛带到城郊演武场比试了一番。七星龙渊出鞘而来，犹如长虹贯日，轻轻松松将他挑于剑下。

打完后，宗洛朝他伸出了手。

那时穆元龙以为这位三皇子会和那些假惺惺的人一样，说不好意思下手重了，再问他愿不愿意就此追随他。

没想到宗洛把他从地上拉起来后，反倒话锋一转。

"服不服？"白衣皇子分明是在笑着，如同和风煦日，说出来的话却狂妄得惊人，"不服的话，就把你打到服。"

穆元龙睁大了眼睛。那一瞬间，他清楚地意识到，这便会是他将为之追随一生的人。

无论如何，三殿下不是弱者。就像现在一样，穆元龙不是不知道那些利弊得失，也不是不知道趋利避害。只不过他发誓戎马一生，效忠一人，那就绝对不会再变……

一行人上马，朝着郊外的兵营驶去。

三皇子归来的消息已经传遍了皇城的各个角落。一大早，就有无数人在皇子府面前翘首以盼，放东西的篮子摆满了台阶。管家和门房只好默默地收了，等届时带到城南用以接济难民，也算物尽其用。

宗洛从后门走的，没有惊动任何人。

玄骑军军营早早地就收到了消息，所有人都站在了军营演武场上。赫然是一副严谨肃穆，等待主将阵前点兵的模样。

唯一不同的，就是在看见马上的那个人后，大家不由得都红了的眼眶。

"殿下，大家都在呢，一听说您要来，他们都在这里守着。"穆元龙知晓自家殿下的眼睛看不到，没认真读过几本圣贤书的他开始拼命搜肠刮肚地找形容词，想要将面前这幕用言语描绘出来，"弟兄们都穿着今年新置办的冬衣，站在军营前。不知道殿下记起来多少，这套冬衣还是殿下在函谷……前年殿下亲自设计的。这一年来朝廷给我们反倒多拨了些军饷，考工室也给我们更换了一批新装备。"好像是学生向老师汇报作业的模样。

宗洛原先一腔悲情全部被打散，竟然觉得有些无言以对。他正想下马，忽然听见马厩边传来一声长嘶，紧接着急促的马蹄声响起，如同一阵旋风般卷到面前。

宗洛感觉自己垂在马旁的靴子被轻轻咬住。

"照夜白，不可对殿下无礼！"

穆元龙连忙上前，谁承想，照夜白充耳不闻，还朝着白衣皇子如今骑着的这匹枣红色马匹喷气，一副挑衅的模样。

"别扯了，我这就下来。"宗洛颇有些哭笑不得。

照夜白这才满意，松开他的靴子，乖乖地在一旁站好。

这匹由鬼宿子赠予宗洛的名马极通人性。自从认定了宗洛是它的主人后，便不允许宗洛在他面前骑别的马，看见了便要闹上一阵。一匹马还这么会争宠，也是神奇的事。

宗洛摸了摸白马威风凛凛的鬃毛。此时此景，再见面前这些上辈子因他而死的人和马，心底难免不是滋味。

就在这时，照夜白忽然高高地扬起马蹄，朝着天空嘶吼。

负责给照夜白喂食的队长见了，不禁扶额道："北宁王的鹰又来了。"

自从北宁王回朝后，他那只一向随意放养，到处吃百家饭的丑鹰每天定时定点都会来找照夜白玩耍。

当然了，对丑鹰来说是玩耍，对照夜白来说就是挑衅。毕竟多了一双翅膀，照夜白跑得再快，也比不上天上飞的苍鹰。

以前宗洛在的时候，为了维护自己的爱马，直接拉弓射箭，三箭齐发，斩断它的退路。而且这只丑鹰被拔过一次尾羽，便老实多了，再不敢来随意招惹这匹有主人的漂亮白马。

后来照夜白失去了主人，苍鹰便死性不改，故态复发，频频前来招惹照夜白，偏偏照夜白的脾气也火爆，一撩拨就上当，经常追着丑鹰追出十里地，再悻悻而归。

宗洛正想说些什么，忽然神色一变，警觉地回眸。他来不及拿七星龙渊，就顺手从一旁穆元龙腰间抽出对方的剑，绕着掌心转了一圈，堪堪将破空而来的箭矢斩落。

所幸这一箭并没瞄准谁，比起射杀，反倒更像戏弄般的挑逗。

"谁？"这里可是军营，一声令下，所有玄骑军皆是拔剑出鞘，严阵以待。

苍鹰在天上盘旋一圈后，重新落到主人的肩头。

而它的主人正骑在另一匹马上，身后跟着一纵整齐划一的队伍。

是北宁王的天机军。

玄骑军众人立刻连眼神都不一样了。

"哎呀，射偏了。"骑在马上的人慢吞吞地收起弓，脸上带着再虚伪不过的笑容，"本王正在练兵，不小心惊扰诸位……三殿下莫怪。"

四十九

宗洛冷着一张脸。

清晨说自己练兵，可能他还会信一点。现在都日上三竿了，跑出来说自己在练兵，这不是纯属扯谎吗？也不知道找个走心点的理由。

再说了，不久前虞北洲才坐在三皇子府的墙头上，鼓掌说什么恭喜恭喜，后脚就追到郊外来，宗洛就算是傻子也知道这个人是在找碴。

有的时候宗洛真的很难理解虞北洲的想法。

重生后，虞北洲就丧失了当初那些摆在明面上的肆意尖锐、波澜诡谲，所有心思如同一汪湖水，沉到深不见底之处，晦暗不明。

这还是第一次，宗洛发觉自己并不完全知晓虞北洲的想法。在他的记忆里，虞北洲永远是野心勃勃、锐意进取、心狠手辣的人。

拥有权力的感觉很容易上瘾，更不容易放下。可虞北洲不仅放下了权力，这辈子似乎也没有要掺和进夺储的打算。

当然，同他作对这点倒是丝毫没有改变。

玄骑军的军营里十分安静，不少士兵都露出气愤之色。军中可不讲究文绉绉的那一套，北宁王都摆明了带上天机军的精锐过来砸场子了，这还能忍？

再加上因两军将领针锋相对，导致手下的士兵也相互看不对眼。上回在南梁，玄骑军虽说久攻不下，但也消耗了南梁军大量粮马，没想到最后被虞北洲带着天机军捡了个大便宜。这梁子可就结大了，至今玄骑军看到天机军都恨不得往地上吐口水。

穆元龙下意识看向宗洛，就像以往每一次一样，整个军营都在等待三殿下的指示。

宗洛反手将手里的剑放回穆元龙剑鞘内，从旁挂着的兵器架上拿下一把弓，又抽出白羽箭，似是漫不经心般搭弓上箭，将弓横在自己胸前，朝着虞北洲回敬了一箭。

这支箭破空而去，直直地擦过红衣将军的侧脸，坠入散落的墨发中去，在虞北洲的脸上留下一道蜿蜒刺目的血痕。

宗洛记仇得很，更别说在这之前，他还被虞北洲削断一缕头发。

"啊，射偏了。"宗洛学着虞北洲那样，慢吞吞地收起弓，露出一个冷笑，"不好意思，本皇子如今目不能视，一时看不清，惊扰了师弟。师弟应当不会怪罪于我吧？"

两队人之间隔着这么远，宗洛连瞄准都没瞄一下，功力同清祀时轻而易举地就从万岁树的树冠上射下福缘果的渊帝有得一拼。更何况他如今目不能视，仅靠听声辨位都能做到此等程度，简直叫人叹服。

玄骑军军营里，方才凝重的气氛轰然逸散，大家纷纷低声叫好。

比起这边，天机军依旧沉默肃穆，如同一队无言的雕像。

不同的将领，带兵的方式和习惯也不同。宗洛这边毕竟人不多，属于自由放任型，手下的骑兵们个个关系都融洽，平日里有事也不藏着掖着，有冲突的上演武场打上一场便泯了仇怨。

然而虞北洲麾下的天机军，则属于另外一个极端。天机军的军纪森严，气氛压抑，效率比之一般的队伍高出好几倍，属于典型的大渊军队。

见状，虞北洲脸上笑意反倒愈深了些。他轻轻抬手，从肩头的白裘里取出那支箭，爱不释手地轻轻擦去箭尖上的血，任由指尖沾染上不逊色于身上红衣的颜色。

"本王怎敢怪罪师兄？"虞北洲低声道，声音带着种蛊惑人心的味道，"师兄归来，应当是天大的喜事。师弟高兴都来不及，又怎么会怪罪呢？"

"最好如此。"宗洛冷哼一声，"既然是操练，那就劳烦王爷离远点，送客！"他一声令下，立马就有玄骑军上前，将玄骑军军营大门"嘭"的一声关上，顺带把照夜白也扯了进来。

这便是闭门送客的意思了。

"殿下，难道就这么……"虽说告一段落，穆元龙的心里却仍旧有些不得劲。

想起当初殿下还未恢复记忆时，北宁王公然在城门口赠玉的行为，他自动理解为对昔日宿敌的羞辱。

欺压到自己头上，穆元龙虽然气不过，但大多数时候依旧告诉自己不能意气用事，毕竟三殿下离去后，玄骑军大不如从前，北宁王又荣宠正盛，若要触其锋芒，保不定会对全军造成影响。然而，如此欺辱三殿下，说什么也不能忍！

"没事。"白衣皇子摇了摇头，高深莫测地道："他快要倒霉了。"

再过两天，就是腊月十五。宗洛早早地就在心里把这一天标记为虞北洲命定中的受难日，就差每天撕一页日历了。

城门口一战、百家宴上的撩拨、大卜祠里的交锋、悬崖上的孤注一掷及药浴池里的试探……桩桩件件，宗洛都记在心里，就等着过两天和虞北洲算笔总账。

他记仇得很，一定会让虞北洲永生难忘。

见三殿下胸有成竹，穆元龙顿时放下心来，崇拜之情如同滔滔江水。不愧是三殿下，运筹帷幄，说让北宁王倒霉就让北宁王倒霉。

乍一见到自己昔日的部下，宗洛也有不少想同他们说的话。如果进展顺利的话，等到他在明面上恢复记忆、恢复视力、恢复身份后，就可以重新领军作战。

当初，黑化后的叶凌寒效忠于虞北洲，后者则承诺他等到夺取大渊基业后，便向卫国出兵。所以直到宗洛自刎于城下，大渊也尚未真正一统大荒。这辈子宗洛或许会有亲眼见证大一统的机会了。

就在这时，忽然有一位士兵急匆匆地过来，低声通报："殿下，五皇子在军营外求见。"

宗元武？

宗洛装模作样地犹豫了一下，摇了摇头："我不大记五皇弟的事，替我回绝了吧。"

除去小八的几位皇弟里，宗元武算是同他关系最亲近的一位。

可惜宗洛牢记当初的教训，除了自己阵营的人，其他人一概不信。在他找到一个突破点之前，这几位糟心的皇弟他一个也不打算见……

营帐外，宗元武骑在马上，颇有些坐立不安。他望着前方的军营，心里不知道是什么滋味。在此之前，他就怀疑那是三皇兄，没想到还真是。

昨日清祀回府后，全府的门客都收到这个消息，连夜商谈对策。

"三皇子回来了？"

"千真万确。"

"三皇子如今这副模样，想必不足为惧，就算有裴相和薛老，也总不可能封一位失明之人为储君。"

"不好说，凡事都有万一。宫中圣旨都发了，就是不知能不能治好。"

以前宗洛还无事的时候，他府中的门客就有不少人将三皇子视为大敌。归根结底，还是有兵权的缘故。虽说三皇子不受宠，兵权却是实打实的，再加上玄骑军驻扎在京郊，不像五皇子母族统领的定北军，离皇城较远，倘若真需要调兵，恐怕还未等定北军赶到，事便已定。所以，去年三皇子殁于函谷关的消息传来后，门客们都松了一口气。

"三皇子在这个时候回来，实在是叫人意想不到。"

"不仅是六皇子，四皇子埋伏得也够深，我等先前竟然忽略了这位。"

"四皇子？就凭他那个出身，倒不如先让六皇子去试试。"

……

会客室里烛火摇曳，将每个人影子拉长，再拉长，衬得交谈声嘈杂，叫人心烦意乱。

宗元武坐在主座上，双眼放空，思绪不知道飞到了哪里。

对于主公这副模样，门客们也都司空见惯。

他们是定北侯府请来的谋士，凡事只需同老将军请示。平心而论，宗元武不善计谋，为人一根筋，武艺方面也平平无奇，实在不是一位好的效忠人选。但是架不住宗元武母族家大业大，即使宗元武什么也不做，自会有人帮他打点好其他的事，根本不需要他操一点心。他只需要按照被安排好的道路走，不拖后腿就行了。

走神的宗元武忽然又想起自己小时候的事。他打小就喜欢学武，年幼去尚书房时天天夹带话本，梦想着有朝一日成为武林大侠，行侠仗义、剑荡八荒。天天在少傅授课时看话本，少傅也不敢说他。大渊的历代皇子，文武双全的不多，偏科生反倒不少。特别是宗元武在表现出自己对武学的极大热情后，他便整日泡在习武场上。

他的母妃和武术教习都夸他天资过人，日后必能成为像渊帝那样的大将军。先是皇帝，再是将军，其中的意味昭然若揭。

宗元武从来没和别人说过，其实他并不想当皇帝，也不想当将军。

不过长大懂事后，这些年幼的事情，想起来后也只是自己笑笑。

出生在皇家，宗元武可选择的余地并不多。就算他学着像小时候一样，拿个包袱离家出走，再也不回来，就当把皇位拱手让给其他皇子，待他们登基后，第一件要做的事情也会是掘地三尺把他这个手足找出来杀了，绝对不会放过他。

定北侯府上上下下这么多人，还有他在宫中的母妃，稍有差错就是万劫不复。宗元武也不是小孩子了，再一根筋，也干不出来那种事。

所以，宗元武心甘情愿加入了夺储大军。他不像老六、老四那么心狠决绝，可以利用身边的一切，就为了那个位置。宗元武心底依旧怀有手足情谊，特别是对三皇兄。

宗元武不知道有多羡慕他的三皇兄，习武、打仗样样那么厉害，也不藏私，除了鬼谷不外传的剑术，其他武学三皇兄都教过他。只不过他自己不是带兵打仗的料，看到乌压压的敌军就手软脚软。

去年函谷关一役的消息传来后，宗元武只觉得晴天霹雳，甚至也偷偷派兵去找过三皇兄。

就像现在一样，他高兴三皇兄的归来，却又不禁感到难过。天家无父子，天家无手足。既然踏上了夺储这条路，就注定了要同所有皇子站到对立面。

会客室里还在吵。

"够了。"宗元武忽然从主座上站起来。

满屋门客的讨论声戛然而止。

宗元武的嘴唇颤抖几下，沉默许久，丧气般地说："你们继续讨论，本皇子有些乏了。"

"恭送主公。"门客们纷纷垂首致意后，又重新开始了七嘴八舌的争论。有建议趁机拉拢三皇子的，有建议静观其变的，还有建议祸水东引的。不管现在吵得多激烈，等到明日，他们就会拿出一套可行的方案，届时五皇子只需要照做就行。

隔着一道门板，宗元武觉得疲惫至极。他揉了揉眼睛，什么也不想，只想回寝殿倒头就睡。

然后，他就做了一个梦。

梦里，有人低声劝他："殿下息怒……殿下请息怒。"

宗元武迷迷糊糊地抬头，满堂人影憧憧。

地上散落着砸碎的瓷片，周围一片狼藉，那是他最喜欢的瓷器。

主座之下，门客们跪了一地："如今三皇子收到消息，已经从边关回来，若是等到三皇子带着玄骑军顺利归来，后果将不堪设想！"

"此乃中途截杀的大好时机，臣知殿下念旧，但此事事关重大，稍有不慎便是万劫不复。趁陛下如今还未醒，还请殿下趁早做出决断！"门客们乌压压的头顶铺在地上，像一座不堪重负的山。

宗元武猛然从梦中惊醒，"蹭"的一下从床上坐了起来。他浑身颤抖着，流了一背冷汗。

壹拾章·玄梦

五十

昨日，从玄骑军军营叙旧回来后，果不其然，薛御史已经等候多时。

宗洛同薛御史在书房里彻夜长谈，直到天蒙蒙亮，他才将这位年迈的老人亲自送出府外。

这位老人年近七十，却依旧精神矍铄，熬夜一整晚反倒红光满面。

登上马车前，薛御史摸了摸自己长长的白胡子："没想到老朽此生还能再见殿下，心里实在激动万分，一时不察，竟然叨扰到了天亮，唉！真是将大半辈子的话都说完喽。"他这一生什么大风大浪没见过，当年先帝还在时他就入仕为官，亲眼见证过当年皇城里发生的夺储政变。还好他那会儿是个纯臣，没参与皇位争夺，于风浪之中岿然不动。

现在老了，反倒开始越发操心国事，对渊帝颇有微词，这才果断地站到三皇子阵营。

没错，当年其实是薛御史在观察了宗洛一段时间后，自己递的投名状。当初在皇城尚且根基不稳的宗洛收到这位的投名状，简直别提多惊讶了。

宗洛忙不迭地说："薛老这是哪里的话，明明是我打扰了您的休息才是。"

薛御史大笑三声："三殿下太客气了。对了，既然陛下已经下令，那还请殿下千万配合治疗，保重身体。毕竟……我们昨夜说的那些，都需要有身体做本钱。"

"一定一定。"目送着薛御史离开后，宗洛这才转身回府。

刚刚走到走廊，就看见廖管家又笑眯眯地站在那里："殿下，御医说了，戒辛辣，少熬夜。您昨晚毕竟有要事商谈，老奴便不多说了，只是今日这药，恐怕得多喝一碗。"

站在他身后的御医板着一张脸："殿下，这是臣自己调配的汤药，日后还请少熬夜，请。"但凡神医，大多有些脾气。要是平日里遇到这么不配合的病人，说什么都不会继续医治了。但偏偏是这位三皇子，要是他敢不继续医治，回头圣上就得砍了他脑袋。比起脾气，那当然还是命重要。于是御医一大早就开始认命地抓药熬药。

宗洛看着两碗满满的、散发着谜之气味的汤药，表情逐渐变得僵硬……

痛苦地喝完药后，宗洛就回卧室去休息了。平日里他在书房，趁着没人看见，还能悄悄倒掉。但要是被盯着看，那就只能认命地一口喝完。

等他再醒来的时候，已经到了快要用午膳的时候。

"殿下，裴相方才来了。"

宗洛随口问了一句："他来多久了？"

"回殿下的话，殿下刚刚歇息，裴相便来了。不过……殿下一直未醒，裴相在会客室坐了几个时辰后，似乎接到一件要事，只留下一方锦盒后便匆匆离去。"

"我知道了。"宗洛点点头，披上外衣，束好腰带，推门而出。

裴谦雪留下来的锦盒里装着几颗黄澄澄的福缘果。

宗洛盯着这几颗福缘果，叹了口气，转手移交给了药房。

时间又过了一日。

廖总管进宫取药回来后，顺便同宗洛说了说宗瑞辰的情况，这两天宫中没什么其他消息。

唯一的消息，还是御医提了一嘴九皇子。

今早御医也跟着回宫了一趟，被临时叫去给九皇子看诊。

"不久前九皇子才被禁足过一次，也不知道怎么回事，九皇子又惹怒了陛下，据说一个人被禁足在殿里哭天抢地，把嗓子都喊哑了。老朽被他身旁的那位公公请过去的时候，还以为就快不行了呢，结果一摸，身上明明完好无损，连风寒都没受。"御医一边给宗洛试药，一边吐槽，"老朽最烦这种没病装病的人，浪费我的时间。早些年后宫还有几位娘娘喜欢玩这套，说不小心小产滑胎，还用帕子沾了鸡血，弄得满身都是，一诊脉全都原形毕露。"

听到御医提起宗弘玖装病一事，宗洛不禁感到有些心虚。这些御医的确都是些老江湖了，要不是有弄出淤血的鬼谷点穴秘术，他还真不保证能这样糊弄过去。

不过，宗弘玖竟然又惹渊帝生气了？

宗洛回忆了一下。

当初，宗弘玖干得最可恶的事情，就是下令活生生地把宗瑞辰打死。

当然，宗瑞辰再不济也是一位皇子，宗弘玖决计没有随意处置的能力。主要还是被叶凌寒告了密，又恰好碰上了渊帝的生辰，宗弘玖不知道用了什么阴私手段，让小八落得一个御前失仪，意欲勾结旧部谋反的罪名，最后只能受刑。

今天是腊月十四，等到月底年节之前，渊帝的生辰就要到了。

这些天上朝时，臣子们都发现圣上似乎一连数日心情极佳，便也大胆了些。去年因为函谷关一事，就连生辰也没有大肆操办，据说昨天奉常才提交议案，没想到渊帝大手一挥直接同意，于是先前不敢准备的生辰宴又再次提上了日程。

说起渊帝的生辰……宗洛沉默了一下，起身走到书柜面前，拉开扣在上面的暗格。

暗格里躺着一块巴掌大，尚未雕刻完成的翡翠，翡翠上方刻着一条栩栩如生的神龙，腾云驾雾、气势非凡，在昏暗的天光下泛着幽绿色的色泽。不管是从成色还是从种水来看，它都堪称万里挑一的极品。

两年前，为了寻到这块璞玉，宗洛费了不少心思，寻遍各个国家，这才从一位神秘的行商那里以高价交易而来。拿到这块玉后，他亲自找人描了幅草图，时时刻刻将它带在身边，一有时间就拿刻刀出来雕刻几笔。

这块玉，原本是宗洛为渊帝五十大寿准备的贺礼。去年函谷关一战，也发生在年底。若是没有这突如其来地重来一次，这块玉早就被妥善地装进锦盒里送出去了。

现在除了几处云朵下方还需精雕细琢一下，其他地方已经完工，只需再打磨抛光一次，便可完成。只是现在……白衣皇子缓缓将暗盒推了回去。

重来一次的他，已经无法怀着当初那样的心情拿起刻刀了……

夜色已深，明月当空。

把药倒进花盆，将空碗放回托盘后，宗洛整理了一下身上的衣服，从府中踱步而出。

整座皇城如同蛰伏于黑暗中的野兽，静谧得不可思议。大渊皇城夜晚实行宵禁制度，太阳落山后若是无事，百姓不可随意出门。青石板路两侧矗立着高高矮矮的房屋，像一重重鬼影。

远处，一阵小跑的声音响起，拿着武器的士兵们正在进行例行巡逻。

冬日的夜晚很冷，天空下着小雪，如同天空纷纷扬扬地撒着碎花。

宗洛不疾不徐地走着，有如闲庭漫步。刚刚落下的雪花，在银靴尖端晕开一抹水痕。若是有人从远处看，只能看到一抹矜贵又纤尘不染的白，像是天山巅处簌簌而下的雪。他特地绕了条远路，慢吞吞地往皇城对角处的北宁王府而去。根据宗洛的脚程，走到北宁王府的时候，正好过了亥时。

腊月十五，月亮出奇的圆，冷冷地映在青石板路上，结了一层霜。

今天可是宗洛盼星星盼月亮，盼到的好日子。他已激动了一整天，等布在北宁王府周围的眼线确认北宁王很可能一日都未曾出府后，他等到晚上才动身前往。

《能饮一杯无》里第一章就详细描述了主角对这一天的厌恶。

宗洛还记得原文的描述："鲜少有人知道，平日里高高在上的虞家公子竟然也会有这样狼狈而癫狂的时刻。每一次发病的时候，从身体里漫出来的焦躁几乎将他整个人烧成灰烬，让他越发渴求鲜血和疼痛……理所当然地，这一天是虞北洲最不愿被人知晓的一天，虞家所有撞见他发病的下人，全部都在第二天被扔到了乱葬岗，连全尸都没能留下。"

当然，因为只看过评论区和前三章的缘故，宗洛也不是特别清楚虞北洲月中发病时究竟是怎样的情形。

当初宗洛端正自持，并不以熟悉剧情发展为前提来设置陷阱对付虞北洲。怪，就怪这辈子的虞北洲着实把他惹恼了吧。

宗洛心情愉快地拐了个弯，却不想在暗巷里见到出乎意料的一幕。

一座富丽堂皇的府前，几位粗布奴仆正推开门，将一位颇为眼熟的紫衣青年扔出门外。

而后者就像一张漏了风的破布麻袋，滚落到雪地里，再无声息。

又过了不久，在暗处不知道守了多久的奴仆才敢现身，痛哭流涕。

如果宗洛没记错的话，那是廷尉府。他家的白泰宁白公子常年和老六混在一起，宗洛以前还揍过他。

这是必经之路，宗洛也没有刻意避开。走近了，他才发现，叶凌寒伏在冰冷的雪地里，浑身上下竟然只披着一件仅能蔽体的衣服。

听见脚步声，束手无策的奴仆抬起脸。

身着白衣的皇子正撑着一把同色的伞从暗巷中走出，身姿颀长，宛若天人。

"三……三殿下。"看见来人，奴仆像是在茫茫大海里抓住了一棵救命稻草，端端正正地跪到地上，"求您救救我家太子吧。"

如今叶凌寒正昏迷不醒，高烧未退，生死不知。为了能够顺利地回到卫国，质子府早已家徒四壁，这大半夜的，别说找大夫，就算拿药也不一定拿得到。

"上回九皇子的那件事，是老奴实在看不下去……自作主张说的。"叶凌寒叮嘱过他，叫他一个字也不准往外透露。

但现在是非常时期，奴仆也顾不上那么多，生生把额头磕出了血："太子当初受了刑，后来撑不住昏倒了，从始至终都没有透露过您和八皇子的秘密。您在猎艺场上的质问及伤害，只是太子在代奴才受过，他却从未辩解过一句。若您要罚，老奴愿受千刀万剐……只求您高抬贵手，救救太子吧。"

五十一

皇城静谧的夜晚里，磕头的声音传出去老远。

"三殿下，求求您了……"奴仆跪在地上，额心满是糊在一起的血，看起来凄惨无比。

那日猎艺前，或许是有人在百家宴最后一日看见了特意避开风头来投签的叶凌寒，一时多嘴传了出去。

消息传到宗弘玖那里，后者怒不可遏，带着浩浩荡荡的一群人冲进质子府，随便寻了个叶凌寒对大渊皇子不敬的由头，抓起他来就是打。

面对宗瑞辰可能还有些收敛，面对这位无人关照的卫国质子，宗弘玖就是怎么开心怎么来，不仅把叶凌寒当狗骑，还经常把他打得三天下不来床。

这一回也是，宗弘玖铁了心要把叶凌寒打得没法参加猎艺。所以那些有功夫的内侍们一开始就没有留情，你一拳我一脚下去，几下就把叶凌寒的背上打得青紫一片。

质子府的奴仆早就被踢到一旁，缩在狭窄的墙角里。他颤巍巍地抬头，从人缝里看，叶凌寒紧咬着牙关不吭声，嘴角全是血，模样凄惨。

"好啊，平日里怎么没发现你是块硬骨头？"宗弘玖恶狠狠地道，"给本皇子打，往死里打！把他的腿给我打折！"

太子殿下，这又是何苦啊！奴仆一边求饶，一边止不住地流泪。明日猎艺，可是他回归卫国的唯一希望。若是今日真的被打折了腿，那日后也就不用指望了。

奴仆想不明白为什么主子咬死牙关都不愿意说，就连叶凌寒也想不明白。他从来都是一个为达目的不择手段的人，偏偏会在这样一件事上，学那些可笑的忠烈之人，缄口不言。

拳打脚踢的声音响彻这方寒冷的殿宇。

就在宗弘玖让手下去拿刑具，要私底下给叶凌寒尝尝他新研发出来的刑罚时，奴仆终于忍不住开口了："不是我们太子，您要找的应是八皇子！"

待这些人走后，追随叶凌寒从卫国而来的老奴跪在地上，哭着为自家太子清理身上的血痂和伤口。

"殿下，对不起，是老奴的错，老奴这就去投湖。"这个老奴是叶凌寒从卫国带来，唯一跟随他到现在的奴仆。这些年，其他的随从，要么是卫国其他皇子安插在他这里的眼线，要么嫌质子府贫寒，早就从质子府跑了。现在质子府里只剩一主一仆。

紫衣青年半阖着眼："不怪你，莫去。"

三殿下于主子有恩，八殿下也算太子在大渊皇城里唯一说得上话的朋友。其实奴仆的心里都清楚，九殿下若是再打下去，主子会不会坚持不住告密还难说。毕竟猎艺一事的重要程度不言而喻，对比私情，孰轻孰重一目了然，主子也从来不是一个分不清主次轻重的人。但是主子没说毕竟还是没说，这做不得假。

可他没想到，猎艺场上三殿下找上门来时，主子也不曾为自己辩解一句，不曾道出实情，而是生生地受了对方一剑。

奴仆如今说出来，只希望素来高风亮节的三殿下能念在叶凌寒并未告密的份上，高抬贵手，救自家主子一命。他已经做好最坏的打算，若是三殿下依旧气不过，他豁出这条贱命也未尝不可。

"三殿下，您向来济弱扶倾，求求您救救我家殿下吧。"就在奴仆以头抢地，恳求宗洛的时候，正趴在地上，像摊烂泥般的叶凌寒微不可查地动了动指尖。

痛，浑身都像被马车碾过一样疼。

清祀过后，卫国来的使臣便要回去。这几天，叶凌寒一直在想办法递拜帖，求见使臣一面。他也顾不得会不会被人发现，因为这是他唯一的机会。若是错过了这回，等到卫国彻底废除了他的太子之位后，那叶凌寒此生都没有回归故国的希望了。

然而，卫国的使臣好像早就预料到了一样，对他闭门不见，投出去的拜帖犹如石沉大海，再无回音。

不得已，叶凌寒只好到处打听卫国使臣的去处。

明日就是卫国使臣回国的日子，今夜晚膳时，他终于收到消息，说卫国使臣这几日都在白廷尉的府上喝酒作乐，夜夜笙歌。

叶凌寒的心里陡然升起一股不安。这是他先前攀过的高枝，白泰宁便是他们府上的嫡子，上回清祀时出言羞辱他的罪魁祸首。他心知肚明，这消息定是白泰宁故意递到他跟前的。

今日这场宴，恐怕是鸿门宴了。但叶凌寒不能不去，若是他彻底放弃，安安心心地在大渊当一个质子，此生留在这里，那他不说荣华富贵，至少还能过得不错。可是叶凌寒想回去，他有野心，也想拿回属于自己的一切，并且为此可以不惜代价。所以，他去了。

刚一进门，白泰宁就指挥着几位不知道从哪里找来的彪形大汉，将他摁在地上。

卫国使臣同白泰宁站在一起，谈笑风生，偶尔发出几声嗤笑，如同旁观一位跳梁小丑。

接下来的几个时辰，是叶凌寒最为黑暗痛苦，不堪回首，堪称地狱一般的回忆。在这个过程里，他无数次想过不如咬舌自尽，但心中那把烧起来的名为仇恨的火，愈演愈烈，几乎将他整个人吞噬进去。

被丢出来之前，卫国使臣轻蔑地看了他一眼："七皇子说你心思缜密、城府极深，需要多加防范。没想到果真如此，竟然连这等事情也肯委身去做，实在令我大开眼界。"

卫国七皇子是如今卫国呼声最高的皇子，倘若叶凌寒再也回不去，他无疑就是卫国下一任太子。从始至终，叶凌寒都不过是一颗被人玩弄在手心的棋子。他们早就猜到了他的反应，就像用胡萝卜吊着一头驴，永远也不让驴有品尝到胡萝卜的机会。

"放心。"卫国使臣道，"我会把叶太子在大渊做过的事情好生汇报给陛下的。"

再然后，叶凌寒就被扔到了府外。浑身上下狼狈不堪，只有一件堪堪用来蔽体的破衣服。

叶凌寒的脑海依旧处于一片混沌，听不清奴仆在说什么，只是下意识地张口，用气若游丝的声音道："去，去北宁王府……"

听见叶凌寒的声音，奴仆连忙回头："殿下，太子殿下！"

接连不断的呼唤终于唤回叶凌寒些许神智。他勉强抬眸，视线在触及面前一截白色的衣角时浑身僵住，衣角上绣着繁杂华丽的暗金色纹路，这样的衣服全大洲只有一个人会穿。

从天空落下来的雪仿佛永远也没有尽头，就像青石板路上冰冷的温度，把叶凌寒的身体冻到僵硬，最后把血液也冷冻结冰，一路冻到心底。叶凌寒怎么也没想到，自己最为狼狈、最为厌恶的时刻，会被这个人看到，他甚至没有抬头去看的勇气。

那个人如同天上月，水中花，而他却肮脏得如同地上泥，尘下土。

宗洛撑着一把伞，走近后居高临下地看着他，终于看清叶凌寒身上的东西。只见他浑身赤裸，遮蔽不住的双腿从袍角中探出，即使现在没有受刑，也依旧不由自主地抽搐。腿上青紫一片，淋漓的鲜血流淌在满是脏污的路上。

即使偷听过之前的对话，知道三皇子是真的看不见，但叶凌寒依旧往衣服里缩，哪怕引起一片钻心的疼痛也不曾停下。仿佛在希冀盖住那一片屈辱的狼藉，也像是扯住最后一块遮羞布。

白衣皇子皱了皱眉，难怪。

宗洛想起评论区，不少读者讨论叶凌寒的时候都会加上"心疼"两个字，还会附上一句："毕竟遭遇了那样的事情，不性情大变也不可能吧？好惨！"

当初宗洛就很好奇，明明叶凌寒最开始虽然不择手段，但也没有丧心病狂到像后期那样疯狂，仿佛整个人沉沦在地狱里，完全抛弃了世俗的伦理道德。再加上他听到方才叶凌寒用微弱的声音让奴仆将他带去北宁王府，想来是想求虞北洲帮忙。

在这种情况下，虞北洲不说帮他，但只要流露一点点动摇的想法，生性偏执的他都会像飞蛾扑火一样迎上去，将那人奉若心中唯一的神明。难怪当初叶凌寒到了后期自卑至极、人格扭曲，只对虞北洲一个人好。

"三殿下……"奴仆还在苦苦恳求。

叶凌寒想叫奴仆闭嘴，喉咙里却只能发出一阵鼓风箱似的哀鸣。

宗洛在心底叹了口气，收伞递过去。他一向不齿此类下作的手段。再加上他对叶凌寒虽然有成见，归根结底，告密的是上辈子的叶凌寒。虽然宗洛惊讶于这辈子的叶凌寒没把这件事说出去，但奴仆说得没错，没做就是没做。

当初宗洛让玄骑军照看叶凌寒，是清楚在他国为质有多难挨。要不是当年卫国的虞家想把鸡蛋放在两个篮子里，向大渊投诚，再加上大渊日益强大，形成了无声的威慑，恐怕宗洛的境地也好不到哪儿去。

"拿着这把伞，到我的府上找廖管家，他知道该怎么做。"宗洛解下自己的外衣，弯腰替这位连肩膀都露在寒风里的卫国质子披上。做完这一切后，他没有丝毫留恋，转身就走。从始至终，都没有碰触叶凌寒的身体，哪怕一下。

看着这人清隽脱俗、不染纤尘的背影，不知为何，叶凌寒感到心如死灰。什么骄傲，什么尊严，全部都一文不值。

卫国质子攥紧这件同他格格不入的干净外衣，浑身都在颤抖："你是在嫌弃我吗？"

白衣皇子没有回头，朝着北宁王府的方向离去。

五十二

"你是在嫌弃我吗？"宗洛听见了叶凌寒的话，但没有回头。他不知道该怎么回答这个问题。

叶凌寒以为他看不见，但事实上这层白绫对宗洛来说，除了模糊一些以外，并无其他作用。所以宗洛也看见了方才叶凌寒醒过来后，奴仆再次哀求时，叶凌寒伸手去扯他，喉咙发出无声的哀鸣，让他不要再说的动作。

宗洛理解叶凌寒身为一国太子的骄傲。前十几年在卫国锦衣玉食，走到哪都被人拥簇着。一朝家族败落，从高高在上的太子沦为他国质子，简直不亚于从神坛跌落至尘埃里，有如云泥之别。更别说遭遇如今这样的情况，放在任何一个人身上，都是极其屈辱的。

叶凌寒现在最接受不了的，恐怕就是被敌对国家的皇子看到这一幕，更不愿意接受什么帮助或施舍。整个大渊，也就只有虞北洲和他有些关系，不然也不会要求去北宁王府。

那位奴仆也是关心则乱，大胆僭越，却没想过他主子需不需要这样的帮助。

　　就像宗洛方才的一番好心，对方也不一定会接受，而且听到叶凌寒问的那句话，搞不好他还会被叶凌寒记恨上。不过无所谓了。

　　宗洛同叶凌寒的交集不多，不像公孙游，那是结结实实地下手坑过他，在他自刎时还站在城墙上遥遥远观。

　　仔细想想，叶凌寒黑化后虽然什么腌臜事都做过，但是却唯独避开了他。要不然以当初叶凌寒对虞北洲忠心耿耿的程度，宗洛这个头号死敌怎么也应该在暗杀名单的首列。

　　叶凌寒在他这里干过的最可恶的事情，就是就宗瑞辰伪装痴傻一事告密了。既然这辈子告密的不是他，宗洛不至于连这点肚量都没有。

　　接不接受，那就看叶凌寒自己了。当然了，宗洛觉得叶凌寒多半是不会接受的，毕竟他是虞北洲那一党的人。

　　还是那句老话，策反男配的事情，宗洛当初做过，知道没结果，就绝对不会重蹈覆辙。

　　只是身为一个有血有肉的人，看见这一幕都难以无动于衷。他做事只问无愧于心，仁尽义至。

　　把伞给了叶凌寒后，宗洛便没了伞。如今独身一人行走于夜空中。还好他出门的时候穿了件鹤氅，又有内力护体，外套脱下来也没有那么冷。

　　刚刚出门时还是碎屑的落雪大了些，逐渐有小指甲盖那么大了。纷纷扬扬地飘下来，落到白衣皇子的发丝上。

　　宗洛就这么慢吞吞地走到自己今晚此行的目的地——北宁王府。

　　身为荣宠正盛的异姓王，北宁王的王府规制自然不差。明明亥时已过，偌大的王府却没有点灯，又沉默又安静，像坐落在皇城里鬼影幽灵，和它处于对角处的三皇子府的灯火通明形成鲜明的对比，浮着些诡异。

　　宗洛走到北宁王府朱红色的大门前，抬眸看了一眼，径直提气飞身，如同一片鸿羽般轻飘飘地落进王府院内。

　　身为一位合格的死对头，宗洛知晓虞北洲的王府里没有多少下人。而且这家伙不喜欢人多还嫌吵，所以府内大多都是些哑仆。

　　至于侍卫，那更是没几个，只有天机军会来门口换换岗。毕竟虞北洲的武力值摆在那里，谁会想不开去刺杀鬼谷弟子。不过死士倒是不少，都是当年虞北洲灭了虞家后从虞家带来的，不用白不用。

宗洛落到北宁王府里时，谨慎地没有动，反而在原地站了片刻。按理说，黑暗里一身白，若是有人值守，应该一眼就能看出来。

面前廊腰缦回，一纵比一纵幽深，皆是看不见底，连人影都没有。唯有假山下的潺潺流水声，更远处的苍鹰低鸣，除此之外便再无声响，诡异得令人害怕。

既然无人，宗洛索性迈开了步子走。他逛北宁王府，就像逛自家后院一样。以宗洛的武力值，皇城里除了皇宫，其余地方他都能来去自如。

都说知己知彼百战百胜，北宁王府还在修建的时候，宗洛就留了个心眼，虽说没能弄到绝密的布局图纸，但还是趁深夜来摸过两回，这不就派上用场了？

宗洛选定一条走廊，朝着王府深处走去。越往里走，就连鸟鸣声也消失了，挂在屋檐上的暗色仿佛要流淌下来，白日里那么富丽堂皇的地方，夜晚仿佛成了无间地狱。

不远处，两位哑仆正守在一盏昏暗的灯旁。他们神情木然，仿佛呆滞的木人。

这些哑仆都不会说话，从小被专门贩卖人口的行商毒哑了嗓子，做事也一板一眼，只会遵照命令，生不起多余的心思。

听见故意放大的脚步声，哑仆下意识地流露出惊慌的神色，开始在黑暗中打手势。

每个月十五，从清晨开始，王府上下严阵以待，不准发出任何嘈杂的声响，否则便会落得一个死无全尸的下场，特别是亥时以后的晚上。

"哗——"白衣皇子刚刚从走廊走出来，迎接他的就是几道冰冷的剑光。

宗洛早有准备，漫不经心地往前踏了一步，身形如同鬼魅般在这片刀光剑影里穿插而过。仅仅只用七星龙渊的剑鞘，就将它们全部挑了回去。仅仅只是一招，高下立现。

"擅闯王府者，死！"为首的那个死士落到地上，声音嘶哑。习武到了这个地步，只需要一招就能知道自己不是对方的对手。然而死士的意义便在此，即便不敌，也得誓死阻挡，以命相搏。

宗洛今晚并没有来北宁王府杀人的打算。不然他完全可以穿上夜行衣，而不是这么光明正大，大摇大摆地走进来。他的手心里忽然垂下一块澄澈通明的玉佩，上方镌刻着繁杂的图腾。

见到这块玉佩，死士同哑仆都难掩震惊，这是王爷平日里从不离身的玉佩。

见到他们的反应，宗洛笑了："你们王爷说过吧，佩此玉佩者，可以在王府内自由通行。"

恐怕虞北洲自己都没想到，当日他在城门口随性甩给宗洛的玉佩，竟然被宗洛用在了这里。

"这……"死士们纷纷愣住。其实虞北洲并没有吩咐过这样的话，只说若是有佩着玉佩的人来，记得好生招待，直接带去见他。

平日里虞北洲积威甚重，性情乖张，喜怒不定。宗洛几乎没有在他的身边见过什么下人，就连天机军的副将，也只是在战场上听令随从。

宗洛猜到了虞北洲定是有过吩咐，但具体吩咐的是什么不得而知，下人也不敢过多揣量，所以他就一通胡诌。

不管如何，这枚玉佩是做不得假的，这位的确是王爷钦点过的贵客。

看他们沉默下来，宗洛便直接走上前去："他现在在哪儿？"

死士收了剑，又重新遁入黑暗，完全没有要回答宗洛问题的意思。做死士的第一个规矩就是少说话、多做事，言多必失。

至于哑仆，则更不可能说话。好在他们这样，也没有要阻拦宗洛的意思，只是冷眼旁观。

既然如此，宗洛便弯腰提起地上那盏扇面的宫灯，在这周围转了一圈。有时候他也十分佩服虞北洲，把自己家王府的气氛搞得这么压抑，他一个人住着也不嫌瘆得慌。

如果没猜错的话，虞北洲现在应该就在这附近。

宗洛的视线在哑仆周身扫了一圈，又看向他们背后的殿宇。

那里是北宁王府的书房。

结合宗洛当初看文看剧的经历，秘密大多藏在书房里。

看着宗洛推开门，哑仆的脸色终于变了。他们惊恐万分地看过去，这也验证了宗洛的猜想。

"嘎吱——"提着宫灯的白衣皇子轻轻将书房的门合上。

明亮的灯将偌大的书房照亮，也照亮里面古朴大气的摆设。桌案、砚台、纸墨、竹简……还有挂在墙上的行军图和一旁的沙盘，看起来很普通也很平常，但越是平常越有鬼。

宗洛在书房内转了两圈，也没能发现什么不对。

想起方才哑仆的神色，他确定虞北洲一定在这里……或者说在书房的暗室里，只是他一时找不到暗室的开关。

就在他打算把桌上几个玉器拿起来试试的时候，黑暗深处骤然传来一声压抑的喘息。

与此同时，宗洛似乎也闻到了淡淡的潮湿的气味，内里带着股铁锈味。他停下动作，安静地侧耳倾听。

片刻之后，宗洛终于确定，这个声音来自他的脚下。

既然确定了暗室的位置，那开关就好找多了。

半炷香的工夫后，一块看起来平平无奇的地面骤然凹陷下去，露出一截幽深不见底的台阶。

冷风席卷而来，带着浓烈刺骨的血腥味。

宗洛想了想，还是把宫灯放下，拿了一支随时可以点燃的火折子，谨慎地朝台阶下面走去。

越往下走，温度越低，冷风刮得人脚脖子都在疼。

不仅如此，空气中的血腥味也越发浓郁，宗洛甚至开始怀疑虞北洲是不是丧心病狂得在这下面建造了一个血池。

"哒哒哒——"没来由的，心境一向如同古井无波的宗洛也开始期待起来，他即将窥见虞北洲最大的秘密。

原文里那么多男配，也就只有裴谦雪窥见过虞北洲发病时的模样，似乎还是在某次宴会上，虞北洲不小心喝错酒引发的，比起每月十五的例行发病只能算九牛一毛。

终于，他的脚底触及了坚硬的地面。宗洛刚想吹燃火折子，却骤然被一双手攥住了脚腕。

黑暗里，有人低声道："师兄。"

五十三

暗室内昏暗无光，只有背后的石阶，从高处灌进来的冷风，呜呜作响。

"师兄。"这个声音同平日里的懒散和漫不经心大相径庭。

"啪嗒——"宗洛猛地一惊，手里的火折子一时没能拿稳，骨碌碌地滚到地上。

浓厚的血腥味充斥着这处并不算狭窄的暗室。

由于过于黑暗，宗洛根本看不清楚面前究竟是一副什么样的景象，就连虞北洲到底怎么抓住他的都不明白。

"放手。"白衣皇子冷声道。

脚腕上的劲没有丝毫松懈，那几根手指反倒越收越紧，几乎快把他的骨头捏碎。

为了防止虞北洲又要什么花招，宗洛反手转剑，七星龙渊在手心上旋出翻飞的圈，划出一道清丽惊鸿的剑光，径直朝着地上砍去。

"呲——"下一秒，剑尖传来清脆的刺入血肉的声音。

宗洛惊愕地低头。火折子早就不知道滚到了哪里，他这一剑下去，虽说没有用多少力道，却也恰好不偏不倚地对准着虞北洲的肩头。若不想受伤，就只能松手。

令人惊讶的是，虞北洲竟然没有躲。他的一只手握着宗洛的脚踝，另一只手轻轻握住这截如同苍山暮雪般冰冷的剑尖，任由鲜血从骨节分明的修长指尖流淌而下，轻声呓语："师兄……是你啊。"

白衣皇子皱了皱眉。如果说方才还只是怀疑，现在他就已经确定虞北洲有些不太对劲了，他似乎陷入了某种迷障幻境中。但你要说他不清醒吧，他又认得出来自己，感觉十分奇怪。

虞北洲喃喃地自语："瑾瑜……"他抓着七星龙渊的手越发用力，宗洛一惊，也顾不得其他，赶紧想要收剑入鞘。

就像虞北洲当初说的一样，即便要厮杀，也要堂堂正正地将对方斩于剑下，而不是趁人之危。

就像宗洛今天来，也只是为了看虞北洲的笑话，而不是来弄死他的。羞辱自己的死对头永远比直接给他一剑要来得痛快，特别是对虞北洲这种变态来说。

宗洛用力扯了半天，发现竟然扯不动。不得已，他在手上附上内力，这才把七星龙渊从对方的手里抢了回来。

结果宗洛没想到的是，就在他把剑扯过来的刹那，人也跟着过来了。

"哗啦——"沉重的铁链声在暗室里响起。

白衣皇子被猛然扑倒在冰冷的地面上。他心底惊疑不定，一时间倒也没有轻举妄动。滴滴答答的黏稠的血顺着墨发滴落在宗洛的额心、鬓角，比体温还要烫。宗洛侧过脖颈，吃痛般地抓起地上的剑，用手肘把虞北洲推开。剑尖落在地上，刮起一阵火星，碰巧从火折子顶端擦过。

"刺啦——"火焰腾起的声音在静谧的暗室中显得尤为响亮。

宗洛缓缓从地上站起来。

面前是一方四周不透风，用寒石砌成的暗室。

周围的墙壁上散布着星罗棋布般的血迹，大多是陈年血迹，泛着浓郁的暗色，昭示着这里曾经发生过多少次同样的事。

这些都不算什么，最恐怖的，还是宗洛对面的这堵墙壁。

墙壁和天花板上垂下五股手腕粗的铁链。这些铁链泛着幽幽的寒光，皆是用天生阴铁制成。这种材料制成的锁链，只有在大渊死刑犯或处以极刑之人的水牢里才会有。现在它们尽数束缚在虞北洲的手脚之上。也无怪乎宗洛往后退开几步后，对方没有动作，因为他被锁链绑住了，根本无法朝前多走一步。

然而，这一切都没有宗洛在看清虞北洲的模样时来得震惊。

只见虞北洲解冠散发，身上如同刚刚从血池里捞出来一样，浸满鲜血，周身与红衣同色，脊背上全部都是细细密密的伤口，指甲上鲜血淋漓。

没有人有这个胆子，也没有那个能力把北宁王锁在暗室里。这满室的血和满身的伤口，只能是虞北洲自己弄出来的。

"原来真的是你啊，瑾瑜。"虞北洲抬眸，低低地笑了起来，终于从烧灼般的焦躁中寻回一丝清明。在黑暗里，他过分昳丽的面容呈现出一种诡异的潮红，鸦羽般的睫毛上挂着一串血珠，比传说中的艳鬼都要蛊惑人心。

"我实在是……太惊喜了。"很难形容虞北洲从那无边热海中清醒过来时，看见宗洛有多么惊喜。

猛然看到死对头的这副模样，宗洛瞳孔剧震。

不知道为什么，宗洛蓦然想起当初自己决定追文的那一段描写。他一直都清楚虞北洲长得好看，只是穿越成为炮灰后性命都难保，宗洛也就没那个心思去欣赏。

但可恨的是，虞北洲竟然在笑意盈盈地看着他。明明虞北洲才是那个被束缚着，手无寸铁的人，这么一笑，反倒他才像胜券在握，好整以暇的那个。

正强迫自己转移注意力的宗洛顿时逆反心理就上来了。他抬起剑，阴阳怪气地道："瞧瞧，这不是北宁王吗？怎么把自己搞得这么狼狈？"

虞北洲挑了挑眉，心情出奇的好。他为了能锁住每个月定时在月中发病的自己，也是下了血本的。这串锁链比大渊天牢里的还要牢固，根本没法自己挣脱，甚至上前一步都难。

若这一幕发生在上辈子，虞北洲想，他应当会愤怒得发狂，恨不得当即提剑，手刃了这位死对头。从年幼到现在，别说知晓这件事，就算只是听见他发病时一点声音的人，都没有好下场。这一天，对虞北洲来说，是永远的逆鳞。但知晓这件事的人如果是瑾瑜的话……

"嗯。"虞北洲笑着说，"所以，师兄是想趁我之危，想来惩罚我吗？"

宗洛忽然有点后悔今晚来北宁王府了。原本是想好好地用言语羞辱虞北洲一番，再看看这位宿敌的笑话。结果没想到这个人的脸皮竟然能够厚到这种地步，堪称人不要脸天下无敌，叫人甘拜下风。

但真要这么调头就走，那未免太过不甘心。更何况，宗洛也不想在虞北洲面前示弱。他硬着头皮，在对方戏谑的目光里抓住了七星龙渊。

既然用言语羞辱不行，那就先打他一顿再说。虞北洲都被寒铁锁成麻花了，实乃天赐良机，有仇报仇，有怨报怨。

于是，宗洛冷着脸，用剑鞘狠狠地抽了虞北洲一顿。

"城门口、百家宴、大卜祠、悬崖上、药浴里……全部还给你。我警告你，这辈子少来招惹我，否则下次就没有这么简单了。"

抽完后，宗洛一脚踢在虞北洲的身上。看着对方的反应，他生平第一次感受到什么叫搬起石头砸自己的脚。他先是震惊，再是不敢置信，最后是怀疑人生。虽说用的是剑鞘，但手下半点不留情，更何况，在他来之前，虞北洲身上就已经有那么多伤，几乎身上每一处都在渗血，宗洛看着都疼。

结果，虞北洲连眉头都没皱一下，反倒越发兴奋。他忽然笑了，笑声里带着浓浓的暗沉，又染着半分慵色，像囫囵吞枣后苏醒的恶鬼。

虞北洲喟叹着："啊，原来是这样啊。"

十年了，他终于明白了。

五十四

顾子元猛然从睡梦中惊醒。他直挺挺地从床上坐了起来，身上满是冷汗。

自从前天不顾礼家学子的劝告，听到消息闯到三皇子府后，顾子元便在这里住下了。顾子元以前读书有多用功，学武就有多懈怠，再加上身子骨本来就差，只要一受风寒，就容易高烧不退。宗洛对他心中有愧，便邀请他住在府里养病，正好御医也在。反正三皇子府家大业大，一个顾子元还是养得起的。

顾子元听见这个邀请时结结巴巴地道："这……不好吧。"说完他的心里又有点后悔，害怕宗洛以为他是在拒绝。

好在宗洛深谙社交辞令，没有在意顾子元的客套，而是再邀请了一遍，说他府上正好有两位御医，不用白不用。

顾子元这才松了一口气，红着脸答应下来。

碰巧这两天宗洛也被迫留在府中喝药，不怎么出门。

于是，顾子元每天捧着书和暖炉坐在小亭里，实则心思根本不在书上，而在不远处梅花树下舞剑的白衣皇子那里。白衣皇子剑尖指着的地方，一簇梅花雪纷纷落下。

经过御医几天的调理，顾子元感觉好多了。

治疗风寒的卜药大多有催眠作用，今晚也一样。用过晚餐喝完药后，顾子元便早早地回客房歇息了。

因为药物有催眠效果，这些天晚上都是一夜无梦的状态。顾子元没想到，今晚迷迷糊糊中，他竟然做了梦。

梦里，他还是礼家弟子，同样夺得了书艺的魁首，百家宴结束后，意气风发，决定留在大渊，顺利地进入了先前想进的昭文馆。顾子元的视角跟随着梦里的自己转动，看着自己每天在昭文馆里整理浩如烟海般的竹简书籍，为前朝撰写史册。偶尔挑灯夜读，生活极其平静，近似于三点一线。

奇怪的是，梦里似乎没有洛兄。他似乎也不认识洛兄。他满腹好奇，奈何梦里的身体并不受他的控制，只能眼睁睁地看着梦里的顾子元继续着平淡、乏味的日常生活。

直到某一日，昔日同窗邀请他到茶馆小聚，他们开始聊起大渊皇城周遭的近况。

"今日皇城着实不太安平啊，聚完这回，也不知道下次要等到什么时候才能出来喝茶了。"

顾子元终于好奇地问："怎么突然这么说？最近不是挺好的吗？也没有对外打仗，还剩一个卫国，大渊便能平定天下，此乃千百年来头一回的大功绩啊。"

"唉！顾弟，你当真是两耳不闻窗外事，一心只修前朝史了。"

那个人道："对外的确不错，但如今皇城内风声鹤唳，难道你也不知道？自从三皇子被圣上派到边关去后，这皇城的夺储之势啊，也是越发严重了。先前还只是五皇子和六皇子，现在四皇子也加入了。据说北宁王对四皇子颇为欣赏……也不知道最后谁才能继承大统，我看最后加入的四皇子也挺有希望的。"

三皇子？顾子元的心脏怦怦地跳起来。他想开口，却又听见自己不由自主的声音："大渊的储君不都是祈福大典时宣布吗，我记得祈福大典不是早就办过，为何迟迟不立储？"

"当今圣上的心思，我等常人如何能揣摩得透。"

同窗喝了一口茶，终于还是没忍住，偷偷看了眼附近，悄悄压低声音："不过这事儿啊，民间也有不少猜测。不少人都猜是太卜推算的有福之人同圣上心仪的那位皇子并非同一位，或者是预言出未立储后会出现变故，这才干脆推后。"

顾子元若有所思地说："原来如此。我修史时，也见了之前的竹简。早先时候也不是没有帝王想违背预言，立其他皇子为储君，但最终都惹来大祸，如同景帝时期，大渊差点被灭国。正因如此，后任皇帝才都是按照祈福大典规矩来确立储君的。不过这个……也不好说。"

"可不是嘛。"同窗叹了口气，"就是可怜了三殿下……当年我求学的时候，饥寒落魄之下，还在城北受过殿下施的恩惠。"

"当年三殿下被派往边关后，全皇城受过殿下恩惠的学子都到宫门外站了一天一夜，联名上书，却始终没有得渊帝的回应。要不是有那回，谁也想不到，殿下竟然曾经帮助过这么多寒门学子。"说着，他恶狠狠地锤了一下桌面，说了句大逆不道的话，"当今圣上残暴不仁，总有一日，这些都得报应到大渊头上。"

顾子元没有说话，或者说，他本身就对这个话题不感兴趣，毕竟他根本就不认识那位三皇子，他们二人完全没有交集。

然而梦里的顾子元无动于衷，做梦的顾子元却急得团团转。他已经发现这是一个梦了，可是不管他怎么挣扎，做梦不醒便罢了，竟然还不能走不能动，只能被迫旁观。

再之后，便像是走马灯一样。梦境总是这样，明明在梦里经历了很多，甚至过了很多年，但醒来时，人们常常只记得最重要的情节或零星几个部分。

顾子元也一样。等到再转场，似乎又是一个清晨。他抱着书从昭文馆内缓缓走出，恰巧听见外面官兵凶狠的声音。

"都进去！都进去！没有听到命令，不准随意出门，违令者斩！"在这儿修史的都是些文弱书生。想来也是了，大渊重武，学武的一般都会选择更有油水、更有发展前景的地方，而不是跑到这儿来。

于是所有人默默后退一步，将门窗关好。

既然不能走了，顾子元便走到林立的书柜前，抽了一本书，不疾不徐地翻阅起来。

身后，其他人正在窃窃私语。

"这是怎么回事？"

"昭文馆离宫中近，恐怕是生了什么变故吧？自从圣上突发疾病昏迷后，整个皇城都风声鹤唳，我们还是少出去为好。"

顾子元兀自看书，沉浸在自己的世界里。约莫过了半天时间，昭文馆的门终于打开了。顾子元放下书离开，忽然听见远处传来急报。

"报——三皇子谋逆，已按圣旨之意，伏诛于城门之下。"

他的脚步都没有半点停顿……

顾子元醒了。他掀开被子，只觉得头晕目眩，喝了好几杯冷茶压了压惊，方才找回了些记忆来。

"怎么回事……刚刚那个是梦？"他拍了拍胸口，脸上的表情惊疑不定。

待冷静下来，顾子元才终于有了思索的余地。他想起梦里的那番对话，越想越觉得后怕。先是三皇子被派往边关，后面又说三皇子谋逆，伏诛于城门处。

可是洛兄明明还是好端端的。

"真是的，平白无故的，我怎么会做这样的梦。"顾子元感到心有余悸。

"或许哪天应当去卜祠看看。"他自言自语道。

顾子元也听说过去年九星连珠时，大渊的很多人梦见了三皇子自刎的场景。他还感到有些好奇，之后才听说那可能是仙人托梦。

想到这里，他立刻"呸呸呸"几声。刚刚那个梦绝对不是什么仙人托梦。可是梦境实在是太过真实，就好像……好像他真的经历了那么一辈子的事。

然而，这么一折腾，顾子元也睡不着了。索性披上厚厚的外袍，推开了房门。

三皇子府占地广阔，即使是半夜，幽深曲折的走廊拐角也放着一盏盏落地宫灯，每隔一个时辰都会有守夜的下人前来添油，远远地看去就像星星落到了地上，好看极了。

被寒风一吹，顾子元搓了搓手，有些不知道自己该往哪儿去。做客的在主人家自然不好随便乱走动，就算他现在很想见洛兄一面，但深更半夜的，人家早都歇息了，只有他被梦魇缠绕，感到坐立不安。

走过一个拐角，忽然听见前方传来一阵嘈杂声。

下人带领着看诊的御医一起，匆匆提着灯走了过去。

顾子元知道，圣上赐下来两位御医，一位管白天的药，一位则晚上守着，以备不时之需。如今跟着下人的那位，就是晚上值夜的御医。

"啊，顾公子。"守候在拐角的下仆看到顾子元，连忙行礼，"是吵到公子了吗？"

"没有没有，是我半夜噩梦缠身，醒了便睡不着了，出来走走。"顾子元连忙摆手，"前面这是怎么了？怎么大半夜还这般急促？"

下仆道："方才有人带着一位公子来敲门，手里还拿着殿下的信物。御医行色匆匆，是因为那位公子实在伤势太重，容不得耽搁。"

顾子元感慨道："洛……殿下向来济弱扶倾。"他停顿了一下，还是没忍住，低声问道，"殿下如今歇下了吗？"

顾子元忘了自己睡得早，醒来后才发现如今倒也并非半夜三更，而是已近午夜。宗洛每天要喝三回药，最后一回药就得晚点喝，若还未歇下，兴许还能见到他。

"殿下似乎早些时候有事出门了，如今还未归。"下仆低眉顺眼地答道。

"这样啊，那好吧。"得到了意料之中的答案，顾子元有些失落地拢了拢身上宽大的衣袍，正打算回房，却听见远处传来声音："殿下。"

下仆感到有些意外："殿下回来了。"

顾子元惊喜地抬头。

只见灯影阑珊处，白衣皇子身形颀长，脸上容带着些不近人情的冷峻。他最外面的那件外套不知所踪。远远地看去，那件白衣上沾满猩红，仿佛梅花落进雪地，只是看一眼都叫人的心头直跳，有惊心动魄的感觉。

"没事。"远远地，顾子元听宗洛低声道，"这些不是我的血。"

五十五

听见殿下回来后，廖管家急匆匆地挑了一盏灯过来。

方才那位下奴带着的公子身上披着殿下的披风，手上还拿着殿下的伞，他都瞧得仔细，这才万分警惕，直接叫了值夜的御医过来诊疗。

刚见到宗洛，年迈的管家差点被吓一跳："殿下……您这是？"

这件衣服已经不能说是白衣，而是一件血衣了。前襟上沾着的血如同蜘蛛网一样泼散开，其中一只靴子上方甚至还能看见五指的痕迹。

"无事，不是我的血。"白衣皇子摆了摆手，一副不想多说的模样。

于是廖管家也识趣地闭上了嘴，不再多问。

下人刚想开口，却被顾子元拦住："先让殿下沐浴完再说吧。"

年轻的大儒远远地望着宗洛离去的背影，心里不免有些担忧。

宗洛没有注意到这边的情形，他看着廖管家吩咐下人在主院的浴池里放好洗澡水，径直朝着另一边而去。

午夜刚过，整个府中又重新动了起来。

说来也巧，三皇子府的下方正好有地热，都不需要再烧水，只需要搭上引水的管子即可。

宗洛脱衣解带，将这件满是血的衣服随手扔到一旁，跨进了浴池。滚烫的热水从他的周身没过，蒸腾的热气充斥着整个浴室，呼吸间都带着浓厚的水汽。

宗洛一边躺下休息，一边将扎起的墨发散下，靠在池壁上，难得显露出疲惫之色。他需要一个人静静，今晚看见的事情着实对他的心理造成了极大冲击。

以至于宗洛现在一闭眼睛，虞北洲那张嘴角沾血，凤眼上挑，眼尾蘸着殷红，盛满危险的脸仿佛又近在眼前。

红衣将军的双眼黑沉沉的，深不见底，只是在目光落到宗洛的身上时，才仿佛映着零星几点亮光。他的双手双脚都被铁链束缚，火折子映出来的熊熊火光，衬得他如魔似鬼，浴火而生。然而，即便是这样，虞北洲依旧言笑晏晏，游刃有余，仿佛那个浑身是血的人并不是他一样。

正想收剑就走，忽然又听见这个人的声音。

"师兄。"虞北洲敛下眼眸，浓密的睫毛投下诡秘的扇形阴影。极具危险的目光在宗洛的身上放肆地流连，来回逡巡。

宗洛忍了又忍，告诉自己现在虞北洲正在发病。

最后，宗洛愣是按下自己的怒火，顶着背后如同跗骨之疽般的火热的视线，一步一步地踏上冰冷的寒石台阶，头也不回地离去。

想到这里，他嘟囔了一句，慢慢把自己沉到池底。

等到宗洛换好衣服出来后，廖管家已经在门口等候多时。

"殿下。"老管家为宗洛整理好大氅的衣领，低声道，"一个时辰前，有一位下人带着卫国质子来了府上，手上还拿着您的伞。"

听见叶凌寒竟然真来了，宗洛有一瞬间感到惊讶："我知道了，是我让他们来的。"他还以为叶凌寒会选择去向他的表兄求助。毕竟叶凌寒心高气傲，就算宗洛要帮助他也只能不显山不露水的来，宗洛甚至还做好被记恨上的准备。

廖管家道："那位公子伤得很重……御医正在为他看诊，一连开了好几张方了，说身上还有不少旧疾，正好一起治了。"

何止是伤得很重。送过来的时候，卫国质子浑身上下就披着殿下的一件鹤氅，身上还在往下淌着鲜血，浑身都在剧烈地发抖，也不知道是怎么支撑着走到三皇子府来的。

御医见了，直接指挥人把府上的军用担架拿了过来，将叶凌寒架了上去，送到御医的房间里。

等到担架过来的那一刻，卫国质子才终于支撑不住晕了过去。廖管家也去瞧了一会儿，看他死死地攥着手上那件白金色的鹤氅，任御医怎么掀都掀不开，最后不得已，只好用剪刀剪开了下面的部分。

"丧尽天良啊！"老御医一边指挥下人清理伤口，一边现场调配敷外伤的药，"竟然还用了损身子的药，当真伤天害理、丧心病狂！"

廖管家帮忙打下手，也不由得叹气。好端端的一个顶天立地的男儿，就算卫国如今有废除太子的意思，再怎么说也曾是千金之躯。也不知惹了哪位仇家，竟然被如此折辱。

宗洛点了点头："辛苦了，既然来了，就让他在这里住下，待治好后再回去吧。"

卫国如今的情况不甚明晰，七皇子独揽大权，老国君也属意这位皇子继位。只不过废除太子一事，暂且还是没有那么快的。

叶凌寒在大渊为质，卫国后脚就废除太子，难免也得想想会不会惹怒大渊。不过话虽然如此，叶凌寒这个太子的名分也的确是名存实亡。难怪叶凌寒听到卫国使臣明日要回去后，明知是计，他还是要去一趟。

若是这次回不去，等未来七皇子彻底把持朝堂，收拢了本来就不多的太子旧党，叶凌寒就更没有回去的希望了。

不过宗洛相信，当初辅佐虞北洲登基后，叶凌寒一定不会轻易放过卫国的那些人，甚至可能亲自带兵覆灭故国，这对表兄弟在灭亲这一点上倒是如出一辙。

吩咐下去后，宗洛略微有些疲惫地揉了揉自己的太阳穴。今晚受到的惊吓太多，他也不想再往下细想。

正想回去睡觉，又有下人来报："殿下，顾公子求见。"

顾子元？

宗洛抬眸，正好看到只披了一件外袍走进来的大儒，不由得皱眉："子元，你的风寒未愈，大半夜出来，未免有加重病情的风险。"

说着，下人便抬来火盆和暖炉，宗洛不由分说地就把手炉塞到顾子元的手里，又拿来狐裘大衣，把后者团团裹住才作罢。

"好了，你不是很早就睡了？来找我是有什么事？"

顾子元原本心里焦急万分，被这么一折腾，不知道是房内节节攀升的温度，还是其他原因，脸越来越红，说话也不利索了："也……也没什么事。"他悄悄抬眸去看。

白衣皇子已经换了一件衣服。

虽然不少人都说顾子元不通人情世故，但也不至于情商低到那种地步。想起先前听到的对话，又想起洛兄刚归来时身周萦绕的寒气，他决定还是不要多问为好。

"是这样的。"顾子元越来越觉得心慌，"方才我睡下后，做了一个噩梦……"

这下轮到宗洛有些糊涂了。做噩梦这种事情，大半夜起来静静也无可厚非，但是还特地跑到他这里来就显得有点奇怪了。

不过，宗洛想起顾子元是礼家捡的孩子，自幼无父无母，心里便也理解几分，顺口问道："是什么噩梦？"

顾子元停顿了一下，这才娓娓道来："是这样的……"他将自己做的梦简单地讲述了一遍。大概就是梦见自己好像去了昭文馆修史，然后，在茶馆里听到别人的谈论，最后是皇城惊变。

说完，顾子元又开始后悔起来。他也不知道为什么，对这个真实得可怕的梦境格外在意。明明只是一个梦而已，梦里的他根本就不认识三皇子。

为了补救，顾子元急忙道："瞧我，只是做了一个噩梦便如此惊慌失措，让洛兄见笑了。那梦里的年份就是今年，真是……洛兄明明好端端地站在这里，别说去边关了，我绝对没有要诅咒洛兄的意思。"

顾子元一通尴尬地解释，颇有些口不择言，忽然听到面前的皇子沉声道："没事。"

原先只以为顾子元说作了一个普通的噩梦，没想到听到梦境的宗洛的脸色逐渐变得凝重起来。他定了定心神，认真地说："多谢子元同我说这些。这对我来说……很重要。"

当日九星连珠时全大渊做的那个匪夷所思的梦，虽然梦见的是当初他自刎时的场景，宗洛也只以为是因回溯时间而导致的异象。

没想到……顾子元竟然会梦见前世的事。那么其他人呢？其他人会不会也逐渐开始梦见前世的事？

送走颇感一头雾水的顾子元之后，宗洛也没了睡意。他踱步而去，推开卧室的窗台，眺望着天上的一轮圆月。

子时一过，有人缓缓推开了暗室的门。

守在门口的哑仆见了，连忙深深地埋下头去，伏在地上。

虞北洲的脸上挂着心情极佳的笑容，也没再多看身后的暗室一眼，哼着愉悦欢快的歌慢慢走远。

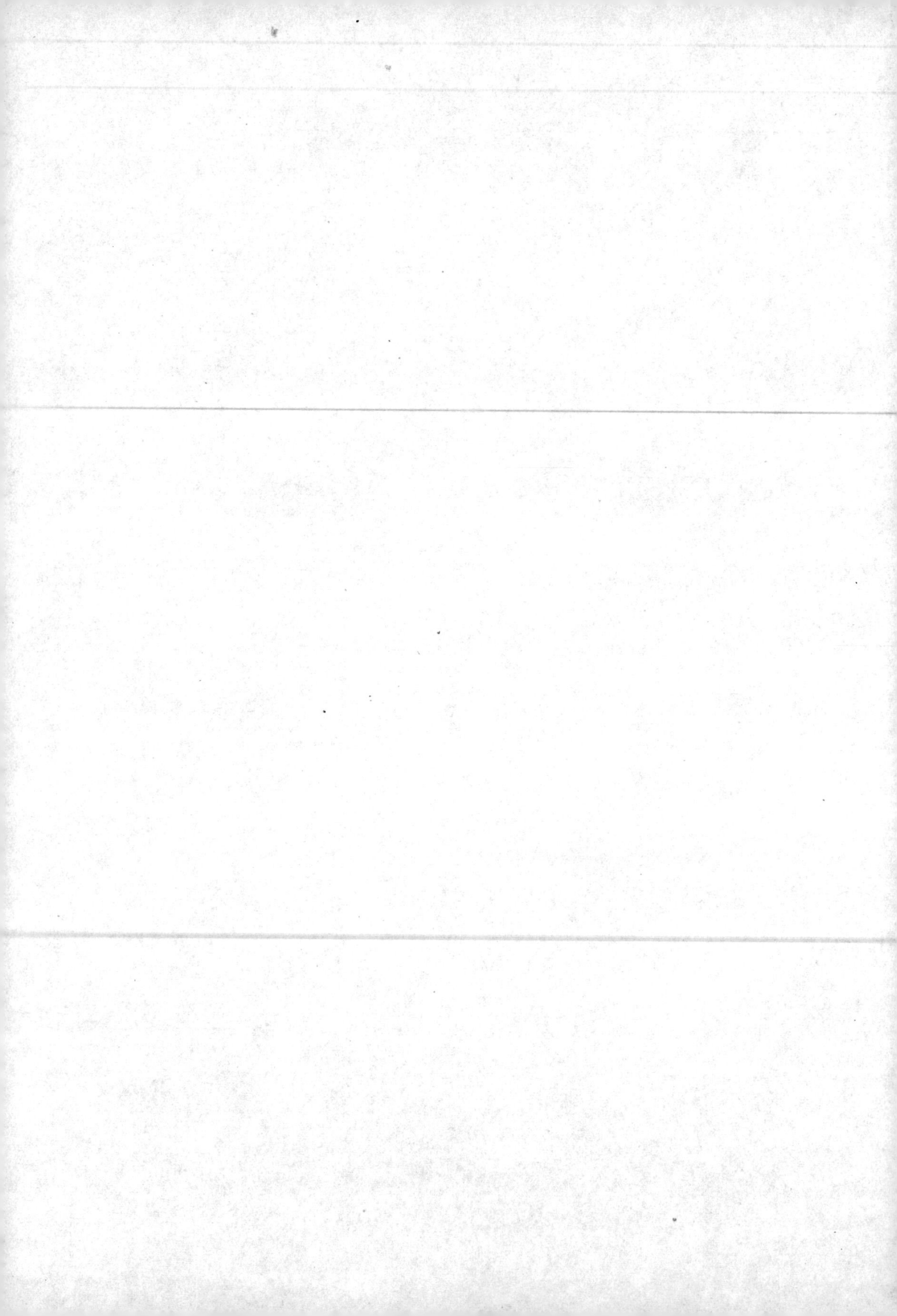